Journaliste et auteur d'une cinquantaine d'ouvrages dont quelques-uns furent des best-sellers, **Jean-Marc Soyez** *a toujours inventé des histoires et des contes. Plusieurs de ses récits, notamment* La Tuile à loup *publié aux éditions De Borée, ont été portés à l'écran avec succès.*

Les Galoches de Julia

Du même auteur

Julia, collection Romans, De Borée, 2007.
Au café de l'Église, collection Terre de poche, De Borée, 2006.
La Vigne à Saint-Romain, collection Romans, De Borée, 2004.
Le Bonheur selon Félisse, collection Romans, De Borée, 2004.
La Tuile à loups, collection Terre de poche, De Borée, 2002.
Encyclopédie de la nature, Club européen du livre.
Guide Julliard de la chasse, éditions Julliard.
Guide Julliard de la pêche, éditions Julliard.
Les Renards, éditions France Empire.
Guide de la forêt française, éditions Denoël.
Torcol le vilain, tome 1, éditions Mengès.
Torcol le vilain, tome 2, éditions Mengès.
Les Hommes de fer, éditions Mengès.
Les Brigands de la Saint-Michel, éditions Hachette-Jeunesse.
Bouvines ou les canons de bois, éditions Hachette-Jeunesse.
Le Complot de la Bible d'or, éditions Hachette-Jeunesse.

(suite de la liste en fin d'ouvrage)

Imprimé en U.E. en mars 2011
Dépôt légal : avril 2011
ISBN : 978-2-8129-0301-4

Jean-Marc Soyez

Les Galoches de Julia

De Borée
Terre de poche

LIVRE I

I

Les galoches jaunes

SOUS LES BOURRASQUES du nord-ouest qui s'engouffraient entre les bras de l'estuaire, la Gironde en son entier concentrait les rages des plus lointaines fureurs océanes.

Ah, il s'en brisait des bateaux dans ces tempêtes d'écume, il s'en noyait des marins. Terribles vendanges d'une mer qui, quelques jours auparavant se faisait tiède et câline aux corps des baigneurs. Les longues rives, frangées d'une écume sale, laissaient s'envoler de longs copeaux ondulants, semblables à des morceaux de pansements souillés, s'accrochant aux haies creuses comme aux arbres maigres qui les éternuaient en se pliant au prochain coup de vent.

L'air glacé et humide se glissait partout dans les maisons, doublant la misère de ceux qui n'avaient pas suffisamment de bois.

Beaucoup restaient couchés par faute de travail qui diminuait singulièrement par ces temps de chien ! Un temps qui ne cessait de gémir sous les portes et aux croisées usées.

Les bateaux de fret restaient au large de l'estuaire et de ses bancs mouvants, plus loin que les battures de Cordouan, là où il y avait toujours assez d'eau pour ne pas tenter le diable car, disent les vieilles, il était certainement là, embusqué dans les embruns, guettant les imprudents et les fiers-à-bras que l'on rencontre trop souvent dans les équipages.

Dans une toute petite maison de l'arrière-port, sur la route de Port Maubert, une silhouette noire et immobile semblait dormir devant un feu de bois flotté qui charbonnait plus qu'il ne flambait. Il faisait froid, pas un froid polaire, mais une humidité poisseuse qui ne connaissait pas de frontière, une horreur. Le marteau de la porte résonna comme un glas. La forme noire se détourna de son maigre feu. C'était une femme menue qui resserra son fichu et alla ouvrir sans crainte : il n'y avait réellement rien à voler chez elle.

« Tiens, c'est toi Joseph… eh bien, entre seulement. »

L'homme, un gaillard ventru, franchit le seuil de ciment en effaçant ses grosses épaules.

« 'Soir Léonie, Jean-Jean n'est pas là ?

– Mais non, voyons ! Tu sais bien que les jours sont courts et qu'il est encore à l'école. »

Le gros Ballarin se gratta sous sa casquette.

« C'est vrai, mais j'avais oublié l'école moi.

– Tu t'en es pourtant sorti avec le prix d'honneur.

– C'est loin et puis pour ce que cela me sert…

– Tu sais déjà compter et écrire des cartes postales, plus qu'un âne dans toute sa vie… Et que lui veux-tu au Jean-Jean ?

– Hier j'ai laissé à l'eau une *tirolle*[1] neuve pour en bien serrer les nœuds. Avec la tempête, elle a dérivé jusqu'à la Coursière et a enfermé tout au banc de *royans*[2] sur le départ pour le Sud qui avait dû se cacher là pour éviter les derniers maquereaux, et aux petits bars surpris par le coup de vent. »

Ballarin, taillé comme un lutteur de foire, arborait dans l'embarras des expressions de gros bébé assez mal tenu.

---

1. Tirolle : grand tramail de plus de cent mètres.

2. Royans : petites sardines réputées pour leur saveur.

Léonie remonta la mèche de la lampe et le regarda en face.

« Quand même ! Faire tout ce chemin pour appeler à l'aide un gamin qui n'a pas dix ans ! Tes filles n'ont pas les doigts assez fins ou bien elles craignent l'eau froide ?

– Bon… elles ne sont pas assez futées, elles ne sentent pas la vraie forme du poisson, ni là où il faut peser pour lui faire quitter la maille sans dommage. Avec Jean-Jean c'est une autre affaire, tu ne croirais jamais qu'un poisson sorti de ses doigts est resté si longtemps empatouillé dans un filet. Il a l'air d'avoir été pris l'instant d'avant, il ne lui manque pas une écaille.

– Tu pourrais au moins lui acheter des bottes.

– Je ne peux pas, il n'y a pas sa taille au magasin de coopérative, mais je lui payerai une paire de galoches neuves et je lui donnerai deux francs en plus. À quelle heure il rentre ?

– Eh ! J'sais-t-y moi ? Dedans un quart d'heure s'il ne traîne pas en route. »

Ballarin se posa sans ménagement sur le banc qui gémit. Il poussa un gros soupir.

« Pff ! C'est rudement long quand on attend. »

Léonie repris un sourire léger.

« Cela te fait quel âge à présent ?

– Tu le sais, ma foi, bien ! puisque tu étais dans juste après la mienne, et que l'hiver c'était moi qui t'accompagnais jusque chez toi. Cela m'en fait trente-six et toi une de moins. »

Le gros homme tendit les mains vers la cheminée.

« Y m'chauffe guère ce foutu feu.

– Personne ne t'empêche de faire décharger un tombereau de bois devant la porte. »

Ballarin changea de conversation ou plutôt revint à la précédente, ce qui lui semblait plus facile.

« Pourquoi tu me demandes mon âge ?

– Pour me faire une idée. Tu étais déjà un gros bébé costaud voici longtemps, et tu n'as guère changé… Tiens ! j'entends Jean-Jean qui tape ses "bots" avant d'entrer. »

Sitôt après, la porte grinça et s'ouvrit sur un gamin à longue figure, bonnet enfoncé jusqu'aux oreilles, le nez et les genoux rougis par le vent. Ses mains enfouies dans les poches de sa vareuse, trop petite, il referma le battant d'un coup d'épaule et alla embrasser machinalement sa mère.

« 'Soir, m'man, ça pince sur le chemin. »

Léonie lui montra Ballarin du pouce.

« Il a du travail pour toi, démailler des royans. Cela te dit ?

– Et je te donnerai quarante sous et une paire de galoches neuves.

– Je veux aussi un chanteau de pain et une saucisse pour me caler la bourriche. »

Sous le regard immobile de Léonie, Ballarin baissa pavillon et grommela :

« C'est entendu, alors, tu viens ? »

Jean-Jean lança son cartable de carton sur la maie posée contre le mur près de la porte et suivit son gros compagnon.

« À t'à l'heure, m'man. »

L'un suivant l'autre pour ne pas trébucher, ils se hâtèrent vers la charrette à âne du gros pêcheur.

Jean-Jean s'enfonça sous la bâche cirée où il sembla tout à coup faire corps avec l'obscurité, Ballarin prit les rênes et les fit claquer sur le dos de l'ânesse.

« Allez, Pépète, bouge tes pieds. »

La bête partit d'un pas égal et tranquille, elle paraissait parfaitement indifférente aux rudes « buffées » de l'océan, apparemment plongée dans des ravins de réflexion qui la tenaient à l'abri des fantaisies de la mer et des hommes. Du fond de la petite charrette, Jean-Jean dit en se forçant la voix :

« Mes galoches, je voudrais qu'elles soient jaunes. »

Ballarin ne dit rien jusqu'à la vitrine encombrée de François qui tenait la boutique de la coopérative.

« On prendra ça quoi qu'y a, un point c'est tout. »

Jean-Jean sauta le premier et courut appuyer sur le bec-de-cane. Il pénétra, salué par les sonnailles mélancoliques et feutrées par la poussière d'une sonnette à tubes que nul n'avait songé à changer lorsque la vieille Tavie, la mercière, était allée mourir chez ses enfants à Tesson, et que le bureau de la coopérative maritime et agricole, la COMA, avait décidé d'y établir un magasin.

La voix claire du petit parut s'aplatir contre la matité des entassements mais suffit à sortir François de sa torpeur.

« Vous avez-t-y des galoches jaunes ? »

François frissonna et remis ses lorgnons d'aplomb sur son nez et demanda :

« C'est pourquoi ? »

II

Corne d'abondance

La nuit tombée depuis longtemps semblait plus noire encore que d'habitude. Les bourrasques s'étaient un peu calmées, mais il ne faisait pas moins froid. Les deux filles de Ballarin, passant par le chemin de bois des portes de l'écluse, avaient apporté des lanternes à carbure qui éclairaient fort et loin, les mêmes que l'on posait sur les premières et rares automobiles. Bien à l'abri dans leur boîte de fer, elles brillaient beaucoup plus que les étoiles des nuits d'août, en se reflétant sur les miroirs tapissant le fond concave, derrière une vitre biseautée protégeant la flamme.

Ces lanternes n'avaient qu'un défaut : il fallait les recharger à peu près toutes les heures. La nuit semblait alors plus noire que jamais. Les deux gamines refroidissaient les réservoirs dans une flaque, puis retournaient sous la bâche de la carriole. L'une mettait trois ou quatre pierres de carbure dans le réservoir propre et essuyé avec un chiffon, rajoutait la valeur d'un verre d'eau et refermait vite, tandis que l'autre approchait une allumette et flop ! Avec un bruit doux comme un petit baiser, la flamme éclairait d'un coup si fort qu'elle obligeait à fermer les yeux. Puis elles les rapportaient aux hommes à l'ouvrage.

Assis sur une bourriche, le nez plus rouge que jamais, Jean-Jean trônait, triomphait même. Il avait une lampe pour lui tout seul ! De temps en temps, il glissait les belles galoches neuves dans les rayons où elles brillaient comme un soleil soudain.

En dépit de sa dextérité, le travail n'avançait pas vite car les « royans » n'étaient pas grandes et excessivement emmêlées dans le filet.

Les genoux protégés d'une bâche, il regardait furtivement Ballarin et son matelot capturer les sardines qui s'échappaient encore avec une épuisette, et remonter peu à peu le gros saucisson de la tirolle encore frétillante jusqu'à ses pieds.

Il tirait alors les mailles assombries d'eau. Ses doigts vifs les écartaient une à une et pressaient les poissons qui, d'un court bond dans les mailles, faisaient comme une pluie d'étoiles filantes jusqu'à la caisse. Flot d'argent étincelant dans la lumière de l'acétylène, instant si beau que nul ne songeait qu'il s'agissait de l'ultime sursaut d'une agonie frôlant le superbe au dernier battement d'ouïes.

Jean-Jean avait trop de fierté pour demander s'il y en avait pour longtemps, mais malgré ses dents serrées il sentait peu à peu ses doigts se raidir et perdre leur sensibilité.

Ballarin avait l'œil, il se rendit compte que les gestes de son « ouvrier » se faisaient plus raides. Il chercha l'extrémité de la tirolle et vit aussi qu'elle touchait presque les genoux du gamin.

« Bon, du nerf, petit ! tu es au bout, tu auras fait quatre caisses et nous, deux seulement avec l'épuisette. »

Jean-Jean pressa son dernier poisson en souffrant si fort que les larmes lui montaient aux yeux.

« De vrai, j'aurais pas pu en faire beaucoup plus. »

Ballarin acheva de lover le grand filet sur un tréteau et prit son ouvrier par le bras.

« Viens, il y a un bol de soupe chaude à la maison. Nous te ramènerons chez toi après. »

La salle était chaude et doucement éclairée par une grande lampe à pétrole avec un abat-jour, blanc dessous et d'un beau vert dessus. Pour Jean-Jean, tout ce « lusque » n'était pas loin de représenter la vie de château. Il en admira davantage Ballarin qui lui avait posé une pièce de deux francs à côté de son bol fumant, qu'il tétait à petites gorgées.

Ginette, sa femme, lui glissa un petit paquet dense et mou. Aussitôt il pensa « voilà le souper de maman ».

Comme convenu avec le patron, il réclama son chanteau de pain que la Ginette tailla dans un de ces gros pains de ménage qui permettaient de manger un jour entier à toute une famille, en un temps où le pain faisait encore la base de la nourriture pour une population entière. D'un geste qu'il jugeait très noble, le gros pêcheur coupa une saucisse qui séchait, d'une guirlande sous le manteau de la cheminée et vint la poser à côté du gros morceau de pain.

« Qui ramène Jean-Jean chez sa mère ? clama brusquement le gros pêcheur. Sicot, le matelot qui venait de faire godaille d'une solide giclée de vin rouge dans son assiette à calotte, rota posément avant de répondre :

– Pas moi, j'habite trop loin.

– C'est bon, je vais m'y coller encore un coup !

– Mais non papa, dit Valérie, la cadette, nous allons faire le voyage. Il n'est pas encore tard et demain c'est jeudi il n'y a pas d'école. »

Marie l'aînée était plus aigre, plus forte aussi, les coudes sur la table, elle grogna :

« Aller presque à l'Ermitage pour que môssieur ne salisse pas ses galoches jaunes qui lui font des pattes de dindon ! Merci bien ! Pourquoi ne s'achète-il pas un vélo ? »

Jean-Jean s'arrêta de « torcher » son bol et leva sa figure aux yeux clairs.

« Parce que je suis encore trop petit, eh ! futée ! il n'y a pas encore ma taille.

– C'est vrai ça, dit Sicot en s'essuyant la moustache. C'est comme pour les bottes, les cirés, il n'y a rien pour les jeunes, ce n'est pas juste, parce qu'ils ont besoin de gagner leur pain comme les autres.

– En ville, ils en ont, dit Ballarin. Regardez les drôles des vacanciers, ils ont tous des bottes en caoutchouc, un suroît trois-pièces à la moindre goutte de pluie et puis les vélos, faut voir. Il y en a même des chromés. Comme je vous le dis ! »

Il s'interrompit pour demander à sa femme :

« As-tu fait le picotin pour Pépète ?

– Oui, une grosse poignée d'avoine mouillée de vin. Elle va filer comme un lapin. Dis, je peux donner une vieille bourriche à Jean-Jean pour ranger ses "bots" et son casse-croûte ? »

Ballarin était dans un bon jour. La joie imprévue des sardines y était sans doute pour quelque chose. Il eut un bon regard et dit à mi-voix comme s'il avait un peu honte :

« Donne-lui aussi le carré de bâche cirée qui est à côté de la barrique. Son oncle Pierre de Tesson lui taillera vite une belle musette dedans. »

Ainsi chargé, Jean-Jean requinqué, heureux comme un roi, grimpa dans la carriole. Les deux filles s'installèrent sur le banc, repoussant le gamin dans le fond d'un commun coup de hanche.

« Allez, Pépète, allez ! »

Et l'ânesse partit d'un trot saccadé qui acheva de bousculer le gamin au fond de la charrette. Les deux fillettes riaient de leur farce tandis que commençaient à défiler les restaurants et surtout les débits de boissons.

À cette époque, vers 1907, on en comptait vingt-sept entre l'écluse et le fond du port. Malgré le mauvais temps il y avait toujours une certaine animation d'une porte éclairée à la suivante.

La petite ânesse paraissait montée sur ressorts. Il lui fallut à peine un petit quart d'heure pour faire la moitié du tour complet où luisaient les rails du tram de la cimenterie. Là, après un café qui n'avait pas du tout bonne réputation, cessait toute lumière et les lanternes de la carriole ne « donnaient » pas beaucoup plus loin que les oreilles de Pépète.

Les deux filles s'arrêtèrent de ricaner devant ce grand trou noir hostile qui semblait prêt de tout avaler. Elle arrêtèrent l'ânesse. Une angoisse de mauvais rêve leur montait depuis les chevilles.

« Tu descends ici Jean-Jean. Dans ce noir il fait peur, même la Pépète baisse les oreilles. »

Le gamin ramassa ses affaires à tâtons – ne rien perdre surtout ! – en ronchonnant.

« M'en fous ! Je le dirai à votre père. »

Marie se pencha vers lui si près qu'il pouvait voir son visage crispé d'un méchant sourire.

« Et alors ? quand il aura crié une fois ou deux cela passera, et nous n'aurons pas été mortes de peur au bout de ce chemin à bandits ! Écarte-toi ».

Elle fit demi-tour, rasa Jean-Jean et repartit vers la lumière au son sec du crépitement des petits sabots.

Demeuré seul sur le chemin, sans autre limite que l'obscurité, Jean-Jean sentit son « gosier » se serrer et les paupières lui piquer. Il serra ses petits poings calleux.

« Je ne vais pas brailler comme un drôle perdu dans le noir, merde ! »

Alors, il remarqua que le ciel tourmenté se reflétait sur la surface de « l'étier » qui alimentait le grand bassin à flot du port, avant de passer au ras de sa maison. Le chemin était tout tracé jusqu'à chez lui. Il prit la route en sifflotant, cela rassure toujours un peu, et fit claquer ses galoches bien à plat sur le chemin vide.

Dix minutes plus tard, il arriva au tournant qui menait à la cimenterie et identifia rapidement la grosse forme noire qui bouchait de moitié un wagonnet chargé de briques d'anthracite pour les fours à chaux de la cimenterie du port.

Rare aubaine à l'entrée de l'hiver. Le petit posa sa bourriche puis étala son morceau de bâche. Il y posa soigneusement six briques, ce qui était bien lourd pour lui. Il eut tôt fait d'en rassembler les quatre coins qu'il chargea sur sa mince épaule. À tâtons il récupéra sa bourriche, se redressa en oscillant un peu et reprit le chemin qui menait à la toute petite maison. En cinq minutes, hors d'haleine, il heurta à la porte. Dès que sa mère eut levé la clenche, il entra comme un conspirateur.

« Referme vite la porte, s'il te plaît.

– As-tu fait une sottise ?

– Non, mais il ne faut pas attirer l'attention. »

Léonie eut un pâle sourire.

« Est-ce que tu t'imagines que ma pauvre chandelle va éclairer tout le marais ? »

Sur la table, Jean-Jean étalait ses trésors.

« Tiens ! Voilà quarante sous et puis une cuisine de sardines. Moi j'ai des galoches de dimanche et ça, c'est de la bâche cirée pour me tailler une musette et regarde dedans, oui, sous le grand pli.

– Des briques de charbon.

– Elles sont belles, non ? Et lourdes, faut voir.

– Où les as-tu trouvées ?

– Sur le chemin de la cimenterie. J'aurais pu en prendre cent, personne ne l'aurait remarqué, le wagonnet a versé. Ah, j'oubliais, un gros chanteau de pain et une saucisse ! Ça paie, de travailler le soir, hein ! »

Léonie était la bonté même mais n'en savait guère plus qu'elle ne le disait depuis qu'elle était toute petite. Elle étouffa un soupir lourdement marqué d'une angoisse mal définie. Pourquoi fallait-il chaparder pour vivre ?

Incapable de trouver une réponse qui ne lui fît pas peur, elle se contenta d'embrasser son fils sans rien dire et s'en alla faire cuire ses sardines : une douzaine de « royans » sans une marque. Elle se redressa, subitement heureuse de l'adresse de son fils.

III

La loi au secours de Jean-Jean

LES FILLES DE BALLARIN avaient des cousins auxquels elles s'empressèrent de raconter que Jean-Jean possédait à présent des galoches jaunes qui lui faisaient des pattes de dindon.

Le vendredi, toute l'école attendait le gamin. Le temps plus clair était presque doux, si bien qu'il arriva avec ses « bots » ordinaires, tandis que ses condisciples faisaient « glou-glou ». Le père Montalieu fit taire la basse-cour et surveilla l'entrée, « en silence je vous prie », ce qui aggrava grandement l'énorme roulement d'une bonne trentaine de paires de sabots, mais ce tonnerre quotidien ne comptait pas. Ce qu'exigeait le maître, c'était une mutité complète. Sitôt le silence réclamé, les sabots claquaient plus fort et voilà tout. Ceux qui passaient le plus près du vieil instituteur saisissaient au passage des bribes de rancœurs imprécises qui le faisaient passer pour « un peu fêlé du cabochon » chez les parents comme chez leurs mioches. Tout le monde le savait écartelé entre sa femme institutrice qui « faisait » les filles et une increvable belle-mère qui avait sur toutes choses et sa suffragette de fille des idées toutes faites qu'il avait vite trouvées enthousiasmantes lorsqu'il l'avait connue mais avaient aussi vite tourné à un aigre militantisme qui lui faisait accuser « les salauds d'hommes » de toutes les catastrophes possibles, depuis la grippe jusqu'aux tremblements de terre, canicules, hivers trop froids et prix du pain. Et puis il y avait cette harde de foutus gamins, tous fils de républicains, tiens donc ! et qui se foutaient éperdument de la morale républicaine qu'il calligraphiait méticuleusement, un verset chaque matin, en haut du tableau.

Classe après classe ou an après an, comme on voudra, il connaissait les mêmes rebuffades, les mêmes aisances. Jamais il n'avait eu de difficulté pour leur apprendre à compter. Tous saisissaient aussitôt les avantages du système métrique et ses imparables correspondances entre les distances, les poids, les volumes et les surfaces. Mais, pour leur faire comprendre les règles les plus simples de la grammaire ou bien l'histoire, à l'exception des grands pourfendeurs auxquels ils vouaient une admiration inconditionnelle ! Ils préféraient généralement Du Guesclin à Gambetta, ces petits salauds !

Présentement il commençait à se demander ce que pouvait cacher cette mascarade en forme de poulailler dont semblait être victime le petit Jean Morin, un des moins bornés de la horde de sauvages qui lui faisait face. Machinalement, il regarda le ciel où couraient de gros nuages sombres.

Il se mit à pleuvoir :

« Ce coup-ci, l'été a bien l'air pété. »

Il revint vers son bureau pour voir le petit Morin repousser le gros Seguin, son voisin, penché sous leur pupitre et lui allonger à la volée un maître coup de poing dans la figure. L'autre s'écroula sur son banc en hurlant. Lorsque Montalieu fut près de lui, il lui écarta ses mains crispées ; ce fut pour voir son orbite gauche gonfler comme une chambre à air.

« Vous êtes fou, Morin ? rugit-il en attrapant le gosse par son bras mince et déjà nerveux.

– C'est pas moi, m'sieur !

– Et menteur en plus ?

– Je… Je veux dire c'est pas moi qui ai commencé, il voulait voir sous mon banc si j'avais des pattes de dindon et à présent tout le monde peut voir qu'il a un œil de crapaud. »

Un éclat de rire général salua la défense du gamin. Fou de rage, Montalieu l'arracha de son banc et le poussa vers le coin où il rangeait sa terrible régle d'ébène. Jean-Jean, comme beaucoup d'autres galopins, connaissait la douleur des coups de règle sur l'échine.

Il se débattit comme un diable dans un bénitier et fit si bien qu'il allongea un rude coup de sabot sur le tibia de son tortionnaire, lequel prit le parti de s'écrouler avec un gémissement.

Jean-Jean tourna et s'enfuit dans la rue. C'était beaucoup pour les écoliers. Le moins émotif alla chercher la maîtresse dans l'autre aile du bâtiment, il revint aussitôt accompagné de la pasionaria échevelée, les traits tendus. Tout le monde se mit à parler à la fois. Seguin pleurait. Montalieu reprenait vie avec de douloureuses hésitations ponctuées de gémissements étouffés.

Dans le tohu-bohu, la maîtresse qui se croyait presque sur une barricade, au vent des boulets, eut un salutaire réflexe bourgeois en déclarant qu'elle allait chercher les gendarmes. La caserne jouxtant l'école, chacun comprit le danger, et lorsque le brigadier, qui n'aimait guère les foucades de la mère Montalieu, parut, la classe était vide hors les deux blessés.

Moutier, le brigadier, eut un coup d'œil circulaire qui s'arrêta sur la maîtresse.

« Elle n'a pas l'air d'avoir fait beaucoup de morts, votre révolution. »

Il se pencha sur Montalieu.

« Alors, c'est le petit Morin qui a mis la pagaille ? L'est pourtant pas bien épais. »

Du coin de l'œil il vit la lourde règle d'ébène tombée en travers de l'estrade. Le gendarme était un vieux routier qui avait connu les duretés du prytanée. La vue de la règle lui rappela de pénibles souvenirs qu'il croyait oubliés. Il se pencha comme la règle.

« Vous savez que c'est interdit depuis Guizot[1]. Il y a même des lois contre ça.

– Hé, s'écria Montalieu en se remettant péniblement sur pied, il ne devait pas avoir des bourriques comme les miennes !

– Je vous dis que c'est interdit par la loi. Vous êtes sourd ? »

Le brigadier demeura songeur et après un gros soupir s'appuya contre le bureau où la poignée de son briquet d'ordonnance[2] le fit résonner comme un tam-tam.

« Voici ce que nous allons faire. Premièrement, je suis obligé de faire un rapport, mais il me faut le temps de l'écrire, le mettre au propre tout ça… Alors je repasserai à seize heures tapantes. Je veux voir vos élèves à leurs places et la classe suivre son cours ordinaire. En un mot, je veux qu'il ne se soit rien passé, débrouillez-vous avec le maire ou qui vous voudrez, vu ?

– Sinon ? demanda Montalieu avec l'air prêt à mordre.

– Sinon j'envoie directement mon rapport à la capitainerie de Saintes en faisant en sorte qu'il monte au plus haut de ma hiérarchie. »

Il prit la règle dans ses gros doigts et la mit sous son bras.

---

1. Guizot François : homme d'État et historien français, né à Nîmes (1787-1874). Ministre de l'Instruction publique (1832-1837), il fit admettre le principe de la liberté de l'enseignement primaire.

2. Briquet d'ordonnance : petit sabre.

« Ça, dit-il, c'est la pièce à conviction. Soyez heureux que je l'emporte parce que le petit Morin, oui le fils du Francis qui s'est embarqué pour l'Afrique, eh bien, c'est son portrait craché. Il va vite forcir et, si alors il se souvient de la règle, il y a des chances pour qu'il vous la casse sur les reins. »

Il sortit et se retourna encore une fois.

« Alors c'est bien compris ? seize heures tapantes. »

Le bruit de ses grosses bottes raclant l'étroit trottoir s'éloigna. La maîtresse hébétée conduisit ses deux contus chez Girard le pharmacien. Un moment plus tard, le gros Seguin arborait un énorme pansement sur son œil meurtri et Montalieu le suivait, boitant bas sur les pavés inégaux. Les clients du café des Amis, juste en face, lâchèrent leur absinthe pour observer la scène. Ils connaissaient déjà la genèse de l'épopée par leurs gamins subitement en liberté dans la grande rue.

Jean Seguin, le maçon, père de la première victime, qui n'était pas homme à se monter la tête pour « un coup de poing dans la gueule », siffla d'admiration.

« Vingt dieux ! deux fusillés d'un coup, il devrait faire boxeur plus tard, le Jean-Jean. »

Le vieux Counil, pilier de bistrot et mauvaise langue reconnue des pires commères, ricana des trois dents qui lui restaient.

« Ces bâtards tout de même ! C'est-y chéti et mauvaise tête et ils portent le mal partout avec eux. »

Seguin le maçon aux épaules nerveuses devint tout rouge et postillonna.

« Et puis s'ils vont aussi chez les cons, il ne va pas tarder à passer chez toi le petit Jean-Jean. »

Le vieux sarment lui lança un regard vipérin et se plongea dans la contemplation de son morceau de sucre qui fondait lentement dans sa petite cuillère perforée.

Montalieu passa une journée pénible mais, avec la complicité des parents et du garde champêtre, il parvint à remonter presque tout son troupeau à l'écurie. Seuls les plus éloignés n'avaient pu être joints.

Lorsque le brigadier passa, il fit mine de ne pas remarquer les absents mais ne rapporta pas la règle d'ébène.

L'affaire fut vite oubliée car le soir même éclata une grosse bagarre entre dockers et marins pêcheurs qui mit le port en ébullition, de beaucoup plus sérieuse façon que jamais n'aurait pu le faire le tibia du père Montalieu qui « n'avait même pas été cassé », racontait Sylvain Donadien le secrétaire de mairie, lequel passait pour être au courant de tous les secrets de l'administration.

L'affaire ne vint aux oreilles de Léonie que la semaine suivante mais seulement en zéphyr, et comme le chef de brigade l'avait saluée le matin même alors qu'elle revenait du lavoir, elle jugeait que ce ne devait être qu'une vétille et qu'il était trop tard pour gronder son fils. Elle oublia même de lui en parler. En faisant ses maigres courses elle remarqua seulement que « Monsieur Montalieu » boitait bas en lançant de mauvais regards autour de lui. Elle se dit alors qu'il y avait peut-être du vrai dans l'histoire de cette bataille à l'école. Cependant, au lieu d'en ressentir de la confusion, elle éprouva une sorte de contentement secret. Son Jean-Jean tout de même, c'était quelqu'un ! Elle se redressa, le rose aux joues comme si un homme avait pris sa défense.

De cette aventure, Jean-Jean tira malgré lui une gloire rayonnante autant que clandestine qui augmenta le nombre de ses copains et lui valut les sourires amicaux ou amusés des hommes faits lorsqu'il les croisait. Dame ! ce n'est pas tous les jours qu'ils voyaient le maître d'école prendre une rouste. Inconsciemment ils ressentaient tous un léger souffle de vengeance satisfaite qui égayait le temps d'avaler leur verre.

Cette année 1908 vit les foins puis les moissons un peu tardifs mais excellents et les vendanges magnifiques. La pêche fut bonne et régulière durant six mois. Ce fut aussi, durant l'été, le cinquième passage du Tour de France qui défila sur la route de Bordeaux. Quelques fanatiques, momentanément argentés, prirent une journée et le tram pour Saintes pour aller voir passer les « surhommes », comme l'écrivaient les thuriféraires de *L'Indépendant* de Saintes qui n'étaient pas avares sur l'encens vers les idoles qui assuraient les bons tirages. On en parla beaucoup à l'heure de l'apéritif dans les cafés autour du port. Les battages durèrent plus longtemps que les autres années. Dans beaucoup de fermes on sala les greniers et on commença les vendanges quelques jours après le départ de la batterie à vapeur. Il y eut de l'ouvrage jusqu'à la fin octobre pour tous les bras valides.

Il va sans dire qu'à l'école l'absentéisme faisait rage. Le père Montalieu ne se souvenait pas d'un si long abandon. Ordinairement, une semaine pour les foins, une quinzaine pour les vendanges et la mise en cuves cimentées, usage récent né des grands travaux de La Rochelle-La Pallice et une petite semaine pour les battages d'automne, voilà le rythme auquel sa méticulosité tatillonne s'était accoutumée. Mais presque six mois, même en comptant les vacances, il y avait une marge qu'une crainte sourde l'empêchait de signaler à l'inspecteur d'académie. Yacinthe, son épouse, le tenait au courant des lourds travaux et de leur enchaînement par le bavardage des gamines toujours au fait de toute la vie discrète qui les entourait.

La classe de l'instituteur ne comptait que les fils des commerçants et de quelques artisans. Seule la division des petits de six à sept ans était complète. Il lui manquait plus de la moitié de ses élèves. Dans les communes voisines, les classes étaient dans la même situation. Cela le consolait un peu. Inutile dans ce cas d'alerter l'inspecteur d'académie, ni pour lui de gâcher son temps à faire entrevoir les beautés et l'utilité future de l'instruction à des paysans, des pêcheurs et gens de petites mains qui se gavaient en travaillant de l'aube à la nuit et n'avaient même pas le temps de profiter de l'argent qu'ils gagnaient, davantage même qu'un instituteur, c'est pour dire ! Il en savait beaucoup qui se faisaient plus de dix francs par jour ! S'il avait été aux Finances, il leur aurait confisqué tout le trop, quitte à le leur redonner lorsqu'ils seraient trop vieux et cette fois-ci complètement bons à rien !

Ainsi rêvait Montalieu, le premier du canton à avoir reçu les palmes académiques, après la visite du ministre de l'Agriculture, M. Pams, voilà deux ou trois ans de cela.

Jean-Jean ne retrouva l'école qu'à la mi-novembre, encore hâlé comme un Calabrais. Il avait un peu grandi, ce qui le faisait paraître plus maigre, mais son corps était devenu infatigable et dur comme une bûche. Le père Montalieu paraissait avoir oublié l'affaire du coup de sabot, ce qui surprenait le gamin qui le savait rancunier comme une vieille truie.

« Peut-être qu'il perd la mémoire ? » espéra l'enfant qui, sitôt pénétré dans la classe, avait remarqué la disparition de la règle d'ébène.

Il s'assit à sa place, vide, à côté de son Riri, ordinaire complice en tous coups vaseux. C'était le fils d'un journalier de Bel-Air qui lui confia à voix basse être arrivé l'avant-veille de Sainte-Ramée où il avait fait une longue saison de berger chez Chillot, le marchand de moutons.

« Et pis, y avait de la gratte, presque tous les jours je me faisais un ou deux petits fromages que je mettais à affiner dans le vieux four à pain qui ne marche plus. Le dimanche quand Chillot cuvait sa cuite, je filais par les prés la nuit tombée, jusqu'à Saint-Ciers-du-Taillon chez la mère Robert qui préparait tard son banc de fromages pour le marché du lundi à Mirambeau.

– Elle te payait bien ?

– Tu parles ! à chaque coup une pièce de cinq francs, des fois deux qui me tombaient dans la poche. Je vais m'offrir une de ces capotes en ratine à la foire de Saintes, tu vas voir ça ! »

Il fut interrompu dans l'énumération de ses projets par un grincement de Montalieu.

« Favier ! Vous ne vous êtes pas encore tout dit depuis que vous êtes en vadrouille ?

– Merde ! marmonna Riri.

– Qu'est-ce que vous dites ? Répétez-nous cela pour voir.

– Il ne va quand même pas me fabriquer dès mon second jour de classe, » dit Riri entre ses dents.

Jean-Jean leva la main.

« On n'était pas ensemble m'sieur et puis il me demandait un conseil pour la “giographie”.

– Voyez-vous cela ! Eh bien, qu'il vous le demande en silence !

– Oui m'sieur ! dit Jean-Jean d'une voix douce, soumise, en murmurant, vieille vache ! »

À ce moment-là, le facteur frappa contre la vitre et entra en saluant d'un doigt sur la visière de son képi de fonction.

« M'sieurs-dames ! un pli recommandé pour monsieur Montalieu. »

Le maître d'école s'apprêtait à dire le traditionnel « Simonet surveillez la classe en mon absence », mais il pensa que les dégâts seraient négligeables s'il avançait la « récré » d'une demi-heure. Il dit seulement : « récréation » et le formidable roulement de sabots qui suivit lui prouva qu'il avait été entendu, sinon écouté, jusqu'au fond de la classe. Il se tourna aimablement vers le fonctionnaire subalterne et lui offrit un coin du bureau pour y déposer sa lourde sacoche.

Dans la cour – seulement séparée de la gendarmerie par un mur de moellons où dès les premiers beaux jours grouillaient les « langotes », ces petits lézards qui perdaient leur queue à la moindre alerte un peu sérieuse (elle repoussait en quinze jours, disait-on) – dans la cour donc, les petits couraient, criaient sans trop savoir pourquoi. Les plus grands, dans leur coin, près des cabinets, se racontaient leurs aventures estivales, grands gibiers surpris, cerfs ou sangliers « gros comme ça », serpents évités, bagarres entre journaliers, couples entrevus et puis les filles surtout, les filles, sous toutes les coutures, sous tous les désirs, les plus fous demeurant les plus cachés. Vous savez ces filles sur qui l'on échange les mots les plus neutres sur un ton détaché du genre :

« Ah ! la Sylvette, celle du moulin de Tasserand qui est un peu rouquine je crois ? Blonde ? C'est ben possible, je n'avais pas remarqué… » Tu parles !

Jean-Jean faisait partie des presque grands à présent. Il ne cavalait plus en gueulant. Il avait d'autres préoccupations.

« Tu as vu Riri ? Il n'a plus sa saloperie de règle noire. Il a dû la cacher.

– Non, dit le Dédé Moutiers, cadet du chef de la gendarmerie, c'est mon père qui lui a carottée le jour où tu lui as filé un coup de sabot. Je l'ai vue, il la garde sur son bureau. »

Jean-Jean eut un de ces élans du cœur qui le différenciaient des autres galopins.

« Ah ! Le brave homme ! Dédé, ton père est un homme de cœur. »

Il embrassa son copain comme du bon pain.

« Le prochain coup que je le verrai, je le saluerai, c'est sûr !

– Moi, dit le Riri Favier, le prochain coup que le Montalieu me rechope par les cheveux, je l'étale d'un coup de “ bot ” sur l'devant du genou. Là il en aura pour un moment à “taper” su' les pavés. Mais dis donc Jean-Jean, t'es-tu fait des sous pendant la saison ?

– À vous je peux bien le dire, j'ai trois cents francs sur mon livret de Caisse d'épargne. Ah ! Je n'ai pas travaillé pour du beurre.

– Fi d'garce non !

– Moi, dit tristement le Dédé Moutiers, les gens ne pensent jamais à engager un fils de gendarme. Il faut se contenter des petites pièces qu'on te donne à la Noël ou pour ta fête ou ton anniversaire, ou bien quand mon parrain, le marin qu'est premier-maître à Rochefort, vient souper à la maison.

– Là tu n'as vraiment pas de chance. »

Le sifflet du père Montalieu mit un point final aux confidences. Il y avait une jolie cloche avec une chaîne en fer à côté de la porte, mais, bien qu'elle ait été installée par des architectes républicains, il refusa toujours de l'utiliser pour ne pas faire un geste de curé.

Les gosses se mirent en rang au commandement « en silence je vous prie », déclenchant le traditionnel tremblement de terre jusqu'à la fermeture de la porte.

Jean-Jean passa son dixième anniversaire sans y prendre garde, à part un petit gâteau trop sec confectionné avec amour par Léonie. C'était le moment où, chaque année, le maître tournait la page de son manuel et passait à critère supérieur, tout relatif, certes, mais supérieur quand même pour ces jeunes cervelles qui ne manquaient ni de bon sens, ni de vivacité, mais demeuraient définitivement frustes, privées pour toujours de l'échelle universitaire.

Cette année Jean-Jean devait batailler avec la règle du participe complétée par la règle de trois. De plus il lui fallait, comme ses condisciples, retenir la minutieuse énumération des « crimes » qui aboutissaient à la chute du second Empire par la guerre de 1870 avec Badinguet, Bazaine et le duc de Morny qui lui semblait un sacré branleur, et puis cette Alsace-Lorraine qui faisait trembler d'émotion la voix de Montalieu si fort que l'on ne savait plus si c'était une actrice de ce temps-là ou bien un patelin. Sans oublier, surtout pas ! la Commune, les Fédérés, Gambetta qui était borgne et faisait du ballon et Louise Michel, et puis la Nouvelle-Calédonie (Riri, où c'est-y ce machin-là ?).

Comme ses pareils, Jean-Jean avait bien du mal à suivre ces personnages qui couraient en tous sens comme des cafards dans une boîte à chaussures. Ils connaissaient tous le père Combe car il était maire de Pons, pas loin et puis, s'en prendre aux curés hein, faut le faire ! Mais Jules Ferry « minis » de l'École, devenu conquérant du Tonkin, le commandant Rivière tu peux me dire qui c'est toi ? même sur une carte, et Fachoda, nom de Dieu ! Ô doit être vachement loin ça ! et puis qu'est-ce qu'il est allé foutre là-bas, le commandant Marchand ?

« Tu le sais toi Dédé qu'a des soldats dans ta famille ?

– Ouais, on me l'a peut-être dit, mais je m'en rappelle plus.

– Faudra pourtant que tu répondes au certif.

– Bon, c'est dans presque deux ans, j'ai encore le temps d'oublier le reste. »

Dans son mirador, sur le perron, d'où il croyait pouvoir tout surveiller, le père Montalieu lui-même commençait à se demander si tout ce fatras qui alourdissait le programme chaque année davantage, qu'il faisait ingurgiter à coups de mauvaises notes ponctuées de quelques gifles soignées puisque la règle d'ébène était désormais prohibée, si ce programme donc leur serait d'une quelconque utilité dans leur vie d'adultes qui commençait si tôt dans le petit peuple des villages et des ports.

Une fois encore il porta le sifflet à ses lèvres pour rassembler. Il voulait leur annoncer la date des vacances de Noël. Lui, Nicéphore Montalieu, ce qu'il voulait surtout c'était écrire un livre à la gloire des hébertistes dès le premier jour de la retraite qui s'avançait à grands pas.

Le sifflet déchira le crépuscule qui tombait vite à cette époque de l'année.

IV

Au marché de seconde

JEAN-JEAN SE DONNA si fort à ses « études » qu'il en attrapa la scarlatine, fièvre maligne dont les soins les plus efficaces consistaient à boire de la tisane de queues de cerises en quantité et à rester couché bien au chaud. À la demande du docteur Samain, le Secours social offrit une « corde » de bois (4 stères) pour chauffer la petite maison durant la quarantaine obligatoire, le Secours social fit également voter un pain par jour durant la durée de sa maladie. Une véritable dame de charité qui ne voulait jamais se faire connaître lui offrit un tricot neuf avec un col qui se roule. Elle se trompa de taille ou bien faisait preuve d'une surprenante prémonition car, lorsque Jean-Jean reprit pied à la vie, il avait grandi de dix bons centimètres.

« C'est d'une crise de croissance qu'il a souffert », déclara le docteur Samain après l'avoir ausculté dans tous les sens et constaté l'allongement de ses membres amaigris. Il accepta la pièce de deux francs de Léonie car c'était une « vraie » pauvre inscrite sur les registres communaux, pour les autres c'était cinq francs, et sortit après avoir tapoté la joue du long gamin.

La porte close, Jean-Jean se tourna vers sa mère.

« Tu veux que je te dise, m'man ? Eh bien, le père Samain il ne manque pas de cœur, mais pas d'aplomb non plus, là !

– C'est un peu vrai, mais à présent il faut songer à t'habiller. C'est que plus rien ne te va à part ton bonnet, et encore. »

Jean-Jean rumina un peu et sauta sur pied.

« Il faut aller à Saintes pour cela, tiens, je te paye le train.

– Nous irons demain, c'est jour de marché. »

Jean-Jean sortit pour prendre l'air mais avant d'arriver au port, il fit demi-tour et rentra en frissonnant. Au souper, il mangea comme un ogre et s'endormit d'un coup sur la table. Léonie eut un mal fou à le mettre dans son lit près de la cheminée.

Au matin, il faisait encore nuit. Le long convalescent avala une soupe de pois « à faire gueuder un goret » (le remplir). Il passa des bas de laine par-dessus ses jambières de pantalon définitivement trop courtes, enfin son beau tricot neuf, et s'emmitoufla dans un grand cache-nez. On ne pouvait pas dire qu'il avait fière allure ainsi attifé mais au moins il n'avait pas froid.

Léonie pressa le pas et par la vieille côte, ils gagnèrent le café de la place d'où partait le tram. Elle laissa son fils devant une tisane chaude et trottina jusqu'à la poste pour y quérir de l'argent. Le guichet n'était pas encore ouvert mais le postier chargeait des colis dans la voiture à bras pour les porter jusqu'au tram. La grosse postière n'y voyait pas très clair malgré ses grosses lunettes mais était déjà à son guichet.

Léonie approcha la lampe pour lui rédiger un retrait de cent francs.

« C'est qu'il me faut habiller Jean-Jean de la tête aux pieds. Il a pris une main de hauteur pendant qu'il était malade, et à voir ce qu'il dévore, le docteur Samain pense qu'il va pousser comme un peuplier d'Italie.

– On n'en a jamais fini quand c'est pas une chose, c'est une autre », grogna la fonctionnaire le nez écrasé sur son récépissé.

Elle redressa enfin le mufle.

« Faut-y que je vous le signe ? Ah non ! c'est vrai vous savez écrire vous. Bon, eh bien, bon voyage. »

Léonie tenant son sac bien serré retourna vers le tram. Jean-Jean était devant le feu qu'un machiniste venait allumer. À la caisse du long bar d'étain, le contrôleur qui s'intitulait « chef de train » buvait un « arrosé » fumant en faisant de la monnaie à la patronne sur sa recette de la veille. Léonie changea deux pièces de vingt francs et embrassa la caissière, une camarade d'école qui avait réussi, elle, mais Léonie ignorait la jalousie. Elle acheta deux allers et retours pour Saintes et retourna vers son fils dont la longue figure rougeoyait au foyer du mécanicien.

Le « chef de train » s'encadra dans la porte du café pour crier :

« Oh ! Camille !

– Ouais ! chuinta une voix venant de la cabine.

– Ça chauffe-t-y ?

– À sept heures et demie ce sera sous pression.

– Il y a un "arrosé" qui t'attend au comptoir. »

L'homme descendit les échelons de fer et voyant Jean-Jean devant la machine, lui dit :

« Va prendre ma place un moment, le temps que j'aille boire mon jus. Tu n'as qu'à mettre des bûches dans le feu et commencer à mettre des briques sur les braises. »

Le long gamin pensa qu'il avait grandi davantage qu'il pensait et que le jugeraient tous ceux qui le connaissaient, pour qu'un « technicien » comme celui-ci lui fasse confiance au premier coup d'œil.

Se penchant vers le foyer, il vit se dessiner une sorte de vallée étincelante entre deux falaises de bûches. Il y lança trois briques de charbon et referma la porte lourde et chaude de la chaudière, les yeux avides et respectueux sur tous les instruments qui devaient indiquer le bon fonctionnement de la formidable machine dont il sentait battre le cœur à travers ses sabots de tilleul.

À l'heure dite, sur un discret coup de sifflet, le convoi se mit en route, cahotant glorieusement en descendant la grande rue qui menait à Gémozac.

Il fallait plus d'une heure en comptant tous les arrêts pour parvenir à l'hôpital général de Saintes, sur la place, en face de la Banque de France, superbe bâtiment tout en pierre de taille qui était l'orgueil de la municipalité. C'était là le dernier arrêt avant la gare, de l'autre côté du fleuve Charente.

Le wagon de première classe était encombré par les frous-frous et les chapeaux immenses des voyageurs « comme il faut » qui y grinçaillaient comme une volière de perruches. En seconde, les placiers n'en finissaient pas de se vanter de prises de commandes mirobolantes. Dans le wagon de troisième, les gens avaient des visages immobiles, un peu inquiets même, de voler et courir à travers villes et champs comme le répétaient à toute occasion les journaux. Jean-Jean se pencha vers sa mère.

« Ah ! Je voudrais avoir quat'z'yeux pour tout voir !

– Pourtant, tu es déjà venu pour visiter ton grand-père quand il est tombé de son échelle.

– Il y a longtemps, j'étais petit et je ne savais pas quoi regarder. »

Sur un battement de cloche, le train se remit en chemin et tourna à droite dessus la longue descente du cours National qu'il dévala dans un formidable tintamarre de ferraille.

Léonie lui serra le bras en lui demandant à mi-voix :

« Cela ne te fait pas peur de rouler si vite ?

– Peuh ! Une machine comme celle-là peut aller sûrement plus vite encore. Regarde les autos, sur la route de

Bordeaux, on croit qu'elles filent comme le vent et pourtant les trains express les dépassent sans peine. »

À la sortie du pont, la locomotive fumante et crachant des étincelles traînait ses wagons à cinquante kilomètres à l'heure. Les voyageurs, un moment transis de crainte et en même temps saisis d'une immense admiration pour le progrès, avaient le regard fixe.

Croyant son fils terrorisé, elle tenta héroïquement de faire diversion :

« La statue, là à droite tu sais qui c'est ? Bernard Palissy.

– Ah ! celui-là je le connais, c'est lui qui a brûlé tous les meubles de sa femme pour fabriquer une assiette. Tu crois que cela mérite une statue toi, m'man ? »

Le train encore frémissant de tous ses boulons s'arrêta un peu avant la gare devant laquelle les chevaux de fiacres semblaient dormir, la tête penchée. Des porteurs se précipitèrent à la rencontre des occupants des wagons de première classe.

Dans la direction de Bordeaux, les maisons commençaient à moins de cent mètres. Sous la passerelle qui permettait d'aller en face, une rue commençait tout de suite, parallèle aux rails. Là s'entassaient des clients autour des tentes multicolores du « marché de seconde » où l'on trouvait tous les vêtements possibles, qui en principe n'avaient été portés que par une seule personne. Nettoyés, repassés, beaucoup avaient encore fière allure car en ce temps-là ils étaient encore souvent tissés et cousus à la main, ce qui leur conférait une solidité inconnue par la suite.

Le soleil avait chassé les brumes et de temps en temps donnait un coup de gaieté à ce marché non pas de la misère, mais d'une économie rigoureuse où les gens étaient portés vers le mieux-vivre pour un prix possible. Au marché de seconde, on avait le confort en plus de la solidité, ce qui n'empêchait pas les clients « honteux », faux riches qui veulent faire de l'épate ou employés qui cherchent désespérément la décence, de passer par les ruelles, les jardins ou directement en coupant les voies du chemin de fer pour ne pas être reconnus dans la foule.

Léonie savait ce qu'elle cherchait et trouva son chemin vers une grande tente surmontée d'un drapeau tricolore que le vent faisait claquer contre une pancarte très large : « Au Dépôt de la marine ».

À l'intérieur, les clients étaient plus calmes, plus respectueux avec la marchandise. Les vendeurs étaient vêtus en officiers mariniers, sans galons car le propriétaire ne tenait pas à avoir des ennuis avec les autorités sinon, il aurait aimé vêtir ses vendeurs en amiraux.

Voilà plus de quinze ans que le patron avait décroché l'exclusivité des rebuts de la base de Rochefort à l'occasion du renouvellement du budget. On y trouvait parallèlement des loques hors d'usage et des vêtements neufs au prix de gros.

Léonie trouva tout suite un caban d'officier de pont en lourde laine d'Écosse, capuchon à coulisse, boutons de bois fixés en face de boutonnières de corde, que les Anglais appelaient duffel-coat. Il valait onze francs. À côté, elle dénicha des pantalons en toile de Nîmes (aujourd'hui on dirait des jeans) beaucoup trop longs pour son garçon, mais elle se dit qu'en rentrant le bas et en lui faisant une pincée à la taille il pourrait les user jusqu'à la corde. Sur le banc voisin elle trouva des chemises de lin épais encore tout emballées et puis un tricot de marin qui se boutonnait sur l'épaule, le tout pour trente trois francs.

Le patron, tout sourire, lui offrit une ceinture de cuir « inusable » à double ardillon comme en portaient les premiers maîtres en service.

« Ce sera pour les étrennes du garçon », dit-il avec un clin d'œil. D'un geste imparable comme celui d'un moissonneur, il ramena le tout et le fourra dans une grande poche de papier épais. Jean-Jean voulu le mettre sur son épaule.

– Non, non, avant de payer et partir, passez par la cabine d'essayage, suivez le vendeur. »

Celui-ci écarta un pan de toile derrière lui. C'était un petit espace éclairé par une plaque de mica cousue dans la toile du toit.

Il y avait également une haute glace sur pieds, un tabouret et un portemanteau comme on en voyait dans les restaurants et parfois dans les cafés.

Léonie, obsédée par l'idée de mettre son bout d'homme au chaud et au sec, se hâta de replier les jambes d'un pantalon vers l'extérieur, de lui glisser la ceinture dans les passants, tandis que le gamin enfilait une chemise et puis le tricot de marin. Il enfila le pantalon encore un peu large mais bon de longueur, et par-dessus tout cela il mis le caban d'officier de pont. Il fourra alors les mains dans les poches profondes et se lorgna dans la glace pour y voir un jeune homme du port qu'il ne connaissait pas. Il demeura silencieux un moment puis siffla.

« Eh ben ! J'ai pas l'air d'un sot là-dedans mais il me faudrait un autre “bounet”. »

Léonie avait des ailes ce matin. Sitôt sortie, elle revint avec le vendeur qui dans une main portait une poignée de bérets et dans l'autre des casquettes à visière en cuir bouilli.

D'instinct, le garçon prit un béret comme on en fabriquait partout et que portaient la plupart des hommes de mer ou des paysans. Ces bérets n'étaient pas d'uniforme, mais une prévoyance du marchand qui savait évaluer les « à-côtés » juteux.

« Je le prends large, dit Jean-Jean, parce que l'hiver on peut le descendre plus bas que les oreilles… »

L'aimable assentiment fut de bonne réflexion pour Jean-Jean qui réalisa que cet homme courtois au possible ne gagnait sa vie qu'en distribuant des sourires onctueux et admiratifs à tous les demi-sots qui défilaient devant son miroir. Il ne se regarda plus de la même façon et pressa le mouvement pour sortir d'autant qu'une voix hostile se fit entendre :

« Il y en a encore pour longtemps ? Ma parole, ils habillent une mariée ici dedans, fi d'garce. »

Jean-Jean dont l'insolence semblait grandir avec les années rétorqua :

« C'est pas une fiancée, c'est une vache à qui on essaye un tablier, si tu veux nous aider à lui passer la queue dans les bretelles, on gagnera du temps. »

Prise de panique, Léonie s'empara de la grande poche jaune, y fourra les « vieilles affaires » de son fils et poussa la toile pour rejoindre la caisse, suivie par le vendeur. Jean-Jean resta un instant pour se mirer encore une fois.

« Il va falloir que je m'habitue à ma nouvelle dégaine. »

Il souriait en pensant que Montalieu ne le reconnaîtrait peut-être pas. Le râleur de tout à l'heure vit sortir un marin engoncé, « sans doute une brute », pensa-t-il et il s'écarta pour lui laisser le passage. Jean-Jean, la tête ailleurs, l'ignora complètement.

Derrière sa caisse ou plutôt son tiroir-caisse, large et profond, le patron luisait de bonheur. D'un côté les pièces, de l'autre les billets, s'entassaient à l'envi. Chaque fois qu'il l'ouvrait devant son gros ventre, une sonnette cristalline se faisait entendre. Quand il le refermait il entendait le claquement du petit levier qui la réarmait. Sur le comptoir, il y avait un panier rempli de couteaux pliants.

Le gros homme compta soigneusement les petits bulletins griffonnés par le vendeur et sourit davantage.

« Voilà des clients comme je les aime, qui ne chipotent pas pour des riens. Tiens ! Je te remets deux francs sur le béret, trois francs au lieu de cinq. »

S'adressant à Léonie d'un ton aimable en lui rendant la monnaie, il lui dit :

« Votre garçon devient un homme à présent. Il faudrait lui offrir un couteau, s'il travaille bien à l'école bien entendu », ajouta-t-il soudain sérieux en baissant les yeux.

Léonie sourit en songeant au tibia du père Montalieu et assura avec beaucoup de sérieux que son instituteur ne l'oublierait jamais.

Alors le gros bonhomme fouilla dans le panier avec un geste de trieur de poissons.

« Tu en veux un beau doré ? Tiens celui-ci avec les champions du Tour de France en relief, une grande lame, un ouvre-boîte et derrière un tire-bouchon et puis tu vois, un petit étrier pour l'attacher. »

Jean-Jean allait donner son avis lorsque du coin de l'œil il vit sa mère prendre le couteau et le mettre dans son sac. L'enfant songea qu'à cheval donné, on ne regarde pas les dents, et remit à plus tard l'achat du laguiole auquel il rêvait souvent.

Dans la rue, sous un bref coup de soleil entre deux paquets de gros nuages sombres, la foule devenait plus fluide. La mère et le fils eurent le temps d'acheter un demi-pain de deux et un petit pot de grattons avant de prendre le tram devant la gare. Oui, à la buvette, on vendait des canettes à emporter. Léonie en prit deux avant de grimper dans le wagon. Elle trouva deux places « dans le bon sens » et conserva la grosse poche sur les genoux. Alors, elle sortit innocemment le couteau de son sac et le tendit à son fils.

« Tiens, fais-nous deux casse-croûte. »

Jean-Jean l'embrassa en la bousculant un peu, comme il faisait tout.

Il prépara quatre tartines coupées bien net, puis avec une adresse toute neuve, étala une couche de grattons bien épaisse et régulière. Il referma comme un couvercle les tranches vierges et replia soigneusement la belle lame brillante en disant avec un clin d'œil :

« Elle coupe drôlement bien. »

Il remit le couteau-trésor dans le fond de sa poche neuve et le tram démarra au son de la cloche en même temps que tombaient les premières gouttes.

« L'hiver arrive tôt », dit Léonie de sa voix douce en serrant instinctivement son fichu.

Jean-Jean qui mangeait une énorme bouchée fut incapable de répondre, mais il se promis de lui trouver un véritable imperméable de dame la prochaine fois qu'il gagnerait de l'argent.

Ils arrivèrent à la nuit noire. Il ne pleuvait plus, et même, le ciel était un peu plus clair. Ce fut un jeu de descendre la grande côte et de rentrer à la maison en suivant l'étier qui brillait doucement d'une eau toute neuve.

V

Les pattes coupées des canards

L'HIVER VENU TÔT fut rude et long, une très grosse surprise pour le pays surtout habitué à des pluies océanes qui chassaient les gelées vers les terres plus froides de l'intérieur. Tous ceux qui avaient un travail régulier, petits paysans propriétaires, pêcheurs, ouvriers de la cimenterie, artisans, commerçants ou les rares fonctionnaires ne souffrirent pas des frimas, gardant les mains au fond des poches, ou bien soufflant dans leurs doigts en cas de nécessité, mais les toutes petites gens, dockers, éternels commis, vécurent deux mois enragés. Deux vieillards moururent de froid en février 1909. Et puis vers le 15, vint la neige, la vraie, celle qui tient sur les sols froids. Les autres années elle tombait une fois ou deux tous les hivers, mais fondait avant midi faisant une boue noire vite balayée par un grain venu de l'océan. Ce fut pour le coup que les galoches de Ballarin se révélèrent utiles et plus personne ne songeait à s'occuper de leur couleur.

Dans la petite maison, Jean-Jean s'en sortait en pillant chaque soir la grosse réserve de charbon de la cimenterie. La neige et le gel empêchèrent le train d'aller plus loin que Tesson pendant onze jours. Les gens reprirent vite l'habitude des voitures à cheval. Tout de suite après la neige, le froid arriva si vite et si fort que les canards sauvages se firent prendre les pattes dans les mares du marais. Jean-Jean fut un des premiers à s'en apercevoir, puisque la première était à moins de cent mètres de chez lui de l'autre côté du chemin de Port Maubert. Il en choisit deux des plus charnus, les expédia d'un coup de trique et leur coupa les pattes toujours prises dans la glace et les rapporta tout heureux à la maison. C'était la première fois que son couteau lui servait à autre chose qu'à couper des tartines. Ensuite, il se glissa derrière la maison pour passer l'étier sur un vieux chevron qui faisait office de pont. Une branche de saule lui servait de main courante.

Par là, le long gamin savait pénétrer dans la cimenterie jusqu'au hangar à charbon par le sentier oublié le long du vieux mur et puis la porte en fer que plus personne n'ouvrait depuis des années. Mais lui, Jean-Jean, avait eu l'idée d'en graisser les gonds boursouflés de rouille. Il entrait comme chez lui et savait où prendre les briques derrière un gros tas abandonné loin de la porte. Il en cala six dans un sac et repartit comme une ombre. Il revint les cacher dans le coffre à bois sous quelques bûches rescapées de la scarlatine et se mit à plumer les canards en attendant le retour de sa mère.

En dépit de deux tricots et de son manteau Léonie rentra transie d'avoir fait la vaisselle du restaurant Bleu. Dans un morceau de papier, bien roulé dans son sac, elle rapportait des restes tout à fait mangeables laissés par les clients. C'était des arrangements avec la patronne, madame Magné : deux francs cinquante et les restes qui lui convenaient pour faire la vaisselle et l'argenterie du dimanche midi. Enfin, midi c'était une façon de parler, car les clients s'attardaient souvent après quinze heures. Lorsqu'il y avait un banquet cela durait souvent jusqu'en fin d'après-midi.

Au premier coup d'œil, elle vit un canard plumé et vidé sur une assiette et son fils pelant des touffes de plumes dans le feu qui crépitait à chaque poignée.

Il sourit.

« Le froid est venu si vite que les canards ont eu les pattes prises pendant qu'ils dormaient.

– J'espère qu'ils n'ont pas souffert.

– Mais non, m'man, un seul coup de bâton derrière la tête, pouf ! Enfin après il a fallu que je leur coupe les pattes toujours prises dans la glace.

– Je t'ai rapporté un grand morceau d'entrecôte et un gâteau entier de chez madame Magné.

– Et moi des canards et du charbon. Il est sous les bûches dans le coffre.

– Il faut laisser les canards ressuyer jusqu'à demain soir, sinon, ils ne seront pas mangeables.

– Heureusement que tu as rapporté l'entrecôte. »

Jean-Jean avait une jolie faim. Il laissa sa mère cuire la viande sur les braises, en taillant des tartines.

« Tu manges avec moi ?

– Oh, moi j'ai déjà mangé avec ceux du service et très bien même. Il y avait du poulet et des pommes de terre sautées et puis un morceau de fromage. Tiens, c'est cuit comme tu l'aimes. »

Jean-Jean attaqua son grand morceau de viande avec son appétit habituel qu'il renforçait de grosses bouchées de pain de ménage. Pour « faire couler », il avala deux grands verres d'eau puisée dans le courant de l'étier et lâcha une série de rots en cascade du plus réjouissant effet.

Léonie marqua de la surprise et dit presque sévèrement :

« Si tu crois que ce sont là des manières pour entrer dans le monde, tu fais erreur, mon petit.

– Oh ! Tu sais on a déjà entendu le maire péter dans sa grosse culotte de velours brun. Pourtant il est une vedette chez les gens de la haute.

– C'est bien possible, mais je suis bien sûre qu'il se retient en soirée quand il reçoit le sous-préfet de Saintes ou même plus important. »

Jean-Jean lui fit son sourire le plus charmeur.

« Bon, je te promets de ne plus roter à table chez le maire, ça va comme ça ? Et maintenant si tu me faisais un peu goûter ce gâteau de la mère Magné.

– Tu as encore faim ?

– Ben…

– Oh ! ce n'est pas un reproche, c'est plutôt du plaisir de voir comment tu t'y prends pour refaire toute la viande qui te manquait il y a à peine un mois.

– Tu sais quoi m'man ? Je vais fourrer les tripes des canards dans la grande "bourgne" (nasse) à anguilles. Je ne sais pas si elles mangent l'hiver, mais on peut essayer.

– Pourquoi pas ? »

Jean-Jean alluma la chandelle d'une lanterne et sortit avec une pleine assiette de tripes qu'il vida dans le couvercle de la grande trappe d'osier. Il la referma, cala une grosse pierre à chaque bout dans le logement prévu pour cela et poussa le vieux piège dans le milieu du faible courant, où il disparut aussitôt au bout du câble qui le retenait à un piquet du bord. Puis il rentra en frissonnant.

Léonie avait tiré le lit près de la cheminée. Son fils vint s'asseoir face au feu. Il l'arrangea pour la nuit en mettant quatre briques en étoile sur les braises et, quittant ses sabots, il se fourra tout habillé sous la couette, tirant sur lui et sa mère une double couverture de cheval qui sentait encore l'écurie.

Léonie se tourna vers lui et l'embrassa sur le front.

« Dors bien mon grand.

– Bonne nuit m'man. »

Elle se dressa sur un coude et souffla la lampe à pétrole avant de plonger sous les épaisseurs qui tiédissaient. L'obscurité se dissipa peu à peu dans la lueur rougeâtre du charbon. Un moment plus tard, Jean-Jean les yeux grands ouverts demanda à mi-voix :

« Tu ne dors pas ?

– Non, mon chéri, tu veux quelque chose ?

– Non, non. Dis, ce serait drôlement bien si demain on avait une pleine bourgne d'anguilles.

– Sans doute, mais tu devrais dormir, tu as besoin de repos tu es encore en convalescence.

– N'empêche que pour les anguilles…

– Dors bien, personne ne t'empêche de rêver d'anguilles. »

Au matin à peine commencé, juste une lueur grise derrière les falaises, Jean-Jean s'éveilla. Aussitôt alerte, et les idées claires, il se glissa hors du lit sans bruit et posa une bûche sur les restes de charbon qui brasillaient encore. Il enfila ses gros bas de laine, enfonça son bonnet jusqu'en dessous des oreilles et sortit les sabots à la main.

Il faisait froid, mais cela piquait moins que la veille. Le paysage n'avait pas changé, ciel gris uni, terre blanche ou marquée çà et là du trait noir d'un chemin ou de la tache d'une mare. Il se frotta les mains et alla retrouver la corde de la bourgne. Bouger ne le réchauffait pas encore mais le dégourdissait. Dans un silence écrasant et figé, il se hâta en peinant pour décoller le piège qui devait être pris dans une branche ou entre deux pierres. Il s'amusa de voir sa respiration prendre la forme d'un petit nuage, et soudain il faillit tomber en arrière car la bourgne venait toute seule comme une barque.

Il tira encore plus et en reculant sur la terre, monta le gros tube d'osier sur le bord où, perdant toute résistance au courant, il se fit soudain plus léger. Il n'y avait rien dedans que des tripes délavées. Il repoussa la bourgne dans le courant. Il rentra en grelottant. Léonie accroupie devant le feu faisait chauffer une casserole sur un trépied enjambant les flammes, presque rouges.

« Fait pas chaud, dit-il en claquant des dents.

– Pourtant, répondit sa mère, j'ai eu moins froid cette nuit.

– C'est pas l'fond de l'air, c'est le vent. En tout cas pour les anguilles c'est raté. Oh ! Je l'ai remis, on ne sait jamais. Elle sent bon ta soupe.

– Pois au lard fumé, j'en ai apporté un bidon hier. »

Un peu réchauffé, Jean-Jean se mit à table en face de sa mère et, la chaleur aidant, il se remit à sourire et s'écria la bouche pleine :

« Puisque l'école est fermée rapport au froid et à la neige, tantôt je vais aller sur les marais casser la glace autour des pattes des canards. Personne ne sort par ce temps et ce serait vraiment du gâchis de les laisser crever de faim pour rien.

– Crois-tu qu'ils ont trouvé à manger sous la glace ?

– Bah ! en quelques coups d'ailes vers le sud ils vont retrouver l'eau libre. »

Léonie sortit pour aller préparer un repas de fiançailles au restaurant Bleu. Jean-Jean réchauffé, et bien emmitouflé cette fois, sortit avec un petit marteau qu'il avait trouvé dans le chai.

Il libéra plus de quarante canards. Les renards et les fouines en avaient déjà mangé plus d'une douzaine. Il rentra tout droit vers la route, le ciel devenait sombre vers l'estuaire. Crépuscule ou grain ? Dans les deux cas, il fallait s'abriter au plus vite. Avant de prendre pied sur la route, il trouva un arbre entier apporté par la dernière tempête. Il cassa rapidement une brassée de branches et repéra l'endroit pour revenir avec des copains et des outils. Tout de suite il pensa à Riri qui devait trouver le temps long dans sa maison de Bel-Air.

VI

Un instituteur hors du commun

LE GRAND FROID dura encore trois jours, puis un vent plus doux poussa devant lui des masses de crachin épais et mouillant au possible qui, par comparaison, paraissait tiède. Le lendemain, tout le pays baignait dans une bruine douce et tenace gommant les horizons, qui semblait avoir bien du mal à se séparer de la boue noire encombrant tous les chemins. Cailloux, l'éclusier du port à flot était célèbre pour avoir une « goule » capable de « bromer » plus fort qu'une corne de brume. De sa voix de clairon, il affirma bien haut que le temps était « tout partout pareil » vu que les allants et les venants avaient tous une gueule d'enterrement là ! Ça veut dire que si tout le monde chagrine à c't'heure, avant deux trois jours tout le monde rira. Cette espèce de prophétie absurde, d'où n'étaient pas absents l'absinthe et un gros sens primaire de l'observation, sembla curieusement rassurer tout le monde et l'on vit reparaître les bicyclettes en même temps que des averses soignées. Rien de tout cela n'avait d'importance puisque « Mille goules », autrement dit Cailloux, avait dit qu'il allait faire beau alors…

Chez le quincaillier, une nouvelle vitrine attira la convoitise des hommes et la passion des jeunes athlètes fanatiques de la petite reine et des coureurs qui se révélaient ici ou là au gré des comités des fêtes. Bref, ce qui excitait la gent cycliste, c'était une lampe de guidon « éclairant à plus de cinquante mètres » assuraient les affiches, tout comme Casteix qui fournit aussi armes et cycles.

Il s'agissait d'une nouvelle lampe à carbure à triple réservoir hermétique monté comme un barillet vertical. Lorsque la première faiblissait, vite on tournait le barillet qui mélangeait pierres sèches et eau claire et éclairait de plus belle. En tout, cette merveille assurait « trois heures de plein soleil en boîte ».

Si les clients ordinaires entraient, la petite foule des amateurs éclairés était constante à la débauche et les commentaires allaient bon train sur le trottoir.

« Avec ça on peut rentrer chez soi à n'importe quelle heure les gars !

– Cinquante mètres, dis donc, t'as le temps d'en voir arriver du monde c't-y !

– Mais combien ça coûte ? » questionna Jean-Jean qui depuis un moment faisait partie des amateurs.

Un silence épais lui montra l'universalité de la question.

Germain Lozier, le fils du coiffeur, laissa tomber :

« Trente-quatre francs sans compter le carbure.

– Eh ben, fi d'garce, ça fait bien des sous pour admirer not' misère !

– Ce Jean-Jean, celui qui lui a coupé le filet n'a pas volé ses cinq sous. »

Une nouvelle averse mit fin à ces considérations variées et chacun des amateurs du progrès enfila le chemin de sa maison.

Le tram arriva de nouveau le jeudi suivant. Jean-Jean et ses collègues reprirent l'école le vendredi où le père Montalieu annonça sa retraite aux prochaines grandes vacances, ce qui pour la plupart des « grands » signifiait qu'ils ne le verraient pas partir, étant déjà aux champs ou à la pêche depuis longtemps.

Comme il en avait fait la promesse à sa mère, Jean-Jean travaillait à peu près correctement, c'est-à-dire sans foucades imprévues, ni farces scatologiques dont il s'était fait une spécialité. Le père Montalieu s'expliquait mal ce revirement qu'il mettait sur le compte de l'adolescence. Il alla même jusqu'à lui dire, un jour où le gamin avait été particulièrement brillant :

« Ah ! Morin, si vous étiez tous les jours comme cela, je vous présenterais en fin d'année scolaire, vous seriez mon dernier lauréat. »

Éventualité remise aux calendes grecques à la suite de la découverte d'un crapaud, sur qui le maître mit la main en fouillant distraitement dans son grand tiroir.

Bien sûr personne ne se dénonça, tous les gosses étaient pliés de rire.

Mal remis de sa peur il se vengea assez lâchement en ordonnant à Jean-Jean de venir chercher « cette saloperie ».

Le grand gamin vint jusqu'au bureau en traînant ses sabots de façon exaspérante, jurant ses grands dieux qu'il n'y était pour rien. Il obéit avec lenteur, allongeant la bête dans sa main gauche en lui disant avec gentillesse :

« Viens coco, ce n'est pas une place pour toi ici dedans !

– Flanquez-moi ça par la fenêtre et vivement. »

Jean-Jean qui était à présent aussi grand que lui, prit un air offensé :

« Par la fenêtre ? Pour qu'il se fasse du mal ? »

Sur ce, il sortit d'un pas de sénateur et alla le poser devant un trou dans la cour, à côté des vieilles pierres tombées du mur. En dépit des hurlements du père Montalieu, tous les gamins étaient aux fenêtres et l'acclamaient en héros.

Le maître ne lui fit pas une remarque et ne l'interrogea plus jamais jusqu'aux premiers foins, coïncidant avec le départ du tiers de la classe qui se garda bien de lui faire des adieux.

Jean-Jean ne travailla qu'une semaine aux foins, cette année ils n'étaient pas très fournis, mais Janteau l'engagea pour faire du bois en forêt de Val Rey pour quatre francs par jour, plus une corde de bois en fin de chantier. C'était un travail moins ingrat qu'il ne paraissait car l'adolescent mangeait à satiété et se faisait des bras et des épaules en rapport avec sa taille. Les coins et la masse, tiens !

Ses compagnons lui défendaient de se servir de la cognée qui pouvait toujours dévier ou se démancher si on n'avait pas des poignets de fer, et vous couper net une cheville ou aller estropier un ouvrier à dix mètres de là. Tout le monde se souvenait du fils Fenioux tué net voilà quinze ans. Sa tête avait roulé jusque dans le fossé et les gens du chantier avaient rapporté le corps et mis la tête dans le panier du mangement !

Pour se faire des poignets il avait le passe-partout. On riait beaucoup parmi les abattis de l'an passé. Le soir il rentrait sur le porte-bagages de Papour Berton, l'oncle de Riri. Jean-Jean se laissait dévaler par le chemin creux, droit sur le port au coin de la maison de Cailloux, l'éclusier qu'il entendait gueuler après sa femme ou ses gosses presque tous les soirs. Après un galop de cinq minutes, il était chez lui. Ce soir-là sa mère avait une lettre ouverte sur la table.

« Qui a écrit ?

– C'est Odette, ta cousine. Elle quitte Saintes et est nommée à l'usine à côté. Elle demande si elle peut revenir chez nous en pension.

– C'est une bonne idée, elle est gentille Odette, un peu fêlée mais gentille.

– Pourquoi dis-tu cela ?

– Parce que c'est comme ça et voilà tout. Elle a pris du galon ?

– Je pense bien, elle est maintenant secrétaire à la Trésorerie générale à 35 francs par mois plus les gratifications, cela doit dépasser les 450 francs par an. Si elle épouse un employé qui en gagne autant cela leur fera bientôt mille francs par an, de quoi avoir une maison bien meublée et placer de l'argent pour leur retraite. Pourquoi ris-tu ?

– Oh rien ! une idée qui passait comme cela. Je l'ai déjà oubliée.

– Il y a des moments où je me demande si ce n'est pas toi qui es fêlé. Rire comme ça pour rien, c'est peut-être grave ?

– Tu préférerais que je pleure ?

– Mais non, enfin, ce n'est pas ce que j'ai voulu dire et puis tu m'ennuies à la fin. Viens te coucher !

– Tu ne veux même pas goûter au jambon fumé par madame Janteau ? J'en ai un bon morceau dans ma musette neuve.

– Ma foi non, je mange tous les jours, tu sais, là où je travaille, mais je ne suis pas une affamée comme toi. Cela me suffit amplement. »

Puisque le froid s'en était allé avec le vent, ils avaient repris leur lit. Léonie, son vieux lit de famille en loupe d'ormeau et son fils avait repoussé son lit-cage de l'autre côté de la cheminée. C'est lui qui soufflait la lampe à pétrole.

Aucun exploit particulier ne vint enjoliver ou dramatiser les jours qui s'allongeaient jusqu'en juin et diminuaient jusqu'à s'étriquer à la Noël, sinon que Ginette, la femme de Ballarin, apprit à Jean-Jean à ramender les filets durant les longues soirées d'été. Elle était persuadée qu'un jour cela pourrait lui servir. Le gamin continuait de grandir. Il passa ses douze ans aux vendanges tardives que faisait faire un lointain cousin de Blaye pour fabriquer un sauternes bon marché, pour accompagner les huîtres d'Arcachon.

C'était un homme très vaniteux qui gagnait de l'or mais ne payait guère, à peine cinq francs par jour pour cueillir les raisins un à un dans les vignes basses qui vous brisaient les reins. Pour dormir, il avait fait fabriquer des cadres dans une vieille grange, remplie de paille comme dans l'ancien temps, ce qui arrangeait bien les hommes faits qui y trouvaient sans peine le chemin des drôlesses mais passait inaperçu des femmes recrues de fatigue. Heureusement, la table était copieuse : bouillon gras, viande « au pot » c'est-à-dire cuite comme un pot-au-feu, et fromage de vache à volonté deux fois la semaine. Si l'on ajoute qu'ils se gavaient de grains de raisin à longueur de journée, de courrège, le pain était à discrétion, c'était là un « fourrage » peu varié mais propre à faire des adolescents capables de résister à toutes les fatigues.

Les choses se gâtèrent brusquement lorsqu'en fin de vendange, le fameux cousin décida de faire payer le voyage de retour à un vendangeur. Il ne dut la vie qu'à sa lâcheté naturelle, propice à calmer les humeurs ombrageuses. Sinon il aurait peut-être fini de respirer au fond d'une cuve de vin nouveau. Cela s'était déjà vu.

Jean-Jean retrouva l'école de Mortagne au début décembre. Il avait oublié son anniversaire entre les raisins et les cadres du cousin. Il y avait un nouvel instituteur, un jeune fou de vélo, qui se présenta lui-même au retardataire :

« Je m'appelle Paul Trompeau, je suis de la Haute-Vienne, et toi, comment t'appelles-tu ?

– Jean-Jean Morin, et j'arrive de Gironde où j'ai fait les vendanges tardives.

– Je suppose que tu connais ta place ?

– Oui, m'sieur, à côté de Riri, là dans le fond.

– Eh bien, vas-y. »

Le jeune instituteur regarda la classe remplie d'épaules déjà noueuses, une bande solide aux cheveux coupés à la diable, il pensa :

« Ils ont déjà presque tous leur bobine d'adulte. Ici l'adolescence fragile, connaît pas. D'enfant à homme on ne fait qu'un pas. »

Comme c'était un garçon porté sur la réflexion, il s'assit sur le rebord de son bureau en se disant que cette adolescence dont on lui avait rebattu les oreilles à l'École normale jusqu'à suggérer une thèse pour plus tard, n'était sans doute que le fruit superbe et vénéneux des sociétés citadines et confortables.

Une petite voix ténue au fond de lui chuchotait qu'il avait encore des masses de choses à apprendre avant d'acquérir des connaissances qui en feraient un fin psychologue.

Il haussa brièvement les épaules tout en ouvrant le carnet de notes personnelles de son prédécesseur, notes qui étaient presque toutes haineuses ou méprisantes sur ses élèves. Devant Jean Morin il y avait ce simple mot : dangereux. Une appréciation à envoyer quelqu'un au bagne en cas de litige avec un voisin ou une dispute dans un café.

Son nouveau troupeau avait l'air en difficulté avec sa petite explication de texte. Il fourra le carnet de notes assassines dans la poche de sa veste pour le jeter au feu une fois qu'il serait rentré dans sa chambre « en ville ». Une chambre assez convenable qu'il conserverait jusqu'à l'année prochaine quand les Montalieu rentreraient chez eux, du côté de Vesoul, lui semblait-il.

L'heure de l'exercice étant largement passée il claqua des doigts.

« Dépêchons, je ramasse les copies. »

Devant un torrent de jérémiades demandant un délai, il accorda dix minutes et repartit dans ses rêveries en tentant de voir ou d'imaginer ce qui avait pu pousser à la haine l'ancien instituteur, parmi tous ces visages déjà rudes où brillaient des yeux d'enfants, et ces mains uniformément calleuses qui montraient qu'il n'y avait pas de paresseux parmi eux. Il fut surpris par la cloche de l'église qui sonnait déjà dix heures. Il haussa encore les épaules et envoya tout son petit monde en récréation. Il gardait ce petit sourire auquel les écoliers commençaient à s'accoutumer.

Dans la cour, que Jean-Jean trouvait de plus en plus petite, les « grands », enfin, ceux qui rentraient des grands travaux saisonniers, ceux qui modelaient la campagne de leurs mains patientes et rudes d'hommes, génération après génération, les grands, donc, s'assemblèrent dans « leur coin » près des cabinets : six réduits contigus avec demi-porte et façonnés « à la turque », qu'une femme de service lavait à grande eau une fois par semaine.

« Dis Jean-Jean, que t'en penses, du nouveau maître ?

– Oui, dit Dédé Moutiers le fils du gendarme, il n'a encore tapé sur personne, sauf Cugnazet, le cadet du boulanger, qui avait pissé contre la porte de la classe. Il l'a d'abord envoyé chez le père Samain pour savoir si c'était une “maladie médicale” ; l'autre a dit que non, alors mon vieux il lui a collé une de ces tartes ! Je ne te dis que ça ! »

Devant le silence qui suivit, Jean-Jean se vit obligé de répondre.

« Bon, je ne l'ai vu que la moitié d'une matinée, je ne peux pas dire. En tout cas il a l'air d'un gars qui a quèt'chose à dire et il est moins sale à regarder que cette vieille vache de Montalieu. À mon idée, puisqu'on en cause, on verra mieux quand il nous notera nos devoirs, ça ne trompe pas. »

Sitôt entrés en classe dans une avalanche de sabots, ils virent qu'il avait corrigé plus de la moitié des copies.

Au lieu d'ânonner des notes grises sur un ton qui ne l'était pas moins, il vint s'asseoir sur le rebord de la marche devant son bureau, croisa les bras et commença :

« Mes garçons, je viens de lire vos devoirs, et franchement, il n'y a pas de quoi se vanter. Oh ! je sais bien que pour plus de la moitié vous revenez d'un travail éreintant. Vous voici quatorze à passer le certificat d'études dans six mois d'ici. Je vais vous mettre au régime fort. Les autres suivront le cours normal ou suivront le vôtre. Ils gagneront sans doute un an. Pour beaucoup, ce sera votre seul examen, avouez que ce serait sot de le rater. C'est comme une course de vélos, ne gagnent que ceux qui se sont entraînés. Il y en a qui ont la chance de finir l'étape en haut de la colline et n'ont plus qu'à se laisser filer jusqu'à l'arrivée. Vous c'est le contraire, vous regonflez vos pneus en bas d'une côte. Le fanion de l'arrivée est au sommet, ce n'est pas une raison pour flanquer votre vélo dans le fossé. Ça va être dur mais vous pouvez y arriver. Il faut bien comprendre que le certificat d'études, c'est essentiel. Vous n'aurez pas d'autre occasion de vous ouvrir ou au moins savoir toutes les voies possibles. Vous saurez l'arithmétique, vous saurez écrire une lettre presque sans fautes, vous parlerez bien le français, saurez les rudiments de la mécanique, vous saurez lire un plan, dessiner un peu, tout quoi ! Je sais que vous allez en discuter entre vous, c'est normal. J'espère que vous me ferez confiance. Cette fois-ci je ne note personne. Vous avez fait ce que vous croyiez bon, à moi de vous montrer le bon chemin. Nous en reparlerons tantôt ! Filez chez vous. »

Une fois dans la rue, les grands tombèrent d'accord pour reconnaître que le nouveau maît' d'école les avait estomaqués.

« Si ça se trouve, c'est peut-être même une chance qu'il soit tombé chez nous, cet homme. Parce que moi, dit Jean-Jean, même si j'avais tout su, je l'aurais raté exprès, son certif de mes fesses ! »

Les autres firent chorus et Jean-Jean conclut :

« Avec lui, là, je ne dis pas que je ne vais pas forcer un peu. »

Il y eut un nouvel assentiment. Et puis tout le monde prit le chemin de la soupe.

VII

« Racontez vos dernières vacances »

À PARTIR DE CE JOUR les « grands » et aussi quelques « petits » travaillèrent jusqu'en juin. Ils commençaient à aimer cela, découvraient que le maître ne parlait pas que pour lui et qu'il jouait « vachement » bien au football. Tout le monde savait qu'il passait ses congés à courir le pays, grèves et campagnes, sur son vélo, qu'il collectionnait des insectes dans de petites boîtes et qu'il était considéré comme un parti possible pour les demoiselles en état d'épouser un jeune instituteur.

Les oiseaux locaux avaient fini leur première nichée en fin avril et recommençaient dans les mêmes nids. D'autres arrivaient du Nord, les oies, les grues et les innombrables variétés de canards étaient remontés depuis longtemps au pays des fjords, des lacs et de la toundra. Trompeau en avait composé une série de devoirs, avec lecture collective du récent prix Nobel de littérature (1909), *Le Merveilleux Voyage de Nils Holgersson* de Selma Lagerlöf. Cela avait été son plus grand succès, un triomphe presque. La migration régulière du poisson ne fut pas oubliée.

D'abord les pibales quand il faisait encore froid, ces alevins d'anguilles qui s'en venaient de la mer des Sargasses, comment ne pas rêver avec des noms pareils ? Et où c'est sur la carte, fais voir ! Et puis arrivaient les mulets, les poissons plats, soles, plies, turbots, et les grands coureurs d'océan, les saumons, les truites de mer, les bars, les brignes et puis aussi les lamproies venues derrière les pibales et les maigres qui grondaient comme de gros chats lorsque arrivait la période de frai, les sardines, les maquereaux et tant d'autres encore !

Les compagnies de perdrix rasaient les blés encore verts à toute vitesse, les cailles grinçaient partout et il n'y avait pas de haie où un coq faisan ne rameutait son harem à la nuit tombée, dans les premières brumes. Les autres faisans qui avaient déjà leur nichée faisaient des prodiges de camouflage pour se tenir au large des énormes couleuvres de Montpellier que les faucheurs appelaient des « dards » ou des « centyards » selon les cantons. Ils en tuaient tous les ans, qui dépassaient deux mètres de long. Les vainqueurs les apportaient triomphalement à la mairie où on leur remettait un certificat et trois francs vite bus avec leurs compagnons d'aventure. Cette coutume datait d'une vingtaine d'années depuis qu'un médecin de Poitiers avait montré que cette couleuvre avait des crochets venimeux, heureusement placés dans le gosier, ce qui en limitait l'efficacité. Mais on peut toujours se faire « choper » un doigt de pied, de la main, ou l'oreille chez un gars qui se repose un peu. Enfin c'est ce que l'on racontait aux veillées. La bête était fort agressive, dans tous les cas il valait mieux y prendre garde et que quelqu'un en meure pour prendre une décision.

Depuis des années, bien avant même qu'il choisisse d'être instituteur, Paul Trompeau feuilletait avec une constante passion les pages du grand album de la nature qui, chaque année, se réimprimait à neuf, seulement marqué comme avec un signet par des catastrophes ou des événements de dérèglement, quelque chose comme des têtes de chapitre.

Lorsque mai s'acheva, il lui fallut batailler très sérieusement avec les parents pour qu'ils laissent leurs drôles partir à Saintes plutôt qu'aux champs. Grâce aux influences conjuguées du sous-préfet et de l'inspecteur d'académie, il fut convenu que les enfants candidats au certificat d'études iraient à Saintes, coucheraient à la caserne Taillebourg, proche de l'abbaye aux Dames, et rentreraient le lendemain sous la surveillance de leur instituteur et qu'il n'en coûterait pas un sou aux familles, les frais étant pris en charge par les autorités.

Contrairement à ce que laissait craindre leur naturel plutôt turbulent, les candidats au « certif » ne firent pas la moindre sottise. Ils étaient tous impressionnés et admiratifs de se trouver au contact des vrais grands. Les cavalcades dans les vastes escaliers sous les cris des sous-officiers, les képis et les sabres des officiers, leurs épaulettes et leurs éperons qui sonnaient sur les pavés, tout leur était sujet de surprise, d'admiration, surtout les mouvements d'ensemble, le maniement d'armes, l'école à pied, le puissant grondement des crosses, des talons, suivant immédiatement les commandements hurlés par les sergents.

Bien sûr ils ne voyaient que le côté spectaculaire de ces centaines d'hommes occupés à préparer et parfaire des défilés, semblant passer le reste de leur temps à se balader en ville en costume de prestige avec un beau sabre ou un sabre court, de parade, que l'on appelait « briquet ». Si Jean-Jean était aveuglé comme ses camarades de classe, il se sentait dérouté par cette succession d'événements qui l'avaient bousculé d'une école de campagne à la ville, et puis la caserne, avec son univers hurleur et chamarré, pour un examen que les anciens ne connaissaient guère. Il en ressentait une crainte sourde, infondée pour lui, qui lui assombrissait le caractère.

À ses compagnons qui s'essayaient au salut, il grogna :

« Peuh ! si encore après le service ils nous laissaient le fusil pour aller à la chasse.

– C'est pas le bon calibre pour ça, eh ! Futé !

– Pas vrai ! Casteix l'armurier qui fait aussi les cannes à pêche et les vélos, dit que pour moins de cent francs on peut changer le canon et agrandir la culasse. Il y en a qui l'ont fait.

– Moi, dit Riri Favier, mon père dit que pour moins que cela on peut s'acheter un "Le Faucheur" ancien modèle, de seconde main, qui peut durer toute une vie. »

Derrière leur chambrée il y avait une grande salle libre où les apprentis caporaux et sergents suivaient des cours. Ils s'y retrouvèrent à cinq classes avec autant de maîtres d'école, de surveillants de lycée qui distribuaient les exercices, sous la direction d'un inspecteur. À chaque place on trouvait du papier, des plumes, des règles, des rapporteurs, des gommes et les encriers étaient pleins. L'administration militaire ne semblait rien laisser au hasard. Aucun des candidats ne se doutait qu'il était l'objet d'une expérience de l'académie de Poitiers à laquelle ils n'auraient sans doute rien compris si on avait pris la peine de leur expliquer.

Après le dîner de midi suivi d'une courte promenade dans la vaste cour, ils se mirent au travail avec l'impression de se trouver sur une autre planète.

On commença par le calcul. Des trams qui ne partent pas à la même heure, où vont-ils se croiser ? Et la peinture nécessaire à peindre un bidon carré sur les deux faces s'il vous plaît ! D'autant que ce foutu bidon faisait cinq millimètres d'épaisseur, etc.

À dix-huit heures tous avaient fini et commentaient mollement leurs prouesses ou leurs doutes, et après un souper bœuf, haricots et une pomme, ils s'en allèrent dormir comme s'ils avaient fait une corde de bois dans la journée.

Le réveil au clairon ne fut pas la moindre surprise. Tout le monde se retrouva dans la cour autour d'une fontaine pour se débarbouiller. À la cantine on leur donna du pain carré de munition avec beurre et café au lait. C'est en pleine forme qu'ils attaquèrent leur journée.

Les instituteurs quittèrent la table les premiers et tout le monde se retrouva dans la salle de cours, dès huit heures trente. Au programme français, histoire.

Et d'abord la dictée, avec moins de cinq fautes, s'il vous plaît, sinon saqués ! Les instituteurs firent de leur mieux pour les liaisons imposées par les pluriels. Tout le monde s'en sortit sans dégât majeur bien que plusieurs frôlèrent la limite de quatre fautes. Et puis vint le tour de la rédaction avec un sujet problématique : racontez vos dernières vacances (au moins une page, vous avez une heure). Là, il y eut un certain remue-ménage parmi les candidats. Après des discussions à voix basse le drôle Moutiers, qui savait comment on parle aux « gradés », fut poussé vers un jeune instituteur qui s'approchait :

« M'sieur, c'est pour dire, enfin, euh, nous on a jamais eu de vacances, de vraies je veux dire, alors c'est pas facile à raconter.

– Que font vos parents ? interrogea le jeune barbu, qui cachait sous un ton abrupt un réel embarras.

– Mon père est gendarme, m'sieur.

– Alors il me semble que comme tout serviteur de l'État, il doit avoir des congés, non ?

– Chez nous on dit une permission, mais on ne quitte pas la caserne, ça coûte trop avec cinq enfants, et puis les autres, ils travaillent avec leurs parents.

– Mais, les fils d'artisans ? dit encore l'autre qui était du genre ergoteur.

– Ils travaillent aussi pour apprendre le métier et faire les marchés. »

Trompeau, le très nouveau maître d'école se pencha vers son collègue :

« Mon cher collègue, m'est avis que les rédacteurs des devoirs ont mis la charrue avant les bœufs. C'est une question qui sera comprise dans quarante ans, cela ! »

Les instituteurs tinrent un conciliabule embarrassé et s'en allèrent trouver l'inspecteur.

Jean-Jean était assis à la table la plus proche du bureau bien clos des chefs. Il ne comprenait pas ce qu'ils disaient mais, aux vagues des murmures, on pouvait se rendre compte que cela « pensait dur » à l'intérieur. À l'abri des surveillants partis en « griller une » dans la pièce voisine, il lança discrètement à ses collègues les plus proches :

« Hé les gars, ça bouillonne du chignon ici dedans ! C'est pourtant pas les savants qui manquent. »

Un murmure général de petits rires lui répondit.

Un long moment plus tard, les maîtres et l'inspecteur d'académie revinrent à leur place. Le barbu prit la parole et annonça clairement un nouveau texte de devoir, sans se rendre compte qu'il était le porte-parole d'une montagne de savoir et était tout glorieux d'être le porte parole d'un texte murideéen : « Racontez votre voyage à Saintes pour venir y passer les épreuves du certificat d'études. »

Jean-Jean s'en tira très bien. Il était rempli de souvenirs qui avaient eu le temps de mûrir et termina sa page par l'accueil de Bernard Palissy, un des repères principaux du livre d'histoire.

La chose fut jugée « encourageante » par l'aréopage aux mines graves qui lui donna une note le mettant à l'abri d'un recalage. Les questions orales furent faciles, surtout pour les drôles qui avaient depuis longtemps l'habitude de tenir tête aux adultes tout en sachant généralement s'arrêter avant le coup de pied au derrière terminant généralement une discussion oiseuse.

« Racontez vos dernières vacances »

Jean-Jean s'en tira comme un gars qui avait de la « goule » et s'arrangeait toujours pour connaître ce dont il parlait.

Comme il avait « juste » en calcul et seulement trois fautes dans sa dictée, il passa haut la main avec trois points de plus que le second. Le retour à Mortagne commença en fanfare mais peu à peu les candidats rompus s'endormirent. Puis, à Mortagne, les candidats auréolés rentrèrent chez eux.

Pour Jean-Jean, être reçu le premier du canton ne lui faisait ni chaud ni froid, mais pour Léonie, ce fut un jour de gloire un peu comme une vengeance, une revanche plutôt.

Il y eut une fête le dimanche suivant, on leur remit leur diplôme avec un livret de Caisse d'épargne de vingt francs pour leur « y apprendre » à mettre de l'argent de côté, et puis un livre. Il y eut après un discours du maire qui n'en finissait pas puis un petit mangement pour les lauréats. Tous avaient été reçus, à part un ou deux indécrottables... Ce fut à la gloire de Paul Trompeau à qui on offrit le poste de secrétaire de mairie après la mise à la retraite du titulaire depuis déjà deux mois.

Jean-Jean quitta l'école dès le lendemain pour les foins que les pluies du début de mars avaient rendus tardifs. Il embrassa très fort la Léonie avant de partir pour la ferme Janteau et en lui disant :

« Si ça veut rire cette année, je t'achète un imperméable de dame, et à moi un vélo ».

Toujours dépassée par ce qui concernait son fils, elle regarda pensivement le diplôme qu'elle avait punaisé sur le mur de plâtre, en murmurant sur un ton de prière :

« Mais jusqu'où ira-t-il, mon Dieu ? »

Dehors, Jean-Jean s'éloignait en sifflant comme un merle.

VIII

Pêche miraculeuse

LE LIVRE QU'IL AVAIT REÇU en prime était gros et grand, doré sur tranche et rempli de grandes images formidables et héroïques. C'était un gars appelé Jules Verne qui l'avait écrit et cela s'appelait *Vingt Mille Lieues sous les mers.* Il le lut en deux soirs et la journée du dimanche, pensant que « ça, c'était un truc qu'il aurait aimé faire ». Mais aucun passant, voyant à flanc de colline ce jeune faucheur accomplissant en force et souplesse des gestes séculaires d'avant les Romains, n'aurait imaginé que ce héros bucolique était en train d'arpenter le fond des océans à la poursuite d'aventures inouïes.

Il y avait eu de la « denrée » dans les foins à cause de la pluie vite revenue, les champs d'orge et de blé étaient « blancs d'eau » dans les creux des larges pentes des coteaux, les vignes souffraient aussi. Seul le trafic des bateaux était prospère. Janteau paya la semaine complète aux ouvriers et ferma le travail des champs jusqu'au retour du beau temps. Jean-Jean désœuvré s'essaya à faire le docker, mais il eut un mal fou à descendre sur la planche oscillante avec un sac qu'il avait eu toutes les peines du monde à mettre sur son épaule. Le contremaître l'aida à se délester et lui frappa gentiment sur l'épaule.

« C'est pas le courage qui te manque mon garçon, c'est la moelle, d'ici un an ou deux tu feras un bon docker, faut-t'faire une raison jusque-là. »

Que faire alors ? Surveiller une trémie à la minoterie, pour quatre francs par jour ? Il savait qu'il ne tiendrait pas une matinée, secoué par les tremblements de la machine.

Il alla traîner sur le quai opposé au grand moulin mécanique, prêt à n'importe quel ouvrage pour deux francs.

Le gros Ballarin, qui pour une fois avait grise mine, vint lui tomber dessus alors qu'il n'était pas assis depuis cinq minutes.

« C'est tout ce que tu as trouvé à faire aujourd'hui ?

– Votre équipage s'est mutiné ?

– Non, mais mon nouveau marin Alain Bonnet a reçu une ruade du cheval de Pinaud, le boulanger de la place, il est au lit pour au moins quinze jours avec une épaule déboîtée et la margoulette en compote. »

Jean-Jean arbora un air réfléchi et dit froidement :

« Un marin débauché à cause d'un coup de pied de cheval, ça fait pas sérieux.

– Ce qui serait plus sérieux, ce serait d'embarquer avec moi et La Jarre, part au quart. Une pour le bateau, une pour moi, une pour La Jarre et une pour toi : tu te débrouilles pour vendre ta pêche.

– Pour longtemps ?

– Tant qu'il y aura des bars au cul des sardines. Mais où cours-tu comme ça ?

– Prévenir maman et chercher mon ciré jaune que mon oncle Pierre m'a donné pour mon certif. C'est un ciré neuf qu'un gars lui avait laissé en gage pour un lot de sabots neufs et qui n'est jamais venu le chercher.

– Eh bien, file, matelot ! La pleine mer ne va pas tarder. »

Descendant de ses sabots Jean-Jean les prit en main et fila sur la route de la Gravelle, heureux de sentir le ciment neuf et tiède claquer sous ses pieds nus durcis par le bois de tilleul des sabots.

Une heure plus tard, sous un vent frais venu d'ouest, Ballarin, un peu vautré sur son banc de gouverne, lui expliqua :

« Nous allons pêcher à la ligne comme les Bretons. Un gros plomb, un cordeau tissé et quatre hameçons sur avançons vers le bas. On sent les touches au doigt en dandinant un peu dans les remous. Tu as compris ?

– C'est à un lauréat du certif que vous demandez cela ?

– C'est vrai, c't-y, j'oubliais que tu ne te contentais pas de casser la jambe des vieux maîtres, tu passes aussi en tête de leurs foutus examens. Enfin, un savant à bord, je suppose que cela ne peut pas nous faire de mal. Vous avez remarqué ? une longue caisse pour tous, comme ça, pas de dispute. Nous partagerons après la vente.

– Pas de danger que je me chamaille avec un savant qui est le copain du chef de la gendarmerie de Mortagne.

– D'abord, c'est pas avec le chef mais avec son fils, et même le chef est un plus brave homme que l'on ne croit.

– Cela suffit comme ça, les deux, nous sommes partis à la pêche et pas pour une bagarre de bistrot, vu ? »

Le silence retomba, souligné par un clapot nerveux qui giflait l'étrave épaisse de la filadière.

« On va aller poser le bateau sur les battures du Terrier, ajouta le gros homme. Il faudra ancrer solidement devant le rocher, pour pas que l'on aille donner dessus pendant que nous serons occupés à tirer les bars du fond. »

Ballarin, sous ses airs balourds, était fin marinier. Il connaissait pareillement bien les lieux que les réactions de son voilier. Sa main épaisse avait des finesses insoupçonnables dans la manœuvre de la filadière, comme s'il avait piloté un yacht de régate. S'il y avait pensé, il aurait certainement gagné des courses.

La barque s'approchait à bonne allure des rochers. Jean-Jean observait son patron tenant l'écoute de grand-voile d'une main sûre et ferme, l'autre, sur la barre, entre le pouce et l'index. On le sentait aux aguets du plus petit événement : hauteur du nez de la barque sur l'horizon de roches, la force brouillonne du vent dans son bras gauche, le frémissement des remous contre la barre. Il laissa gagner un peu de vitesse et à une bouffée à peine sensible il lâcha son écoute et appuya en même temps sur tribord. La barque fit un bond et se retrouva à l'abri du vent derrière une grosse barre de pierre. Il hurla :

« Tombe la voile et mouille ! »

La Jarre avait tous les défauts possibles mais c'était un excellent marin qui exécuta la double manœuvre avec la dextérité d'un acrobate. La voile tombait encore quand l'ancre fit un gros plouf. Jean-Jean avait juste eu le temps de quitter sa place. Il bloqua la lourde masse de fer avec deux demi-clefs sur un tolet.

Obéissante comme un gros chien bouvier, la filadière s'arrêta au ras du tourbillon où sautaient des bars de toutes tailles. Chacun prit son cadre où était enroulé le cordeau. Le plomb était retenu par un clou en crochet. Les avançons retenus par leurs hameçons dans des plaques de liège, chacun à sa place parmi de nombreux petits trous qui indiquaient l'âge de l'engin.

Ballarin saisit une grande épuisette et, après s'être bien calé les genoux sous le plat-bord, guetta la prochaine chasse. Il n'attendit pas longtemps. Un petit banc de sardines grand comme le bateau s'approcha à toute vitesse, au ras de l'eau. Derrière, une trentaine de bars fous, la moitié de la gueule hors de l'eau, faisaient un potin de ruche essaimant. En dépit de sa masse, le gros marin pêcheur plongea son épuisette devant lui et la remonta avec peine des remous. D'un puissant mouvement, il rentra le tout à bord. Le fond du bateau devint scintillant de plus de cent sardines.

« Allez, rugit-il dans un souffle, pour la “boëte” (l’appât en breton) c’est une demi-sardine quand elles sont belles et une entière quand elles sont petites. »

La Jarre avait déjà déroulé son cordeau et commençait à « nourrir » ses hameçons. Jean-Jean l’observait du coin de l’œil sentant que c’était là le commencement de la nouvelle école, la vraie. En théorie, il connaissait le mécanisme mais ne fut pas fâché de la leçon d’adresse. Un instant plus tard, après avoir fait très attention de ne pas accrocher un cordage ou, pire, le membre d’un de ses compagnons, il lança son plomb pile au milieu d’un gros remous mousseux et bleu comme une lessive. La Jarre avait déjà pris un bar « portion » qui battait le tambour au fond de la grande caisse. Jean-Jean était fasciné par la vue de son cordeau plongeant droit dans la mer et disparaissant ou se dressant comme un petit paratonnerre au gré des mouvements de l’eau bruyante.

Soudain un toc très sec résonna dans son index. Il ferra dans la même seconde et se dit « n’en v’la un, non de d’là ». Remontant à grandes brassées, un second toc, plus sec, le secoua en chemin. Un instant plus tard deux bars frétillaient au bout de son poing : un beau qui dépassait ses quatre livres, et un autre plus petit d’un tiers. Et puis il bascula dans un monde inconnu, la « boëte » se montait toute seule dans le vent et l’écume, il descendit avec son plomb, voyant le fond comme s’il s’y promenait, regardant mordre les bars avec férocité, les remontant comme des flèches tirées vers le ciel. Soudain, il tressaillit dans une énorme vague et se rendit compte qu’il avait quitté le fond de l’eau et que la vague en question n’était qu’un coup de clapot. Il vit encore approcher un bar très gros. La sardine disparut dans sa gueule et la bagarre recommença.

Jean-Jean avait mal au doigt qu'il découvrit rouge et enflé. Il croisa le regard de Ballarin.

« Tu m'avais l'air d'être drôlement loin, toi ! »

Un autre coup sec exagéra la douleur. Il changea de main et remonta avec une science tout à fait nouvelle le gros bar et un plus mince. Il en connaissait à présent toutes les ruses, les farces, et savait les contrarier. D'un coup de poignet, il les envoya dans la caisse où s'agitait un tas de poissons superbes. Il pensa : « Merde j'ai pris tout ça en rêvant, pas étonnant que j'aie mal au doigt ! Ça c'est quelque chose ! » Il garda ce mystère pour lui et se pencha pour attraper une sardine entre les lames du caillebotis. Ballarin l'interrompit :

« Allez les gars, on plie, le flot monte à toute vitesse. Jean-Jean va aider La Jarre à remonter l'ancre, ensuite vous monterez la voile. »

L'ancre fut vite à bord et puis les deux garçons s'attelèrent aux écoutes de la voile rousse. Le vent était encore faible, turbulent mais faible. Il suffit pourtant à pousser la filadière dans l'étroit chenal où sautaient encore des bars comme si de rien n'était. Le voilier laissa vite derrière lui l'îlot du Terrier et déboucha à l'angle de Port Bloc, cette petite anse très bien abritée des vents de l'océan où les carriers de Napoléon avaient entassé jadis la plus grosse part des pièces nécessaires à la fortification de toutes les petites îles et de Fort Boyard, disait Ballarin.

Les deux manœuvres rechargèrent les cordeaux. Tout avait été si bien préparé que les hameçons retrouvaient les mêmes trous après le plomb et les brins du cordeau avaient fini par marquer leur place en travers des cadres. Ballarin les enferma au cadenas dans le coffre d'étambot. Le courant de flot devint très puissant à la pointe de la balise et le vent forcit. Ballarin prit un cap sud-sud-est très fin à conserver, qui l'éloigna sans heurt du Médoc. Il fila d'une traite à Talmont d'où il prit le cap de la butte de Beaumont dont l'antique tour à fumée marquait toujours le bon passage entre les bancs mouvants qui bougeaient beaucoup moins que ne le disait la légende. D'un coup d'œil, il vérifia sur le gros compas vissé sur le banc de nage. Un moment plus tard, il aperçut les deux grues à vapeur du port de Mortagne qui se détachaient en résille sur les falaises blanches.

Il vira tranquillement dans le chenal très court de Mortagne et fit tomber la voile, se laissant porter par le flot jusque sur la pente herbue en face de la minoterie afin d'être à l'aise pour le partage tranquille de la pêche. Il fit lier la lourde barque à un piquet du rivage et envoya La Jarre chez lui par le chemin de l'écluse, c'était en face, chercher une lampe, prendre la grande balance romaine et transmettre l'ordre aux filles d'atteler l'ânesse pour apporter un casse-croûte et donner la main au partage.

Tout bien pesé et rangé dans des bassines, il y avait cent cinquante kilos de très beaux bars et une majorité de bars portions, les plus faciles à vendre.

C'était beaucoup, énorme même pour ce petit monde de la pêche. Une sorte de révolution pourrait-on dire. Quarante kilos par pêcheur et deux parts pour le patron et son bateau.

Un peu plus tard on vit bouger des lampes le long des estacades, et se vider les filadières de leurs lourds rouleaux de filets.

De son côté, Jean-Jean savait mieux que beaucoup vendre une demi-douzaine de beaux poissons, mais quarante kilos ! Son esprit fertile lui suggéra un accommodement.

« M'sieur Ballarin ?

– Qu'est-ce que tu veux ? »

– Pouvez-vous me garder ma part et me prêter quarante sous ?

– On peut savoir ?

– Je veux aller téléphoner au Vivi Poussachie, le mareyeur de Saint-Fort. »

Le gros homme comprit aussitôt et ne se demanda même pas pourquoi il n'y avait pas pensé lui-même.

« Toi, fils, tu as la tête sur les épaules. »

Il sortit de son gros porte-monnaie une pièce de deux francs en disant :

« Tu lui diras aussi un mot pour moi et puis tu me rendras la monnaie. »

Le garçon fit un signe qui pouvait passer pour un salut et prit sa course. Il l'entendit galoper longtemps jusqu'au tournant de la côte.

La Jarre reparut avec deux lampes allumées :

« Pourquoi deux ?

– Une pour toi, l'autre pour moi, il faut ça pour aller voir mes clients. »

Il posa par terre un panier en grillage, y coucha une dizaine de poissons et repartit pour l'écluse vers son petit commerce.

Jean-Jean arriva hors d'haleine à la poste dont le préposé fermait les volets.

« J'voudrais téléphoner !

– Tu diras bonsoir en sortant, il n'y a personne de malade au moins ?

– Non, non, m'sieur Reignard, je voudrais appeler Poussachie à Saint-Fort

– C'est le cinq, précisa la grosse dame qui vendait des timbres et avait fait de la monnaie à Léonie lorsqu'ils étaient allés à Saintes.

– Eh bien, va pour le cinq, dit le directeur en tournant une petite manivelle, va dans la cabine et décroche quand cela sonnera.

– Oui m'sieur, obtempéra Jean-Jean en ouvrant la grande porte vitrée qui grinça horriblement. Par-dessus le comptoir il pouvait observer tous ces gestes magiques au milieu des fiches, des fils de couleur, avec les petites plaques blanches et bleues qui basculaient toutes seules. Il était rempli d'admiration et sursauta au coup de sonnette. Il posa l'écouteur sur son oreille et se pencha un peu pour répondre à une voix qui chuchotait :

« Allô ?

– M'sieur Poussachie ?

– Ouais !

– C'est Jean-Jean, le matelot de Ballarin. On a trois parts de bars très beaux pêchés tout à l'heure à Mortagne. Oui, sûrement plus de cent kilos. Hé ! Ballarin a abordé avant l'écluse en face de la minoterie. Oui, c'est ça. Nous vous attendons.

– Raccroche ! » cria le directeur.

Jean-Jean s'approcha du comptoir :

« Ça fait quinze centimes.

– C'est pour le coup que vous allez devoir me faire la monnaie, je n'ai que quarante sous.

– Ce n'est rien, mais moi, dit le postier chef, je voudrais bien un beau bar. J'ai mon fils et ma bru qui viennent souper demain.

– Facile, descendez-moi sur votre porte-bagages. Vous remonterez bien sans moi.

– Mieux, même, car tu dois peser ton poids, à présent. »

Anselme Reignard, responsable du bureau de poste de Mortagne, sortit sa bicyclette de sous l'auvent de la petite cour contiguë et l'enfourcha en disant :

« Allez grimpe, farceur et tiens-toi bien à la selle. À tout de suite madame Ricou ! »

La route était bourrée de nids-de-poule mais comme souvent, le vent de flot avait nettoyé le ciel, ce qui prolongeait la crépuscule de presque une heure. Par contre la nuit noire tombait plus brutalement, un peu comme à l'équateur disaient les marins qui avaient navigué jusque-là.

Quelques minutes plus tard, l'équipage s'arrêta près de la filadière.

« Vous serez combien à table, demanda Jean-Jean avec un petit air compétent.

– Six. »

Le gamin se pencha et prit un bar qui frisait les six livres et le dressa dans un reste de lumière venant du large.

« Ça vaut combien, m'sieur Ballarin ?

– Au moins cinq francs chez le poissonnier, mais pas aussi frais. Remets-lui vingt sous puisqu'il s'est dérangé.

– Alors ça fera quatre francs, m'sieur Reignard. »

Le postier allongea deux pièces de quarante sous, attacha son poisson au guidon, alluma sa lanterne et repartit, fier comme s'il avait pêché lui-même le bar dont la large queue brillait dans la lumière de la lanterne.

Une fois seuls, Ballarin demanda :

« Tu as eu Poussachie ?

– Ben oui.

– Qu'a-t-il dit ?

– Qu'il arrivait, il n'y a plus qu'à l'attendre. Il est revenu, La Jarre ?

– Oui, il a repris une dizaine de poissons et ce coup-ci, il est allé au café des Sports. Il avait déjà les "œils" qui brillaient sans lanterne. À mon avis il reviendra tout à l'heure mais il sera trop soûl pour repartir plus loin que son poisson. C'est dommage tout de même.

– Qu'il garde son poisson ou qu'il mène une vie pareille ?

– Les deux, mon petit, les deux. »

La carriole du mareyeur et la charrette à âne de Ballarin se présentèrent en même temps sur le terre-plein.

« Et voilà, ricana le gros homme, il faut le même temps à mes deux gourdes pour faire cinq cents pas que le gars Vivi pour faire deux lieues !

– C'est qu'elles n'ont pas le même harnachement.

– Et cela ne fait que commencer, » soupira le gros marin pêcheur.

Le mareyeur, un costaud aux cheveux gris avec de très fortes épaules, sauta à terre. En remarquant les va-et-vient discrets sur le port, il fit un sourire grimaçant :

« Mouais, ils y vont tous, demain soir leur pêche coûtera la moitié, et encore.

– Ce qui compte, c'est combien tu nous en donnes ce soir.

– Trois francs.

– Pièce ? rigola Jean-Jean, ça se discute.

– Le kilo, eh ! pantoufle ! Cela te met les gros bars à neuf francs ou plus.

– Et les bars portions au prix du roudoudou, pas même la peine de les rapporter. »

Ballarin avait laissé Jean-Jean dont il connaissait la langue acérée. Là, il intervint :

« Tu perds ton temps Vivi, il faut que tu montes jusqu'à quatre francs, juré craché !

– Bon, mais alors vous m'aidez à peser et charger.

– Tu as changé de commis ?

– Non mais l'animal est parti se coucher. Il y en a combien par caisse, de bars ?

– Quarante kilos bon poids.

– Et celle-ci ?

– C'est à La Jarre, il en a déjà pris deux paniers, il doit roupiller dans un fossé, bourré comme un canon de marine.

– C'est bon, je te sais honnête homme. Je prends la caisse de Jean-Jean et les deux tiennes au poids que vous m'avez indiqué. Je vais peser celle de La Jarre et je lui apporterai l'argent chez lui. Comme cela il aura gagné quelque chose. »

Les deux hommes et le gamin remplirent les coffres étamés de la carriole. Poussachie pesa le reste de la part du marin.

« Trente-deux kilos, cent vingt-huit francs. En voilà cent soixante pour toi Jean-Jean. Et trois cent vingt pour toi. Allez, salut la compagnie ! Il faut que j'aille commencer mes ventes pendant que vous serez bien au chaud. Putain de vie…

– Arrête Vivi, ce soir j'ai pas envie de pleurer.

– Je peux venir avec vous ? demanda Jean-Jean. Vous me laisserez devant chez moi. À demain, m'sieur Ballarin.

– En route ! », coupa le mareyeur. Jean-Jean sauta en voltige, tandis que Ballarin se hissait dans la charrette repoussant sans ménagement ses filles avec son gros derrière.

Dans la voiture du mareyeur, le gamin prit un joli bar portion :

« Maman adore ça !

– Tu n'en veux pas un aussi pour toi ?

– Ma foi non merci, j'ai vu assez de poisson pour aujourd'hui. Nous voici arrivés, merci bien m'sieur Poussachie et bonsoir. »

Il fit claquer ses sabots sur la route et courut jusqu'à sa petite maison. Le mareyeur l'entendit bramer :

« Tiens, m'man, voilà ton souper. C'est un cadeau de Poussachie, le marchand de Saint-Fort ! »

Le mareyeur sourit gentiment à l'abri de ses épaules de bûcheron et fit accélérer son cheval qui, même sans lune, ne bronchait jamais.

Il se mit à évaluer son bénéfice. C'était le temps des affaires pour les représentants de commerce. Celui des nouveautés, les placiers roulaient sur l'or et aimaient à être soignés. Il conclut qu'il y gagnerait au moins quatre cents francs sur ce coup-ci et peut-être le double demain s'ils y allaient tous. Il sifflotait encore en arrivant au croisement de la route qui menait chez lui. Il pensa qu'il demanderait à sa belle-mère de cuisiner un beau bar à la crème et au pineau pour toute la famille. En arrêtant sa jument il vit deux carrioles dans la cour. Celle de Camille Robert qui tenait à Lorignac « la Cagouille dorée », table réputée jusqu'à Bordeaux.

L'autre était celle du gros Marcel Jussiau qui était le patron de « l'hôtel des Amis », rendez-vous du gratin des VRP du haut Angoumois-Saintonge.

Le mareyeur sauta joyeusement à terre.

« Fi d'garce ! les nouvelles vont vite à présent. »

Puis il rit en pensant que c'était le petit Jean-Jean qui leur avait téléphoné. Il continua sur sa lancée :

« C'est qu'avec les nouvelles glacières, y'sont capables de tout me prendre d'un coup, ces deux malins ! »

Il poussa la porte, les yeux pleins de pépites.

LIVRE II

I

Secrets de famille

CETTE ANNÉE-LÀ, les orges si propices à l'élevage des animaux mûrirent d'un coup et jaillirent des terres encore noyées des longues pluies du printemps. Ils rattrapèrent le temps perdu en une semaine et finirent par avoir plus d'une semaine d'avance sur leur temps naturel de maturation par le fait d'un subit temps de rêve. En quatre jours, la terre fut séchée, durcie même par endroits, mais vite ramollie par quatre ou cinq pluies nocturnes et douces du plus superbe effet. Les orges, d'épis plus gros, se mirent à dorer au sommet de pailles bien plus longues qu'à l'ordinaire. Ils furent faciles à moissonner malgré leur taille. Dans toutes les fermes, depuis la côte jusqu'à Saintes, il y eut du travail pour faucher, lier les gerbes en « habituelles » et élever des meules pointues sous bâche partout où il fallait parfaire le séchage. On vit même des dockers quitter les quais déserts à cette époque de l'année pour les chaumes neufs, édifier des meules carrées tout près des bâtiments où s'installeraient les batteurs le moment venu.

Ce fut encore un de ces coups de pouce de la nature qui, d'un soupir, donnait une force imprévue à l'économie chancelante des petites gens. Lorsque par hasard ce soupir enflait au point d'une saison entière, cela formait dans les esprits une borne marquant un temps précis. Cela s'était passé « avant » ou bien « après » l'année où l'on avait ramassé tellement de cèpes, où l'on avait cueilli tant de fruits ou pris de poissons, sans compter les événements strictement humains. La plus grande part des adultes contemporains ne comptaient pas encore en mois ou en années, mais en événements tragiques, heureux, ou glorieux même à contresens. L'arrière-grand-mère maternelle de Jean-Jean, qui cachait son regard toujours perçant dans un hospice de Jonzac, situait encore les événements de sa vie, décès, mariages, par rapport à la venue de Napoléon en l'île d'Aix, au temps où elle avait encore « sa tête à elle » et était placée en service à pas tout à fait quinze ans. C'était en 1815. Elle avait vu pisser l'Empereur, et « pas qu'une fois, fi d'garce, y d'vait avoir une chicanerie dans l'besace, pauvre homme ! ».

Mais là, tout le monde savait que ce coup d'abondance insolite ne marquerait pas l'année longtemps. Pour Jean-Jean, il en fut autrement. Chaillou, le bouvier de la ferme Janteau se prit d'amitié pour le grand gamin et décida de lui apprendre son art. Jean se mit aux bœufs avec la même vigueur joyeuse qu'il mettait en toute chose.

À la fin mai, les reins collés au joug, les hanches logées entre les grosses têtes, l'aiguillon posé sur l'épaule servant de pivot à la longue tige piquante qui agaçait alternativement la fesse intérieure des deux bêtes séparées par le timon, Jean-Jean s'appliquait à suivre le premier sillon tracé par le bouvier.

Derrière l'araire, la terre fraîchement retournée était brillante et fumait un peu au soleil des derniers jours du printemps, exhalant surtout une vapeur vivante dans laquelle tremblaient les silhouettes des arbres et les longues haies, les palisses qui clôturaient les champs d'un horizon à l'autre de la campagne.

Il arrêta ses bœufs d'un long « Huchee ! » et les fit tourner en les prenant par l'oreille et en alliant le commandement à leur nom : « Rechte ! Rechte ! (droite, droite), Gamin, Tambour, Rechte ! » Les bœufs pivotèrent sans peine. Presque en jouant, le gamin aux manches trop courtes retourna l'araire et piqua le soc à un sabot et demi plus loin dans le chaume.

Chaillou s'approcha.

« Pas mal, fils, tu as seulement fait deux petits écarts, un sur une racine, l'autre sur une pierre. Je les ai marquées pour que l'on revienne les chercher. Bizarre qu'on ne les ait pas vues avant. Bof ! On sait que cela bouge tout le temps dans le profond des champs. »

Chaillou accompagna sans une remarque l'attelage tout le long du sillon neuf. Son regard accrocha les avant-bras du jeune homme, rayés au milieu par les poignets de sa chemise toujours trop courte. Il sourit en disant :

« Mon pauvre Jean-Jean, depuis que je te connais, tu es toujours en retard d'une liquette. »

Jean-Jean, l'œil brillant, prit un air faussement penaud.

« Excusez-moi, m'sieur Chaillou, il y en a qui choisissent de grossir. Il paraît que moi, c'est d'allonger. Mais je vous jure que je ne le fais pas exprès, peut-être la fièvre qui ne m'a pas quitté. »

Le visage du bouvier se fit subitement grave.

« Arrête tes bêtes, cela les fera souffler. »

Jean-Jean obéit sans ergoter. Une main sur chaque museau, il tira doucement en traînant sur le « che ».

« Huchee ! »

Les deux bêtes achevèrent le pas commencé et s'immobilisèrent. Il ôta ses mains, aussitôt remplacées par les grosses langues grises qui entraient alternativement dans chaque naseau large de trois doigts.

« C'est pas la fièvre qui te fait pousser, mon garçon, c'est que tu ressembles de plus en plus à ton père et à ton grand-père donc !

– C'est vrai, vous les avez connus, vous !

– J'étais même bon ami avec ton père. Ton père, il est très grand, plus d'un mètre quatre-vingts (curieux pour l'époque où les gens étaient forts mais beaucoup plus petits) mais c'est un homme à part. Une seule vie ne lui suffit pas, il lui en faut deux ou trois pendant que les autres ont du mal à en accomplir une seule convenablement. Le jour où il est parti, tiens, j'étais là. Nous avions passé la nuit à rentrer des blés secs car un orage montait. Tout le monde était crevé. Le patron, un type de Boutenac, aux Houches, nous a tous invités à l'hôtel Bleu pour un mangement. L'orage était passé. Il n'y avait que le Francis qui continuait de chanter. Nous étions une douzaine attablés sur le port face aux bateaux à quai. Il y avait un beau vapeur tout neuf. Tout le monde en discutait et le vieux Gédéon, celui qui pète tout le temps, a voulu nous raconter pour la centième fois peut-être sa croisière sur le *Boyardville* entre La Rochelle et Oléron. Alors le Francis s'est levé en disant que tout ça était trop con, trop étriqué. Il a enjambé la chaise en sifflant un petit air et il a grimpé l'échelle de coupée du beau vapeur. Nous l'avons vu parler avec un officier et disparaître dans le bateau.

Nous étions si fatigués que nous avons fait un somme à l'ombre. Tout le monde pensait qu'il reparaîtrait le soir en se moquant de nous. Nous ne l'avons jamais revu. Mais je suis sûr que s'il savait avoir un fils qui grandit au pays, il rentrerait tout de suite. »

Sur un signe du bouvier, Jean-Jean remit son attelage en route pour finir le sillon. Après quelques pas, il tourna la tête.

« Et mon grand-père ?

– Je l'ai moins connu. L'âge, forcément. Mais c'était un colosse encore plus costaud que ton père. Ils ont toujours été des hommes forts chez toi. Il est mort à quatre-vingt-sept ans et montrait souvent des papiers qui prouvaient que son père, jeune homme, avait servi dans la garde impériale, pas celle de Badinguet, celle de l'autre, le vrai, et qu'il avait reçu la Légion d'honneur à Wagram. Je le sais, je les ai vus et la médaille avec. »

Et Chaillou continua sur sa lancée :

« Je pense que personne ne t'avait dit cela et qu'à présent tu ne t'inquièteras plus des ragots que font courir les mauvaises langues. Mais, à mon idée, tu devrais garder cela pour toi. »

Au bout du sillon, Jean-Jean arrêta ses bêtes, Chaillou retira la grande goupille de fer qui liait le joug au timon et la délia avant de la poser dans le tombereau.

« Allez, viens, on va les mener boire avant de les mettre au pré. »

Tranquillement, au pas des bœufs, ils allèrent jusqu'à la mare du fond où les deux gros limousins roux entrèrent jusqu'au ventre avant d'aspirer à grands traits l'eau qui coulait d'une goulette en bronze qui semblait là depuis une éternité.

Jean-Jean alla basculer la porte de planches crues lestée d'un lourd contrepoids de pierre et siffla les bœufs qui sortirent docilement pour entrer dans le pré en pente, du haut duquel on pouvait voir toute la Gironde, plus loin que Royan jusqu'au banc de la Mauvaise.

Il regarda folâtrer les bœufs qui n'avaient pas leur content de fatigue et laissa retomber la porte avec un soupir sur un sanglot muet.

Il garda ces précisions pour lui. Il n'avait pas encore grande connaissance de l'âme humaine aux détours plus compliqués qu'un peloton de laine détricotée, mais il avait une conscience de chiot vis-à-vis de sa mère, et surtout qu'il rallumerait chez elle une peine infinie doublée de honte s'il lui parlait des confidences impromptues du bouvier. Il s'étonna de la facilité avec laquelle il pouvait taire ce qui lui importait tant, et se demanda si tous les gens avaient la même capacité de dissimulation ou bien s'il était un mauvais qui n'en savait rien. Il s'en revint chez lui avec l'impression d'avoir le regard tourné vers l'intérieur.

II

Les fantaisies d'Odette

L'année fut riche en travail jusqu'en décembre. Janteau avait eu, comme on le dit, « le nez creux » en faisant labourer tout de suite ses champs d'orge pour y semer du « bespain » (du blé d'Espagne en patois), autrement dit du maïs qui avait eu trois mois pour prospérer au soleil, mouillé de quelques grains venus de la mer et bien arrosé de quelques orages très chauds arrivant des Pyrénées. À présent, le maïs était mûr, seule tache colorée de la nature en berne. Les peneuilles (quenouilles) d'or attiraient le regard. Janteau engagea des « petits bras » pour le cueillir à la main. Quand le journalier avait son seau plein, il allait le vider dans le tombereau qui passait lentement. C'était, disait Riri, tout pareil que les vendanges mais on ne pouvait en manger en chemin, c'était trop dur.

Lorsque tout fut ramassé, les engagés passèrent encore deux jours pleins à couper les hautes et grosses tiges sèches au ras du sol, ou alors les arracher d'un coup sec quand cela « voulait v'nir bond'la ». Ils en faisaient des tas bien répartis qui seraient brûlés au premier vent de « nord'é ». Cela ferait un bon engrais à venir sans qu'il en coûte un sou.

Jean-Jean passa ses quatorze ans dans le train-train des journées de la ferme Janteau. Le rude et sévère paysan ne lui portait pas d'amitié, il devait en être incapable, mais une espèce d'estime bourrue. Car Jean-Jean ne laissait jamais le travail en panne comme beaucoup le faisaient dans les coins écartés. Léonie qui veillait sur leurs finances squelettiques se consolait de le voir si peu, en remarquant qu'entre trois coups de pêche superbes et ses journées chez Janteau, il avait gagné plus de quatre cent cinquante francs. La corde de bois gagnée en début de saison s'empilait à l'abri du vent de mer sur le côté nord de la petite maison. Les vents de terre coupés par la falaise faisaient le même office mais en sens contraire. Le bois de la petite maison était toujours sec. Odette lui faisait la tête, pensant qu'il faisait exprès d'oublier de le rentrer et puis se vengeait fougueusement.

C'était toujours elle qui prenait l'initiative depuis qu'elle s'était installé un petit studio près de la lucarne du grenier. Elle devenait enragée et capable de toutes les fantaisies, toutes sans cesser de rester vierge, ce à quoi elle tenait beaucoup pour des raisons sournoises venues en droite ligne de l'internat du collège de Saintes où toutes les filles, de la plus petite à la plus prospère bourgeoisie, faisaient leurs études jusqu'au brevet pour la plupart, bien à l'abri du monde et de ses pièges, en attendant de trouver un « parti » en rapport avec leur situation de famille. On y rencontrait assez peu de bergères enlevées par des princes. Une des premières leçons qu'elles apprenaient des plus délurées dans la touffeur confidentielle des dortoirs était la bonne méthode pour ne pas se faire fabriquer de « drôles » tout en satisfaisant aux exigences bouillonnantes de leur récente féminité. Ô Sapho !

Presque toutes les filles du collège avaient eu une vie amoureuse des plus fournies avant de se faire mettre la bague au doigt. Alors, tout rentrait dans l'ordre tant que durait la passion, généralement jusqu'au premier enfant. Puis elles prenaient tout doucement le pouvoir, un pouvoir qu'elles ne lâchaient plus tant qu'elles avaient la force de le garder, par- delà les veuvages. Elles n'avaient pas encore adopté l'idée de jouer les hommes, vouloir les battre en tout et par là perdre le réel pouvoir qui gérait le monde de toute éternité.

Jean-Jean ignorait tout de ces subtilités. Ses « intimités » bizarres avec sa cousine dataient de longtemps, quand il avait cinq ans, qu'Odette le gardait pendant que Léonie s'épuisait en saison pour gagner de quoi voir arriver l'hiver. Odette lui avait donné un bain, insistant beaucoup pour lui laver son « oiseau » avec beaucoup de minutie. Il avait trouvé cela « marrant ».

Ce soir-là Jean-Jean arriva chez lui comme la nuit tombait. Léonie s'était surpassée. La table était mise, un feu vif réchauffait la salle. Il repoussa la porte, vite conquis par la chaude ambiance. Il eut alors la vision d'Odette « acagnassée » au coin du feu, déjà vieille. Avec un grand étonnement il sentit qu'elle était froide en dépit du feu. Aucune tiédeur ne sourdait de son corps recroquevillé contre un chenet. Il s'ébroua et la cousine reprit aussitôt son aspect ordinaire. Il se souvint alors qu'il avait déjà eu une vision lorsqu'ils pêchaient les bars sur les battures de Cordouan. Son regard s'était soudain décalé. Il avait vu le fond de l'eau comme une photo de journal, mais en couleur, et vu arriver un gros bar qui engloutit l'hameçon et l'appât et s'éloigna d'un coup de queue en se piquant lui-même. Jean-Jean ressentit le choc sur ses doigts tandis que les bruits du vent et de la mer revenaient en force et qui donnaient l'impression d'un brutal réveil. Eh bien là, c'était la même chose avec Odette.

Il pensa fugitivement :

« Comme pour le bar, j'ai vu Odette dans cinquante ans au moins. C'est pas normal un truc pareil ! »

Et puis il oublia ce mystère, même celui de la trop vieille Odette qui commençait de s'estomper. Il était trop simple et trop gentil pour prêter longtemps attention à des étrangetés qui auraient pu faire très mal aux gens s'il les leur avait racontées.

Il devait pourtant avoir l'air encore bizarre car Léonie s'inquiéta :

« Que t'arrive-t-il mon chéri, tu as l'air tout chose tout par un coup ?

– Rien m'man, heu, je pensais au Janteau qui m'a seulement donné dix francs pour un jour à ramasser les peneuilles et deux à entamer les tiges, sous le prétexte que j'ai cassé un verre à pied qui traînait sur le bord d'une fenêtre.

– Bon, il était dans un mauvais jour, et puis il te fait vivre six mois de l'année. C'est quelque chose, ça ! »

Le grand gamin, qui remplissait à présent sa chemise de marin, enjamba le banc. Odette aimait bien jouer à la maîtresse de maison. Elle lui porta son assiette à calotte remplie d'une copieuse soupe de pois dans laquelle nageait, ô merveille, un beau morceau de lard.

« C'est Odette qui a apporté le cochon de chez elle, précisa Léonie. Ils ont tué le goret fin novembre. C'est la première fois qu'ils ouvraient un pot de salé.

– Ça va donner des forces au chérubin, persifla la cousine avec une intention cachée qui n'échappa pas au chérubin en question.

– Tu sais ce qu'il te dit, le chérubin ? » rétorqua Jean-Jean la bouche pleine.

Léonie intervint, presque fâchée.

« En voilà de belles manières pour dire merci. »

Ce soir-là, Léonie but un grand bol de tilleul avec du miel et souffla la lampe sitôt Odette montée.

Joyeux, Jean-Jean s'étira :

« Ah ! Heureusement que je ne vais plus à l'école, sinon je ne pourrais pas faire mes devoirs dans le noir.

– Dors donc, maître sot !

– Tu veux venir avec moi devant la cheminée ?

– Mais non, le grand froid n'est pas encore ici. »

III

Jean-Jean prend des allures d'Hermès

LÉONIE N'AVAIT PAS LE DON des prémonitions. Dès le lendemain, un fort coup de vent de nord-ouest fit tomber le thermomètre de la mairie à moins deux au lever du jour. Dans la matinée la température remontait à deux degrés mais le vent basculant au nord le fit paraître beaucoup plus froid. La rive et le pays tout entier se figèrent. Le vent « radouci » fourrait une humidité glacée au travers du tricot, des capotes, entrait dans les maisons. Bref, en deux jours, la pluie se mettant de la partie, la moitié des habitants traînèrent des rhumes carabinés, des bronchites et même la grippe, affirmait le docteur Samain essoufflé qui n'en finissait pas de prescrire des inhalations d'eucalyptus, des enveloppements sinapisés et des ventouses.

Le nouveau pharmacien qui avait racheté le fond du père Malâbre et était entré en fonction juste avant les fêtes, était aux anges. Après avoir purgé et réparé à grands coups de bismuth une grande partie des tubes digestifs de la commune et des hameaux voisins, il vendait à présent des « rigolos », entendez des cataplasmes particulièrement offensifs, par paquets de six, louait des ventouses et vendait de l'aspirine en gros tubes familiaux. Il était de belle humeur chaque soir en vidant son tiroir-caisse.

Lorsque février vint marquer le rallongement des jours, une « mauvaise grippe », comme s'il pouvait y en avoir de bonnes !, avait tué trois vieilles personnes à la rive et deux dans le bourg.

Toutes les nuits il gelait, et le matin le premier vent de flot, la brume, venait radoucir le temps. Tout le monde vivait dans la boue.

Enfoui sous son caban de grosse laine, Jean-Jean avait le nez rouge comme le reste des habitants. Il éternuait et se mouchait par crises interminables mais il passa le mauvais temps sans la plus petite fièvre. Un jour il s'en plaignit au docteur Samain, venu voir Janteau qui avait un « point » dans la poitrine.

« Je n'ai vraiment pas de chance, je m'enrhume pire que les autres et je ne suis jamais malade. C'est les aut' qu'ont le droit de rester au lit.

– Si tu veux que je t'engage comme infirmier pour aller donner des lavements à quèqu'vieilles “ben sentantes”, m'étonnerait que t'arrives pas à ramener quèqu'maladie. Sinon, y a plus de justice. Allez file, je suis sûr qu'il y a du travail qui t'attend. »

Ce fut seulement en avril que les malades nécessiteux, expédiés à Saintes par un tram du Secours départemental, revinrent de l'hôpital. Ils disposaient d'une allocation de quarante sous par jour tant que le docteur Samain ne leur avait pas donné de certificat de reprise d'activité en double, un pour la mairie, l'autre pour la gendarmerie. De son côté, l'excellent Chaillou se fit casser une jambe par une vache, alors que la Mirolette la trayait.

Janteau se débrouilla pour lui faire accorder les quarante sous de la mairie auxquels il ajouta un franc de sa poche, ce qui le fit passer pour généreux aux yeux des autres gros fermiers du canton.

Le malheur des uns faisant comme chacun le sait, le bonheur des autres, il engagea Jean-Jean pour la saison après des discussions sans fin pour arriver à le payer comme un ouvrier majeur, c'est-à-dire sept francs cinquante par jour.

Le grand garçon profita du porte-bagages de la femme de Janteau, Julia, de La Tremblade, une femme très gentille dont la beauté en faisait rêver plus d'un.

Elle le lâcha à l'entrée de la place Bel-Air d'où il dévala par le chemin creux, arriva chez lui et ouvrit la porte en trombe. Le moment d'émotion passé, Léonie reprit son calme habituel.

« À mon avis, une chose pareille ne se retrouvera pas de sitôt. Tu devrais aller chez Casteix t'acheter un très bon vélo, car si tu veux rentrer le soir, c'est la seule solution. Pour les sous, c'est facile, nous n'avons presque rien dépensé cet hiver. J'ai deux cent cinquante francs à la poste et toi plus du double. Cela ne nous arrive pas souvent. »

Insensible à l'aigreur du vent qui se levait, Jean-Jean remonta jusqu'au bourg d'un trait. C'est à peine essoufflé qu'il poussa la porte du marchand d'armes, cycles, filets et cannes à pêche.

« Bonsoir m'sieur Casteix, je veux un vélo. »

L'autre, avec ses lunettes et ses deux houppettes de cheveux de chaque côté de la tête, ne douta pas une seconde que le bâtard de Léonie, qui venait une fois par semaine faire le gros du ménage lorsque sa femme devait tenir la caisse, le jour du marché, que ce grand gamin, donc, allait lui faire gagner l'affaire du siècle.

Il lui fit son sourire des grandes occasions.

« Qu'est-ce que tu veux comme genre ? Tu veux un "course" ou bien un vélo confort pour ramener les filles du bal ?

– Non, non, m'sieur Casteix, je veux un bon, solide vélo, avec une lumière pour rentrer du travail le soir, un vélo de route, quoi, avec des garde-boue et un porte-bagages.

– Là, tu m'épates Jean-Jean. J'aurais parié pour un super course mais non, tu es plus sérieux que tu en as l'air. »

Le détenteur des rêves de toute la jeunesse mortagnaise et des environs s'agita soudain. Il allait, venait, marmonnait des choses indistinctes, tripotant un objet, ouvrant et fermant un tiroir. Il paraissait aller de plus en plus vite et se décida d'un coup. Il plongea dans la sombre réserve qui béait au fond comme une grotte à mystères.

Jean-Jean en entendit venir des bruits de casseroles, de ferraille de plus en plus inquiétants. Il se demandait s'il ne devait pas aller voir lorsque Casteix, couvert de toiles d'araignée, reparut, triomphant, poussant devant lui ce qui devait être une bicyclette enveloppée de plaques de carton ondulé. Tout à fait hors de propos, Jean-Jean pensa :

« On dirait qu'il porte sa barbe sur la tête. »

L'autre s'arrêta au milieu du magasin.

« C'est l'aîné du maire qui l'avait commandé et puis il l'a refusé d'un coup parce que les cycles Bertrand de Clermont-Ferrand venaient de sortir leur dernier modèle “super course” à freins sur le moyeu. Mais celui-là, mon petit ami, c'est la qualité des qualités. Freins avant à mâchoires commandées par biellettes en inoxydable, à l'arrière, encore des mâchoires, mais à câble. Un Alcyon route ! La bicyclette en avance sur son temps. Garde-boue larges avant et arrière, pneus gonflables, la pompe est sur le cadre et surtout : lumière électrique par dynamo Siemens, si ! Tu pousses sur le petit bouton, là, à côté de la fourche à droite et la dynamo à roue crantée bascule sur le côté du pneu ! »

Il fit tourner la roue dans le vide et la lumière jaillit d'une petite lanterne sur le pied du guidon :

« Tu vois cela ?

– Oui, oui, répondit Jean-Jean, la voix étranglée.

– Et puis le pneu avant est renforcé sur son côté droit, pour résister à l'usure de la roulette crantée. En plus, tu as un porte-bagages à double soudure, et la manette sur le cadre, là, à côté de la pompe, commande le dérailleur à trois vitesses. Ils ont les mêmes sur le Tour de France. »

Jean-Jean sentit sauter son cœur. Trois vitesses ! Eh ben mon vieux ! Il reprit son inspiration.

« Et cela vaut combien ? dit-il en essayant d'affermir sa voix.

– Tiens, je te le laisse au prix qu'il m'a coûté, ce n'est pas un vélo pour les gens d'ici, cela. Cent quarante-cinq francs tout net. »

Il gagne au moins cinquante ou soixante francs, songea le grand gamin en se disant qu'il était sûr de perdre face à ce grigou professionnel. Il se lança quand même :

« Bon, puisque le fils du maire vous l'a laissé sur les bras et que vous ne le vendrez pas par ici, c'est vous qui l'avez dit, vous pourriez bien me faire un petit quelque chose. Le prix que vous me demandez, c'est ce que je gagne en six mois.

– Eh ! tu me demandes de perdre sur une commande ratée. »

Il prit un crayon et griffonna quelques chiffres sur son sous-main sur la caisse. Il releva enfin sa tête à barbe.

« Écoute Jean-Jean, pour ton premier vélo, je te rends quinze francs et je te donne en plus un pneu avant neuf de rechange et deux ampoules électriques de réserve. Ça te va ? »

Notre jeune gars n'en attendait pas tant.

« Topez là monsieur Casteix, maman viendra vous le payer demain matin. Je peux partir avec ce soir ?

– Oh ! si tu veux, ne fais pas le fou avec. Attends que je graisse la chaîne. »

Une minute plus tard, Jean-Jean était dehors, lanterne allumée, il lui sembla voler. Il appuya plus fort et reconnut que le phare éclairait un peu moins fort que les lanternes à carbure. Il se répéta : « phare électrique » avec le sentiment d'être l'acteur, mieux, le complice du progrès. Cent mètres plus loin il avait oublié le carbure et fonçait sur la route de Port Maubert. Il passa le ponceau et, sur un brusque virage, éclaira fugitivement la petite façade d'une lumière inconnue. Il posa la merveille contre le mur et poussa le battant en vainqueur.

Léonie le couvrit d'un regard tendre, humide de fierté et d'amour. Odette ne leva même pas la tête de sa revue de mode, marquant par là qu'elle se moquait éperdument de tout ce qui ne la concernait pas directement. Alors, doucement, presque sans s'en apercevoir, Jean-Jean se mit à prendre sa cousine en horreur.

IV

Une étrange convocation

DURANT TOUTE LA SAISON, Jean-Jean n'alla « en pêche » que deux fois. Janteau ne le quittait guère de son œil froid. Après avoir « fait des bois », il laboura pour semer des orges de printemps et pour les blés précoces. Le patron les sema lui-même pour éviter le gâchis. Il exigea que son ouvrier le suive pas à pas pour bien apprendre le mouvement de la main et des doigts pour écarter les grains et qu'ils tombent régulièrement sur le sol. Il lui fallait bien reconnaître que Janteau faisait cela à la perfection. Il était de ces hommes forts et adroits qui, depuis bien des siècles, savaient sans l'avoir appris, mieux tailler les pierres, les arbres, cuire du métal ou du verre, tisser ou élever les animaux et constituaient la trame d'un immense tapis sans fin qu'aujourd'hui on appelait le progrès.

Donc Jean-Jean vivait un apprentissage très strict mais heureux car, tous les jours ou presque, il apprenait quelque chose d'essentiel.

Dans les cafés c'était le temps où les consommateurs (les autres aussi) discutaient âprement de Guillaume II et de la guerre possible avec les Allemands. D'autres qui n'avaient pas digéré Fachoda disaient que c'était avec les Anglais qu'on allait se battre. Les ouvriers de la cimenterie, dont la direction était anglaise, n'y tenaient pas plus que ça, mais surtout une silhouette féminine recueillait tous les suffrages d'intérêt : madame Caillaux, la femme du politicien, qui avait tué Calmette, le directeur du *Figaro*, un grand journal de Paris. Raide comme balle, j'te dis !

Toutes les feuilles des grands et petits journaux publiaient de grands dessins avec avantage pour « l'assassineuse » qui n'avait jamais été si jolie sans doute au naturel. Taille de rêve s'évasant vers le bas en une croupe dessinée par les bons crayonneurs et vers le haut par un époustouflant corsage et un chignon « qu'avait pas été facile à faire, pour sûr... ». Devant son chapeau, le sieur Calmette qui ne semblait pas apprécier la volée de balles vengeresses, dame, mettez-vous à sa place bonnes gens ! Enfin, un tel potin que personne ne s'occupait plus des bruits de guerre étouffés par les frous-frous de mâme Caillaux. Une sacrément belle femme c't-y !

Pour Jean-Jean qui travaillait de la pointe du jour à la nuit, toutes ces histoires qui se passaient si loin paraissaient une sorte de rêve collectif, une mode à laquelle il n'avait aucun mal à se soustraire. Son unique sujet de soupir secret, c'était Julia, la femme et le contraire de Janteau. Sa beauté drue et ferme, qui paraissait inaccessible, quoique tous les jours un peu plus réelle, était servie par une inaltérable bonne humeur et un sens très pointu de la charité, de la justice aussi. Sans ostentation elle faisait contrepoids à la sévérité un peu bornée de son mari.

Au début avril, Léonie reçut une convocation chez le notaire de Mortagne, maître Bézard, un grand vieillard impressionnant pour qui l'importance de son état était la plus importante du monde civilisé.

Sous la convocation, il était précisé que la présence de son fils était nécessaire. La pauvre femme passablement inquiète fila vers le bourg téléphoner chez sa sœur. Celle-ci tenait à Gémozac, l'épicerie-buvette de la rue Carnot. Les deux femmes partagèrent un moment la sourde inquiétude qui résultait de la future confrontation avec la chose officielle.

Le mari d'Estelle rassura sa belle-sœur.

« Tu ne dois d'argent à personne, tu as payé ton loyer. Alors cela ne peut être que du bon, ou au moins du pas mauvais. Tu sais, les notaires ne sont pas des gendarmes. Mais il te faut prévenir Jean-Jean. À midi il sera de retour à la ferme pour le mangement. »

Chez elle, Estelle retrouva son visage placide de commerçante et reprit l'appareil.

« Tiens, je te prête mon vélo. Il ne me sert plus tellement ces temps-ci. Je te le mets au tram. »

Elle raccrocha et se tourna vers son mari.

« Georges, tu veux bien vérifier les pneus et le porter au tram de midi ? »

Le beau-frère était un brave bonhomme, d'humeur égale, fier de la réussite d'Odette et par ailleurs uniquement préoccupé de la prospérité relative de son négoce. Il sortit dans la courette et revint bientôt en poussant la bécane de sa femme.

« Je lui mets en port dû », dit-il en sortant dans la rue.

Une demi-heure plus tard elle prenait le vélo, paya cinquante centimes et descendit vers le bourg, prit la côte après l'église et puis passa devant le château de La Flotte. Tout de suite après, elle prit à gauche le chemin de Chenac au milieu des grandes vignes plates, et une fois dans le village, prit la longue pente qui menait aux Monards. La pente était douce. Elle arriva bientôt devant la ferme Janteau, carrée comme une forteresse.

Léonie passa sous la vaste voûte et s'arrêta devant le perron. Julia parut, superbement aimable du haut des trois marches du perron. Léonie ne put s'empêcher de penser : « Mon Dieu que cette femme est belle. »

« Je suis la maman de Jean-Jean, bafouilla-t-elle.

– Entrez seulement. »

Léonie se posa sur le coin de la chaise qu'on lui présenta. Elle commença par s'embrouiller, rougit, recommença. Julia la sentant au bord de la confusion, lui posa gentiment la main sur le bras.

« Un bien courageux garçon, que vous avez là ! Alors, si j'ai bien compris, vous avez besoin de lui ce tantôt ?

– Oui, cela ne vous dérange pas trop ? »

Julia sourit, ce qui illumina la pièce.

Léonie sortit de sa poche la convocation.

« Tenez, vous voyez ? »

Julia lut le papier, souriant toujours.

« C'est sérieux, en effet. Bah ! Mon mari ne rouspétera pas plus pour cela que pour le reste, ça lui passera. Vous allez manger avec nous car vous n'aurez jamais le temps de faire de la cuisine, et de le faire encore plus beau pour quatorze heures trente. Si, si, j'y tiens. La Mirolette mettra une assiette de plus, ce n'est pas une peine. »

Il y eut du bruit dans la grande cour.

La tante Célia, confidente et pratiquement seconde mère de Julia, entra la première.

« Bouh ! Les hommes sont sur mes talons. Tiens ! Le bonjour avec toi ma fille.

– Ah, vous vous connaissez ? Eh bien, tant mieux.

– Si je connais Léonie ? Nous avons été placées le même jour chez le maire. Cela en fait des souvenances ! »

Les deux femmes commencèrent à bavarder. Janteau entra et en voyant Léonie, il interrompit une forte phrase à peine commencée. En passant devant Léonie, il grogna quelque chose qui aurait pu passer pour « bonjour » dans un chenil et alla s'asseoir à sa place en ouvrant son couteau. Julia lui dit, la voix claire :

« Jean-Jean nous quitte pour l'après-midi : une convocation chez le notaire, tu sais, maître Brézard. »

Janteau repoussa son chapeau en arrière et lut la convocation qu'il redonna assez poliment à Léonie en disant :

« Alors, il ne sera pas payé tantôt, » dit-il en piquant sa lame dans un pot de grattons.

Léonie picora selon son habitude et Jean-Jean prit une grosse portion de grattons avant de se gaver de ragoût d'oie.

Julia tint à leur offrir le café dans des tasses du dimanche. Cela sembla plaire beaucoup à la tante Célia.

En partant, Léonie remercia et Jean-Jean dit « à demain ».

Sur la route des Monards, il riait encore :

« Ah dis donc, la tête de Janteau quand je lui ai dit à demain.

– Il espérait peut-être que tu reviendrais plus tard pour finir ta journée.

– Plus souvent ! De toute façon il ne m'aurait pas payé.

– Ne joue pas avec le feu.

– Bon, ne t'inquiète pas, m'man, je fais très bien mon travail et, de tout aveu, il le sait mais ne peut s'empêcher de grappiller ici ou là, même un sou qui passe. »

Un quart d'heure après, Jean-Jean dut passer par la cuvette, changer de linge, se coiffer, enfin presque, tandis que Léonie profitait du studio d'Odette pour mettre sa meilleure robe. Un quart d'heure plus tard, ils sonnaient à la porte du notaire avec un gros quart d'heure d'avance.

Les vrais pauvres sont comme cela, même s'ils ont de quoi manger ils sont humbles de comportement, au point d'en paraître ridicules aux yeux de ceux qui se croient nantis – pas plus loin que le cimetière.

Un clerc finit pas leur ouvrir.

« C'que vous voulez ? On n'ouvre qu'à quatorze heures trente ici ! »

Jean-Jean arbora sa tête des mauvais jours.

« Et pis alors, c'est pas une raison pour laisser le monde dehors. Il y a bien un couple de chaises ici dedans pour attendre, non ?

– Bon, si, si, entrez. »

Il les précéda dans la salle d'attente qui leur parut d'un luxe inouï. La porte se referma dans un souffle feutré. Léonie vint s'asseoir à côté de son fils dans un réflexe de protection, son instinct lui faisait savoir qu'il était devenu un homme sans s'en douter.

De son côté, Jean-Jean restait troublé ; il réalisait qu'il avait fait peur au bonhomme grincheux et méprisant qui leur avait ouvert la porte et cette peur molle et collante lui laissait un goût ignoble, pire que celui d'une bête pourrissante.

Il comprit enfin qu'il était bien loin des bagarres de récréation et, pire, qu'elles ne comptaient pas du tout dans le comportement des gens entre eux. Du regard, il chercha un miroir. N'en trouvant pas, il respira un grand coup profond et se redressa sur sa chaise.

V

Un héritage pour le moins inattendu

À QUATORZE HEURES TRENTE précises, maître Bézard les fit entrer dans son bureau aussi vaste qu'austère. C'était un grand chauve à menton pointu que Jean-Jean connaissait pour l'avoir croisé plusieurs fois à la chasse aux bécassines dans le marais. Il ne s'occupait alors que de ses deux setters, et on n'avait jamais entendu le son de sa voix.

Il salua Léonie en décollant de sa chaise et dit « monsieur » à Jean-Jean. Là encore, c'était une première fois.

Le tabellion toussa dans son poing et agita une sonnette. Elle fit entrer un clerc à l'air aimable et savant, aux ongles faits.

« Madame, monsieur, comme il s'agit de l'ouverture d'un testament, je souhaite que cela soit exécuté dans les règles, c'est-à-dire en présence d'un témoin assermenté, en l'occurrence monsieur Basinot, docteur en droit ici présent. Cela vous convient-il ? »

Léonie hocha affirmativement la tête, ce qui lui évita de montrer qu'elle n'avait plus du tout de voix. Jean-Jean dit clairement :

« Oui monsieur. »

Le notaire déplia alors un mince dossier en disant d'une voix lisse, sans aucune intonation :

« Il s'agit du testament de monsieur Francis Favart qui reconnaît par le premier document son fils Jean dont il n'a appris l'existence qu'en octobre dernier, en 1913, donc. Mon étude a reçu ce papier en novembre, surchargé de la mention “à n'ouvrir qu'en cas de décès”. Or, ledit certificat de décès ne nous est parvenu que la semaine dernière, signé du docteur Cordier résidant en la ville de Cotonou, en Afrique occidentale française. Monsieur Favart est décédé des suites d'une chasse au lion, comme vous pourrez en prendre connaissance. C'est le docteur Cordier qui a tenté de le sauver en vain. Un certificat de mariage signé du *de cujus.*

– Du quoi ? demanda Jean-Jean.

– Cela veut dire en latin, le mort, monsieur, » expliqua le notaire sans se départir de son calme, puis il reprit :

« Le *de cujus,* vous pouvez si vous le désirez le signer à votre tour et devenir officiellement la veuve de monsieur Favart. »

Léonie blêmit et, en larmes, ne dit mot. Impavide, le notaire repartit : « Le *de cujus* vous nomme par la présente tutrice des biens qu'il laisse à son fils qui en prendra possession à sa majorité légale. Vous en conserverez l'usufruit. Cela consiste en un comptoir commercial dans la ville de Cotonou et des biens familiaux sis en la commune de Chenac en Charente- Inférieure, canton de Cozes. À savoir, une grande maison rurale avec hangar, étable et écurie, potager, basse-cour grillagée attenante, d'une surface totale de 4 500 mètres carrés et de l'autre côté de la route, une vigne de 3 000 mètres carrés et trois champs clôturés de haies vives d'une surface de 15 000 mètres carrés soit un hectare et demi, et un grand pré de trois hectares en bordure du ruisseau de Saint-Seurin. Les numéros de parcelles cadastrales suivent, mais je vous en fais grâce. Le matériel consiste en un brabant réversible neuf, un araire pour déchausser et chausser les vignes, un grand râteau à foin, une herse et un rouleau en cœur d'ormeau. Suit un inventaire de la maison, très complet, fait à Cotonou le 15 octobre 1914, signé Francis Favart, etc., etc.

En outre j'ai reçu par le même courrier un trousseau de clés pour la maison et ses dépendances. Je vous les remets devant témoin. Nous avons vérifié avant-hier et pouvons vous affirmer que la maison est saine de la cave aux combles et le tout en excellent état.

Par ailleurs monsieur Favart a fait déposer à la Caisse des Dépôts une somme de onze mille francs. Je vous ai préparé un avis de virement à notre étude à Mortagne, où vous pourrez en disposer sous une dizaine de jours. Chaque fois que vous aurez besoin d'un conseil, je serai à votre disposition. »

Léonie et son fils se retrouvèrent dehors sans savoir comment. L'air plus vif, plus frais, n'était plus alourdi par les excès de cire, les odeurs un peu rances de vieux papiers, d'encres momifiées et de poussière séculaire.

Les larmes de Léonie séchèrent vite et elle retrouva son calme ordinaire. Jean-Jean s'ébroua.

« Eh ben, si je m'attendais à cela ! Ça fait une belle fin pour une histoire mal emmanchée.

– Tu as l'air de trouver ça tout naturel, toi ! »

Jean-Jean farda un peu la vérité en arborant le petit air de quelqu'un revenu de bien des choses :

« Oh, il y a longtemps que les bavards bons ou mauvais ont tout raconté devant moi, mais je ne voulais pas t'en parler pour ne pas augmenter ta peine. »

Ils s'embrassèrent avec une grande ardeur.

« Bon, s'écria Jean-Jean, filons à Chenac. Il faut voir à quoi ressemble cette maison, quand même. »

Ils reprirent le chemin en sens inverse, passant par les larges vignes plates dominant le petit village.

« C'est drôle, dit Jean-Jean, ébouriffé comme jamais, "de la faute au peigne" prétendait-il. Je connais le coin comme ma poche et pourtant, je ne vois pas cette baraque.

– Moi je sais, dit Léonie, mais je tournais toujours la tête. Tiens, ajouta-t-elle, la voilà. »

Jean-Jean s'aperçut qu'il la connaissait aussi mais elle lui semblait abandonnée. La gorge un peu serrée, il l'avala des yeux et ne la trouva pas si « moche » que ça.

Elle s'élevait au bout du bourg. Sur la rue, il n'y avait qu'une porte et un étroit chemin, un couloir plutôt, jadis fleuri, protégé par une barrière grillagée. Passé la maison, le terrain s'élargissait d'une haie à angle droit qui se perdait dans un fouillis d'arbres où l'on voyait beaucoup de fruitiers. L'ensemble était abandonné, morne. Sur l'autre face, le long de la route des Monards, il y avait une cour cimentée bordant la façade. Quatre fenêtres, une porte à pans cloutés à l'ancienne. De ce côté, on voyait bien les hangars et autres dépendances. Plus loin, on distinguait les grillages de la basse-cour et les piquets du potager. À l'étage, il y avait cinq fenêtres et deux chiens-assis surmontant le grand toit en tuiles romaines.

Jean-Jean entra le premier et ouvrit toutes les fenêtres et les volets. La pièce de droite était grande, toute la profondeur de la maison au carré. Une grande cheminée capable d'accueillir des souches entières devait y donner de la chaleur à la mauvaise saison. Dans la pièce suivante, plus petite, était installée une cuisine très complète. À droite, montait un escalier débouchant dans un couloir central qui s'ouvrait sur quatre chambres et une salle d'eau avec une douche, alimentée par un ballon traversé par deux tuyaux d'alimentation du foyer de la grande cuisinière au rez-de-chaussée. Il y avait l'eau courante dans la salle d'eau et la cuisine.

Léonie ouvrit quelques placards et deux armoires à l'étage. Elle redescendit pâle, un peu défaite.

« Jean-Jean, cette maison est entièrement meublée et tout le linge nécessaire y est “à place”. Je ne sais pas si nous devons accepter. »

Le grand et maintenant large gamin ne put retenir un mouvement d’humeur :

« Écoute, m’man, tu ne vas pas tout gâcher. Te voilà sûre d’être logée pour toujours. En y réfléchissant une minute, tu peux même élever des poules, des canards avec du grain fait à demi dans tes champs. Tu as tout sous la main, un puits d’eau avec une pompe sur la dalle de l’évier. Avec trois chambres, tu peux au moins loger des voyageurs. Tu n’es plus une pauvre femme, tu es propriétaire et, de plus, tu as des sous. Pas des masses mais enfin… »

Léonie éprouva un si grand bonheur de se faire bousculer par son fils qu’elle sécha d’un coup ses larmes qui étaient son recours ordinaire.

« Moi, ajouta Jean-Jean, je retourne chez Janteau pour lui annoncer que je suis à présent propriétaire et son voisin de surcroît. Peut-être qu’il m’augmentera.

– N’y compte pas trop.

– Je le pense aussi. En tout cas, il me prêtera un tombereau et son gros cheval pour assurer notre déménagement. Ce sont des choses qui ne se refusent pas. Toi, il serait bon que tu rentres à la maison préparer mes affaires et mes paquets, et si tu le peux, ne le dis pas tout de suite à tatie Estelle.

– Mais c’est ma sœur, tout de même ! Toi, tu vas bien raconter notre affaire à Janteau !

– Ce n’est pas pareil, m’man ! Il gardera cela pour lui, crois-moi ; je vais lui poser un rude problème. Il va d’abord essayer de me rouler et puis il tâchera de trouver un compromis. C’est qu’à c’t’heure, je suis comme Chaillou le bouvier : j’ai aussi ma terre, et contre les siennes ! Ce sont deux hommes libres qui s’occupent de son domaine, à présent. Pas facile de gérer tout cela lorsqu'on veut être le maître en toutes choses. »

Léonie ne put s'empêcher d'admirer le raisonnement de son fils. Au fond d'elle-même naquit une pensée : « Tout le portrait de son père, tiens ».

Puis elle se dit que le plus simple était d'obéir aux idées toutes neuves de son grand fils, quand il montrait tant de raison. Elle aurait toujours le temps de le guider quand il s'engagerait sur une folie.

Jean-Jean qui s'éloignait déjà revint brusquement sur elle.

« Excuse-moi, j'oubliais de te demander de passer chez le père Viezille, le serrurier, pour qu'il fasse un autre jeu de clefs.

– Entendu capitaine », dit-elle avec un sourire heureux en partant vers Mortagne.

Cette fois elle comprit que, tout comme les fillettes se réveillant femmes, son garçon avait changé d'un coup. Elle ne penserait plus jamais à lui comme à un gamin. Son Jean-Jean était devenu un jeune homme.

VI

L'apprentissage est achevé

ADOSSÉ AU JOUG, les deux coudes appuyés sur les deux énormes têtes, l'aiguillon sur l'épaule, Jean-Jean roulait les blés verts et les orges déjà hauts de quatre doigts. Dans ces temps-là, on roulait encore les céréales qui marcottaient sous l'effet du lourd rouleau d'ormeau, ce qui doublait presque le nombre des épis et étouffait nombre de mauvaises herbes. À présent, les bœufs le connaissaient bien et lui obéissaient au moindre commandement. Il n'avait plus besoin de l'aiguillon et ne l'emportait que pour la forme. Chaillou le bouvier était revenu encore un peu faible. Il surveillait, assis dans une carriole à âne, un porte-voix entre les jambes en cas de besoin. Il vit le nouveau propriétaire se pencher sur les deux grosses bêtes rousses en bout de champ et commander « Tambour, ù Gamin ! link hé, link hé ». Les bœufs pivotèrent sur la gauche et se remirent tout seuls en ligne pour remonter jusqu'à la route. Jean-Jean, les jambes relevées, semblait flotter en l'air et riait à gorge déployée.

« Allez mes gars ! Allez lau fen ! »

En arrivant à la hauteur de la carriole, Jean-Jean releva la tête et couvrit les naseaux, une main sur chaque museau.

« Hu chee ! »

Il gratta amicalement les deux fronts rudement laineux et vint vers son « professeur ».

« Ça va-t-y comme chieu, m'sieur Chaillou ?

– On ne peut pas mieux.

– Dites voir, vous savez pourquoi on commande les bœufs en allemand, vous ?

– Oui, cela date de la guerre de 1870, des gars de chez nous qui se sont faits cravater à Sedan, je crois. Plusieurs étaient bouviers, les Prussiens les ont incorporés dans les transports. Personne à ce moment n'avait l'idée de moteur. On utilisait les bœufs surtout pour les gros canons et les gars se sont vite aperçu que les jeunes bêtes, surtout dans les gros attelages, répondaient mieux aux ordres en allemand qu'en français. Un peu comme les dompteurs de cirque, et puis cela amusait les Prussiens. Ça ne fait jamais que cinq ou six mots à apprendre, les bœufs le faisaient bien, eux. Pourquoi pas nous ? Tout le monde s'y est mis. Rien que le vieux père Siméon, le vieux prof d'histoire du collège de Saintes, qui prétendait que cela venait du peuplement de La Rochelle quand le père d'Aliénor, le Guillaume X, avait fait venir des familles de laboureurs flamands et sarrois et leurs animaux vers onze cent et quelques, mais ça, hein, pour en être sûr, faudrait l'avoir vu.

– C'est bien loin pour sûr, personne ne peut plus vérifier, dit pensivement Jean-Jean.

– Bon, tu as fini à présent, les bêtes sont encore fraîches. À ta place, j'irais rouler chez moi, surtout en bordure des haies pour les renforcer. Le patron ne dira rien puisque c'est moi qui t'ai envoyé. »

Jean-Jean se cala de nouveau contre le joug, remit ses bêtes en chemin, passa la haie routière et vira sur place droit sur l'échancrure. Il entra droit dans son champ en serrant adroitement contre le pied de haie, et roula jusqu'au bas, le long des épines noires. Il remonta soigneusement en une heure et fit trois tours, ce qui faisait six largeurs de chaque côté, plus de la moitié des pièces et puis il remonta.

Chaillou hocha la tête.

« C'est un vrai travail d'artiste, dit-il, tandis que l'attelage reprenait pied sur la route.

– Oui nous pouvons rentrer à présent, m'sieur Chaillou. S'il vous plaît, je voudrais que le patron me lâche, demain. Ballarin le marin pêcheur m'a fait savoir qu'il lui manquait un marin.

– Oh ! le temps du creux est arrivé ; enfin, si tu veux lui demander, libre à toi.

– C'est bête, mais si cela venait de vous, j'en serais plus à l'aise. »

Chaillou effaça un sourire de l'ongle du pouce et claqua les rênes de l'âne.

L'âne partit de son trot saccadé et les bœufs suivirent de leur pas toujours tranquille.

Un moment plus tard, le rouleau rentré dans la grange aux outils, les bœufs abreuvés et baignés, rendus à leur pacage, Jean-Jean se présenta chez Janteau, pour s'apercevoir aussitôt que Chaillou n'était pas allé plaider sa cause. Le fermier faisait ses comptes dans un grand livre où il reconnut l'écriture de Julia.

« C'que tu veux ? »

Jean-Jean se lança comme dans une eau froide.

« Tout est roulé, m'sieur Janteau, et du mieux qu'il soit possible, c'est Chaillou qui me l'a dit.

– Bien, qu'est-ce que tu veux ? N'aies donc pas l'air de tomber des nues. Si tu viens me raconter que tout est fini comme il faut, c'est que tu as quelque chose à me demander. Je me trompe ?

– Ben non, c'est le moment du creux et Ballarin m'a demandé de remplacer un matelot.

– En restant ici, même à dormir, tu aurais été payé. Si tu t'en vas, tu connais la chanson ?

– C'est une affaire entendue, mais si je vous rapporte du poisson vous devrez me le payer. Nous sommes bien sur le même air ?

– Rien à dire, c'est juste. Va, et essaie de ne pas te noyer. »

Jean-Jean sauta comme un chevreau et s'enfuit vers son vélo qui à présent était garni de sacoches par la gentillesse de l'oncle Pierre, le sabotier de Tesson que l'on voyait si peu, chacun étant fortement occupé de son côté.

Chaillou s'approcha, l'air narquois, en tirant un peu la jambe. Le jeune bouvier se rapprocha pour lui faire un reproche.

« Vous avez désormais deux bouviers sur vos terres, Janteau, ce n'est pas rien. Il sait tout ce que je pouvais lui apprendre.

– Ouais, ouais », marmonna le fermier.

Julia, en train de faire des additions sur la petite table près de la fenêtre, releva la tête.

« M'sieur Chaillou veut dire que tu as fait une mauvaise affaire. Si tu lui avais laissé sa base de trois francs par jour, tu aurais eu le poisson pour rien, le petit n'aurait jamais eu le front de te le faire payer. »

Janteau replia brutalement le grand livre qui claqua comme un coup de fusil, et grommela :

« De quoi je me mêle ? »

Il disparut par la porte qui s'ouvrait sur le cellier où on l'entendit houspiller la Mirolette, laquelle devenant sourde avec les années, s'en moquait éperdument. La tête ailleurs, Julia soupira. Elle ne remarqua même pas sortir le bouvier qui la salua pourtant d'un coup de chapeau. Elle n'avait d'yeux que pour la paille éclatante qui croissait sur la tête de Jean-Jean. Elle s'avoua que cela faisait plus gai.

VII

Coup d'écope justifié

BIEN DROITS DANS LE SOLEIL, les genoux calés sous le passe-avant de chêne épais de trois doigts, les trois hommes, bras tendus, développaient la « tirolle » de lin. Chacun vérifiait soigneusement l'alignement des plombs, avant de déployer le triple filet dans le courant qui n'avait plus guère de force avant de s'arrêter complètement pour inverser sa direction. Ce que les gens de la mer appelaient « l'étale », un point immobile entre les deux courants contraires.

C'était le fin du fin que de savoir poser un filet au « pic » de l'étale. Bien peu y arrivaient à coup sûr. Il y avait toujours quelque chose qui allait de travers. Trop tôt, il filait sous le bateau, trop tard, il fallait le mouiller précipitamment. Alors, il ne pêchait guère. Trop vite, il se mettait en paquet et tombait en boule au fond. Mais lorsque la tirolle tombait bien d'aplomb dans une eau immobile, elle avait le temps de se déployer complètement. On prenait alors les poissons les plus pressés de remonter, soit pour se mettre à l'abri des prédateurs, frayer, ou bien chasser des bancs de bêtes plus petites. Dans tous les cas c'était presque toujours une aubaine.

Ils étaient trois à bord : Ballarin le patron, La Jarre, son immuable matelot et Jean-Jean, encore une fois engagé pour remplacer un remplaçant, Sicot, qui s'était cassé la main en fendant du bois. Jean-Jean « remplissait ses manches » maintenant, mais n'avait pas encore « digéré » sa belle maison de Chenac dont il découvrait tous les jours un recoin. Il savait à présent que c'était un ancien bien ecclésiastique devenu bien national, et acquis par Justin Favard, jeune volontaire de la garde consulaire, enrichi (un peu) lors du pillage d'un convoi autrichien après Marengo.

Il lui semblait vivre maintenant dans un livre d'école. Il ne se sentait ni grandi ni écrasé par son nouveau statut car, au fond de son cœur, il préférait les brefs travaux chez l'un ou l'autre, remplis de gaieté souvent, d'imprévus toujours, qui laissaient de quoi vivre sous condition d'avoir l'esprit aventureux et de ne pas tomber malade, condition commune à toutes les petites gens. Situation à laquelle sa mère avait, jusqu'à ces dernières semaines, ajouté la pénible dignité de fille mère. À cause de cet « état », elle n'avait plus été jugée digne d'assurer le ménage chez le maire ou plutôt chez sa femme. Par charité, on lui avait laissé la lessive.

Chez les minuscules notables du bourg on cultivait son quant-à-soi, « sinon, ma bonne amie, où irait le monde je vous le demande ? » répétait Sophie, la fille d'un gros éleveur du Boulonnais et femme du maire, à ses « copines » au cours de ses mardis où il était permis de se délecter de tout ce qui pouvait nuire à la moralité du monde communal.

Jean-Jean fut tiré de sa rêverie par la grosse et lourde main de Ballarin qui lui redonnait un épais rouleau de filet pour le déployer en lui disant :

« C'est assez, finissez sans moi, il n'en reste plus que quatre brassées. » Le grand gamin se secoua et vit le gros marin pêcheur reprendre sa place sur le banc de gouverne, la hanche appuyée sur la barre jaune vif pour porter la proue de la filadière au contre-courant à venir afin d'imposer le bon mouvement au grand filet.

D'un seul coup un vent vif et très frais se leva avec un bruit de train express traversant une gare.

Trop occupés à manier la tirolle beaucoup trop grande pour eux, les hommes se firent surprendre par la brutalité du grain qui s'abattit sur la mer en même temps que baissait la lumière de la belle matinée.

Une épaisse et sombre barre de nuages prenait de la vitesse à mesure qu'elle s'engouffrait dans l'estuaire.

« Attachez la voile à la bôme ! rugit Ballarin. Le reste du filet nous servira d'ancre flottante. Mouillez le grappin, la balise et le reste de la tirolle. »

Il fut interrompu par un éclair blême et aveuglant en même temps que retentissait un énorme coup de tonnerre semblant venir de partout à la fois.

« Et en plus, il pète comme un canon de seize pouces ! », gémit le gros pêcheur en se hâtant d'enfiler son ciré vert foncé, le même qui lui servait aux vendanges pluvieuses.

Jean-Jean, plus agile et qui n'avait pas de barre à tenir avait déjà passé le pantalon et serrait le capuchon de son ciré jaune. La Jarre, lui, pratiquait à l'ancienne, c'est-à-dire un coup de couteau dans un vieux prélart goudronné. Il y passait la tête et était abrité avant la première goutte.

La lourde filadière poussée, tirée, virée, avait, dans le vent montant, des fantaisies de périssoire. Elle cahotait dans les ruées du gros clapot comme un tombereau sur un chemin défoncé. Entre les franges blanches du clapot, la mer était devenue livide. Les trois hommes accroupis au fond de la barque se calaient du mieux possible. Ballarin ne lâchait pas la barre de la main ni la proue de l'œil. Tout semblait devenu fou et sans poids apparent. Il se pencha davantage et, dans la tiédeur de ce sombre abri, voulut se rouler une cigarette. Sous un coup de vent inattendu, il écarta les bras pour retrouver son équilibre. Une gifle de pluie en profita pour s'engouffrer sous le suroît et emporter avec elle le carnet de papier fin et le paquet de tabac gris. Indigné, le gros Ballarin redressa la tête en braillant :

« Aȟ, ben merde alors ! Vous avez vu ça ?

– Non, répondit La Jarre de son énorme voix caverneuse qui surprenait toujours d'un corps aussi mince quoique noueux.

– Moi avec ! » clama Jean-Jean de sous son capuchon. »

Ballarin renonça à expliquer sa déconvenue. Aucun des trois pêcheurs n'avait peur, moitié courage naturel et moitié absence d'imagination pessimiste, non moins naturelle.

Une nouvelle fureur fit pencher la barque. Sans dire un mot ils firent contrepoids en s'appuyant ensemble à contresens du grain.

Soudain la furie s'arrêta. La lourde pluie cessa comme fermée par un robinet, la lumière basse remonta et s'éclaircit, et le vent forcené s'éloigna, poussant le grain vers Bordeaux, là-bas, au lointain fond de l'estuaire. Une sorte de silence presque aussi brutal que l'avait été la brève tempête s'empara de l'estuaire. On sentait quelque part qu'il s'aplatissait.

Jean-Jean éleva la voix :

« Faudrait écoper, j'ai les fesses qui trempent.

– Tu n'as qu'à te lever, tu sècheras à l'air », grogna Ballarin qui avait encore sur le cœur la perte de son scaferlati.

Le vent d'orage avait bien quitté l'eau. On sentait tout juste une brise légère au ras des hommes, mais on l'entendait mugir parmi les nuées déchirées.

Jean-Jean ricana :

« Y peine à pousser l'orage, écoutez-le "buffer" ! »

Dans une buée de crachin le soleil parut, surpris comme un promeneur qui, au détour d'un chemin, tombe sur la fin d'une bataille. Serein, il se dégagea de son halo tandis que les brumes de mer fondaient, rendant corps et forme au paysage à nouveau familier.

Ensemble, ils comprirent qu'ils avaient beaucoup dérivé. À présent, ils pouvaient voir briller les toits du Médoc luisant encore de pluie sous le beau soleil tout neuf. Ballarin soupira :

« Ouais, l'était plus d'est que d'nord cheu foutu grain. Nous voilà sur l'autre rive de la Gironde à c't'heure. On a dû voler, c'est pas possible ! »

Sur l'autre rive, à quatorze kilomètres, les falaises crayeuses de Mortagne marquaient à présent d'un trait éblouissant la limite entre terre et ciel.

Jean-Jean ôta son capuchon, dégageant son visage allongé qui paraissait toujours accroché à ses yeux clairs.

« Et pis, il a tonné fort ! Un moment j'ai cru que le mât allait faire paratonnerre avant de s'abraquer dans les vagues. »

La Jarre fit résonner sa voix de cuivre.

« Y a au moins un pied d'eau au fond ! Prends donc une écope au lieu de bader ! »

Ballarin prit aussi la remarque pour lui et se mit à racler l'eau avec une belle ardeur… Trois écopes qui boivent à la même cadence font vite de l'ouvrage. En un quart d'heure le trop-plein fut vidé. Il ne restait plus que ce que sècherait le soleil pendant le retour.

Ballarin se redressa comme un gros phoque.

« Si cela ne vous dérange pas trop, on pourrait peut-être relever la tirolle, non ? »

Jean-Jean rit de bon cœur :

« Vous savez quoi, m'sieur Ballarin, eh bien, ce grain m'avait fait oublier que nous étions à la pêche.

– Au moins toi, tu es franc. Allons. »

Il regarda la fin du filet qui plongeait droit dans l'eau comme un très gros cordage, et poussa un soupir.

« Il y a plus de cinquante toises (100 mètres) de déployées et moins de dix en paquet. Commençons par le paquet, le grappin et la balise. »

Il se pencha et saisit le filet enroulé sur lui-même qui était plus gros que son bras.

« Il paraît que cela pêche mieux quand on a pu dériver. Là, pour un coup, on a dérivé, nom de d'là !

– Et qui dit ça ? » demanda la contrebasse de La Jarre.

La tête ailleurs, Ballarin répondit étourdiment

« Francis, tiens, le père de Jean-Jean, celui qui pêchait si bien, même quand il était soûl.

– Oh, c'est une foutaise, ça ! De père il en a pas, il sera toujours un bâtard et c'est pas parce qu'il a grippé cette cabane à Chenac que ça va changer quelque chose. »

Le sabot d'écope résonna lugubrement sur le crâne de la contrebasse humaine qui chut les bras en croix sur le fond du bateau. Ballarin éclata :

« Ah non alors ! 'coute-moi Jean-Jean, ce que vient de dire La Jarre est stupide et méchant, rien à dire là-dessus, mais ce n'est pas une raison pour assassiner mon équipage. »

Tout en parlant, il le surveillait du coin de l'œil. Avec ce sacré gamin, personne ne pouvait prévoir jusqu'où irait sa colère, surtout lorsqu'elle était justifiée.

« Un coup d'écope, ça n'a jamais cassé une tête de bourrique », graillonna Jean-Jean. Il reprit son écope, la remplit d'eau d'un geste large et la ramena à la volée dans la figure de l'assommé.

La Jarre ouvrit les yeux, toussa, cracha, bref fit tout ce qu'il est convenu de faire en pareil cas et se releva avec hésitation en se tenant au mât. Du sang coulait en mince filet d'une grosse bosse au milieu du front.

« Prends ma place à l'arrière, dit sèchement Ballarin, qu'il n'aille pas te foutre à l'eau sur un coup de "revenez-y". Je ne sais pas nager, moi. »

Jean-Jean feignit de se parler à lui-même.

« Moi je sais c't-y mais j'irai pas le quérir s'il "chêt" à l'eau. »

La Jarre passa avec précaution. Ballarin lorgna la bosse de près.

« Ça saigne, tu n'as pas un mouchoir ? »

L'autre tira de sa poche un chiffon « si tellement » maculé que malgré une robuste accoutumance, Ballarin eut un mouvement de recul.

« C'est bon, laisse plutôt saigner à l'air. Haussant le ton il commanda :

– Allez, on remonte. »

Les trois hommes saisirent le filet par la ligne de bouchons, le repliant rapidement avec les doigts pour assurer une meilleure prise.

« À bras… ferme ! »

Sur toute la longueur de la filadière, la tirolle sortit de l'eau, étoilée çà et là de l'éclat d'argent d'un poisson retenu par les mailles.

Le vrai travail de la pêche était lancé, puissant, muet, rythmé par le commandement du patron qui peinait autant que ses matelots et remarquait à peine le battement frénétique des queues de poisson dans les demi-barriques rangées sur la quille. Lorsque cela n'allait pas, ils passaient le « lan » à La Jarre qui savait démailloter comme personne les proies trop emberlificotées. Quelques années plus tôt, c'était la spécialité de Jean-Jean mais ses mains étaient devenues trop fortes.

« À bras… ferme ! »

Cela devenait pesant, excessivement. Le grand jeune homme sentait les fibres le brûler le long de ses bras à chaque nouvel effort. Il souffrait vraiment sans savoir que c'était la mécanique secrète de fabrication des muscles.

Ballarin devenait comme une tomate et sa voix perdait à chaque nouveau commandement.

« Allez, nom d'un chien… voilà l'bout avec la balise. À bras heu… ferme ! »

En deux élans, le grappin et sa balise furent à bord. La balise, une boule de lattes de châtaignier tressées, barbouillée aux couleurs du pêcheur. C'était la marque de chacun.

« Allez, monte la voile ! » dit Ballarin dans un souffle.

Jean-Jean se précipita sur la sienne en rouspétant :

« Dis donc, La Jarre, faudrait pas que ta langue de pute t'empêche de prendre ton écoute. »

Sans répondre, le récent bosselé déboucla l'écoute de son bord et tira de ses bras noueux.

La large voile mouillée se déplia lentement au vent léger qui, à présent, portait le parfum des pinèdes du Médoc.

Un trois-mâts goélette aux vergues garnies de marins rentrait ses voiles en abattant majestueusement vers le port de Mortagne. Le grand voilier était encore trop loin pour que leur parviennent les commandements ou l'écho des grincements de poulies.

« Il va conserver ses deux focs et sa misaine jusqu'à l'écluse, grogna Ballarin en retrouvant son souffle. Il alluma une cigarette en soufflant la fumée, et ajouta :

– "S'ront" à quai bien avant nous ! »

Il eut un regard pour sa voile qui séchait à vue d'œil et redevenait d'un beau rouille chaud.

Le cœur ne lui battait plus comme un chiot désordonné, il respirait calmement. Il s'attarda sur les demi-barriques où étincelaient des aloses superbes et la caisse de peuplier, le seul bois qui ne pourrissait pas, où bougeaient quelques belles brignes, oui, celles que ce vieux machin de père Montalieu l'instituteur s'obstinait à appeler bars mouchetés.

Il appuya un peu à tribord pour prendre le vent de marée.

La lourde filadière s'anima, faisant claquer les premières vagues du clapot contre son étrave camuse.

VIII

Frisson inconnu

Jean-Jean sursauta fortement à tous les bruits de la mer qui revenaient d'un coup. Il aspira l'air en se frottant les yeux. Un choc intérieur le fit à nouveau vibrer en voyant que La Jarre dormait à poings fermés et que Ballarin ronflait consciencieusement. Après un bref coup d'œil vers la proue, le grand gamin lui donna une tape sur son genou le plus proche en criant :

« Eh ! patron ! »

Ballarin s'éveilla aussitôt et réalisa qu'il tenait la barre d'une barque qui faisait route, droit sur le grand rocher de Talmont. Il appuya sur tribord et passa à moins de cent mètres de la haute barre blanche qui fermait la baie de Port Marant jusqu'à l'église fortifiée sur son rocher. Au passage, il salua d'un coup de menton l'espèce de tête de sphinx qui la terminait comme un monument.

Jean-Jean tout à fait réveillé profita du coup de barre pour allonger un coup de pied au petit homme.

« Eh ! La Jarre, si tu es après mourir dis-le tout de suite qu'on te jette à l'eau pour économiser les funérailles !

– Arrête un peu, dit Ballarin, et regarde plutôt notre pêche. »

Le gros homme soupira.

« Après le grain et le poids des aloses nous étions vidés de nos forces, c'est pour cela que nous avons dormi. Bon Dieu, il s'en est fallu de peu qu'on aille s'emplâtrer le sphinx de Talmont. »

Le courant de flot et la brise fraîche les portèrent vite en face du court chenal de Mortagne.

Ballarin fit tomber la voile.

« Liez-la à la bôme.

– Faut-il sortir les avirons ? hurla Jean-Jean.

– Non, la gaffe seulement, au cas où… et puis ne gueule pas si fort, nous ne sommes plus au large. »

À gauche, près de la maçonnerie qui tenait la porte bâbord de l'écluse où s'engouffrait le flot après la goélette, il y avait juste la place pour une filadière entre la maçonnerie et une estacade toute neuve. Il fallait un joli coup de poignet pour s'y faufiler en quittant le courant montant sans toucher les bords. Cette fois encore le gros Ballarin y entra comme dans une pantoufle. La barque sur son erre, vint doucement buter dans le talus herbeux du quai. Les deux matelots passèrent les attaches de bord sur les taquets du mur et de l'autre côté dans les tolets fixés aux montants de chêne. La Jarre tira de la rive un fort cordage lié à une barre scellée. En deux demi-clés il amarra l'éperon de proue fixé du barreau jusqu'à la quille qui empêchait la lourde barcasse de redescendre jusqu'au fond du chenal avec la marée basse.

Sur l'estacade, il y avait un treuil, un « trouilh » comme le disaient les pêcheurs et les vignerons « d'en face », les Médocains. Une « chèvre », disait-on aussi chez les bateliers de Loire et de Seine. Il s'agissait de deux montants en V, une poutre traversière et un jeu de deux poulies. Avec cette machine toute simple on avait édifié toutes les cathédrales, les églises et les remparts d'Europe, mais cela, tout le monde l'avait oublié.

La Jarre et Jean-Jean sortirent les bailles de poisson et la lourde caisse de la tirolle mouillée.

Ballarin n'avait plus que deux échelons à gravir pour sortir sur le quai. En y posant le pied, il vit la charrette de Vivi Poussachie, le mareyeur de Saint-Fort. Sa jument était attachée au tilleul voisin du café de l'Espérance. Il y avait du monde qui se promenait sur le quai récemment cimenté, car l'arrivée d'une forte goélette était toujours un petit événement, à commencer par les dockers qui s'assemblaient autour du maître d'équipage pour se faire embaucher.

Ballarin passa entre les groupes, saluant ici ou là une figure connue et gagna le café à la façade bleue rehaussée de garnitures dorées, comme des galons d'officier.

Il ouvrit la porte sur un brouhaha énorme qui semblait sortir d'un nuage de fumée de tabac.

La poitrine encore pleine de l'air vif du port, il haussa le ton, ce qui était peu dire.

« Salut tout l'monde. Hé, il est là le Vivi ? »

Un costaud frisé, l'air rieur, sortit du nuage en hurlant :

« Il arrive ! »

En quatre pas il fut dehors, referma la porte d'un coup de talon et serra la main du gros pêcheur.

« Alors farceur, il paraît que tu as une pleine barque de poisson de luxe à m'offrir.

– Bon, comment as-tu deviné ?

– Pas dur, le capitaine de la *Gina*, oui, la goélette qui vient d'aborder, t'a observé à la lorgnette et il me l'a dit en trinquant il n'y a pas un quart d'heure. »

Les deux hommes arrivèrent à l'estacade et malgré sa rouerie professionnelle, le mareyeur ne put retenir un mouvement.

« Bon Dieu ! Ça, on peut dire que ce sont des belles !

– Et les premières de l'année. C'est même un peu tôt.

– Il y a des saisons comme ça, de temps à autre. »

Poussachie pensa si fort à son bénéfice que Ballarin crut l'entendre. Il sourit en se disant que tout en le volant, il allait quand même lui donner une sacrée journée.

« Dis voir, tu peux m'en compter un cent ?

– Ma foi, je pense que oui. »

Il fit un grand signe à Jean-Jean qui reposa son vélo contre le mur de la minoterie et vint tranquillement aider son patron du jour à pousser les bailles sur le ciment du montant de l'écluse, grognant comme un gros goret.

Le mareyeur vint les aider de ses épaules de bûcheron. Jean-Jean se redressa en se frottant les reins.

« Alors, un cent, on en fait dix rangs de dix ?

– Et avec ça, il sait compter, rigola le mareyeur faussement admiratif.

– Ouais, bien assez pour vous rouler le jour où vous n'y prendrez pas garde. »

À trois ce ne fut pas un gros effort. Tout en rangeant ses poissons, Ballarin se pencha.

« Tu sais où est passé La Jarre ?

– Il est parti tout de suite au café de la Douane à côté de la cale. »

Les longs poissons allongés et épais de trois doigts s'alignaient et brillaient comme le tableau d'une pêche miraculeuse.

« Les regardez pas si fort, m'sieur Poussachie, vous allez les faire cuire », se moqua le grand jeune homme de sa voix claire. En même temps il profitait du spectacle des femmes en noir et coiffes légères qui s'approchaient. Il se fit la remarque que plus il grandissait et plus les femmes s'arrangeaient pour laisser deviner leurs jambes sous les plis sévères. Leurs yeux brillaient davantage. Il sentit un large sourire s'ouvrir dans sa tête et puis rit franchement à beaux éclats.

« Pourquoi ris-tu comme cela ?

– Parce que la vie est belle. »

Le mareyeur s'approcha et ôta deux aloses qu'il remplaça par deux plus belles.

« Aurais-tu peur de manquer, Victor ? demanda Ballarin en frisant comiquement sa moustache dans laquelle il laissa innocemment des paillettes d'écailles.

– Non, c'est pour le coup d'œil de mon client. Oh ! à toi je peux le dire, c'est le Grand Hôtel du Casino de Royan. Ils ont déjà une palanquée de touristes huppés là-bas. Nous sommes jeudi, ce sera du dernier chic de faire maigre demain avec les premières aloses de l'année.

– Si loin ?

– Bah, ce n'est jamais qu'une affaire de trois quarts d'heure avec le tram. »

Ballarin demeura pensif. Il n'avait encore jamais pris le tram, lui, et il n'était pas le seul. Si la saison était bonne, il se promettait de découvrir avec sa famille, les joies du progrès. Il soupira pour lui-même.

« Seulement ça coûte.

– Tu dis une sottise, rectifia le mareyeur, ça paye davantage. Si à chaque bonne rentrée de pêche, tu filais à Royan, même à Saint-Georges, tiens !, tu doublerais ton chiffre et le prix du tram n'existerait plus. »

Poussachie ne courait aucun risque à dévoiler les petits secrets de son négoce. Il connaissait ses gens et savait qu'il serait mort depuis longtemps avant que les pêcheurs ou bien leurs femmes se décident à vendre leur poisson plus loin que Touvent d'un côté et Mageloup de l'autre bord.

Il demeura un instant en contemplation devant les poissons superbes et dit calmement :

« Jean-Jean, va voir dans les brousses derrière, dans les marais, et aide mon commis à rapporter des menthes sauvages. Je te ferai donner une alose par Ballarin. »

Le grand jeune homme avait encore des gestes de poulain maladroit. Il partit au galop en mâchonnant une colère rentrée qui explosa avant qu'il ne fût hors de portée.

« M'sieur Poussachie ! Choisissez-la petite alors, parce que je ne suis pas bien costaud pour en porter une belle qui soit bien honnête. »

Une fois seuls, les deux hommes allèrent jusqu'au bout de l'estacade, loin des oreilles indiscrètes.

Ballarin avait l'air soucieux.

« T'aurais pas dû virer le gosse comme cela. Ce n'est pas un sot, tu sais. Un jour ou l'autre il te le revaudra.

– Hé ! il ne faut rien exagérer, ce n'est qu'un drôle monté en graine.

– Hum ! Il vient de faire héritage d'un joli domaine et d'une maison. Aujourd'hui, s'il le voulait, il pourrait acheter deux bateaux, trois même, et monter une société de pêche. Tu vois ça d'ici ?

– Oui, bon, j'arrangerai ça. En attendant, tes aloses, je t'en donne deux francs.

– Pièce ?

– Bédame ! Et mieux, je te laisse le reste, je n'en ai pas la vente, ni aujourd'hui, ni demain.

– Tu me les payes quand ? »

Victor Poussachie le mareyeur sortit un large portefeuille de maquignon et en tira deux grands billets de cent francs.

« Tiens, et si cela t'arrange, je peux jurer à tout le monde que je te les ai payés la moitié. »

Ballarin escamota les billets avec une adresse de voleur.

« Nous boirons un coup plus tard, il ne faut pas que je rate le tram. Tiens, comme par un fait exprès voilà nos deux drôles qui rappliquent. Ils n'ont pas compté leur peine, regarde un peu cette brassée ! »

En dix minutes, les deux coffres sous le banc furent garnis. Poussachie monta en voltige, Fiérot son commis détacha la jument, descendit de ses sabots et monta à son tour pendant que la voiture démarrait.

Ballarin donna à Jean-Jean trois pièces de cent sous.

« Tiens, tu les as bien gagnés, tes quinze francs. Sans toi nous allions dans la falaise. Prends aussi quelques petites aloses et deux ou trois belles brignes.

– Si cela ne vous fait rien, je voudrais bien vous remettre trois francs et prendre deux aloses en plus. Maman sait les préparer à merveille en conserve et elle y gagne bien davantage.

– Garde tes sous, et prends-en encore deux jolies. Je sais ce que je te dois. »

Ballarin retourna au café de l'Espérance pour proposer du poisson frais à la patronne qui faisait « à manger » à midi.

Jean-Jean se pencha sur la baille et prit les deux plus belles aloses et puis deux brignes dont une devait peser au moins cinq livres.

Les doigts passés dans les ouïes mortes mais encore rouges, il gagna nonchalamment son vélo et remplit les sacoches qu'il devait à son oncle sabotier, sauta en selle et remonta le quai jusqu'à la grande côte où, d'un doigt alerte, il fit passer la fourche du dérailleur sur le petit développement.

Le soleil baissait selon sa voie ordinaire vers l'horizon de l'estuaire mais brillait davantage dans le ciel propre et sans aucun nuage. Jean-Jean se mit « en danseuse » en prenant le virage du château et y resta jusqu'à la place où il reprit sa cadence de route jusqu'au petit chemin du Bois-Bricou. Il songea à sa mère signant d'un paraphe ferme le papier qui faisait d'elle madame Léonie Favart.

C'était drôle cette idée de changer de nom, mais elle devait avoir ses raisons. Du coup, lui aussi avait dû changer de nom. Il avait passé une soirée à se faire la main pour signer élégamment « Jean Favart » sur une grande feuille de papier, et était très content du résultat. Mais depuis, il n'avait pas eu l'occasion de signer quoi que ce soit.

Il arriva chez lui dans la lumière de sa lampe électrique sans penser qu'il avait complètement oublié les lanternes à carbure et poussa la porte en coup de vent selon son habitude.

« Tu vas pouvoir faire des conserves d'alose, m'man, j'en ai des jolies. »

Il lui porta les poissons sur le grand évier de pierre, là où l'eau arrivait avec une pompe par un tuyau en siphon, avant de repartir par le tuyau du bas dans un fossé extérieur joignant celui qui longeait la route.

Léonie s'approcha tandis qu'il achevait de poser les grandes lames d'argent.

« Et cinq et six ! C'est pas beau ça ?

– Elles sont assez belles ma foi ! De quoi faire au moins douze bocaux à un franc cinquante au restaurant Bleu. »

Il s'approcha d'un grand pas et entoura sa mère qui parut disparaître dans sa veste.

« On est-y des forts, quand même ! Vingt francs de ta main et quinze de la mienne, cela fait des sacrées journées. Bon, je n'ai pas fini ma tournée. Il faut que je passe chez Janteau.

– Tu vas lui vendre aussi du poisson ?

– Dame ! Il ne m'a pas payé parce que je suis allé à la pêche, faut bien qu'il en profite, non ? C'est moral et social aussi, faut bien que je rattrape ma journée.

– Tu es fou, mais avec toi on ne s'ennuie jamais. »

Il l'embrassa et fila comme un courant d'air.

Le crépuscule s'avançait vite à présent. La lumière de son vélo brilla longtemps sur la route avant de disparaître d'un coup.

« Il est arrivé », pensa Léonie qui ne l'avait pas quitté du regard.

Chez Janteau, tout le monde était à table autour du cône doré de la grande lampe.

Le fermier le regarda d'un œil fixe.

« Ils ne t'ont pas donné à souper, tes pêchaillons ? »

Le grand gamin sourit.

« Ben non, j'étais trop pressé de vous en apporter. »

Julia se leva et apporta un grand plat de fer que la Mirolette polissait chaque semaine au sable fin.

« Tiens, pose-les là-dedans. »

Jean-Jean sortit, y allongea les deux grandes aloses qu'il avait « mises en réserve » sitôt posé le pied à terre, et une belle brigne. Il s'écria triomphalement :

« Il y a une demi-heure, tout cela bougeait encore.

– Et… ça coûte cher, tout ça ? demanda Janteau.

– Ça, comme vous dites, ce sont les premières aloses de l'année et il n'est pas dit que vous en trouverez d'autres aussi belles avant l'an prochain.

– Quel caquet nom de d'là ! Ça veut dire combien ?

– Deux francs cinquante l'alose et deux francs la brigne.

– Une alose, je veux bien, la brigne aussi, mais l'autre alose, c'est trop. »

Jean-Jean était lancé. Il sourit davantage.

« Je peux la rapporter à maman qui vous en fera des conserves à damner un saint, mais il faudra lui payer son travail.

– Ben tiens ! Ils ne doutent de rien, ces gens-là ! »

Julia, impériale dans le cône de lumière de la lampe, lui prit le plat des mains.

« Je la garde, moi, j'en connais qui seront heureux d'en manger quand ce ne sera plus la saison. Rapporte-la à ta mère, qu'elle en fasse des bocaux. Elle me dira combien je lui devrai. »

Jean-Jean frissonna des pieds à la tête et lui répondit, les yeux dans les yeux :

« Ce sera comme vous voudrez, madame Janteau.

– Allez, coupa le maître de la maison, compte-lui ses sous et que l'on finisse de manger. »

Il se tourna vers le garçon :

« Tâche d'être là demain, il faut traiter la vigne du Pampin.

– C'est entendu, m'sieur Janteau. »

Lui, qui était entré en tempête, ressortit avec un signe de tête pour chacun. Lorsque Julia lui posa les pièces dans la main, il frissonna de nouveau. Consciente de l'effet qu'elle lui produisait, elle en fut émue « jusques au fond de son cœur » comme on l'écrivait dans les « livraisons » hebdomadaires à deux sous le chapitre du *Courrier* de La Rochelle.

IX

Escapade à la cave

Lorsque Jean-Jean rentra chez lui, ce fut pour voir la cousine Odette aider sa mère à couper en morceaux égaux les aloses écaillées sur le grand évier de pierre.

« Elle est arrivée toute gênée, expliqua Léonie. Elle a peur, toute seule, dans la petite maison.

– Cela me rassure, appuya Odette, que Jean-Jean ne trouva pas du tout inquiète ni gênée. Je dormirai mieux ici, et puis ce n'est dur que pour revenir. Pour aller à la cimenterie, ça descend sans arrêt.

– Nous verrons cela quand il y aura du verglas et du brouillard, le chemin risque de lui paraître long. »

Sentant l'humeur se tendre, Léonie releva la tête.

« Dis voir Jean-Jean, veux-tu bien aller quérir un demi seau de vinaigre dans le fût du chai ?

– Oui m'man, où as-tu rangé le rat-de-cave ?

– Sur le manteau de la cheminée. »

Le garçon l'alluma avec une « soufrée » avant de passer la porte aux mystères. Il avait toujours adoré, depuis qu'il était petit, se promener dans les chais ou les greniers, à la lueur dorée et chétive de la petite bougie qui modifiait les formes des objets, faisant surgir des monstres noirs et terribles de l'ombre portée des vieux meubles et des barriques.

Il trouva vite la barrique à vinaigre. Du doigt il repéra facilement le fausset qu'il ôta avec son couteau. Le vinaigre se mit à goutter au fond du seau avec un bruit de cloche à vache. Il pensa alors que la « mère » du vinaigre devait être énorme et se mit en devoir de la dégager avec la lame brillante qui disparaissait dans le ventre de la barrique. Il marmonna :

« Il faudra que j'en enlève un gros morceau pour le trappon.

– Je vais voir ce qu'il fabrique, dit Odette.

– C'est cela, fais-le se hâter et prends garde de pas te cogner, rien n'est encore rangé là-dedans. »

Odette partit à la rechercher prudente de la petite étoile de cire qu'elle aperçut de loin. Elle finit par buter contre le dos de son cousin et le pinça sous le bras. Jean-Jean n'eut aucune plainte. Il envoya sa main gauche derrière lui un peu au hasard et comprit aussitôt qu'elle était déjà sous lui, jupon relevé, ses grands doigts se débattant comme dans une toile d'araignée.

D'une voix calme, presque glaciale, Odette dit :

« C'est juste si le fond du seau est mouillé.

– À… À peine si ça coule au fausset, la mère bouche », répondit le garçon en se disant : « C'est sûr qu'elle est fêlée. »

Soudain Odette eut un spasme et laissa retomber ses cottes. Il sentit alors la main de sa cousine ramper le long de sa grande cuisse repliée. Sa voix était redevenue normale.

« Débouche le trou avec le bout de ton couteau.

– Éclaire-moi, j'y serai plus à ma main. »

Odette approcha la bougie tout près. Sa main continuait à remonter.

« Me brûle pas et retire ta damnée patte, sinon je t'en colle une que tu n'oublieras pas de sitôt ! »

Rageusement, il enfonça son couteau et un jet de vinaigre jaillit enfin.

« Ah, il se décide enfin à pisser ! »

Odette qui savait parfaitement que son cousin passait facilement de la parole à l'acte, s'était relevée et écartée. Elle regagna la salle.

« La mère avait bouché tout le fausset, dit-elle.

– Il faudra que je voie cela demain », affirma Léonie avec son ordinaire candeur.

Jean replaça le fausset et l'enfonça d'un coup sec avec un vieux marteau, et rapporta le seau à demi plein.

« Tu sais, m'man, il va falloir couper un gros bout de la mère, annonça le jeune homme avec une trace de l'innocence de sa mère.

– Odette me l'a déjà dit, rétorqua Léonie en posant le seau devant la cheminée pour le faire tiédir. Puis, elle se remit à sa cuisine, tout à fait à l'aise au milieu de ses casseroles et des chaudrons.

– Il faut les préparer sitôt pêchées sinon elles perdent leur goût », expliqua-t-elle à Odette, avant de découvrir que celle-ci était déjà partie se coucher. Elle haussa un peu les épaules en disant :

« La pauvre petite, ces émotions l'ont brisée. »

Ce fut au tour de Jean-Jean de hausser les épaules avant de s'installer à table pour y vider ses poches. La monnaie sonna sur la planche cirée.

« Ah ! regarde ça ! dix francs cinquante plus les poissons et demain matin je remets ça chez Janteau. Crois-tu qu'on est des forts, dis ? »

Il resta songeur un moment, admirant l'adresse et la vivacité de sa mère et soupira.

« Quand même, je repense au notaire, un drôle de sifflet ce bonhomme, deux mille francs de timbre, frais et autres chienneries… C'est bien pour dire qu'ils font tout leur possible pour empêcher les pauvres de s'en sortir.

– Mais il a dit que les frais étaient les mêmes pour dix mille que pour cent mille aussi bien.

– C'est bien ce que je disais, mais toi tu gobes tout, tu fais confiance à des "môssieurs" parce qu'ils sont riches, mais enfin, sacré Dié ! s'ils sont riches c'est parce qu'il ont trouvé beaucoup de niais comme nous à qui voler le peu qu'ils ont. On ne comprend pas parce que nous n'avons jamais dormi dans leurs collèges. Enfin, conserve bien les papiers, un jour je rencontrerai bien quelqu'un pour m'apprendre leurs trucs.

– Et alors, que feras-tu, mon pauvre petit ?

– Je verrai bien à ce moment-là. Tu as terminé ta sauce ?

– Oui, les morceaux trempent, je les cuirai demain.

– Alors, au lit ! »

En riant, il poussa Léonie dans l'escalier après avoir soufflé la grosse lampe.

« Au fait, m'man, pourquoi tout le monde m'appelle Jean-Jean ?

– Mais c'est toi qui t'appelais comme ça, tu courais partout, tu faisais des niches à tout le monde et lorsqu'on te disait "Jean, fais ceci ou cela", tu répondais toujours "Jean-Jean veut" ou bien "ne veut pas". Alors cela t'est resté comme Vivi le mareyeur ou Sicot qui fait parfois le marin de Ballarin. Tout compte fait, Jean-Jean, cela te va plutôt bien, et puis ce n'est pas le surnom de tout le monde. Dors bien mon chéri. »

Jean-Jean embrassa ses cheveux frais qui sentaient un peu le savon et commençaient à avoir le goût secret de son enfance.

X

Rosette rougissante

Jean-Jean pédalait comme un furieux sur le chemin refait en chaille jaune l'été passé. Droit, ferme sous les pneus, il n'avait pas encore été défoncé par les lourdes roues des charrettes et était facile à suivre dans le jour montant au-dessus des forêts de l'arrière-pays. Derrière lui, il entendait « queuner » Riri Favier, son copain d'école, celui des grandes virées et des travaux conséquents ; un lourdaud trapu à qui il savait pouvoir se fier.

Il tourna la tête pour hausser la voix.

« Vise un peu le soleil rouge et rond comme en vendent les marins de Hollande.

– Moi, souffla Riri geignard, je vois surtout le brouillard qui monte. En bas de la côte on voyait encore la tour, à présent on ne la voit plus du tout. Nous nous sommes pressés pour rien. »

Ils débouchèrent sur le plat qui longeait la grande vigne bordée par une haute haie feuillue.

Jean-Jean posa son vélo contre un buisson de « vim », cet osier menu et solide avec lequel les gitans faisaient des paniers et les paysans attachaient les pampres aux piquets ou aux fils de fer selon les cas. Ici c'était le fil de fer qui l'emportait depuis quelques années.

Le garçon poussa un gros soupir.

« Eh bien, moi, ça me plaît bien d'être sur place le premier. D'abord parce que cela marque un coup au Janteau toujours pressé d'appeler les autres "paresseux", et puis, au fond, ça lui montre qu'il peut compter sur nous.

– Tu vois le coup si Janteau ne venait pas ?

– Alors mon gars, il faudrait qu'il soit mort. »

Le soleil parut monter tout droit depuis l'horizon comme s'il suivait la tige crantée d'un pressoir à bras.

Du coup, il se mit à éclairer par-dessus les bancs de brume qui semblaient être rangés de biais. Durant plus d'une minute, deux peut-être mais aucun d'eux n'avait de montre, il n'y eut plus que le soleil qui, peu à peu, prenait feu au centre d'un grand halo éparpillant dans le ciel des brins de brume qui fuyaient de partout.

« C'est un peu beau, non ? dit Jean-Jean.

– C'est vrai, d'habitude le soleil a l'air posé sur l'horizon jusqu'à ce qu'il disparaisse, comme fondu.

– Fi d'garce, s'écria Jean-Jean en resserrant le col de sa veste, je n'avais jamais vu cela, je ne sais pas si je pourrai trouver les mots pour le raconter. »

Comme il n'y avait personne pour lui dire qu'il était un poète modeste, ses mots se diluèrent dans la brume qui montait en toutes petites colonnes diaphanes des pampres alignés.

« Fait pas chaud tout par un coup, chevrota Riri.

– Ça va passer, dedans un moment tu auras trop chaud. »

Le silence s'étendit avec une sorte de force souveraine qui se rompit brusquement à l'arrivée de Janteau debout dans son tombereau. Son cheval sans jambes flottait sur un pan de brouillard.

« On dirait que vous roulez sur un nuage ! » cria Jean-Jean.

D'un coup, tout ce qui restait de bruinasse disparut et se transforma en rosée, et le paysage sembla jaillir du néant feutré, pur, à traits nets, aux angles vifs et luisants. En bas, la Gironde large de plus de dix kilomètres semblait soudain une lame d'argent sans vague ni ride. Elle brillait tant qu'il fallait cligner des yeux pour la regarder.

Deux trois-mâts jouets remontaient le fleuve à toute voile vers Bordeaux. Jean-Jean en connaissait un : la *Noire Madone*, trois-mâts barque qui rapportait quatre fois l'an du coton d'Amérique. La figure de proue était une négresse magnifique couronnée d'or, dont les tresses se croisaient sur une poitrine superbe.

Les deux jeunes vignerons s'approchèrent du tombereau. Au passage devant le cheval gris, celui-ci secoua sa crinière épaisse chargée de rosée. Les deux copains s'essuyèrent en riant.

« Il faut attendre que le soleil sèche les feuilles, sinon le sulfate va goutter par terre », dit Janteau d'un air tranquille, en homme qui connaissait par cœur les contretemps qui sont l'âme des travaux agraires.

Tout le monde alla se mettre à l'abri sous le tombereau. Jean-Jean ne quittait pas des yeux la *Noire Madone* et dit pensivement :

« Je me demande pourquoi on décore si bellement l'extérieur puisque les équipages ne les voient jamais.

– Ce n'est pas pour les marins, dit Janteau, c'est pour les armateurs qui peuvent comme cela admirer leurs poulains, faire voir leurs richesses à la façon des propriétaires de chevaux de course. »

Jean-Jean hocha la tête :

« Non, à la réflexion, ce sont les charpentiers de marine qui décorent leur bel ouvrage du mieux qu'ils peuvent comme d'autres choisissent les plus beaux noms pour leurs enfants, ou bien les dotent. Ce sont bien les enfants des charpentiers, non ? »

Janteau sortit le premier de sous le tombereau.

« Ce que tu dis est plein de sens, mon garçon, mais je me demande à quoi cela pourra te servir. »

Jean-Jean se déplia pour le suivre alors que le cheval se cambrait un peu pour lâcher un pet roulant au ras de la figure du jeune homme. Il sursauta.

« Eh ! l'artiste, tu ne pouvais pas attendre que je sois passé, non ? »

Il s'extirpa de sous le tombereau, rouge de colère.

« À bout portant ! Un peu de plus il envoyait mon bonnet jusque dans la Gironde ! »

Riri sortit à son tour, plié de rire. Dans le tombereau, Janteau faisait chorus. Alors le fils de Léonie et de Francis Favart oublia sa courte rogne et rit avec eux. Janteau se calma le premier et remua sa bouillie bleue avec une pelle de bois par le trappon de la tonne embarquée.

Les réservoirs de cuivre des pulvérisateurs rangés sur le bord de la grosse charrette brillaient de mille feux glanés çà et là dans le moindre reflet. Janteau descendit vers la vigne et reparut peu après.

« Ce sera sec, le temps de remplir les vermorels.

Il contrôla encore la liquidité de sa bouillie en grommelant :

« Oui, je me demande bien à quoi cela peut te servir de penser à des choses pareilles.

– À rien sans doute, répondit le jeune homme, mais j'aime bien aller au fond de choses. Je trouve cela instructif, et puis je pense malgré moi, alors…

– Ouais, il te passe de drôles d'idées dans la caboche. Heureusement que tu es le contraire d'un manchot. »

Janteau enfonça la grosse « houillette » (c'est comme cela que l'on désignait un entonnoir dans le pays) dans le trou du réservoir du pulvérisateur. Il remua encore une fois puis ouvrit le robinet de la tonne. Un jet d'azur descendit sans une bulle. La main sur le robinet, Janteau surveillait attentivement. Il coupa d'un coup quand le niveau fut au ras du couvercle.

« Là ! soupira-t-il satisfait, à toi Riri. »

Le susdit poussa sa machine sous le robinet et attendit que le patron le remplisse. Un moment après il enfila les courroies et partit en cahotant rejoindre Jean-Jean qui l'attendait, superbe dans son ciré jaune. Le lourd réservoir paraissait mieux fait pour ses épaules et son dos plat. Riri oscillait à la moindre brasse.

« Merde ! Heureusement que ça descend, on remontera avec seulement la moitié sur le dos. Dis, tu sais à quoi tu ressembles dans ton "biau" ciré ? à une peneuille (quenouille) de "bespain" mûre.

– Et toi, à un crapaud. »

Son ami n'avait pas de ciré mais une vieille capote de douanier recoupée à sa taille.

« Ouais, alors, on y va-t-y ? »

Ils s'enfoncèrent chacun dans un couloir d'un vert vif. Les pompes se mirent à grincer affreusement, envoyant leur petit nuage bleu un coup à droite, un coup à gauche. Avant la moitié de la grande vigne, les bras et le dos commencèrent à se faire douloureux.

En arrivant au ras de la falaise, ils étaient à bout.

« Bouh ! souffla Riri, y en a plus que la moitié dedans, mais ça me pèse autant que s'il était plein.

– Oui, dit Jean-Jean en reprenant lui aussi son souffle. J'aimerais bien que le Janteau n'en mette que la moitié, cela ne me ferait rien de remonter à vide en courant pour en chercher dix autres litres.

– Et moi avec, mais va lui faire comprendre. Dis, tu sais que c'est un endroit où plusieurs personnes sont venues se suicider ? poursuivit Riri d'un ton rentré.

– La chose a l'air de t'intéresser. Pour moi, je ne sais pas trop ce que je suis venu faire sur cette terre, à commencer par y naître pauvre. Alors il me semble que j'ai envie d'aller jusqu'au bout pour voir à quoi cela rime. Tu peux être sûr que si un jour on me retrouve au pied, c'est qu'on m'aura poussé. »

Ayant ainsi retrouvé haleine en refaisant un morceau du monde, ils se relevèrent en sursautant à la voix épaisse du patron.

« Et alors, pas la peine d'arriver les premiers à l'embauche si c'est pour roupiller au bout de la première travée ! Ce n'est pas comme cela que vous allez gagner votre journée. »

Sans répondre – et puis répondre quoi ? – les deux adolescents passèrent l'un l'autre deux rangs et remontèrent la longue ondulation de la vigne. Juste avant la dernière petite pente, Jean-Jean rompit le silence :

« Tu as vu tous ces poireaux sauvages ? La courrège en est remplie. Avant de quitter, j'en ramasserai une grosse botte. Maman adore cela, bien cuit, au vinaigre avec un œuf bouilli. »

Encore trois ou quatre coups de pompe et ils prirent pied sur le terre-plein d'où l'on pouvait voir un très grand morceau de Gironde, depuis la première île jusqu'à l'estuaire toujours embrumé vers le large, sauf les veilles de pluie. Jean-Jean aperçut aussitôt la belle silhouette de Julia, la femme de Janteau. Elle devait apporter la restauration de midi sur le porte-bagages de sa bécane chromée. C'était réellement une femme superbe jusque dans ses gestes les plus ordinaires. Elle portait sa coiffe de façon beaucoup plus attirante que les autres, ce qui devait lui valoir quelques jalousies mortelles. Rosette, sa fille unique, lui ressemblait énormément. Présentement, elle était montée dans le tombereau pour remplir les pulvérisateurs des arrivants. Janteau était accoudé sur le plat du tombereau. Il était très pâle et avait le souffle court. Lui aussi arrivait de la vigne.

« C'te côte m'a tué, fi d'garce ! »

Julia se redressa, la coiffe plus haute que le chapeau de son mari.

« Quel besoin avais-tu de te forcer le cœur comme cela ?

– Hé ! j'ai voulu finir d'un coup les deux rangs de côté et je suis tombé sur ces deux-là qui bavardaient.

– Et tu t'étais chargé d'au moins vingt litres, bien sûr.

– Un peu mè (plus mieux) pour ne pas manquer en route.

– Si le docteur Samain savait cela, il ferait un de ces foins ! Tiens, voilà tes “hommes de main”, ils ont l'air bien fatigués eux aussi. Inutile de te demander si tu les as chargés comme des mules.

– Ils sont payés pour, non ?

– Des hommes, bon, d'autant qu'ils t'enverraient promener en cas de surcharge inutile, mais ceux-là sont encore bien jeunes.

– Et alors, ce n'est pas leur acte de naissance que je paye, c'est leurs bras.

– Je te signale que le garçon de Léonie Favart a un an de plus que Rosette.

– Tiens, tu l'appelles Favart, à présent ? Bel exemple ma foi, et Rosette est plus près de fabriquer une famille que ton Jean-Jean de faire un homme, encore qu'il soit bien costaud pour son âge. »

Le reste de la dispute se perdit dans les bouffées d'air frais montant du grand fleuve avec la marée.

Sur le tombereau, Rosette plus mutine et chahuteuse que sa mère, laquelle vivait l'instant unique de la plénitude de sa chair, Rosette donc, remplissait consciencieusement les vermorels, mais d'un coup d'œil Jean-Jean comprit qu'elle n'en mettait qu'une douzaine de litres par réservoir. Il lui fit un sourire complice et chaleureux sous lequel elle s'empourpra sans cesser son travail.

« Ce coup-ci, ce sera moins pesant. Ce n'est rien de courir pour en rechercher une autre ration, ‘pas Riri ? ajouta-t-il en claquant l'épaule de son copain.

– De quoi donc ? » demanda le trapu n'ayant rien vu du manège.

Jean-Jean lui gratta la tête comme il faisait à ses bœufs.

« T'occupe pas de ce qu'ils jouent... danse. »

Cette fois, Rosette éclata de rire et alla s'occuper à l'autre extrémité où le cheval était toujours attelé.

Les deux garçons chargèrent leur pulvérisateur et retournèrent dans la vigne. Ils furent vite hors de portée d'oreille.

« Vrai, tu n'es pas toujours facile à comprendre, toi, dit Riri, qu'est-ce que tu as voulu dire à la Rosette avec cette histoire de danse ?

– Bon, il n'y avait rien de compliqué là-dedans sinon que je lui disais qu'elle avait les mêmes yeux que sa mère.

– Ah ? C'est-y que tu vas lui "gratter le foin" un de ces quatre ?

– Ben non, tu sais c'est compliqué les filles, davantage que les femmes. »

Il fit pensivement quelques pas rythmés par le grincement de son levier de fer et poussa un gros soupir.

« C'est pas de la Rosette que je voudrais ces temps-ci, c'est de sa mère et là, je ne sais pas trop comment m'y prendre.

– Eh bien, demandes-y, si ça se trouve elle y pense aussi.

– Tu le ferais, toi ?

– Pour sûr, elles sont là pour ça, pour que les mâles leur z'y proposent, et elles ne se fâchent jamais quand c'est dit gentiment, même si elles répondent non. »

Jean-Jean qui croyait régner en maître sur sa jeune vie voyait s'ouvrir des ravins sans fond devant ses sabots.

« J'aurais trop la pétoche qu'elle se foute de moi, tu penses, la Rosette a presque mon âge, à une petite année près. »

Il marcha encore quelques pas et conclut dans un soupir.

« C'te femme-là, pour moi, c'est une falaise et je ne vois pas le chemin pour grimper jusqu'en haut. »

Après un court moment, Riri s'écria :

« J'en ai plus.

– Moi, ça ballotte encore mais léger léger. »

Ils remontèrent rapidement. Riri continuait sa pensée au pas des bœufs.

« Dans le fond, toi Jean-Jean, tu bouffes tout sans crainte sauf avec les fumelles. Pourtant, je croyais qu'avec ta cousine Odette… C'est elle qui l'a raconté à ma sœur.

– Elle c'est autre chose, c'est elle qui a commencé quand j'étais tout petit. Elle me lavait et elle avait déjà fort appétit. Ce n'est jamais moi qui la cherche depuis que son foin a poussé.

– Alors, tu crois que moi ? »

Jean-Jean eut un grand sourire chaleureux et un peu narquois.

« Eh bien, demande-lui, baluzeau ! »

Ils arrivèrent aussitôt sur le terre-plein. Rosette était seule. Sa coiffe carrée, une coiffe de fille, se relevait dans le vent comme une visière à la brise du large, achevant le tracé de son visage aux traits fins et envoûtants. Elle sourit en les voyant sortir de la vigne.

« Papa se sentait fatigué. Il a pris mon vélo, maman l'a accompagné. »

Jean-Jean mesura du coin de l'œil l'ombre d'un piquet.

« Nous avons encore le temps de finir la ligne avant le mangement. »

Docile, Rosette s'approcha du robinet de la tonne.

XI

Julia prend les rênes

La ferme Janteau, une des deux ou trois importantes du canton, dominait de cinquante-trois mètres le large cours de la Gironde. C'était un fort carré de bâtiments en pierres de Saint-Fort, c'est-à-dire du solide qui mesurait cinquante mètres de côté et rappelait les anciennes bastides. Mais il y avait longtemps que plus personne ne songeait à cette fonction historique.

On pénétrait dans la vaste cour centrale par un grand portail arrondi en voûte, conçu pour laisser passer les plus énormes charrettes de foin. Depuis la Révolution, moins éloignée qu'on aurait pu le croire dans les esprits, les énormes vantaux d'ormeau avaient disparu. La maison de maître, dans l'axe du portail, était du précieux style saintongeais le plus achevé. Les bâtiments vivriers étaient répartis tout autour de la cour : écurie, granges, chais, porcherie, laiterie, etc. La basse-cour tenait une grande place, ouvrant aussi sur l'arrière dans un grand pré grillagé. Sur chaque face intérieure s'ouvrait une porte cochère qui servait à abriter les véhicules et le matériel.

Il y avait une très vieille glycine le long de la façade de la maison. Elle s'étirait jusqu'à l'angle de la première grange. Elle formait treille dans cet angle et tenait à l'ombre les tomettes d'une terrasse. En ce lieu, il n'y avait jamais de vent. Les fleurs en pots ou les jardinières y poussaient durant toute la belle saison. Une table, des chaises et une chaise longue à coussins meublaient cette jolie retraite qui permettait de contrôler tous les mouvements de la ferme.

Depuis quelques semaines, Janteau y faisait des siestes prolongées. Il s'était très mal remis de son mauvais effort dans la vigne sur la falaise. Il ne pouvait plus travailler en force comme il l'avait toujours fait sans que son cœur s'emballe et son visage pâlisse affreusement.

Le docteur Samain lui avait prescrit des gouttes, dix à chaque repas, sans vin s'il vous plaît ! et des pilules à prendre vite en cas d'alerte injustifiée. Le rude paysan errait dans ses nombreuses dépendances et puis laissait retomber sa carcasse de gladiateur sur la chaise longue. Là, il ne bougeait plus, le regard fixe et sombre. Parfois il lui arrivait de passer deux ou trois jours sans prononcer une parole.

Alors tout naturellement, Julia avait pris le pouvoir vacant sur la maisonnée. Cela s'était déroulé vite et sans heurt apparent comme si tout ce qui arrivait était le fruit d'un plan élaboré dans un ailleurs mystérieux.

Julia était très loin d'être sotte, elle avait son brevet où elle avait pris le goût de la lecture, mais elle ne pouvait s'empêcher d'éprouver de l'émerveillement en se sentant si bien préparée – par quelle autorité ? – à cette condition nouvelle : vivre un veuvage avant la lettre.

Cette situation subite faisait bien les affaires de la maisonnée car Julia ne rudoyait personne, obtenant tout ce qu'elle voulait d'un sourire quelque peu enchanteur. D'abord, il y avait le Mirolo et la Mirolette, un couple déjà là lorsqu'elle était venue s'installer à la ferme après son mariage. Elle les avait toujours connus de vieille allure, sans soin plutôt. « Commis un jour, commis toujours » disait un très vieux proverbe qui leur allait à merveille. Ils étaient, l'un comme l'autre, d'humeur égale, travaillant sans allant mais sans arrêt, vous savez, de ces gens qui ne trouvent leur vraie place et un certain bonheur gris que dans la certitude des besoins immédiats, en seconde ou troisième place dans la hiérarchie proche que l'on pouvait comprendre.

La ferme était pour eux le meilleur abri, leur petit orgueil aussi. Ils avaient conscience de leur qualité de rouage.

Ils faisaient sans se plaindre ni vouloir changer, les travaux menus et assommants. Lui, aux animaux, au potager et l'entretien monotone des haies vives. Elle, faisait la traite, les cuisines pour les gorets et donnait parfois un coup de main à la maison. Il y avait aussi Joseph Maillard, le maître de chai qui distillait un peu d'eau-de-vie, fabriquait du pineau, savait réparer une barrique, changer une douelle, surveillait le vieillissement des eaux-de-vie, s'occupait de vendre du vin à distiller aux grosses distilleries coopératives. Et puis il y avait Chaillou le bouvier. Il savait soigner les bœufs lorsqu'ils avaient « la cerise ». C'était un formidable laboureur qui savait la réparation des araires. Il faisait aussi le forgeron et le charretier.

Les jours de grand marché ou de foire, sa femme Camille savait apprêter les volailles comme personne. Julia lui donnait la main. Elle tuait, plumait, vidait poulets, oies, pintades, canards ou dindes à la perfection. Elle savait même les présenter sur du « papier-dentelle » que c'en était plaisir à regarder aux foires et marchés et aux grandes frairies votives ou républicaines dont le but, avoué ou non, était unanimement voué au commerce. Le « banc » ou l'« étal » de la ferme Janteau tenait une réputation flatteuse et enviée.

Si l'on ajoutait la tante Célie, maîtresse de la cuisine, et quelques artisans itinérants qui passaient une semaine, parfois deux pour remettre « à place » les bazars qui clochaient, toiture, gouttières ou dalles, c'est la même chose. On voit que la ferme ne manquait pas de main-d'œuvre, mais que la perte de Janteau se faisait tout de même sentir car le patron tenait la main à tout avec une égale adresse et sa force proverbiale.

La prise de pouvoir de Julia avait été consacrée en quelque sorte par la grande réunion de la batteuse itinérante qui, cette année, avait commencé dès le 15 juillet. On avait battu les petits blés, les orges, les avoines, et conservé pour l'automne, au retour de la tournée, les blés lourds qui se gardaient parfaitement en meules rondes et pointues sous un toit de chaume.

L'organisation avait été parfaite, sans cris, sans disputes, les casse-croûte pris à l'heure, vin frais à discrétion et eau pure pour se rafraîchir dans les postes à poussière. Le repas du soir avait été digne d'un congrès et chacun avait été payé avant de partir, après que les grains eussent été étalés sur les planches des greniers pour y sécher parfaitement.

C'était Jean-Jean qui s'était chargé d'y « boucler » les chats après leur avoir laissé de quoi boire, seul moyen de les obliger de manger les souris et les lérots.

Julia souriait à l'image du grand gamin qui, après avoir bien fermé volets, trappes et lucarnes, avait « chopé » à grands rires les matous par la peau du cou avant de les enfermer deux par deux dans chaque grenier.

« Si tu enfermes deux chats ensemble, ils vont se battre, c'est sûr, au lieu de bouffer les souris, dit le Mirolo de sa voix essoufflée.

– Pas de danger, m'sieur François, je leur z'y ai regardé sous la queue avant de les faire naviguer de conserve. »

Julia se dit que Jean-Jean était le seul de sa connaissance à encore appeler le vieil homme à tout faire par son nom. Encore une de ses bizarreries. Elle sourit doucement en se disant :

« Il aurait cinq ans de plus, je ne sais pas ce que je ferais, tiens ! »

En fait, elle le savait parfaitement et n'ignorait pas ce désir calcinant qu'elle inspirait au jeune homme. Cela la remuait en secret. L'arrivée de ce printemps explosif d'un bel homme la laissait bousculée et dolente par moments, ou bien, d'autres fois, la surexcitait. Cependant, elle avait d'abord pensé « il a à peine huit mois de plus que Rosette », mais cet argument perdit vite de sa sûreté. La différence d'âge n'avait aucune importance sur le moment. Elle ne prenait de la pesanteur qu'avec le temps. Encore une histoire de ce maudit calendrier qui comptait tant dans la vie des femmes. Elle pensait parfois des horreurs à son propos, horreurs qu'elle n'aurait jamais avouées à personne, pas même à un confesseur, surtout pas à un confesseur.

XII

La chaleur fait monter la sève

Il y avait à présent une semaine que la batteuse était partie avec les compliments de tous et à la satisfaction générale. Depuis, la vraie grosse chaleur s'était abattue, échouée, avachie plutôt.

Le thermomètre de la mairie frôlait les quarante degrés à midi.

Malgré sa robe légère, Julia se sentait alourdie, la peau un peu collante. Elle se tamponna le visage avec une serviette humide et sortit dans la grande cour où régnait une atmosphère de four à pain en exercice. Depuis une semaine, Janteau ne quittait plus sa chaise longue que pour le nécessaire. Il ouvrait cependant des yeux fort lucides sur tous les mouvements de « sa ferme » qu'il pouvait entendre et sans doute imaginer. Pourtant il ne semblait pas perdre un gramme et son visage restait le même.

Julia fit un détour afin d'éviter son regard fixe, gênant. Elle alla jusqu'à la porte qui menait au fenil, vérifier l'état du foin au-dessus des étables. La pourriture était une calamité. Il suffisait d'un fouet moins grand que la main pour augmenter la chaleur et mettre le feu. Une poignée mal séchée qui se mettait à « chancir », cela arrivait tous les ans ici ou là, surtout après un printemps humide. Elle savait comment détecter les échauffements près des fenêtres, au soleil, en enfonçant jusqu'à l'épaule, rapidement, son bras. Ainsi, on sentait très bien les différences de température à l'intérieur de la muraille d'herbe craquante.

En chaussons, elle ne faisait aucun bruit mais s'essoufflait naturellement le long du grand fenil doré qui occupait toute une aile du bâtiment. Il y faisait si chaud qu'elle pensa qu'on aurait pu y faire cuire des œufs. Tout était chaud, amical, d'un silence de cathédrale. Les bêtes étaient au pré à l'ombre des bordures. La vaste maison était assoupie. Il lui sembla flotter dans une forêt chaude et lourde. Elle pressa le mouvement pour gagner l'échelle de sortie. En posant la main sur la rampe, elle entendit un bruit d'eau qui ruisselait et retombait à grands clapotis.

Bruit insolite et surtout inqualifiable. Elle se pencha doucement, descendit un échelon, puis un autre. Elle ne voyait rien. Elle se pencha davantage au ras du plancher et soudain, devant ses yeux brouillés de larmes de sueur, elle vit Jean-Jean surgir, nu comme un ver, debout dans un tub en zinc, qui se mouillait à grande eau avec la grosse éponge utilisée ordinairement pour savonner les chevaux.

Une pensée lui traversa l'esprit : « cela devait arriver, je le sentais depuis des jours ».

Sans trop savoir ce qu'elle faisait, elle passa le poids de la jambe droite repliée et tendit la gauche à la recherche d'un appui. Lorsqu'elle le trouva enfin, elle était deux échelons plus bas, à deux autres du sol. Un jeu d'enfant pour son corps athlétique. D'un pas mécanique, elle toucha le sol, marchant sur sa robe qui glissa d'un seul coup.

Hors d'elle, n'étant plus que frisson en devenir, elle entra dans le tub, le corps tiré par une faim de grande et belle bête forestière.

XIII

L'âme en feu

SEULE DE TOUTE LA MAISONNÉE, la tante Célie remarqua l'absence de sa nièce. C'était la sœur du père de la jeune femme. Elle avait été mariée durant trois ans à un beau marin au long cours, disparu en mer. Elle tenait à présent la cuisine de sa nièce depuis son mariage avec Janteau qu'elle n'aimait guère.

Tenir la cuisine d'une ferme de cette importance n'était pas une mince affaire en un temps où presque tout, des légumes au rôti, se fabriquait à la maison en plus des confitures, des fruits, le cognac, le pineau. Pour le vin, Janteau faisait venir le sien du Blayais où un cousin « de » lui y était viticulteur.

À toutes ses occupations, ses missions, ses devoirs, Célie ajoutait le rôle ou la qualité, comme on voudra, de confidente de sa nièce qui était pour elle l'incarnation de la fille qu'elle aurait voulu avoir. Son précoce veuvage l'avait beaucoup rapprochée d'elle.

Tout en continuant d'éplucher des pommes de terre nouvelles en frottant dans l'eau leur peau fine avec un torchon épais, machinalement elle jeta un coup d'œil à la grosse comtoise à balancier ouvragé qui trônait près du casier à bouteilles. Cela lui apprit qu'il était bientôt dix-huit heures. Un sourire très lointain détendit ses lèvres pâles.

À l'autre extrémité de la grande maison et au même moment, Julia revint à un semblant de raison. En dégageant son bras bloqué par le corps du garçon foudroyé par la dernière étreinte, elle regarda sa petite montre en pendentif, un cadeau de feu son frère.

« Bientôt six heures. Eh bien, ajouta-t-elle en voyant leurs corps enchevêtrés, nous n'avons pas chômé ! »

Elle réveilla le corps svelte et dur du garçon à petits coups câlins. Il grogna enfin, s'étira lentement, tête vide mais dégoulinante de frissons heureux. Il ouvrit enfin les yeux. Julia y lut une telle adoration qu'elle prit peur et entreprit de le calmer comme on le fait d'un jeune enfant ou d'un animal familier.

« Allons, réveille-toi tout à fait, Jean-Jean. »

Elle lui caressa la tête et comprit aussitôt qu'il se réveillait ardemment dans le sens opposé à ce qu'elle souhaitait. Elle allongea la main pour le ramener à une attitude plus modeste et frémit en réalisant qu'elle n'avait jamais usé de tant de hardiesse en seize années de vie commune avec son mari qu'en deux heures avec ce tout frais jeune homme, fou comme un poulain. Il lui semblait qu'en un instant, toutes les initiatives se trouvaient banalisées, comme si un livre ou plutôt, un catalogue, s'était ouvert au même moment, à la même page dans leur tête, permettant d'offrir à l'autre ce qui le comblait dans l'instant suivant.

Julia comprit tout cela et bien d'autres choses encore, en un éclair de lucidité qui la surprit beaucoup.

Elle savait à présent qu'à la vitesse à laquelle ils voyageaient, tout serait épuisé, vaincu par une habitude plus définitive qu'un feu d'artifice du 14 Juillet à Saintes, plus fort même que ce qu'ils avaient commencé ensemble dans la baignoire de zinc contre vents et marées des idées reçues, des rites, des tabous d'une société qui se croyait simple.

Elle avala difficilement le fruit de ce triomphe amer, et en femme de tête également, résolut d'accélérer ce petit miracle pour en cultiver plus vite les fabuleux souvenirs à la façon des rosiers de collection.

« Écoute-moi, Jean-Jean, il fait encore grand jour, tu vas filer chez toi. Tiens, donne ces vingt francs à ta mère pour tes deux jours de batteuse que je ne t'ai pas encore payés. Viens me chercher demain à 7 heures, nous irons commander des plans de vigne à Cognac et des brebis et un bélier chez mon oncle Robert à Juillac en Champagne. »

Jean-Jean lui jeta un regard de chien battu.

« Tu veux que je m'habitue à finir entre nous ?

– Tu es agaçant à toujours tout deviner ! Dans un sens, oui, mais c'est fou nous deux. Tu dois bien comprendre qu'il n'y a pas d'avenir pour nous dans cet… orage ?

– Ah, ça ! On dirait que nous avons mis ensemble le pied sur une même bombe au moment où elle pétait.

– On peut dire cela d'autre façon, mais c'est la vérité. »

Jean-Jean retrouva son « linge » comme cela se disait en ces temps. Il sauta dans son pantalon de treillis et passa les bretelles par-dessus sa chemise. Julia remarqua que cela faisait ressortir ses épaules carrées. Elle ébaucha un geste vite étouffé. Le jeune gars ne s'aperçut de rien.

Il enfourcha son vélo et tourna le visage vers la femme redevenue décente en enfilant sa robe de lin d'une plongée à vous mettre l'âme en feu.

« Alors, à d'main. »

Julia lui fit une caresse sur la joue et parut se fondre dans la façade surchauffée. Jean-Jean prit son élan et traversa la cour comme un boulet. Il prit à gauche vers son nouveau village comme si la côte n'existait pas, en poussant un soupir énorme à gonfler la voile de Ballarin.

« Quand même, les vraies femmes, ce n'est pas rien. »

Au même instant, Julia franchissait la porte de la large cuisine. Au premier regard, elle vit que son mari était absent.

« Il est parti se coucher, dit la tante Célie, il n'avait pas faim. Je t'ai attendue pour souper. Le Mirolo et sa sorcière sont allés traire au pré avec la voiture à âne. »

Elle vint poser la soupière brûlante au milieu de la grande table de chêne sur un dessous-de-plat en faïence d'Angoulême.

« Je pense que cela s'est bien passé pour toi.

– Qu'est-ce qui te fait croire une chose pareille ?

– Hé, tu luis comme une lanterne allumée, ce n'est pas une chose qui peut tromper une femme, ça ! »

XIV

La justice selon Jean-Jean

LORSQUE JEAN-JEAN poussa la porte, Léonie était en train de mettre en ordre ses pots d'aloses. Les morceaux baignaient dans une sauce brunâtre où passaient des câpres, des grains de poivre et de fines rondelles de cornichon.

« Hum ! ça a l'air rudement bon. C'est bien simple, tu sais tout faire au mieux.

– À propos, dit Léonie, tu as encore chapardé les deux plus belles aloses. Avant, nous avions une excuse, il nous fallait manger avant toute chose. À présent ce n'est plus indispensable. Tu devrais juste prendre ta part. »

Pour la première fois sans doute, Jean-Jean eut un regard de commisération envers sa mère.

« Ma pauvre maman ! Si tu crois que tu as changé de condition parce que tu as une maison et neuf billets de mille francs sur un compte à cinq pour cent chez le notaire, tu te trompes lourdement. Tu le sais, du reste, c'est même pour cela que tu as si vite changé de nom. Si tu savais des fois, ce que je dois faire pour être payé ! Dans le fond je m'en sortais mieux étant petit. Ça les grattait de voler un gosse. À présent, l'habitude est finie. On me paye facilement, mais au prix d'un enfant, ça arrange tout le monde.

Ils sentent que c'est injuste, mais en attendant, ils profitent. Ils savent que je gratte ici ou là. Ils laissent faire car ils savent aussi que je n'exagère pas. Regarde Ballarin et les aloses, il a vendu sa pêche deux cents francs. D'accord, ce n'est pas tous les jours. Eh bien, si je l'avais laissé faire il me donnait cent sous, mais à La Jarre il donne cinquante francs. Il aurait dû faire de même, mais il m'a laissé tripatouiller les poissons parce que je lui ai évité de faire naufrage. Une fois il m'a donné mon dû avec les bars, mais ça devait être une erreur. Il s'est vite repris. Non, crois-moi, je ne vole rien, je rétablis un peu l'équilibre, c'est tout, mais hélas, toujours à leur avantage.

Non, tu vois, il faut maintenant que je sache ce que je veux faire. Si je pouvais, d'ici deux, trois ans, m'acheter quelques champs de bonne terre de labour, que la propriété nous mette réellement à l'abri, peut-être que j'achèterais une barque pour la pêche. Quand cela veut jouer, cela paye beaucoup. Cela et la terre, tu pourrais vraiment changer de condition.

En attendant, console-toi, nous ne sommes plus des pauvres absolus, mais pour l'instant il ne faudrait pas grand- chose pour nous faire rebasculer dans le trou. »

Ayant dit, Jean-Jean se sentit soudain l'objet d'une grosse fatigue. Il sourit en se remémorant d'où cela pouvait venir. Avec un sourire ravageur il s'étira, embrassa sa mère et monta se coucher.

« Mais tu ne manges pas ?

– Pas faim, bonne nuit, m'man. »

Avant qu'elle ait pu manifester son inquiétude, elle l'entendit choir dans son lit. Elle monta en tapinois pour voir son fils tout habillé, dormant déjà comme une souche. Il n'avait qu'un pied nu, l'autre était encore dans son sabot.

Elle en eut un sourire ému.

LIVRE III

I

Julia équipe Jean-Jean

À SEPT HEURES, frais torchonné et sentant encore le savon, Jean-Jean arriva à la ferme Janteau. Un long et lourd, un seul nuage s'étirait le long de la Gironde.

« L'est encore sous les draps, celle-là », sourit le jeune homme. Partout ailleurs, le ciel était clair. La voiture à cheval était attelée devant la porte. Le Mirolo tenait les guides.

Julia parut avec une coiffe brodée, un gros sac à main et un fichu à fleurs. Elle grimpa à côté du vieux commis et fit signe à Jean-Jean de s'asseoir à côté d'elle. Le Mirolo claqua les rênes et la jument pommelée partit d'un pas léger. C'était un achat de Janteau le printemps dernier. Une bête élégante mais peu faite pour les grands travaux. Julia s'ébouriffa comme un pigeon et dit au vieux cocher :

« Vous serez gentil de ranger le vélo de Jean-Jean sous le hangar aux outils.

– Oui, madame Julia, mais pas de danger qu'on lui vole, c'est le seul de son modèle dans le pays.

– Je pensais à la pluie.

– Ah ! là, rien à dire, c't-y beau ou laid, jeune ou vieux, chacun reçoit sa part quand ça mouille. »

Julia se tourna vers Jean-Jean.

« Il va nous déposer au tram à Génozac, nous prendrons le train à Saintes pour Cognac où j'ai pris rendez-vous chez le marchand de plants. »

Ne voyant pas quoi répondre, Jean-Jean se contenta de hocher la tête et demeura silencieux, heureux de sentir le corps de Julia peser contre lui.

Sur la place de l'église où s'arrêtait le tram, il descendit le premier et prit le lourd sac à main de Julia, et comme elle ne le lui redemanda pas, il le conserva, ballant contre ses mollets. Il y avait une bonne quinzaine de personnes, attendant déjà. En la voyant saluer quelques têtes connues, Jean-Jean comprit soudain sa ruse. Elle virevoltait, lui suivait avec le bagage, sa position domestique n'attirant pas l'attention. Elle était la riche fermière suivie d'un jeune valet costaud pour porter les paquets et éventuellement la défendre. Rien à dire qu'à échanger des banalités avec des connaissances de passage. Il pensa :

« En attendant, c'est moi qui la bique. »

Et aussitôt il eut honte de cette pensée incongrue. Il aurait tant voulu l'avoir à son bras, la faire admirer de tous, mais il se trouva vite ridicule. Au fond de lui, il ne se sentait pas les épaules assez larges pour mener une telle femme et ce qu'elle représentait.

Il réalisa d'un coup qu'il ne lui faudrait pas gros effort pour se détacher d'elle. C'était peut-être cela qu'elle cherchait après tout ?

Le voyage de Saintes à Cognac se fit en silence car le « gros chemin de fer » faisait un tel bruit qu'il fallait hurler pour dire la moindre chose.

Dans Cognac, Julia prit un fiacre pour se faire conduire chez le pépiniériste, un certain Le Carré dont le père avait fait fortune en vendant des plants américains résistant au phylloxéra par greffage des plants locaux.

Depuis presque vingt-cinq ans il fournissait toutes les vignes de Janteau. Il la reçut avec beaucoup de respect, ce que Julia parut trouver tout naturel. Dans la foulée, elle lui présenta Jean-Jean :

« Voici monsieur Jean Favart.

– Enchanté.

– Mmmm…

– Je voulais que vous le connaissiez car il deviendra certainement client chez vous. Ses terres sont voisines des miennes. »

Le Carré pensa aussitôt : « le Janteau doit devenir creux du gousset ». Il fit malgré tout un chaleureux sourire, lui serra la main qu'il sentit forte, façon bois brut.

« Monsieur n'est pas seulement propriétaire, c'est aussi un fameux gaillard. »

Il conduisit ses visiteurs dans son bureau qui ouvrait sur une serre magnifique au milieu des plants soignés et drus. Dans la serre, des fleurs inconnues et magnifiques rutilaient partout.

Julia attaqua d'entrée avec cette décision souriante qui effaçait tous les obstacles.

« Voilà ce qui m'amène, monsieur Le Carré, je voudrais dix mille pieds de merlot que je souhaite planter cet automne, mais je les voudrais plus avancés qu'à l'ordinaire, qu'ils aient trois ou quatre ans au moins pour qu'ils fournissent plus vite. Oui, je veux produire du vin rouge pour les personnels de nos ports proches, personnels et marins. Je pense qu'il y a de quoi faire.

– Amusant, dit le marchand l'œil brillant. Venez, allons voir les pépinières. »

Ils montèrent dans une charrette à âne vernie, et gagnèrent le fond du vaste terrain couvert de minuscules forêts de jeunes vignes qui, pour une grande part, attendaient d'être greffées. Le chemin contournait un boqueteau de bouleaux et d'épicéas, puis déboucha sur une grande pièce de vignes plus hautes, plus drues que les précédentes.

« Celles-ci ont quatre ans. Je les avais fait préparer pour Laurent Cassin pour ses friches de Pomerol juste avant qu'il ne se tue stupidement dans ce concours hippique.

– Qu'allez-vous en faire ?

– Hé, vous les vendre, pardi ! Elles ont été vendangées une fois, enfin, disons retaillées, mais, c'est sûr que bien plantées, elles donneront un peu l'an prochain et beaucoup l'année suivante. Mais il faudra que je vous envoie quelqu'un de chez moi pour vous aider à les planter et les tailler pour l'hiver. Cela va coûter.

– Certes, dit Julia avec un aplomb admirable, mais comme avant vous m'aurez fait un prix, dame ! à qui les vendrez-vous maintenant ? La paye de votre adjoint compensera et nous arriverons à un prix normal, n'est-ce pas ? Alors, c'est dit, début octobre vous me faites livrer les dix mille pieds de merlot avec votre chef de chantier et peut-être un contremaître pour éduquer mes gens. »

En se tournant vers Jean-Jean, elle ajouta :

« Je veux planter au dessus des falaises de l'Échailler, Janteau a acheté cela pour rien. Il voulait y mettre des moutons mais la clôture n'a pas tenu. Impossible d'y faire tenir un piquet, alors ça plus les chiens errants, tout le monde a “chêt” dans les marais en deux mois.

– Mais, est-ce de la bonne terre pour ce plan de merlot ? »

Le Carré avait fini par oublier le jeune homme. Il sursauta :

« Voilà ma foi une excellente question à laquelle je puis facilement répondre. Le Merlot se fait à tout mais il se révèle surtout dans les terres très calcaires, je dirais presque de la caillasse. »

Tout à son affaire, Jean-Jean planta ses yeux clairs dans ceux de son interlocuteur.

« À mon idée, en labourant un peu plus profond on doit pouvoir ramener vers la surface pas mal de calcaire rouge pourri par l'humidité de la terre déposée sur la falaise depuis longtemps. Pour les piquets, en en plantant un sur trois à la barre de mine. Il faudra seulement tendre du fil de fer. »

Tandis que Le Carré marquait de l'intérêt pour l'idée du jeune homme, Jean-Jean croisa le regard de Julia. Il y vit une approbation totale, teintée d'un brin de tendresse. C'est-à-dire un tant soit peu trop appuyé.

Puis vinrent des discussions compliquées où intervenaient la Bourse et autres histoires de banque dont Jean-Jean n'avait jamais entendu parler. Encore ému par le regard de Julia, il se laissa aller à une rêverie indécise remplie de rondeurs.

À cet instant, il reçut un coup sec sur son avant-bras.

« Tu ne dors pas, j'espère ? »

Il réagit à la vitesse d'un poisson.

« Moi ? Ah non, alors ! j'écoute attentivement, c'est tout, car beaucoup de choses que vous dites me sont peu familières. »

Le Carré pensa que ce grand gosse costaud était d'esprit aussi prompt que fort du poignet. Il savait bien, lui, Léon Le Carré, à qui il aurait pensé, à sa place ! Il ne crut pas un mot de sa trop belle phrase et le complimenta d'autant mieux.

« C'est très bien, jeune homme, c'est comme cela qu'agissent ceux qui veulent avoir un jour assez de plomb dans la cervelle. »

Julia versa des arrhes au pépiniériste et s'en alla sur un grand salut à l'ancienne qu'elle trouva bien plus élégant que les pitreries actuelles.

« Au revoir, madame Janteau, à fin octobre donc, j'espère que nous retrouverons votre mari sur pied. »

Jean-Jean pensa qu'elle avait dû signaler la maladie de Janteau pendant qu'il rêvassait.

Dans la rue ils trouvèrent un fiacre qu'un commis était allé quérir.

« Voilà un homme qui sait vivre, dit le garçon.

– Il serait dommage qu'il ne le sache pas, avec des clients comme nous. Enfin, tu as raison, il est courtois. »

Elle se pencha et donna une adresse au cocher qui enveloppa son cheval d'un fouet mou, ce qui, à son idée, devait être le fin du fin de son métier.

Il les conduisit jusqu'à une boutique discrète proche de la gare.

« Attendez-nous, nous en avons pour peu de temps. »

Elle poussa la porte feutrée d'une pièce qui sentait le cuir de luxe. Jean-Jean pouffant derrière elle :

« Tu as vu le nez du cocher ? Il doit le fleurir au printemps et le vendanger l'automne. »

Julia jeta un bref coup d'œil. Le cocher avait un nez qui pouvait servir d'enseigne à un marchand de vin. Elle étouffa mal un rire à l'arrivée d'un vendeur alerte et obséquieux.

« Madame désire ?

– Des brodequins de cuir triple semelle, bouts et talons ferrés pour monsieur. »

Jean-Jean s'assit et fut bien content d'avoir enfilé des chaussettes, ce matin, pour faire plus chic. Le vendeur lui mesura le pied en long, en large, nota des chiffres sur son tout petit carnet et disparut dans une pièce du fond.

« Mais pourquoi m'acheter des chaussures de propriétaire ?

– Parce que tu es propriétaire, justement, et qu'il faut t'attendre à rencontrer du monde. Pour le reste, c'est cadeau. Cela me fait plaisir. »

Le vendeur revint avec des boîtes en carton. Il en sortit des chaussures rutilantes, plus somptueuses que Jean-Jean ait jamais imaginé.

« Dis-moi, toi », souffla-t-il à Julia attendrie.

Du doigt elle lui montra la seconde boîte. Il la désigna aussitôt au vendeur.

« Excellente sélection, monsieur ne pouvait mieux choisir. »

Jean-Jean le regarda avec attention. L'homme avait un ton plus précieux mais il avait les mêmes intonations que celui du marché de seconde main où Léonie l'avait traîné quelques années plus tôt. Il se dit que ce devait être la même chose partout. Même son oncle Pierre qu'il aimait tant et voyait si peu, se tordait en trois pour un gros client.

Le vendeur lui enfila les brodequins, les laça et, lui prenant la main, le tira à lui pour le mettre debout.

« C'est-y qu'y veut m'faire danser, l'moineau-là ? » grommela-t-il. Julia l'entendit car il passa tout près d'elle en se levant. Elle pouffa.

Le jeune homme fit quelques pas, une flexion, et retourna s'asseoir.

« Tu te sens bien dedans ?

– Tu as de ces questions ! Oui, bien sûr, mais il n'y a que pour la valse que je ne sais pas encore très bien… Arrête de rire sinon je vais te suivre et cela va faire un joli potin ! »

Elle se reprit et demanda :

« Ajoutez deux paires de chaussettes et une boîte de graisse cirage. »

Le vendeur s'empressa.

« Il doit gagner davantage sur les accessoires, pensa Jean-Jean qui remarquait tout.

– Je les garde pour les faire à mes pieds, déclara-t-il au vendeur dont pas un trait ne bougea.

– Savez-vous où je peux trouver des sacs de voyage, monsieur ? », intervint Julia.

Le visage de l'homme s'éclaira. Il salua.

« Mais juste à côté, madame, c'est la même maison. Je vais vous y conduire. J'emporte vos articles », dit-il en mettant les “bots” décorés de Jean-Jean dans la boîte des brodequins. Dans la seconde boutique, l'odeur des cuirs de luxe devint plus forte, jusqu'à entêtante.

Julia, très à son affaire, demanda à voir les sacs de voyage. On lui en apporta beaucoup de modèles qu'elle bouscula comme une gamine. Elle finit par en trouver un très beau, de taille moyenne, à fermoir ouvragé, et poussa dans les mains de son compagnon un autre, assez semblable, en cuir blond foncé à double fermoir à une seule poignée en haut, le même en plus beau et gros que le docteur Samain emmenait dans ses visites.

Le vendeur y déposa la boîte à chaussures, les chaussettes et la boîte de graisse cirage. Il le lui tendit d'un air respectueux et Jean-Jean ricana intérieurement « là, mon gars, tu as gagné une sacrée journée ». Julia paya et prit la porte, saluée par tous les employés. En franchissant la porte, Jean-Jean prit une petite inspiration pour « emporter l'odeur », délicatesse qu'il oublia vite en voyant l'énorme chandelle qui pendait au nez du cocher.

Impassible, Julia lui donna une autre adresse. Ils montèrent dans le fiacre, égayés par l'allure caricaturale de leur conducteur.

« Il y a naufrage dans la vie de ce gars-là. On ne devient pas comme ça naturellement. »

Julia le regarda à grands yeux.

« Tu dis des choses justes, toujours au moment où on s'y attend le moins. »

Le grand gosse se renversa sur son siège en caressant son beau sac.

« Alors, on va s'acheter une canne à pêche ?

– Pourquoi une canne à pêche ?

– Ben, je ne sais pas, moi, avec toi je m'attends à tout. Tu es la reine du vent à surprises. Tu me dirais que tout à l'heure nous partons en Amérique que cela ne m'épaterait pas plus que cela.

– Tu me suivrais en Amérique ?

– Assurément. Regarde, nous voici déjà à Cognac. L'Amérique, c'est plus grand et voilà tout, mais je suis sûr qu'on y trouve des quantités de gens qui y dorment la nuit, travaillent et mangent le jour, et qui ne font pas les enfants autrement qu'ailleurs. En Chine, cela doit aussi être approchant. »

Julia cessa de rire.

« Ce que tu es drôle, jamais je n'ai rencontré quelqu'un qui voit le monde et les choses comme toi. Je te l'assure, Jean-Jean, nous resterons amis. »

Le fiacre s'arrêta, Julia descendit la première, tendit une pièce au cocher.

« Gardez la monnaie pour vous acheter un mouchoir.

– Ben, ça ne l'empêchera pas de couler. Merci quand même. »

Sur la porte était écrit en lettres dorées sur fond noir « G. Tellier, vêtements de classe et de confort, qualité première ».

Julia poussa la porte d'autorité et marcha droit sur le responsable du magasin qui faisait régler par un commis les lampes à gaz qui éclairaient les miroirs du fond.

Jean-Jean le reconnut à son gilet brodé, au mètre de bois vernis qui lui servait en toutes attitudes.

Julia éluda son salut exagéré et dit d'un ton très net :

« Je veux un costume de velours à côtes vert foncé, boutons métal travaillé, veste à revers courts, col montant. »

Elle aurait parlé turc, que Jean-Jean n'aurait pas compris davantage, mais cela parut compréhensible au maître de cérémonie qui s'approcha, mètre brandi.

« C'est pour monsieur ?

– Nécessairement, ce me semble. »

Sans commentaire, il entreprit de mesurer son patient dans tous les sens en énonçant des chiffres pleins de mystère, vite notés par le commis qui avait lâché les becs de gaz et avait l'air d'avoir fait des études.

Le monologue et son ton ressemblaient beaucoup aux patenôtres de Valadin, le curé de Mortagne lorsqu'il emmenait les gosses en procession, les filles surtout, à l'ermitage de la Gravelle. Jean-Jean n'y était pas allé longtemps mais s'en souvenait toujours. Julia rompit l'envoûtement en demandant :

« Vous faites toujours les retouches aussitôt ? »

L'autre bonbon trop sucré feignit d'être offensé.

« Mais madame, c'est toujours l'honneur de la maison ! »

Puis il fit un demi-tour impeccable vers son savant commis.

« Gilbert, faites-nous porter deux "quatre L", oui, les deux modèles. »

Le jeune homme s'éclipsa pour revenir avec deux grandes housses, tandis que le chef expliquait complaisamment :

« Oui, nous avons deux modèles, un à poches plates sans rabat, plus ajusté, appelé "cavalier", l'autre avec rabat sur les trois poches, que l'on nomme "hunter", c'est-à-dire "chasseur" en anglais. »

Gilbert, le commis de luxe étala sur le vaste comptoir les deux costumes. Jean-Jean les regarda en guettant du coin de l'œil ce que Julia approuvait. Elle le mit à l'aise.

« Dis-moi ce que tu penses, après tout, c'est toi qui le portes.

– Eh ben, dit-il en traînant exprès sur les mots, je ne vois pas pourquoi les cavaliers ont le privilège de voir la pluie entrer dans leurs poches. Je trouve les rabats plus vrais, plus intelligents.

– Va pour les rabats ! »

Sur un signe du maître de ballet, arriva un homme jeune et chauve, armé d'une craie, d'un mètre en ruban et d'une boule rouge hérissée d'épingles. Il fit entrer Jean-Jean dans une cabine aux parois de miroir et lui fit enfiler les trois pièces du costume : veste, gilet, pantalon.

Ses gestes étaient beaucoup plus fermes et précis que ceux du « chef » qu'il avait trouvé mous, voire collants.

Le chauve recommença à le mesurer, le marqua à traits vifs, posant adroitement les épingles. Il traçait des flèches, d'autres signes, et piquait, piquait.

Jean-Jean frémit en cachette : « Dans tout le lot y en a bien au moins une qui va m'arriver droit dedans, fi d'garce ! »

Après ce moment d'angoisse, l'homme le dévêtit sans qu'une « épine » le touche et l'aida ensuite à passer une robe de chambre beige pour patienter durant les « ajustements ».

Julia eut un rire d'enfant en le voyant apparaître en robe de chambre et brodequins.

Sur des « cintres à roulettes » selon Jean-Jean, il y avait une collection de chemises dont Julia discutait avec le principal du magasin.

« Approche, lui dit-elle, ces chemises sont à ta taille. Je veux que tu prennes deux chemises en laine d'Écosse, oui, celles à carreaux rouges et verts avec des rayures jaunes.

– C'est du tartan d'Écosse, madame, dit le chef un brin pincé.

– Et puis, continua Julia, une blanche avec une cravate sombre pour sortir. » Jean-Jean ne discuta pas et prit les trois « liquettes » et la cravate que lui tendait le bonbon.

Julia gagna la caisse en pensant que le garçon remettrait ses sabots sitôt rentré au pays.

Un petit moment plus tard, le jeune commis fit à Jean-Jean un petit signe d'appel vers la cabine.

« Vous pouvez enfiler votre costume. »

Jean-Jean eut l'impression d'enfiler un complet de toile fine tant il était bien ajusté sur sa chemise. Le jeune homme lui tendit son gilet piqué, l'aida à mettre une ceinture dans les passants de son pantalon et lui tendit sa veste tandis qu'il bouclait son pantalon. Sa veste sembla tomber seule, glisser même. Le commis ouvrit la porte. Jean-Jean fit une entrée théâtrale sans s'en douter. Julia reçut un coup au cœur tant elle le trouva beau et élégant. Le garçon avait un sens inné du geste épique sans s'en douter le moins du monde.

Julia ressentit un flux de bonheur simple bientôt suivi d'un reflux amer qui lui soufflait qu'elle avait vêtu un beau, très beau garçon qui ne s'épanouirait réellement que dans son minuscule pays entre fleuve, mer et campagne. Lâchement elle se dit « qui vivra verra », mais une voix lui soufflait qu'elle allait devoir ruser pour le conserver à portée. On ne garde pas sans chaîne un aussi bel animal qui allait devenir l'objet de la convoitise de toutes les belles filles intéressantes du canton.

Elle le laissa bourrer ses « vieilles affaires » dans le sac, y déposer plus soigneusement ses chemises neuves. Elle acheva de payer. Le « chef » devait être aussi le patron car, au passage, il prit sur lui de lui offrir une belle casquette anglaise à pompon assortie à sa chemise.

Une fois dans la rue, elle ne put retenir un mouvement de fierté au bras de ce gentil gaillard si bien mis.

« Regarde, nous sommes à deux pas de l'hôtel Central où j'ai retenu deux chambres.

– Tant que cela ?

– Sur le même palier, baluzeau ! »

Un moment plus tard, de la fenêtre de Julia qui dominait la place, elle lui montra, couvrant l'angle opposé un grand établissement très éclairé au gaz.

« Regarde, c'est le Coq d'or. À l'emplacement de l'ancienne poste on y a ouvert en 1907 une brasserie de luxe. C'est l'établissement sélect, rendez-vous de tous les courtiers en renom. Les clients y ont même le téléphone et, pour le menu, je ne te dis que ça !

– On peut y aller voir de plus près ?

– C'est là que nous soupons ce soir.

– Rien que nous ? »

Elle lui caressa la tête et chuchota :

« Tu sais ? Ton cou sort de ta chemise comme un beau pied de champignon jaillit de sa volve. »

Il se laissa aller contre elle. Ils perdirent l'équilibre et les mains fiévreuses prirent la place de toutes pensées, toutes réflexions.

Plus tard, bien plus tard, dans le soir qui tombait, les lumières de la place découpaient des reflets sur le plafond festonné. Julia s'étira avec un sourire heureux.

« Je commence à avoir une petite faim. C'est que nous n'avons rien mangé à part le casse-croûte dans le train.

– Moi, je crois que je mangerais un feu d'artifice allumé.

– Ah ! toujours simple et modeste ! »

De sa poigne de sauvage, il la fit pivoter et bientôt, ils ne furent plus qu'une boule de plaisir frissonnant aux éclats luisants de la ville.

II

Choucroute royale

JULIA ET SON COMPAGNON étaient installés au premier étage sous une rampe à gaz, laquelle diffusait une lumière douce mais nette derrière les abat-jour de verre coloré, les isolant presque de la salle survoltée. La grande brasserie était remplie de bruits de voix. Pas de cris, non, mais un roulement sourd comme celui d'un torrent, percé çà et là par la voix des garçons pressés qui répétaient les commandes à l'entrée des cuisines.

En montant le large escalier, Jean-Jean, un peu égaré par ce débordement de luxe et d'efficacité dans une brise tiède aux odeurs affriolantes, Jean-Jean, donc, avait remarqué la plaque de cuivre marquant l'angle des plus en vue.

Julia lui expliqua qu'il s'agissait de tables réservées à certaines heures aux plus puissants courtiers, des gens qui téléphonaient « comme qui badine » aux quatre coins de l'Europe sans lâcher leur chope de bière. Là se traitaient des affaires énormes et souvent discrètes. Ils y invitaient leurs plus gros clients, leurs amis ou leurs concurrents dans une ambiance de gaieté, de visages rubiconds, de larges sourires qui cachaient bien des secrets.

Étourdi par le bruit, les lumières, le mouvement, Jean-Jean se vit soudain servi d'une choucroute « royale », un plat énorme posé sur un réchaud à alcool pour tenir les saveurs à température.

Il huma, soudain affamé, et se pencha vers Julia :

« Avec toi, c'est toujours la première fois. »

Avant qu'elle ait pu protester, il l'arrêta du geste.

« Premier costume, premières chaussures, premier hôtel, premier restaurant, et pas des moindres et… et puis, première toi.

– Mange donc ta première choucroute.

– D'accord, avec ma première bière. Ah ! non. Je me souviens d'avoir bu un “galopin” au “Cap à l'ouest” un jour où j'avais livré du poisson. »

Il mordit gaillardement dans sa première saucisse croquante sous la dent et enfourna une fourchetée de choucroute brûlante. Il attendit un peu pour mâcher et comme cela n'allait pas assez vite, il ajouta une petite gorgée de bière fraîche. Il mordit enfin et resta saisi par toutes les saveurs inconnues qui se télescopaient dans sa bouche et jusque dans sa tête.

Une baie de genièvre lui explosa sous la dent et se termina par un fin morceau de lard fumé. Il but alors une gorgée de bière plus conséquente car il avait aussi écrasé un grain de poivre. Il en avait les larmes aux yeux.

Il enveloppa Julia d'un regard ému.

« Et tu dis que c'est du lard, de la saucisse et du chou coupé fin ? Oh ! rien à voir avec ce que je connais. À croire qu'ici, en changeant de fourneau, on change le goût des choses. Enfin, pour te dire que c'est très, mais alors très très bon ! Et que je ne suis pas près d'oublier cet instant, l'instant de “ta” choucroute. »

Sans trop comprendre pourquoi, Julia rougit et ses yeux devinrent humides. Personne n'était là pour lui expliquer que c'était sur elle qu'elle pleurait, sur cette formidable insouciance qu'avait inconsciemment rallumée Jean-Jean, et qu'elle sentait filer à tire d'aile comme les hirondelles d'automne.

Femme de tête, adepte du progrès qui semblait grouiller partout, en politique comme en agriculture dans ce début de vingtième siècle, elle demeurait cependant tout entière de cette race très solide, dure même, qui poussait depuis si longtemps entre mer et collines, sur les deux bords du fleuve Charente.

Elle se reprit. Surtout ne pas montrer que l'on a mal. Et après un morceau de roquefort et une tarte maison à faire pécher un saint, elle glissa de l'argent sous la table, dans la grande main du garçon.

« Paye. Ici, ce serait mal vu que ce soit moi. »

Bourré d'énergie consécutive à la richesse de la nourriture, Jean-Jean rubicond accepta sans ciller. Dans ce monde de surprises où il était entré par mégarde, il n'était plus à un étonnement près. Il paya d'un air détaché, laissa un peu de monnaie pour le serveur en long tablier blanc, et saisissant sa casquette, déclara :

« Viens, on rentre. »

Julia se laissa piloter avec un sourire radieux. Une fois dans la chambre, elle éteignit le plafonnier à larmes de cristal et ne laissa que la veilleuse qui diffusait une lumière bleue très douce qui faisait luire la peau.

« Pourquoi laisses-tu la loupiote ?

– Pour mieux me souvenir des moments que nous allons passer. »

Jean-Jean, dont les yeux s'habituaient, réalisa que la chétive lueur rendait leurs corps irréels et beaux comme des statues. Surtout Julia, ajouta le grand gamin. Une lumière de rêve comme les heures d'été sur l'estuaire.

Il vit encore passer des oiseaux dans un ciel qui n'était pas le ciel qu'il connaissait. Il s'endormit un instant et se réveilla peu après en sentant la peau de Julia le couvrir, le happer jusqu'aux épaules et s'y nicha avec un long frisson de bonheur tiède.

Sur la place où les lumières s'éteignaient, un fiacre attardé rentrait au pas. Son cocher dormait peut-être. Jean-Jean remarqua que les battements de cœur de Julia s'harmonisaient exactement à la cadence des sabots ferrés de la bête qui paraissait connaître parfaitement le chemin de son écurie.

Avec un beau rire joyeux, il claqua les fesses de sa compagne en retenant un peu la paume sur la chair comme le font aux belles juments les maquignons sur le champ de foire. Julia grogna et s'approcha davantage.

III

Confidences sur une carriole

Il y avait à deux pas de l'hôtel Central un loueur de voitures réputé qui fournissait aux courtiers, presque toujours clients de l'hôtel, les véhicules pour leurs courts déplacements. Le portier vint lui demander une carriole anglaise vernie.

« Pour aller à deux personnes à Juillac en Champagne. Retour ce tantôt à la gare pour Saintes.

– C'est bien facile, j'enverrai un commis avec un reçu pour les attendre à la gare. Fais venir tes clients pendant que je fais préparer la voiture. »

Julia et son compagnon, beau comme un soleil, arrivèrent peu après.

« Nous voulons prendre le train pour Saintes vers dix-neuf heures trente, je crois.

– Il y en a un toutes les demi-heures.

– Oui, mais nous voulons attraper le tram pour Gémozac.

– C'est bon, vous ne crèverez pas ma jument. Cela vous fera sept francs. Vous laisserez la voiture à la gare, c'est le numéro 384.

– Bigre, vous avez tant de voitures que ça ? »

Le loueur eut un sourire amusé.

« Non, le chiffre trois, c'est le type : carriole, chariot ou gros camion à trois chevaux. Le huit indique l'état : neuf, encore bon, usagé, et le quatre, c'est le numéro du modèle.

– Ah ! C'est une bonne méthode, approuva Jean-Jean en aidant sa compagne à grimper sur le marchepied de fer.

– Au fait, comment s'appelle votre jument ?

– Cléa. »

Le nouveau cocher lui gratta la tête, ce qui eut pour effet de calmer sa nature nerveuse.

« Allez Cléa, en route ! » Il claqua les rênes et, sur les indications de Julia, il trouva bientôt le chemin de croisement, bien damé, lisse, à la sortie proche de la ville. Il sentit tout de suite qu'ils entraient dans une campagne prospère dont les habitants n'entendaient pas abîmer leurs appareils roulants ni les sabots de leurs bêtes de trait.

Le doux balancement de la carriole les faisait somnoler tous les deux. Il leur fallait bien récupérer des forces après la nuit tumultueuse de l'hôtel Central, nuit qui devait être la dernière selon les intentions de Julia.

Il devait penser à peu près les mêmes choses car il lui demanda avec sa brusquerie et sa gentillesse habituelles :

« Dis, tu as connu beaucoup d'hommes, toi ? »

Elle pensa d'abord à lui répondre que cela ne le regardait pas, mais à quoi bon le froisser ? C'était « leur » journée, sans nuages. S'il vous plaît, pas de nuages dans cette nature fraîche, tonique, qui sentait la venue de l'été. Elle se contenta de soupirer :

« Bof ! Quelques-uns, oui. Tu sais, il n'y a pas beaucoup de filles qui échappent aux sorties de bal, c'est d'ailleurs fait pour ça, à mon idée.

Il n'y a guère que les braves bécasses qui se font prendre à la première danse, cela ne fait pas toujours les plus mauvais mariages, d'ailleurs. »

La jument longeait maintenant une longue bordure de peupliers d'Italie dont les ombres, encore très courtes, suffisaient pourtant à découper la route en tranches régulières.

Jean-Jean demeura silencieux jusqu'à la fin des hauts arbres en pinceau.

« Quand même, Janteau, cela ne te va pas.

– C'était pendant une bien rude partie de ma vie. Je venais de perdre papa. Il m'avait laissé quelques biens, des terres surtout. Tu penses bien que les prétendants ne manquaient pas ! Maman s'est tuée en tombant d'un trépied à traire. Oui, je sais, cela peut faire rire, mais elle s'est rompu la nuque d'un seul coup. J'étais seule à la maison, ma sœur aînée ayant épousé un officier mécanicien de la marine marchande. Alors Janteau est arrivé, pas galant pour un sou mais solide comme une rocher, droit, rude, rien pour séduire mais tout pour faire naître la confiance. Il m'a fait la Rosette et puis c'est tout. Jusqu'à toi, arrivé bien trop tard comme un rayon de soleil chaud quand les feuilles commencent à tomber.

– Oh ! Là, je ne te crois plus. Tu es la plus belle femme qui se puisse rencontrer. J'ai bien vu, à Cognac, tous les hommes se retournaient sur toi. Gourmands ou rêveurs, ils se retournaient, c'est sûr.

– En octobre, je te montrerai un rang de dahlias, les plus belles fleurs du monde, à mon idée, d'autant plus somptueuses que ce sont les dernières de l'année. Allez, pousse un peu la jument que nous ayons le temps de voir mon oncle, la seule famille qui me reste, avec ma sœur, bien sûr.

– C'est drôle cette idée de venir jusqu'ici pour acheter des moutons alors qu'il y en a tant dans le Médoc, et même chez nous.

– Ce ne sont pas les mêmes, et puis mon oncle Jacques a appris son métier en Australie, la patrie des moutons.

– Le père Montalieu, notre ancien maît' d'école, nous disait que c'était un grand désert empli de kangourous, de lapins, avec des tribus d'"arborigènes" décorés d'un os en travers du nez ? Il ne nous a jamais parlé de moutons.

– Hé ! Va raconter cela au tonton Jacques. Il va faire joli !

– Je m'en fous, mais je ne demande qu'à apprendre. C'est au père Montalieu qu'il faut dire qu'il n'est qu'un vieux sot. Dis, comment a-t-il fait pour aller si loin, ton oncle ?

– La marine de commerce. Mais il n'avait pas la vocation. Une fois à terre, il est parti dans l'intérieur et y est resté dix ans avant de revenir avec pas mal de sous et une femme.

– Avec un os dans le nez ?

– Tu es bête, ma tatie est d'origine anglaise, elle ressemble à la femme du maire en plus jeune et plus mince. »

En bavardant, la route défile plus vite, tous les cochers vous le diront. C'est ainsi qu'après un long virage, ils entrèrent de plain-pied dans une large cour de ferme tassée au pied d'une colline très rase.

« Bouh ! Ô l'est une terre à vent, c't-y », grommela Jean-Jean en sautant à terre. Il fit le tour de la jument pour aider Julia à descendre. Une grande jeune femme blonde parut sur le perron et s'approcha.

Les deux femmes s'embrassèrent de bon cœur.

« Jacques n'est pas encore rentré. Vous restez à dîner ? »

« Allons, pensa Jean-Jean, elle a appris à vivre, l'Australienne. Elle déjeune le matin, dîne à midi et doit souper le soir. C'est bon signe. »

Il suivit les deux femmes après avoir attaché la jument à l'ombre. Les murs étaient décorés de boucliers, de lances et d'une espèce de L majuscule en bois teinté.

« Cela, tu vois, c'est l'arme préférée des aborigènes. Tu la lances sur le gibier. Elle va l'assommer et te revient toute seule dans la main, comme un petit chien bien dressé. Ils appellent ça un boomerang. Jacques te fera voir comment ça marche. »

IV

Janteau ne se réveille pas

Le soleil encore haut plombait les champs très soignés où l'herbe des fossés repoussait à vue d'œil sous les reflets mauves, violets surtout au creux. Des ondes marquées par le vent.

Jean-Jean avait tombé la veste.

« Il va y avoir un drôle de regain cette année », dit-il en hochant la tête.

Il fit claquer les rênes sur le dos de la jument.

« Nous avons un train à prendre, ma belle, avance un peu.

– Ne va pas la crever pour rien, nous avons le temps murmura Julia en regardant sa petite montre.

– Oh ! dis, elle est venue ce matin en se promenant et ton oncle lui a donné un picotin de princesse. Tu sais, ton oncle et ta tante sont des personnes gentilles, très gentilles. Si je ne t'avais pas, c'est chez eux que j'aimerais travailler. Tu as vu comme il m'a fait lancer le boomerang ?

– La mer te manquerait vite.

– Mmm… Peut-être, tu as certainement raison. Au fond, je suis malheureux. Savoir qu'on ne sera plus jamais ensemble, les deux, ça me ronge.

– Plus jamais, plus jamais, avec toi c'est tout ou rien. Tu ne vois pas plus loin que le bout de ton grand nez. J'ai des projets pour toi, n'aies crainte. Mais apprends déjà à devenir patient. »

Jean-Jean baissa la tête comme un chiot qui aurait pissé dans le salon. Il sentait que tout changeait autour de lui et en lui, et cela malgré lui.

Il y a encore deux jours, Léonie sa mère aurait pu affirmer que jamais Jean-Jean son fils, n'aurait supporté une telle « remise à place » sans regimber plus que vertement.

Là, pourtant, il sentait que Julia avait raison sur lui. Pire, il était certain qu'elle avait le pouvoir de le bouger, lui changer ses habitudes. Il en aurait pleuré, et pourtant, il se sentait très heureux dans le même temps. C'était trop pour sa jeune tête.

C'est alors qu'entre les oreilles de la jument, il vit flotter d'abord la silhouette, puis le visage de la Rosette, jolie et appétissante à tomber.

Julia continuait son monologue.

« Oui, j'ai des projets pour toi, des tas, parce que tu en vaux la peine… »

Soudain il se trouva devant la gare en même temps que les bruits de la cité revenaient à ses oreilles : les autres véhicules, les passants, des éclats de voix, des rires. Il se guida sur un emplacement libre et attacha la jument, dont il avait déjà oublié le nom, à un anneau scellé dans le mur.

« Tu as boudé tout le long du chemin, remarqua Julia.

– Moi ? Pas du tout. Je vais te dire un secret. C'est quelqu'un d'autre qui te voiturait.

– Mais qui ça ?

– Je n'en sais rien, mais pas moi en tout cas. Je te promets de tout te raconter un jour, quand nous serons plus tranquilles. Cela arrivera bien, non ? »

Il déchargea les trois sacs et accompagna Julia dans la salle d'attente après qu'elle se fut enquise de l'heure d'arrivée du train. Jean-Jean se leva.

« Ça m'embête de laisser la jument toute seule. Je vais voir si je trouve le commis du loueur.

– Ne t'attarde pas.

– Pas de danger. »

Il sortit à grands pas après un bref coup d'œil au buffet de la gare, vide. En face, il y avait un grand café à lanternes vantant à grands panneaux les vertus d'une « bière amoureuse » à deux sous le demi.

Logiquement, Jean-Jean se dit que le commis devait être là. Il traversa la place et entra d'un bloc.

« Est-ce que le commis du loueur de charrettes est ici ? »

Un gars au regard biais et sournois se tourna en graillonnant.

« Ouais, il est là. Pas la peine de gueuler comme ça, hé, bouseux ! »

Une flamme lui sembla éclater dans la poitrine. Tout rouge, Jean-Jean fit deux pas, chopa le gars par un bras, l'enleva de sa chaise et le propulsa vers la porte que le malheureux ouvrit avec sa tête. Sur le trottoir, il fit mine de se débattre. Jean-Jean le sentit nerveux sous ses doigts. Il le fit pivoter et, d'un coup de brodequin qui compte dans la vie d'un derrière, il l'envoya dinguer au ras de la carriole. Jean-Jean s'approcha mais l'autre paraissait avoir perdu toute arrogance. Le jeune homme se pencha.

« Je suis venu te dire que les bouseux avaient rapporté la voiture et la bête en bon état. Dis voir, tu n'aurais pas un reçu à me faire signer ? ajouta-t-il tout miel.

– Si si », répondit l'homme du loueur en lui tendant un carnet.

Jean-Jean s'appliqua, marqua l'heure et signa comme un courtier qui se serait appelé Jean Favart. Il rendit le carnet, en conserva la première feuille et retourna à larges pas de marin (ou de laboureur ?) vers la salle d'attente et vint s'asseoir à côté de Julia qui retenait mal une grosse envie de rire.

« Qu'est-ce qu'il t'avait fait ?

– Hé, il n'a pas voulu réceptionner la voiture, très grossièrement tu peux me croire, et pour finir, il m'a appelé "bouseux". »

Un employé de la gare qui, comme les autres voyageurs, avait assisté à la scène, s'approcha et salua Jean-Jean avant de dire :

« Vous avez joliment bien fait, monsieur. Ce gars-là est comme qui dirait le chef d'une bande de racasseurs qui font du potin et insultent les gens, la nuit, à l'arrivée des trains.

– Eh bien, votre racasseur en chef, il va avoir du mal à s'asseoir pendant quelques jours. »

Il se rassit à côté de Julia et lui dit à mi-voix :

« Eh ben ! Avec des brodequins comme ceux-là, je pourrais faire passer un cheval par-dessus la gare.

– Tu n'exagères pas un peu ?

– Bon… Disons un mouton. »

À ce moment, à lourd et puissant fracas, le train pour La Rochelle fit trembler la gare.

« En route pour deux stations, s'écria Jean-Jean sautant sur ses pieds.

– Il est juste à l'heure, remarqua Julia.

– Quand même, on ne fabrique pas de pareilles machines pour qu'elles arrivent en retard et valsent avec les pendules comme une charrette à âne. »

Dans son porte-voix, le chef de gare fit entendre son message officiel aux résonances métalliques et nasillardes.

« Les voyageurs pour Chanier, Saintes, Saujon, Royan, Rochefort et La Rochelle, en voiture ! Le train va démarrer ! »

Les dernières portières claquèrent en même temps que les roues de fer commençaient de grincer.

« Tiens, voilà le reçu pour la carriole.

– Ah, parce que tu y as pensé ? Et si ce type avait sorti un couteau comme l'employé de la gare l'a laissé entendre ?

– Ben, c't-y, il aurait fallu qu'il me regarde en face, alors le même coup qu'il a pris au cul, il l'aurait reçu dans la goule. Oui, je lui aurais marqué un but entre les "oumerolles" (oreilles) ! Vingt Dieux ! Il s'en serait remis plus mal, voilà tout. »

Le roulement accentué du train finit par lui user la parole.

Julia se retrouva livrée à elle-même, ballottée au gré des virages. Ainsi enfermée, elle put réfléchir à son aise en regardant Jean-Jean somnoler, et là elle comprit les grandes règles du temps, et par là, le vrai sens de la différence d'âge, bien plus pénible chez les femmes que chez leurs compagnons. Elle adorait Jean-Jean, sa force, sa gaieté, mais au bout d'un moment elle supportait mal de rester à côté d'un gamin insouciant qui passait sans arrêt d'une farce à une autre et n'avait aucun sens du temps. Alors que très vite, elle redevenait une belle femme, certes, mais âgée de trente-cinq ans, soucieuse du lendemain. Elle eut une pensée pour sa fille si jolie mais moins vive qu'elle, qui rougissait chaque fois que Jean-Jean la regardait ou lui parlait.

Du fond de sa conscience naquit une pensée secrète et primitive. Il saurait la protéger, lui ! Ah, la fille après la mère, il n'aurait pas à se plaindre, le bougre !… Et puis, ils sont appareillés pour vivre les mêmes choses à leur âge. C'est elle qui devrait veiller sur eux comme sur le domaine. Et elle s'endormit comme une masse.

À Saintes, le porte-voix du chef de gare avait la même sonorité.

« Saintes, Saintes, trois minutes d'arrêt. Les voyageurs pour Poitiers, Tours et Paris changent de train. »

Aucun sommeil ne résiste à ce traitement. Jean-Jean s'empara des bagages d'une seule main et, de l'autre, aida Julia à descendre sur le quai. Sans lui lâcher la main, il partit au galop.

« Filons jusqu'au tram pour avoir une bonne place ! »

Ils traversèrent la place en riant et se hissèrent dans un wagon presque vide. Une fois encore, elle réalisa avec quelle facilité trompeuse elle redevenait une gamine pour suivre Jean-Jean dans ses foucades de poulain.

Les dames aux chapeaux immenses qu'ils avaient doublées au grand galop arrivaient plus pesamment, l'air pincé voire méprisant en voyant le grand et jeune homme, les pieds posés sur la banquette en face. Une tape de Julia lui fit replier ses grandes pattes.

Il chuchota à son oreille :

« Mais pourquoi ne vont-elles pas dans le wagon de première ?

– Parce que c'est le dernier tram, ce soir. Le wagon reste ici pour se faire beau pour demain. C'est jour de marché. »

Les dames se serrèrent maladroitement sur les banquettes où glissait le satin de leurs volants. Deux ou trois d'entre elles, qui avaient vu l'algarade avec le commis du loueur, lançaient à Jean-Jean des regards d'ogresse.

« Qui sont-elles ? demanda Julia, je ne les connais pas. »

Jean-Jean chuchota :

« Ce sont des clientes du casino de Royan, tu sais, celles qui font maigre avec des filets d'alose à quatre francs le bout.

– Tu leur en veux d'avoir des sous ?

– Ma foi non. Heureusement qu'elles sont là pour manger du poisson cher et avoir des robes qui valent tant. Cela donne du travail à des gens comme nous, enfin, comme moi. Je trouve seulement qu'elles n'en profitent guère. Regarde, elles ont toutes l'air de s'emmerder à dix sous de l'heure. Et puis, tu sais, il y a pauvres et pauvres. Il y a ceux qui ont eu un coup dur, c'est ceux qu'il faut aider. Les autres préfèrent gémir, tendre la main, se plaindre ou bien picoler comme des fous, comme La Jarre, le matelot de Ballarin. Tu le verrais, tu lui donnerais cinq sous. Pourtant, il gagne des sous, mais il boit tout. Crois-moi, les sales, qui se tordent à plaisir, sont ceux que les bonnes âmes préfèrent ! Facile de se faire une bonne conscience avec une pincée de monnaie ou un avantage à la noix. »

Julia s'écarta un peu pour le regarder avec surprise.

« Toi, tu m'étonneras toujours. Par moments, tu raisonnes comme un homme fait.

– Hé ! peut-être parce que je n'ai pas oublié les nuits où je triais les sardines. J'avais les doigts dans l'eau froide, dehors, et pour quarante sous. Voui madame ! M'man fait des ménages, elle aide au restaurant Bleu, c'est dire, hein ? Pourtant, depuis que je travaille vraiment, j'ai presque mille francs à gauche et m'man, la moitié. Bien sûr, je te parle d'avant l'héritage de mon père. Mais sinon, à la fin de la saison, je m'achetais une barque et, entre la pêche et le travail à la ferme, j'aurais pu m'acheter une maison dans deux ou trois ans, et un peu de terre avec.

– Les gars comme toi sont rares, » soupira Julia en refrénant une furieuse envie de l'embrasser.

La voix du chef de tram claqua soudain :

« Tesson, Tesson ! »

Le tram marqua une pause. Quelques voyageurs descendirent directement sur la rue. Le tram repartit en semblant souffler fort au bruit de la cloche dans le jour qui commençait de baisser.

« Prochain arrêt, Gémozac, Gémozac ! »

Vingt minutes plus tard, le tram s'arrêta tout seul à l'entrée de la place de l'Église. Les voyageurs, dociles, descendirent, certains pour voir avec surprise le chef de train siroter un anis blanc au comptoir du Lion d'or. Il avait quitté le tram au bas de la côte pour venir en vélo.

Il acheva son verre, rota poliment et se découvrit :

« Au revoir messieurs dames. J'espère que vous avez fait bon voyage. À bientôt le plaisir de vous revoir. »

Puis il remonta dans la voiture de tête avec un bon sourire et cria au mécanicien :

« Tu veux boire une goutte ?

– Pas ce soir, j'ai promis de rentrer de bonne heure. Alors, si on commence à présent, à quelle heure serons-nous à Royan ?

– Alors, en route ! »

Il sonna la cloche d'un geste gaillard.

Sur la place, Julia cherchait le Mirolo.

« Tiens, il est là. Sa jument est attachée à un tilleul. Mais il dort, ma parole ! Eh ! M'sieur François ! »

L'autre tressaillit sur son banc, bâilla et ouvrit les yeux. Là bas, le tram, toutes lanternes allumées, s'éloignait comme une très grosse chenille dans le crépuscule.

« Ah ! J'ai fait un petit somme.

– Nous avons vu cela, dit Julia en grimpant dans la charrette. Tout va bien à la maison ?

– Ben, on peut pas dire ça, mâme Julia, heu…

– Quoi donc, s'impatienta-t-elle, saisie d'un mauvais pressentiment.

– Euh ! Eh ben l'Janteau est mort.

– Comment ça, mort ? demanda Jean-Jean en sautant en marche.

– Ben, y respire plus.

– La patronne vous demande comment il est mort.

– Ben, j'sais-t-y, moi ? Il est rentré de faire un tour, il s'est mis su' sa chaise longue. Il a demandé à la Mirolette de lui porter un coup de grenache et l'a fâchée parce qu'elle en avait renversé un peu sur son pantalon, et puis il lui a dit de fout' le camp parce qu'il voulait dormir. Après dîner je suis été voir s'il avait besoin de quèqu'chose et là, il était raide mort.

– Vous avez appelé le docteur Samain ?

– Pas moi, la tante Célie. Il a dit qu'il passerait ce soir. Tiens, Jean-Jean, prends les rênes, moi, ces émotions, ça me coupe les bras. »

Le jeune homme fit partir la bête au trot et gagna bientôt les sentiers sinueux entre les haies éclairées par les deux lanternes où l'on ne croisait personne. À un carrefour tout proche de l'église de Chenac, Julia se pencha vers Jean-Jean.

« Oh ! tu peux parler, va, il s'est rendormi.

– En arrivant à la maison, tu me passeras les rênes et tu fileras avec ton sac prendre ton vélo sous le hangar aux outils. Tu rentreras chez toi. Je te ferai quérir dès que j'aurai besoin de toi. Attention, nous y sommes. »

Jean-Jean sauta à pieds joints. La voiture le frôla et alla s'arrêter devant la porte. Il fonça vers le hangar, trouva son vélo et traversa la cour comme un oiseau de nuit. Il prit la côte.

Il arriva chez lui et passa le portail avec une discrétion de chat. Il ouvrit la porte d'un coup.

« Salut m'man ! »

Léonie sursauta et lâcha son tricot avant de se lever pour embrasser son « grand » qui paraissait avoir doublé dans son beau costume. Il rayonnait, prenait des poses. Elle comprit aussitôt d'où venait cette transformation luxueuse.

« Mais, mon chéri, c'est trop tout cela. Et puis, si tu le voulais absolument j'aurais pu te l'acheter. On dirait un propriétaire.

– Mais, m'man, je suis propriétaire, comme toi du reste, mais des tout petits. Ah ! Au fait, Janteau est mort tantôt. »

Léonie se figea.

« Est-ce que ce malheur ne va pas avoir des conséquences pour toi.

– Je ne crois pas. Alors, dis-moi si tu me trouves beau ? »

Il se tourna comme un mannequin de plâtre et alla ouvrir son beau sac de voyage.

« Et pis des chemises, des chaussettes, tout quoi ! Même une cravate noire et une chemise blanche pour sortir, voir du monde.

– Mais pourquoi t'a-t-elle vêtu comme cela ?

– Parce que cela devait me faire besoin et que je ne le savais pas. »

Léonie alla admirer d'un œil méfiant le beau sac de voyage.

« En plus joli, on dirait celui du docteur Samain.

– Il n'est pas plus joli, il est plus neuf. »

La comtoise sonna huit heures.

« Ce n'est pas tout ça, clama soudain Jean-Jean, mais j'ai une petite faim, moi, enfin, juste de quoi manger un mouton sans la tête. »

Léonie sourit.

« Il y a du pain, de la confiture de figues de l'an passé. Oui, il m'en reste encore quelques pots, et un morceau de pâté en croûte de chez madame Magné. »

Jean-Jean s'attabla en dépliant son couteau doré. Il songea qu'à sa prochaine sortie, il s'achèterait le Laguiole de ses rêves.

Léonie mit une petite bûche dans le feu et vint s'asseoir à côté de lui.

« Tu sais ce qui serait bien, Jean-Jean ?

– Non, et de quoi donc ?

– Ce serait que tu me fasses un beau potager pour l'automne. »

Le grand gamin se frappa le front.

« Faut'y que je sois sot pour ne pas y avoir pensé, et pourtant je me souviens t'en avoir touché deux mots quand nous sommes venus pour la première fois ici… Et moi qui suis venu ici labourer en face et rouler deux fois… Tiens, je vais te le faire derrière la grange, en plein midi, avec un coupe-vent de chaque côté. Je vais t'y mener une charrette de fumier et puis, à la Sainte-Catherine, nous y planterons des pruniers, des cerisiers. Contre le mur, des poires en espalier, des pommiers dans le fond et, au milieu, des patates, des mojettes (haricots blancs), des verts, des fèves, tout, quoi ! »

Léonie sourit à l'enthousiasme de son garçon.

« C'est tout toi, ça ! Ou bien on ne plante pas un navet, ou alors on fait un potager à nourrir la moitié du pays.

– Ce n'est pas la place qui manque. »

Ayant achevé son repas sur une grande rasade d'eau puisée à la pompe, Jean-Jean referma son couteau.

« Tu montes te coucher, m'man ?

– Je t'ai attendu longtemps, tu sais, moi aussi j'ai sommeil. »

Il prit la grande lampe à pétrole, la portant comme un flambeau, il prit la tête en montant doucement l'escalier de pierre de taille pour éclairer le chemin de Léonie. Il la laissa allumer sa lampe.

« Tu sais, m'man, il serait bon que tu me sortes mes braies et ma veste en toile de Nîmes. Je ne vais pas naviguer partout avec mon costume. Après tout, je n'ai que celui-là, non ? Tu vois, les temps changent. Avant, c'était toi qui me couchait et m'embrassait… Allez, bonne nuit. »

Il l'embrassa en la serrant très fort.

Il eut tôt fait de se dévêtir, posant son costume sur la table devant la fenêtre, souffla la lampe et se fourra sous la couette de plumes. Avant de s'endormir, il pensa :

« Ce Janteau, tout de même, il est parti comme s'il laissait la place. C'est pourtant pas dans ses manières, ça… »

Il tomba d'un coup dans l'odeur ténue de Julia qui lui collait à la peau.

V

Petit déjeuner improvisé

LE LENDEMAIN, un peu avant 7 heures on frappa à la porte. Léonie, déjà réveillée, alla ouvrir sur Rosette.

« Bonjour madame Favart, maman a beaucoup de travail à la maison et elle m'a envoyée à Gémozac pour une course urgente.

– Entre, ma fille. »

Rosette passa le seuil en continuant d'expliquer :

« Maman m'a dit de prendre Jean-Jean au passage, parce qu'avec lui, la jument ne sera pas tentée de faire des fantaisies. »

Rosette, fraîche et jolie, ne semblait pas marquer une peine excessive pour la mort de son père. Léonie ne savait pas lui présenter ses condoléances. « Bah ! se dit-elle, je ferai comme les autres, lorsque nous irons en visite. »

« Je crois, dit-elle, que le monsieur dort encore. Je vais te le faire sauter du lit, moi ! »

Elle monta.

Jean-Jean dormait comme un bienheureux. Elle tira de l'armoire ses vêtements « de change » et les lança sur le lit.

« Jean-Jean, debout ! Tu as une beauté en visite qui t'attend pour la mener en promenade. »

Le garçon ouvrit un œil, puis l'autre, bâilla comme un chien et se mit sur pied d'un coup d'œil vif et la tignasse en bataille. En quelques mots, à mi-voix, elle tenta de lui expliquer. Elle n'était pas encore au bout que le jeune homme était prêt et tentait à forts coups de peigne de détordre sa tignasse mouillée à gifles d'eau. Il dévala l'escalier raide pour voir Rosette manger tranquillement un morceau de pain.

« Nous sommes tous un peu chavirés ce matin, dit-elle en rougissant, j'ai oublié de manger ce matin.

– Personne n'a encore mangé ici non plus, dit Léonie. Je vais faire du café. Jean-Jean, s'il te plaît, fais des rôties.

– Mais c'est que nous sommes pressés.

– Ne t'en fais pas, nous ferons vite. Tu as bien attaché la jument ?

– Oui, à la grille de la porte. »

Jean-Jean tailla de larges tranches régulières dans un pain de ménage. Rosette piqua une fourchette sur le bord dur. Jean-Jean jeta une poignée de bûchettes dans le foyer. Rosette posa les tranches autour du feu grâce au talon de la fourchette. Une enthousiasmante odeur de pain grillé se mêla à celle du café frais.

« Allons, s'écria Jean-Jean rempli d'entrain, une lichette de beurre ? Tu veux du lait ? »

Rosette rougit de nouveau sous son regard direct.

« Oui, un peu. »

Jean-Jean acheva de lui beurrer sa « rôtie », celle que les anciens émiettaient dans leur bol de vin « bian » pour tout déjeuner.

« Tiens, m'man, et aussi une pour toi, dit-il en retirant une rôtie qui commençait de fumer. Léonie le remercia d'un sourire un peu contraint en raison du deuil de la jeune fille qui, lui semblait-il, persistait à n'en faire aucun cas.

– Tu as des sous ici, m'man ?

– Oui, combien te faut-il ?

– Je ne sais pas au juste. Je voudrais m'acheter un beau laguiole, depuis le temps que j'en rêvais. Tu sais combien ça coûte, toi ?

– Mais comment veux-tu ? Tiens, dans le pot sur la cheminée, il y a cinquante francs. Prends-les.

– Mais toi ?

– J'irai à la poste. »

Rosette ayant vidé son bol, se leva.

« Je crois qu'il est temps de partir.

– C'est juste. En route. »

Jean-Jean embrassa sa mère qui embrassa Rosette et lui fit une caresse maladroite avant que la gamine ne saute dans la carriole. Après avoir détaché la jument, Jean-Jean sauta à son tour, remit la bête en ligne et la laissa partir au grand trot.

Léonie regarda s'éloigner les deux silhouettes avec un lourd soupir. Quelque chose lui faisait sentir que le départ inéluctable de Jean-Jean s'approchait.

VI

Un même arbre

DANS LA CARRIOLE, Jean-Jean était presque aussi intimidé que sa voisine, mais pour lui cela ne dura pas plus loin que la route de Gémozac. Il se tourna tout à trac vers son joli profil.

« Écoute Rosette, ce n'est pas pour me mêler de tes affaires, mais tu m'as l'air pas touchée par la mort de ton pater.

– Peuh ! À toi je peux bien le dire, mon père voulait un garçon. Il ne m'a jamais pardonné d'être une fille. Jamais un mot gentil, toujours à me rabrouer pour faire accélérer le travail. Un jour, il m'a donné un coup de fouet parce que je n'avais pas bien désherbé la planche de carottes. Si loin que je me souvienne, je ne vois que des mauvais souvenirs. Crois-moi, c'est le bon Dieu qui l'a mis là où il est et je n'irai pas le déterrer. »

Elle resta silencieuse un moment et ajouta :

« À sa place ce serait maman, je crois que je serais devenue folle de chagrin.

– Je comprends. En tout cas, pour ma part, tu pourras toujours compter sur moi.

– Je le sens, depuis le premier jour où tu es venu à la maison. Maman me l'avait dit. »

Ils demeurèrent longtemps silencieux, découvrant un immense sentiment de sécurité paisible au contact de leurs deux corps. Côte à côte, ils sentaient qu'ils allaient « pour » loin sur une autre route que celle de la commune prochaine. Mais, quoique de nature réfléchie, ils demeuraient trop directs, trop simples pour en tirer des conséquences d'avenir. Ils étaient bien, plus que bien même, ils étaient, pleinement, et cela les comblait.

Avant le grand champ de foire d'été, il lui enveloppa très fort les épaules en disant d'un ton calme :

« C'est comme si nous étions un même arbre. »

Sans autre geste ni parole, il reprit son chemin vers la rue Carnot où s'ouvrait la boutique de l'imprimeur photographe, marchand de journaux et d'almanachs, nous voulons dire un certain Octave Samproux.

Jean-Jean arrêta la jument sur la petite place et l'attacha à un anneau scellé près d'une grille. Il alla aider Rosette à descendre, bien qu'elle n'en eût nul besoin.

« Houp ! Vrai, tu as l'air comme ça mais tu ne pèses pas plus qu'un mouton, et pas un gros ! »

Elle entra la première. Avant que Jean-Jean n'eût refermé la porte, celui qui, du premier janvier à la Saint-Sylvestre, se disait artiste et portait une lavallière, un large béret, la barbe et, au bec, une espèce de pipe en terre toujours éteinte, écarta le lourd rideau du fond.

« C'est pourquoi ? »

Pleine d'assurance puisque Jean-Jean était là, Rosette répondit :

« C'est pour faire des invitations à un enterrement.

– On dit un faire-part, rétorqua l'artiste, comme pour les mariages.

– 'Nous en faut deux cents, ajouta Jean-Jean, avec les enveloppes.

– Vous avez le texte ?

– Ben non, c'est votre métier d'en faire, pas vrai ?

– C'est Arthème Janteau qui est mort, » compléta Rosette.

L'autre eut un sursaut :

« Janteau qui était si fort et ne riait jamais ?

– On ne peut pas mieux dire, souligna Jean-Jean.

– Eh bien, nom de Dieu, l'avait peur d'être en retard à l'appel, celui-là ! »

Puisque le faire-part concernait un homme connu et riche de surcroît, qualités qui vont ordinairement de pair, l'artiste parut prendre feu. Il fonça vers le débarras qu'il appelait son atelier et composa avec des caractères luxueux, un texte rare et pompeux dans lequel il apprenait aux lecteurs futurs que, trop tôt arraché à l'amour des siens, Arthème Janteau conviait ses nombreux amis à l'accompagner dans son ultime voyage.

Il y en avait quinze lignes comme cela qu'en son for intérieur, le sieur Samproux trouvait « autrement torchées » que ce qu'aurait pu pondre ce sacré Victor Hugo dont on lui rebattait les oreilles à tout bout de champ.

Jugeant que ses jeunes clients n'avaient pas la culture adéquate pour en apprécier la différence, il les mit à la porte en leur disant de repasser dans deux heures, que tout serait prêt et qu'il y en aurait pour douze francs, ce qui était donné avec un texte pareil.

Ni Jean-Jean ni Rosette n'avaient les moyens de discuter le prix d'une chose comme cela. D'un commun accord, ils décidèrent d'aller « bader » sur le champ de foire puisque c'était jour de grand marché.

Jean-Jean prit le bras de sa compagne et l'entraîna chez le coutelier ambulant dont la tente écarlate éclatait à l'entrée de l'allée principale.

VII

Abeille et aigue-marine

LE MARCHAND DE COUTEAUX était frisé, brun de peau. C'était un Toulousain dont l'accent chantant faisait plaisir à entendre. Sur sa toile rouge, les couteaux bien alignés brillaient par centaines. Il y avait tous les genres, toutes les formes. Jean-Jean avait les yeux élargis par l'émerveillement. C'est alors qu'il se rendit compte que Rosette avait tout naturellement trouvé sa place contre lui. Son bras faisait comme une guérite où elle s'était nichée sans manière comme une pouliche contre le flanc de sa mère. Le jeune homme s'étonna de n'en ressentir aucune surprise, aucune gêne mais au contraire une satisfaction comme si auparavant il avait vécu avec un creux le long du côté gauche qui s'était soudain comblé en le complétant. À présent, il se sentait « paré » comme on dit dans la marine.

D'une voix qui l'étonna par son assurance au regard de ses pensées intimes, il arrêta le coutelier qui allait à petits pas vifs d'une extrémité à l'autre de son éventaire.

« Hé ! Combien coûte un laguiole ?

– Il y en a à tous les prix.

– Voilà ce qui s'appelle un renseignement précis ! Alors, donnez-moi un couteau à tous les prix. »

Engagées de cette façon, les négociations semblaient mal parties. Sans bouger de sa niche, Rosette intervint à sa manière qui portait des relents du caractère de son père.

« Vous êtes là pour les vendre ou les regarder ? »

L'autre charbonna un instant d'un regard noir sous ses sourcils épais et finit par sourire légèrement.

« Le vrai, le plus beau, c'est celui à la lame en acier 74, verrou sculpté en abeille, tire-bouchon, poinçon, talon en pied de biche, flancs en ivoire et cloutage en croix. Le vrai, quoi ! »

Il toussa et conclut comme une excuse :

« Il coûte vingt-cinq francs.

– À présent que j'ai son passeport, faites-le-moi voir. »

Le coutelier regardait attentivement depuis une minute ce jeune couple qui ne ressemblait à rien de ce qu'il voyait tous les jours. Il sortit d'une caisse une espèce d'écrin en carton blanc qu'il tendit au jeune homme qui essaya maladroitement de le « dépiauter ».

D'un doigt léger, Rosette l'ouvrit d'un seul coup. Le couteau apparut, superbe et brillant comme un bijou. Il le prit en main, l'ouvrit, le soupesa ; du pouce, vérifia le fil de la lame et dit enfin à la jeune fille :

« Il me va comme toi. Je pourrais croire qu'il a été fabriqué pour ma main. Ça, c'est quelque chose. »

Jean-Jean se sentait fébrile. C'est qu'il vivait un moment rare chez tout le monde : la réalisation d'un vieux rêve apparemment inaccessible.

Contrairement à son habitude, il paya sans marchander, empocha le beau couteau, son premier objet de luxe, avec le sac de voyage, mais c'était lui qui se l'était offert.

Il entraîna Rosette dans la grande allée de chaque côté de laquelle les marchands forains vantaient à très haute voix la rare qualité de leurs articles et leurs prix dérisoires.

Un peu plus loin, passant l'angle d'un carrefour, il y avait un gros camion qui devait être tiré par au moins six chevaux. Il était décoré de glaces, de lanternes, où brillaient, étincelaient même, des vitrines remplies de bijoux sur des présentoirs.

Il fallait monter un escalier de cinq marches pour atteindre une sorte de balcon faisant le tour du camion et offrant l'envers des vitrines à l'admiration et surtout la convoitise des futurs clients.

Sans rien dire, Rosette se laissa haler le long de la rampe de l'escalier. Ils firent lentement le tour des vitrines. Les yeux de la jeune fille s'allumèrent devant un assortiment d'aigues- marines. Jean-Jean sentit son intérêt et s'écrasa le nez sur la vitre pour lire les prix. Il dit doucement :

« C'est dans nos prix. Le jour de mon premier vrai couteau, ce doit être un jour spécial pour toi aussi. Ces bleus-là sont de la couleur de tes yeux. »

Rosette se sentait comme sous une fontaine de miel. Jamais personne ne lui avait dit quelque chose comme cela. Elle lui prit le bras et le serra très fort. Ils entrèrent sous la grande pancarte sommant l'escalier « Aux trésors d'Orient ».

À l'intérieur, il n'y avait qu'un comptoir qui faisait toute la longueur, avec de petits portillons permettant le passage des vendeurs.

L'un d'eux s'approcha, amorçant une courbette.

Jean-Jean la poussa doucement en lui soufflant à l'oreille :

« Vas-y, et ne te laisse pas rouler. »

Sous la lampe à pétrole au grand chapeau de faïence, Rosette désigna la vitrine aux pierres bleues. Le vendeur l'ouvrit avec une petite clef et sortit trois présentoirs. Aussitôt, le comptoir se mit à ressembler à une vague traversée par un rayon de soleil.

Dans son dos, Rosette sentait la grande main de Jean-Jean et dit d'une voix impassible :

« Je veux "cette"-là.

– Ah ! s'exclama le vendeur, mademoiselle a choisi la mieux montée, la plus pure. La chaîne est superbe. C'est une pièce de rêve qui ne vaut que trente francs.

– Seulement ? Eh bien, c'est dommage car je trouve qu'elle n'en vaut que vingt-cinq.

– Mais…

– Ne perdez pas votre temps. Ce sera vingt-cinq ou rien. »

Le vendeur appela le chef de vente, un monsieur tout lisse avec de grosses lunettes et des mèches de cheveux rabattues et collées sur le crâne. Il s'approcha, tout sourire, les dents brillantes dans la lumière en cône. Il frétillait un peu en marchant.

« Oui ? demanda-t-il, la voix pointue.

– Mademoiselle ne peut mettre que vingt-cinq francs dans cette pièce à trente. »

Jean-Jean la sentit se tendre tout entière. Elle se fouilla et posa sur le comptoir un petit portefeuille gonflé de billets, que Jean-Jean reconnut être celui de Julia.

La voix glacée, la petite ajouta :

« Je ne manque pas d'argent, voyez-vous, et si je le voulais, je pourrais acheter la boutique. »

Le ton qu'elle prit pour dire « boutique », acheva d'écraser le vendeur et d'impressionner le patron qui se remit à rire deux tons en dessous puisqu'il avait acheté pierre et chaîne chez un grossiste de Marseille pour douze francs.

« Allons, allons, nous n'allons pas nous fâcher pour cinq francs, caprice de jolie fille. C'est entendu pour vingt-cinq francs. »

D'un geste qui tenait mal à l'intérieur encombré du camion, Jean-Jean redonna le portefeuille à Rosette et allongea son propre argent en hésitant entre le vendeur et le patron.

« À qui je paye ?

– À moi », dit le patron dont une mèche s'était décollée et se dressait à présent comme un mât de balise. Sans la quitter des yeux, Jean-Jean posa l'argent dans la paume du commerçant en disant :

« Il y a un miroir chez vous ?

– Suivez-moi. »

Jean-Jean souffla à l'oreille de Rosette :

« Cap sur la baleine ! »

Elle comprit et éclata de rire. À coté de l'escalier, dans un petit renfoncement luisait un miroir teinté donnant une impression féerique grâce à la lueur douce qui éclairait les clients désireux de vérifier l'effet de leur acquisition.

Un peu agacée de la maladresse de Jean-Jean, Rosette fit jouer elle-même le petit fermoir et regarda, fascinée, la petite pierre bleue que lui renvoyait le miroitement. Elle ne dit rien mais se serra très fort contre le jeune homme. Ce qui, tout compte fait, valait tous les discours.

Ni l'un ni l'autre n'ayant de montre, ils sortirent, l'œil aux aguets. Ce fut Jean-Jean qui, le premier, découvrit un marchand de pendules. En s'approchant, il découvrit qu'aucune ne marquait la même heure. Il s'adressa très poliment au marchand en blouse grise.

« S'il vous plaît, pouvez-vous m'indiquer l'heure ?

– Prenez n'importe quelle pendule sous ce velum, elle vous indiquera l'heure exacte en quelque endroit du monde.

– Certes, mais c'est celle d'ici qui m'importe.

– Dans ce cas, il fallait le dire tout de suite, répondit l'horloger avec un sourire narquois en tirant une fort belle montre de son gousset.

– Il est exactement dix heures moins le quart.

– Merci, sourit Rosette, avez-vous une carte ? »

De l'autre gousset, il sortit une carte de visite très simple. Jean-Jean la prit avec un petit salut.

« C'est vous qui les fabriquez ?

– Oui mon garçon. Les montres, pas les pendules.

– Quand j'aurai besoin d'une montre, c'est chez vous que je viendrai.

– On peut savoir pourquoi ?

– Parce que vous me semblez être le seul que j'aie rencontré ce matin qui ne paraît pas prendre ce qu'il fait pour la chose la plus importante du monde, comme le dirait mon dernier maître d'école, monsieur Trompeau. Vous avez gagné un client, c'est promis. »

D'un pas de promenade, ils retournèrent voir l'artiste en imprimerie qui faisait fonctionner une presse avec l'aide d'un commis qui tournait un lourd volant de fonte. À leur vue, l'artiste hurla :

« Je n'ai pas fini. J'en ai encore pour un quart d'heure. Allez, tourne Arsène, bon sang ! En cadence. Une, deux, une, deux, là ! »

Ils allèrent s'asseoir côte à côte sur des chaises rangées le long du mur. Ils n'avaient pas ouvert la bouche, se contentant de profiter du moment, un peu comme deux chevreaux lassés de galoper, digérant au soleil. Ils partageaient une faculté nouvelle, celle d'être « ailleurs » dès qu'ils étaient ensemble. Ni l'un ni l'autre ne comprenait comment cela avait pu se faire tout seul, surtout Jean-Jean à peine sorti de sa première tempête sentimentale.

À la voix criarde de « l'artiste Samproux », ils quittèrent leur bien-être et redevinrent des jeunes paysans faisant des courses.

« Ça y est, le temps de mettre tout ça dans les enveloppes, et les dernières cartes seront sèches. »

Il entra triomphalement dans le magasin, une carte joliment imprimée entre le pouce et l'index.

« Regardez-moi ça ! Si ce n'est pas du beau travail ! Ah ! Il faut avoir la main ! Gutenberg n'aurait pu faire mieux. »

Les deux jeunes gens avaient peut-être entendu parler de Gutenberg en cours d'histoire à l'école mais, comme leurs compagnons, ils s'étaient empressés d'oublier cet imprimeur allemand qui devait être pour quelque chose dans cette affaire d'Alsace-Lorraine dont les pages de *L'Indépendant* de Saintes parlaient davantage chaque jour depuis quelques semaines.

Le commis apporta les cartes dans leurs enveloppes, dans une boîte à leur juste mesure. Samproux y posa un couvercle et entoura le tout d'un ruban noir qu'il ne put s'empêcher de faire friser au bout en coinçant le ruban entre son pouce et la grosse lame des ciseaux, avec un petit bruit de papier se déchirant.

Il fourra le tout dans une poche en déclarant :

« Et voilà, jeunes gens, cela vous fera quinze francs.

– Mais vous aviez dit douze.

– Oui, mais pour monsieur Janteau, j'ai pris un vélin plus épais et utilisé des majuscules ouvragées.

– Ouais, grommela le garçon, et puis le Janteau, il a de quoi payer, hein ? »

Rosette lui posa la main sur le bras.

« Laisse, je vais lui donner ses trois francs. Nous irons ailleurs la prochaine fois.

– Ah ! ricana “l'artiste”, parce que vous avez encore quelqu'un à enterrer ? Mes compliments ! »

Rosette posa vite trois pièces de « cent sous » sur le comptoir et sortit avec Jean-Jean chez qui elle sentait se tendre les muscles.

Ils sortirent sans refermer la porte et, une petite heure plus tard, ils passèrent sous le porche de la ferme Janteau.

VIII

Promesses inexprimées

VENANT DE TOUS LES HAMEAUX et bourgs environnants, le défilé avait commencé tôt. Depuis le matin, les charrettes filaient par les chemins tortueux. Il y avait très peu de femmes. Elles viendraient peut-être, mais plus tard, saluer la veuve, découvrir les petits secrets et asperger le mort d'eau bénite apportée en cachette dans une topette nichée sous leurs cotillons. C'était le premier enterrement civil du canton, de quelqu'un de notable, s'entend, et la chose était diversement appréciée comme on le dit dans les journaux sérieux.

Tout le monde se souvenait encore de celui de Joseph Garrigou qui faisait le suisse aux cérémonies importantes à l'église, mais qui avait insisté par testament à être enterré civilement pour, selon son expression, « emmerder Augustin », autrement dit le curé avec qui il ne s'entendait plus depuis qu'au mariage de la nièce du maire, il était sorti de l'église au bras du curé qui ne pouvait s'en défaire tant il était fort.

Les républicains avaient beaucoup aimé, bien que le Joseph ait été encore plus soûl cette fois-là que d'habitude. D'autres parlaient encore de scandale intolérable.

Les hommes entraient par petits groupes, saluaient la veuve, demeuraient un petit moment à regarder gauchement le visage de cire de leur collègue et ressortaient pour aller bavarder un peu dans la cour avec des voisins qu'ils ne voyaient ordinairement qu'aux vignes ou aux champs où personne n'a le temps d'échanger plus de trois mots.

C'est que l'an prochain, on fêterait le dixième anniversaire de la séparation de l'Église et de l'État. Les républicains préparaient l'événement en grand secret de polichinelle. En face, on rêvait de grands rassemblements.

Jean-Jean était venu le premier, ne sachant trop quoi faire de ses mains. Ensuite, il était parti lier les bœufs et attacher le timon de l'araire réglable, direction les terres de la falaise. Sitôt arrivé, il gagna la partie la plus plate, orienta son attelage et cala une grosse pierre au-dessus du versoir dans une espèce de corbeille de fer. Puis il partit planter des petites branches tous les vingt pas. À la sixième, il se retourna et constata qu'il avait bien visé. La ligne était droite, comme tracée au crayon. Il se cracha dans les mains, plus par tradition que par nécessité, et commanda son attelage :

« Gamin, Tambour, Laufen ! Allez ! »

La machine trouva tout de suite sa place. Il empoigna les mancherons et pesa dessus de tout son poids. Le soc disparut d'un coup et un épais serpent de glaise glissa sur le versoir avant de se renverser face au ciel, comme un lourd ruban brun.

Il tourna la manivelle de la vis pour augmenter un peu plus l'angle de l'attaque. La machine eut un léger sursaut et s'enfonça davantage en repartant. Cette fois, la bande brune se voyait à pleine sous les éclats de calcaire blancs et roux.

« Ça marche, nom de d'là ! Allez Gamin, Tambour, allez mes jolis ! »

Les bœufs mis en gaieté par la voix de leur jeune conducteur, tiraient de bon cœur et sans trop de peine car il y avait vingt-cinq centimètres à peine de bonne terre et le calcaire du fond éclatait tout seul.

En une heure, il fit dix rangées bien parallèles. C'était facile. Il laissa souffler les bêtes et puis repartit gaillardement. Dix rangs vinrent s'aligner à la suite des précédents. Selon les endroits, la couleur du calcaire était jaune clair ou bien roux foncé, parfois même rouge. Il s'arrêta pour tâter les deux énormes cous pour vérifier si les bêtes n'avaient pas trop chaud, lorsqu'une sonnette de bicyclette lui fit tourner la tête. Rosette arrêta son vélo près de lui et le posa par terre.

« Je savais que je te trouverais ici, maman arrive avec Riri qui porte le mangement. »

Le garçon, monté sur une motte de terre fraîche, se tourna vers elle, dos à la mer. Il lui parut gigantesque en étirant ses bras, un peu engourdis par la raideur des manchons.

Elle pensa qu'elle avait bien de la chance de posséder un pareil gaillard, de l'avoir pour elle toute seule puisque sa mère le lui avait dit.

Il revint vers elle en penchant un peu la tête de côté.

« Elle ne t'a pas trop grattée cette nuit ?

– Qui ça ?

– Ta pierre, pardi ! »

Rosette qui rougissait de moins en moins, se contenta d'un sourire ravageur.

« Pouvait pas me gratter, je l'avais mise dans ma bouche. »

À cet instant, Jean-Jean crut entendre une voix grave et mesurée qui semblait venir de partout.

« C'est elle. »

Autour de la jeune fille, il vit des silhouettes d'enfants de tous âges, qui semblaient des ombres.

Dès lors, il la regarda d'une autre façon, un peu comme il regardait son champ du fond, le long du ruisseau, son préféré.

Il vint s'asseoir à côté d'elle, sagement, juste pour sentir sa tiédeur. À quoi bon se hâter de fourrer ses doigts partout puisqu'il était sûr d'avoir tout le temps devant lui pour la savoir sous toutes les coutures.

Il la sentit se serrer un peu plus contre lui et, en silence bouillant, ils attendirent l'arrivée du mangement.

IX

Les événements se bousculent

CAMPÉE LES POINGS sur les hanches devant le labour frais, Julia jouissait de sa vue. Elle pensa « c'est du travail d'homme, ça ! On l'entend avec le ventre. »

Lorsqu'elle ouvrit la bouche, ce fut pour dire tout autre chose.

« Est-ce que tu as essayé de percer le calcaire de la falaise ?

– Ma foi non, pas eu le temps, mais avec une grosse tarière de chez Pontavent, ce ne sera ni long ni difficile, et la vigne ira chercher toute seule ce qui lui manque. Dans le Bordelais chez un lointain cousin à nous, ils ont coupé droit une falaise pour faire de la place et tout le monde a pu voir que la vigne du dessus avait poussé des racines à plus de douze mètres de la surface dans la pierre et qu'elle donnait de bons raisins.

– J'en suis sûre. »

Elle poussa un soupir qui pouvait être de soulagement.

« Les visites sont terminées. La tante Célie est restée pour le veiller au cas où il y aurait une visite tardive. »

Jean-Jean ne répondit rien en déliant les bœufs.

« Tu ne crains pas qu'ils s'écartent ?

– Pas de danger, tant que nous aurons des lichettes de pain à leur donner. Sont gourmands ces gros-là. Si on les laissait faire, ils viendraient se faire gratter le cou comme des fox- terriers »

Riri ouvrit son panier et posa les pots, les bouteilles et des pâtés sur la petite nappe déployée.

Du coin de l'œil, Julia vit sa fille préparer les tartines de Jean-Jean comme si elle l'avait fait toute sa vie. Elle songea que les choses allaient plus vite qu'elle ne l'avait prévu, mais à quoi bon s'insurger contre les à-coups de l'existence ?

Elle mangea sans frissonner la tartine que lui offrit Jean-Jean en découvrant qu'elle avait complètement oublié feu son mari, tout seul dans son lit, là-haut, dans la grande ferme.

Elle se demanda si tout cela n'était pas mal quelque part. Elle ne se sentait nullement mauvaise, ni méchante pour un sou…

Janteau fut enterré dans l'après-midi dans un carré du nouveau cimetière, entre celui des catholiques et celui des protestants. Eh oui, la vie qui semble toute simple à la campagne, dans la haute province, est très compliquée comme dans tous les pays de très vieille civilisation.

Durant la brève cérémonie, très brève même, le maire, depuis qu'il avait fait fortune en achetant pour rien les moulins à vent des paysans pour les casser et en faire ainsi des clients pour sa minoterie, le maire, donc, s'était tourné du côté des curés et n'était pas venu discourir sur le cercueil de son « vieil ami ».

L'église se mit à sonner à petits coups, le vent doux était de « suet » (sud-est). On entendit bientôt sonner le clocher de Mortagne, celui de Brie, de Saint-Fort, de Boutenac.

« Bon Dieu, grogna Pontavent le charron, ça ne peut tout de même pas être pour Janteau qu'ils font un pareil potin ! »

Peu à peu un tintamarre grêle couvrait tout le pays d'un voile angoissant.

Le forgeron écouta encore et laissa tomber : « c'est le tocsin ! »

Tous les assistants frémirent en secret. Le tocsin, à présent ! Voilà encore une autre affaire !

Alors Louis Lachaille le garde champêtre s'approcha, le souffle court.

« C'est… C'est la guerre ! Ils font sonner dans tout le pays. Demain, on mobilise. »

Il porta la main à son képi et repartit en boitillant.

Les hommes le rappelèrent.

« Hé, Louis !

– Lachaille, reviens un peu ! »

L'autre se retourna, appuyé sur son bâton.

« De quoi donc ?

– Avec qui est-on en guerre ?

– Avec les Allemands, je crois. »

Ayant dit, il pivota et reprit son chemin.

Les gars, cinq ou six, pas plus, semblèrent plus intéressés.

« Comme en soixante-dix alors ? Vont-ils nous foutre encore la pâtée ?

– C'est la République à présent, ce n'est plus la même chose.

– Ouais, s'exclama le forgeron, c'est sûr, mais en attendant la victoire, je vais cacher mes louis d'or. “Ils” ne me les baiseront pas comme ceux de mon grand-père. Ah, ça non ! »

Depuis qu'il travaillait avec les hommes, Riri tenait à faire savoir son opinion sur toute chose. Il souffla dans ses doigts et montra la tombe encore ouverte.

« Il l'a quand même échappé belle, le Janteau. Un coup de plus, et il avait la guerre en prime ! »

Certaines énormités vous surprennent comme un coup de tonnerre.

Les hommes qui se demandaient si on allait leur réquisitionner leurs chevaux ou pire, les envoyer au front, explosèrent d'un unanime éclat de rire qui les libéra de leur fruste angoisse. Ils retournèrent à leurs charrettes en tapotant l'épaule de l'auteur. Bientôt il n'y eut plus que le vieux Mirolo et Jean-Jean pour lui tenir compagnie. Rosette et sa mère étaient déjà dans leur charrette.

« Ben quoi, ronchonna Riri, je n'ai pas raison ?

– Si, lui répondit Jean-Jean, ils s'en apercevront bien à temps.

– C'est ta façon de dire les choses qui surprend, » chuinta le vieil homme.

Riri, convaincu de son bon droit, s'écarta pour aller prendre son vélo. Au passage, il dit à Jean-Jean :

« Je suis certain d'avoir eu raison, mais à présent je ne sais plus très bien pourquoi.

– C'est à propos de Janteau qui a eu la chance d'échapper à la guerre.

– Ah ouais ! Il aurait eu le cureton et ils auraient moins fait les flambards, tiens ! »

Jean-Jean rejoignit la charrette.

« Vous pourriez me laisser chez moi au passage, m'sieur François ?

– Mais ton vélo est à la maison, intervint Rosette.

– Eh bien, je viendrai à pied, cela ne me fera pas mourir de chagrin. Ma pauvre mère doit déjà me croire parti pour Berlin.

– Va la rassurer, et puis venez souper à la maison. Il y aura des décisions à prendre.

– Entendu, à tout à l'heure. »

Il rentra, la tête un peu brouillée… cet enterrement où il n'y avait pas grand-monde et qui se finit par un éclat de rire général, et puis la guerre qui arrivait comme la peste… Il traversa le petit jardin et arriva dans sa maison en pleine désolation.

Léonie achevait de s'habiller. Sur la table, il y avait une feuille de papier griffonnée.

« C'était pour t'avertir, dit Léonie, les yeux mouillés.

– Oh là ! m'man, mais qu'est-ce qu'il y a de cassé ?

– Georges est mort, mon petit.

– Le père d'Odette ? »

Elle fit un grand oui de la tête.

« Mais comment l'as-tu appris ?

– Par un message téléphoné que m'a apporté le facteur. Je suis allée téléphoner à ma sœur Estelle qui m'a tout raconté.

– Fi d'garce ! Y aurait-y déjà rencontré des Allemands ?

– Non, mais lorsqu'il a appris la nouvelle de la guerre, il s'est précipité dans la cave pour vérifier ses économies. Le pied lui a manqué et sa tête a éclaté au coin de la dernière marche. Raide mort. Le docteur Samain n'a pu que constater le décès.

– Bon, n'en voilà d'une nouvelle !

– Et ce n'est pas tout. Odette a levé le pied avec le nouveau chef comptable de la cimenterie. Ils seraient partis en Espagne. Mais avec la guerre, les gendarmes ont autre chose à faire qu'à leur courir après.

– Je m'en doute. Odette me surprendra toujours. »

Au fond de lui, Jean-Jean pensa que le chef comptable avait dû se faire la main sur la caisse de l'usine. Sa cousine n'était pas fille à quitter gratuitement sa place douillette à la comptabilité générale. Il garda cela pour lui, jugeant que ce n'était pas le moment de contrarier sa mère. Il dit seulement :

« Et la tatie alors ?

– Elle veut vendre son affaire.

– Ce n'est peut-être pas le bon moment.

– Oh ! si tu ne t'y opposes pas, il y a des chances pour qu'elle choisisse de cacher son malheur et sa honte ici.

– Bon, il n'y a sans doute pas loin à ce qu'elle change d'avis. En attendant, qu'elle dorme ici ou dans sa belle chambre en ormeau, c'est égal. Moi, ce soir, je soupe chez madame Janteau. Tu es invitée aussi.

– Mais je ne peux pas, tu penses ! Il faut que j'aille aider Estelle. Tu m'excuseras. Je suis certaine que Julia comprendra. »

Jean-Jean la regarda partir pour attraper le tram de six heures et la regarda se fondre avec sa bicyclette dans les premiers feux du soleil arrivant sur l'horizon net de l'embouchure du vaste fleuve. Il entra chez lui pour mettre ses brodequins en pensant qu'il aimerait bien posséder un chien.

X

Plan de campagne

La guerre s'était installée comme un autre pays, un autre monde greffé sur le bord de l'ancien. Bien fermé aux « civils » par des gendarmes, des gardes territoriaux, et puis un langage, des habitudes que nul ne reconnaissait plus. C'était un pays effrayant dont quelques nouvelles parvenaient « à l'arrière » par l'intermédiaire des journaux, ou plutôt de l'humour ou des opinions des journalistes qui ne se trouvaient en harmonie que sur le nombre de « pertes », nombre si grave, si inhumain même, qu'il se désincarnait de lui-même et ne livrait plus que des images comme dans les livres d'école.

Marignan, tiens ! disait Jean-Jean durant la récréation, tu peux me dire quelle bouille ils avaient, les gars qui s'y battaient ? Et, tout à la main ! A d'vait saigner, c't-y ! Mais leurs noms, leurs gueules, s'ils étaient mariés, pêcheurs ou paysans ? Rien, seulement leurs armes et leurs costumes. Le reste, rien de rien. Ah, si ! Bayard, mais ça fait un sur combien ?

Jean-Jean y pensait en se remémorant les crises du père Montalieu. Se disant que si l'on connaissait le nom de quelques généraux, les soldats, couic ! D'un sens, rien n'avait changé. Il y pensait en travaillant tandis que les soldats du front s'enterraient sous les obus pour devenir des poilus couverts de boue.

Tous les jours, Jean-Jean, comme ses pareils, œuvrait de l'aube au crépuscule dans une sorte d'hébétude. Les hommes commençaient à manquer. Il avait mis en état le potager de la maison avant d'aller faire les vendanges à la ferme Janteau, puis chez lui. Julia lui avait prêté le tombereau et le cheval canonnier, les seaux, les hottes. L'équipe qu'il avait engagée, des Espagnols pour les hommes, avait accepté de lui récolter son raisin pour six francs par jour. Ils étaient six gaillards, incroyablement durs à la peine et vifs du sécateur. En deux jours, tout fut livré à la ferme Janteau. La vigne neuve sur la falaise avait été plantée en novembre. La batteuse était passée en fin de saison. Les Espagnols étaient encore là. En deux jours tout fut bâclé. Cette fois, les Espagnols firent leurs paquets. Il fallut attaquer les labours d'automne. Chaillou labourait d'un côté, Jean-Jean de l'autre avec les bœufs qu'il maniait comme son vélo. Chaillou avait attelé les deux chevaux. Jean-Jean s'épuisait, ses bœufs maigrissaient mais tiraient toujours. Les jours devenaient aussi courts que les nouvelles de la guerre étaient longues et peu engageantes.

Peu avant la Noël, les grossistes vinrent payer leurs clients. Le vin se vendait, bien sûr, mais pas aussi bien que la « blanche » fraîchement distillée, cette eau-de-vie tirée du vin blanc, qui ne devient Cognac qu'après de longues années de patience. Jean-Jean en vendit pour quatre mille francs à un grossiste qui savait faire de la blanche, un « pousse-au-crime » à quarante degrés bien sonnés, propre à conforter le moral des troupes dans leurs nombreux moments pénibles. C'était grâce au tonton de Julia, celui de Juillac en Champagne, l'homme au boomerang. Il avait aussi livré ses moutons dans des parcs neufs démontables fournis par Chillot l'inventeur et fabricant qui s'était déplacé d'Angoulême pour lui expliquer comment cela s'agençait.

Jean-Jean avait appris le montage des parcs comme il apprenait tout, avec une sorte de gloutonnerie qui n'excluait pas une jugeotte bien affûtée. Il paraissait être en route pour devenir un de ces hommes utiles en toute chose, ce qui était peut-être le nouveau profil de l'homme de progrès. Enfin, c'est ce qu'il se disait en cachette tout en demeurant ballotté entre l'amour énorme et momentanément platonique qu'il partageait avec Rosette et les furies passagères de Julia.

Rosette en avait pris la décision ;

« Je ne veux pas que tu me touches fort avant que j'aie passé mes seize ans », avait-elle dit d'un ton n'appelant pas la réplique, un soir où la situation devenait torride entre eux deux.

Jean-Jean s'était incliné en se demandant si Rosette savait pour ce qui concernait sa mère.

Julia connaissait une période fiévreuse en rapport avec la dureté des journées. À bout de nerfs, elle se lançait à corps perdu dans une volupté enragée pour sombrer dans un sommeil pesant. Jamais elle ne sentait partir Jean-Jean et ne le revoyait que le matin suivant, arrivant de chez lui, frais et rose, les traits un peu tirés, mais c'était le lot de toute la maisonnée.

Comme c'était la règle depuis l'avènement de la troisième République, le dernier contingent de la classe 1904 fut appelé en décembre mais il semblait évident que cela ne suffirait pas à combler les demandes du front. Dès janvier, un nouveau contingent de réservistes fut mobilisé et les jeunes de la classe 1905 (le premier trimestre) prirent la route du Nord.

Pour le pays, le canton, plutôt, cela représenta une douzaine d'hommes et autant de jeunes de vingt ans. Cinq ouvriers de la cimenterie partirent à Rochefort où se constituait un régiment de fusiliers- marins. Les autres, dont Chaillou le bouvier, rejoignirent Saintes où on leur ferait connaître leur affectation.

Ce fut un coup dur pour la ferme Janteau qui perdit ainsi la moitié de ses bras. Il ne restait plus que Jean-Jean et Riri que Julia décida de garder à plein temps.

Le soir, Julia, soudain devenue très « patronne » en même temps qu'elle perdait de la poitrine et des hanches, mais cela, seul Jean-Jean le savait – du moins le croyait-il –, Julia réunit toute la maison après souper.

« La situation se complique, dit-elle, tous les hommes qui partent au front ne produisent plus rien mais mangent et boivent en quantité. Pas de morale là-dedans, c'est seulement une compensation naturelle, un vide créé par leur départ. Cette année, il faudra faire pisser la vigne au maximum, c'est-à-dire lui laisser le plus d'"yeux" possible pour essayer de doubler la production, si possible. Toi, Jean-Jean, il faudra faire la même chose dans ta petite vigne. C'est une occasion qui ne se représentera peut-être jamais. Nous garderons aussi toutes les agnelles. Nous planterons du ray-grass à la place des blés de printemps pour avoir du foin en abondance car nous garderons aussi les veaux. Nous conserverons les blés d'hiver pour la raison qu'il faudra du pain, et les cours ne sont pas près de s'effondrer. Je crois que tous ceux qui usent de chevaux vont terriblement en manquer à partir de l'automne.

– Comment porterons-nous ce foin et ces animaux jusque dans le Nord ? » demanda Jean-Jean, montrant qu'il s'intéressait au discours de la patronne.

Julia quitta son air sévère pour répondre

« Par le train. Tu peux en charger autant que tu le veux sur les plates-formes de la minoterie, et les faire remorquer par le tram jusqu'à Saintes, à la gare de marchandises. De là, pas de problème, tu livres où tu veux. Mais le grossiste en alcool m'a fait connaître un des grands pourvoyeurs de l'armée. Ce n'est pas encore signé mais c'est au chaud. Je pourrais devenir sa correspondante pour le secteur, c'est cela qui arrangerait tout. »

Jean-Jean restait stupéfié du changement qui s'était opéré chez Julia. Toujours belle, le visage parfait, mais à présent, un regard plus lourd, plus profond, qui pouvait avoir des reflets durs. Oui, voilà, elle avait à présent un regard de chef qui ne trompait que les amateurs de sa beauté.

Il jugea important de se rapprocher de Rosette « pour de bon », sans se douter un instant qu'il se trouvait dans une situation qui aurait fait les belles pages d'un libertin à la mode voilà deux siècles, dont il n'entendrait jamais parler et qu'il aurait sans doute trouvé de style mièvre et bien compliqué.

Julia expliqua par le menu un plan de campagne, affirmant sa voix à mesure qu'elle voyait les assistants piquer du nez. Jean-Jean donna le signal du départ en bâillant plus généreusement que les autres. Cette fois Julia, tout à son sujet, s'interrompit.

« Écoutez, madame Janteau, dit le jeune homme, tout le monde est d'accord avec vos vœux et vos décisions. Nous savons tous que vous avez raison et nous sommes tous très contents d'avoir une patronne si bien au fait des choses. Je retiens que nous allons faire pisser la vigne, conserver les agnelles, les veaux, acquérir des juments. Bon. Pour le reste, pardonnez moi, mais ce sont des ordres dont nous avons besoin.

– C'est juste. Tout le monde a sommeil. Bonne nuit à tous et à demain. »

Jean-Jean fila chez lui après un bref, mais très tendre, baiser à Rosette qui dormait au bout de la table.

Depuis la route, il vit de la lumière dans la salle et sourit.

« C'est-y que m'man ou la tante Estelle auraient de la compagnie ? »

Poussant la porte, il vit les deux femmes bavarder tranquillement devant le foyer.

Léonie tourna un visage qui ne vieillissait plus vers son fils.

« Bonsoir mon grand, le facteur a déposé tantôt une convocation chez le notaire. Tiens, regarde », dit-elle en lui tendant une enveloppe.

Il marmonna en la déchiffrant et la fourra dans sa poche.

« Bon, il faut que je retourne à la ferme Janteau pour prévenir que je ne viendrai que pour le dîner. »

Il sortit en trombe, et comme il avait le bon sens de la pente, il s'engouffra sous le large portail.

À la fenêtre de la salle, il y avait encore de la lumière. Il enjamba les deux marches du perron pour « grigner » à la vitre. La tante Célie lui ouvrit avec un petit sourire en coin.

« Tu ne pouvais pas attendre demain ? C'est vrai que tu as tant à t'occuper ici dedans.

– Non, non. Julia n'est pas encore couchée ? Il me faut lui dire quelque chose.

– Je te l'appelle. »

Elle monta le bel escalier en merisier et revint aussitôt, Julia sur ses talons.

« Il est arrivé quelque chose ?

– Non pas, mais chez moi on m'a donné cela, dit-il en tendant l'enveloppe. Alors, pour demain matin, Jean-Jean, pfuittt ! Je ne voulais pas que tu perdes du temps à me chercher. »

Elle profita qu'elle était à hauteur pour l'embrasser sur le front et s'enfuit en riant dans l'escalier. La tante Célie se mit en travers des marches et dit de sa voix douce :

« Non non Jean-Jean, arrête à présent, tu sais mieux que personne ce qui arriverait si tu la rattrapais. Il faut que cela cesse un jour, autant que cela cesse tout de suite. Avec ça, la Rosette qui est entichée de toi au-delà du raisonnable.

Tu ne veux pas que je m'y mette aussi, pour faire bon poids ? Ravageur de sommier, va !

– Elle a raison, intervint Julia avec un regard épais, mais c'est plus à moi d'être blâmée, allez ! Ah ! dis voir, lorsque tu verras maître Bézard, demande-lui un rendez-vous pour moi, tu me le rapporteras à dîner. »

Jean-Jean fila après un bref salut et referma la porte sur lui.

La tante Célie souffla :

« C'est donc un garçon si précieux dans une chambre ?

– Personne ne peut imaginer sa vaillance et son souci de te faire plaisir. Et gentil comme un gosse, avec ça ! »

XI

La propriété de Jean-Jean s'agrandit

JEAN-JEAN ARRIVA chez le notaire avec seulement cinq minutes d'avance. Une petite voix narquoise lui ricana dans la tête :

« Tu t'améliores, mon gars. »

Le père Bézard raccompagnait une cliente qui devait s'habiller à Bordeaux pour le luxe de sa toilette.

Au passage, le vieil homme lui sourit à plein râtelier, et puis vint le prendre par le coude. Jean-Jean avait passé son costume et une chemise propre.

« Bon, monsieur Favart », dit gravement le notaire en le faisant pénétrer dans son immense bureau.

Jean-Jean s'assit sur une chaise bien rembourrée tandis que le tabellion se glissait dans son fauteuil de cuir.

« Tout d'abord, je tiens à vous féliciter, si, si, au début je vous avoue que j'ai craint que vous ne dilapidiez votre petit avoir et puis, j'ai constaté que vous aviez mis une gentille somme de côté en fin d'année. Cela m'a donné confiance. Aussi, lorsqu'il m'est échu une jolie affaire dans vos moyens, j'ai tout de suite pensé à vous. Vous connaissez le père Lavade ? Oui, à Chenac. Eh bien, il veut vendre ses terres, à commencer par la vigne qui se trouve derrière chez lui. Oui, celle qui finit le triangle avec la route de

Saint-Seurin et celle de Mortagne. Elle mesure exactement soixante-huit ares (6 800 m^2) en terre excellente et vieille de sept ans, c'est-à-dire à l'orée de sa pleine production. Il en veut deux mille cinq cents francs. C'est très raisonnable et, placée comme elle est, vous deviendriez propriétaire de toute la pointe dont l'extrémité est constructible.

– Mais pourquoi veut-il vendre cette vigne ? Les ceps sont beaux et les grappes superbes, pour ce que j'en ai vu l'an passé. »

Le notaire baissa la voix.

« Il vient de recevoir l'avis de décès de son fils, "tué" en ligne dans les Ardennes il y a quinze jours. C'est la guerre, vous savez. »

Jean-Jean comprit aussitôt l'horreur de l'opportunité en même temps que ce qui pouvait asseoir sa petite vie et celle de sa mère. Il ne badina pas longtemps en se promettant de futures charités.

« Vous ne pensez pas qu'on peut la faire baisser ?

– Sincèrement non, peut-être cent ou cent cinquante francs, ce qui attirerait les convoitises.

– Bon, alors je l'achète. Vous avez l'argent nécessaire ?

– Certes, mais il faudra que madame votre mère passe signer. Vous comprenez, vous n'êtes pas majeur, il s'en faut de quatre ans.

– Oui, oui, donnez-moi les papiers à signer. Au fait, madame Janteau désire un rendez-vous à votre étude. (Mon Dieu, songea le jeune homme, il y a des moments où je parle comme un maître d'école !) »

Le père Bézard inspecta son agenda et releva ses lorgnons.

« Demain, quinze heures, cela va ?

– Je lui dirai. »

Jean-Jean se leva et salua avec une courtoisie bizarre chez lui.

« Au revoir… Maître. »

Il sortit, ne pensant qu'à foncer vers « sa » nouvelle vigne où il arriva, hors d'haleine. Après avoir musardé un moment, il n'eut qu'un pas à faire pour se retrouver chez lui. Il posa son vélo contre le mur et poussa la porte de la salle.

« M'man, viens voir.

– Que veux-tu, mon grand ?

– Je veux te montrer notre nouvelle vigne. »

Il la conduisit au fond de la cour.

« Vise un peu ! Soixante-huit ares à la porte !

– Tu l'as payée cher ?

– Deux mille cinq cents francs.

– Et… C'est bien ?

– Si rien ne change, elle sera payée l'automne prochain. Il faudra que tu passes tantôt chez le notaire pour signer les papiers. C'est que tu es toujours le chef de famille », ajouta-t-il en l'embrassant avec une tendresse un peu lourde.

Il alla ôter son costume et sa belle chemise, remit ses « tous les jours » et ses sabots, et repartit tranquillement à la ferme Janteau en songeant que sans faire dans le luxe, il avait grand besoin d'une montre solide.

À la ferme, la table était préparée. La tante Célie achevait de déposer les couverts.

« Julia est dans le bureau, en haut », dit-elle avec un air gentil en posant une pile d'assiettes “à calotte” en faïence jaune et blanche, fabriquées chez Renolleau près d'Angoulême.

Jean-Jean monta en souplesse, comme un chat. Il n'y avait que lui qui savait faire cela. Il trouva Julia plongée dans le grand livre de comptes de son mari.

« Tu as rendez-vous demain à quinze heures, annonça-t-il en se laissant tomber dans le grand canapé devant la fenêtre.

– Et toi ?

– Il m'a fait acheter une vigne de soixante-huit ares à touche-touche avec la cour derrière chez moi.

– Cher ?

– Deux mille cinq cents francs. Il dit que c'est un prix honnête pour une vigne bien venue, dans sa septième année. »

Il lui expliqua le fils mort et le désespoir du vieux bonhomme qui voulait tout « bézarder ». Julia sourit.

« Toi, quoi qu'il arrive, tu ne peux t'empêcher de blaguer. »

Elle lui ébouriffa les cheveux.

« Si tu ne l'avais pas fait par pudeur, un autre moins scrupuleux serait arrivé. Il achèterait tout et ensuite écraserait tout le monde, les petits propriétaires comme les moyens. Un jour, il laisserait le pays vide. Imagine-toi qu'un jour les campagnes soient vides ? À la longue, même mendier ne suffirait plus pour vivre.

– C'est fou ce que tu es gaie aujourd'hui.

– C'est certain, mais ce n'est pas moi qui ai fait cette guerre. Je te dis cela pour te montrer que tu as raison. Il faut que tous ceux qui le peuvent achètent les débris des fermes démolies pour éviter l'arrivée des pillards. Tu vois, demain je vais chez le notaire pour qu'il me trouve des terres. Je verrai si, pour toi, il ne trouve pas quatre ou cinq hectares de terre à blé. Les cours ont chuté cette année. C'est le moment de s'y mettre. »

Pas très convaincu au fond de lui-même, Jean-Jean feignit d'être consolé. Julia referma son grand livre et le posa sur une pile d'autres.

« Allons, c'est le temps du mangement. Tantôt, tu vérifieras les outils pour faire du bois. Il n'y a rien d'autre à faire pour l'instant. »

XII

Jean-Jean se met à flot

JEAN-JEAN SORTIT de chez le forgeron de Chenac, un large et gros mafflu qui s'appelait Philippe Pontavent. Il lui avait laissé quinze coins à reforger et un gros merlin à remettre en forme.

Philippe Pontavent, que tout le monde appelait Fifi malgré son quintal bien pesé, surnom qui lui venait d'une lointaine école, devait les rapporter le lendemain avec sa meule spéciale pour affûter les passe-partout et les scies plus ordinaires à qui il savait donner une voix imparable.

Désœuvré, ce qui était rareté pour lui, Jean-Jean descendit instinctivement vers la rive où il n'avait pas mis les pieds depuis longtemps. Le café de l'Espérance était toujours à sa place. C'était le rendez-vous des marins pêcheurs qui comptaient sur les quais. La patronne avait dû faire repeindre la façade. Elle luisait comme si elle était vernie.

Jean-Jean y trouva des têtes connues et aussi une certaine chaleur narquoise qui marquait comme une petite fête le retour d'un personnage attachant que l'on voyait moins souvent.

« Ballarin, v'là ton matelot qui vient chercher de l'embauche !

– Oh ! Jean-Jean, ça fatigue, hein, d'avoir la plus belle femme du pays comme patronne !

– C'est-y que la terre ne te nourrit plus ? »

Le jeune homme laissa passer la « risée » et vint s'asseoir à côté de Ballarin qui lui fit place.

« Qu'est-ce que je vous sers ? demanda la mère Bosnard en surgissant comme un fantôme ridé entre les rudes épaules.

– Un galopin (espèce de bock étroit du col), dit Jean-Jean en regardant son gros voisin.

– Euh, une verte, pareil comme tout à l'heure. Alors, quoi de neuf mon p'tit gars ?

– Peu de chose, m'sieur Ballarin, le travail de la terre est dur mais sans surprise, à part une gelée tardive ou un arbre qui “chêt” sur un attelage. Que voulez-vous qu'il arrive quand la herse et le rouleau sont passés ?

– C'est vrai mais, dis-moi, la pêche ne te manque pas un peu ?

– Oh, si ! D'ailleurs c'est de cela que je suis venu vous parler.

– Tu veux revenir à la pêche ?

– Oui et non. C'est vrai que la terre laisse du temps libre quand on sait s'organiser. Je voudrais savoir combien coûte une bonne coque, petite et membrée, une tirolle, tout, quoi.

– Tu veux te mettre à ton compte ?

– Pourquoi pas ?

– C'est vrai, fi d'garce ! Tu es bien un des rares qui puisse se mettre à la pêche sans que personne ne songe à rouspéter. Écoute, j'en sais peut-être une, plus petite que nos filadières. C'est le vieux Morin, tu sais, le charpentier dont le fils est premier-maître à Rochefort, dans la Royale. Il vient de la terminer, taillée, il faut voir, mais juste pour un patron et son matelot. Tu devrais la voir parce que, pour nous, ce n'est pas la bonne taille. Je pense qu'il te la laisserait pour cinq cents francs.

– C'est des sous !

– Hé ! c'est le prix d'une filadière, et c'est du travail aussi. Tu sais, on ne trouve plus tellement de charpentiers, de nos jours, avec c'te guerre en plus. Il n'y en a que pour les yachts de luxe qui payent assez. Les aut' sont mobilisés. Allez, viens, à t'en parler, l'envie me prend d'aller la voir aussi. Je t'emmène. »

L'un suivant l'autre, ils prirent l'étroit sentier qui longeait le chenal. Le vieux Morin habitait au bout. Il y avait son chantier dans une cabane au milieu des débris sans nombre des barques qu'il n'avait pas encore brûlées dans son gros poêle en tôle.

Ils entrèrent en poussant la porte battante. Au fond, à contre-jour, la silhouette du vieil homme, rabot en main, achevait de régulariser le plat-bord d'une coque harmonieuse couleur de châtaigne, qui paraissait grande posée sur des tréteaux. Le capharnaüm de l'atelier était difficilement imaginable. En enjambant une planche, Jean-Jean fit tomber une boîte de pointes en équilibre sur un tas posé à la diable.

« C'est quoi ce bordel ? demanda le vieux charpentier d'une voix mouillée et grave.

– Salut Félix ! J'ai amené mon ancien mousse pour regarder ta pirogue !

– Bon, alors il l'a vue, qu'est-ce que tu veux de plus ?

– Écoute un peu, Félix, lui c'est le fils de Francis Favart, tu étais bien copain avec lui, dans le temps ?

– Favart ? N'de Dieu, c'est sûrement pas un mousse comme les autres. Approche-toi, petit, et viens voir de près comment c'te charrette est aboutée. »

Durant un long moment, le vieil homme fut intarissable, montrant dans le détail l'emboîtement de l'étambot monté à chevilles, les membrures, l'attache des bordées, les coffres avant et arrière, le gouvernail démontable et sa barre déjà peinte en blanc pour la voir de nuit, le barreau du mât et le trou dans la quille pour le bloquer restant faciles à démonter, et puis la dérive « comme y z'en font dans les îles. Qu'avec ça, ils te traversent les océans comme qui badine. »

Enfin, à bout de souffle, il se laissa traîner au petit débit de boisson de la mère Carlier qui faisait le coin entre le sentier de la Mate et le chemin de la côte de Tire-Cul.

C'était un rendez-vous de pêcheurs et aussi de « chasseurs à la tonne » : le gibier d'eau avait ses fanatiques depuis le temps des cahiers de doléances.

L'intérieur était sombre en raison des mouches collées aux deux fenêtres, et le sol ne se distinguait guère du marais environnant, plus tassé que balayé. La tenancière avait une grosse poitrine qu'elle posait sur le bar avec un bruit mat, lourd et soyeux.

« Qu'est-ce que je vous sers ?

– Ben, c't'idée, un blanc, comme d'habitude. »

Ballarin se lança dans un pastis et Jean-Jean dans une fraise à l'eau.

Morin se « mouilla la meule » avec un claquement de langue satisfait et resta silencieux. Le vent du marais sifflait doucement entre les planches de la cabane.

Ballarin prit sa respiration pour dire quelque chose, mais Jean-Jean lui coupa la parole :

« Quand même, elle n'est pas faite pour rester dans votre atelier, c'te coque ?

– Un beau machin comme cela, c'est fait pour vendre et naviguer », appuya Ballarin.

Morin fit signe de lui reverser un « bian », but, claqua la langue et dit comme s'il se parlait à lui-même :

« Le bois, c'est rien, c'est le travail qui coûte.

– Ce n'est pas moi qui vous dirai le contraire, m'sieur Morin.

– Ah ! fit le vieux maître charpentier, il a bien la même jappe que son père ! Toujours le mot pour finir, c't-y. »

Jean-Jean était par nature respectueux du savoir des anciens mais il était également de la génération usuelle des trams et des bicyclettes qui laissaient sur place les attelages millénaires. Il s'accouda au comptoir et demanda crûment :

« Alors, combien en voulez-vous ?

– C'est selon, et puis y faut voir, na ! Combien peux-tu mettre ?

– Ah non ! c'est trop facile. C'est vous le maître d'œuvre, vous savez mieux que moi ce que vaut votre travail, dites le prix et je verrai si je peux suivre. »

Morin se tourna vers le gros marin pêcheur avec un clin d'œil et un filet de bave au menton.

« Tu vois ce que je te disais ? Et ça a quoi ? Peut-être dix-sept ans si je compte bien.

– Tu comptes bien, assura Ballarin en faisant signe de “remouiller la compresse” à la patronne.

– Et ça n'a pas encore le temps de gagner pour de vrai ! Tu parles d'un client, toi ! »

Morin replongea dans son verre de « bian » et, cette fois, s'essuya du revers de sa manche.

« Et puis d'abord, c'est trop petit pour un équipage ordinaire, à deux, pas plus, pour la pêche. »

Il parut se plonger dans un gouffre d'indifférence, mais tout avait été dit, c'était à lui de jouer. Au fond, il admirait le garçon d'avoir su le mettre en devoir de parler. Il prit sa respiration.

« Une pièce de cinq cents avec la voile, les drisses, les écoutes et la corde d'ancre, tout. C'est cher ? »

Pour le principe, Jean-Jean dit très poliment :

« Quatre cents.

– Quatre cent cinquante et je te passe les premières couches de vernis. Parce qu'un truc comme ça, mon gars, ça se vernit comme un yacht. Faudra au moins cinq couches, et tu verras, il glissera dans l'eau comme un poisson.

– Topez là, monsieur Morin, je vais chez le notaire chercher mes sous et je reviens.

– Oh, je ne suis pas pressé !

– Est-ce que je pourrai laisser le bateau chez vous pendant que je le vernirai cet hiver ?

– Pour sûr. Passé la première couche, je ne reviendrai pas avant le printemps… si je suis toujours là. Allez Marguerite, ma fille, redonne-moi ce coup de blanc qui roupille au fond de ta bouteille. »

Ballarin et Jean-Jean revinrent jusqu'aux premières maisons de la rive. Le jeune Favart récupéra son vélo et fila d'un trait chez le notaire. Ce fut le grincheux qui lui ouvrit la porte.

« Bonjour, je veux voir maître Bézart. »

L'autre, qui à présent lui arrivait au menton, ne lui posa aucune question, et dit seulement :

« Je vais voir s'il peut vous recevoir. »

Il repassa la tête aussitôt.

« Il a cinq minutes à vous accorder.

– Cela suffira bien. »

Le bureau était toujours aussi impressionnant, mais le notaire avait l'air d'humeur heureuse, enfin, à la façon d'un vieux crocodile.

« Que puis-je pour vous ?

– Me donner cinq cents francs, Maître, j'achète le dernier bateau du vieux Morin. Un très joli bateau. Je pourrai pêcher aux temps creux au lieu de jouer aux tarots avec les autres.

– Je vois que vous êtes toujours dans les mêmes dispositions.

– C'est que, maître, je ne suis pas près d'oublier les temps de misère. C'est si rude, vous savez, les journées à deux ou trois francs. Je fais tout pour les oublier, et ceux qui prétendent s'occuper des pauvres n'ont jamais connu ce que monsieur Montalieu appelait “dénuement”, c’est-à-dire presque nu devant le froid et la faim. »

Un clerc l’interrompit et tendit une liasse de billets de cinquante francs et un carnet de reçus. La première feuille était déjà remplie. Jean-Jean signa et empocha avec un sourire un peu mélancolique.

« Vous aurez droit à mon premier beau poisson, c’est promis.

– Alors, apportez-moi une jolie brigne, c’est ce que je préfère. À propos, j’ai reçu une offre pour le comptoir de commerce de votre père en Afrique.

– Ah non ! Il y a trop de taxes à payer.

– Vous voulez vendre sur place ?

– Nullement, mais…

– Rappelez-vous, je vous ai déjà expliqué que vous avez déjà payé même si on trouvait une mine d’or dans son jardin, si tant est qu’il y ait un jardin. Ce serait la même chose.

– Combien vous a-t-on offert ?

– Quinze mille francs nets. Ça doit valoir plus, mais si loin… et puis on ne sait même pas ce qu’il vendait. Alors, je veux bien tenter de négocier, mais j’ai peu d’espoir.

– Essayez de faire le difficile, en pensant que quinze mille francs sont toujours bons à prendre. Au revoir, Maître.

– Au revoir, monsieur Favart, et songez qu’une bonne brigne me comblera. »

Jean-Jean sortit et sauta sur sa bécane en sifflotant.

XIII

Visions d'avenir

SUR L'ÉTROIT ET GRAS COMPTOIR de la mère Carlier, Morin lui signa un reçu daté et empocha la monnaie.
En sortant, après son « énième » coup de blanc, il lui confia :

« Voilà longtemps que je n'ai pas touché autant d'argent d'un coup. Les clients, c'est toujours une avance, une dette qui traîne en attendant un beau coup. Mais jamais une belle affaire, non, c'est une bordure qui part en brioche, un aviron de pété, une membrure qui s'est trop vite rencontrée avec un fond dur, des bricoles quoi ! Mais là, c'est du sérieux. Je dirai un mot à la coopérative pour que tu aies du vernis au même prix que moi et puis un peu de filets, tout, quoi, et pis, je vais te montrer un secret, viens voir la quille, tu vois comme elle est épaisse ? Ça tient dans l'eau, ça. Après la guerre, on mettra des moteurs partout. J'les verrai pas mais ils seront là. Ça va en foutre en l'air, des barcasses ! Mais avec une quille comme celle-là, ce ne sera pas bileux de la percer pour y mettre un arbre et une hélice. Hé, hé ! il y aura de la place. Tu as vu comment j'ai relevé l'étambot pour y faire une niche pour l'hélice ? Elle filera comme un bar après une sardine. Tu verras, tu penseras à moi longtemps. »

Jean-Jean fut impressionné par le ton du vieux charpentier baveux et ivrogne, et tellement lucide. Il lui tendit la main.

« À plus tard, monsieur Morin. Je passerai vous voir dans la semaine. »

En s'éloignant, il réalisa qu'il se sentait terriblement proche du vieux charpentier qui devait tant avoir à raconter.

Avant, il l'avait aperçu cent fois peut-être, et ne lui avait parlé qu'aujourd'hui. Il pensa que la vie qui arrivait tous les jours comme les nuages d'ouest, avait quelque chose de formidable, coincée entre cette guerre énorme mais que l'on ne voyait pas, et des gens qui en peu de mots, devenaient des gens de confiance et livraient pour rien des savoirs inouïs.

Alors, il rencontra Riri qui badait, les mains dans les poches.

« Adieu, toi qui louches !

– Salut, branleur de chats !

– Tu n'as pas l'air fringant. Quelque chose qui ne va pas ?

– Ben, répondit le trapu, c'est pas le travail qui nous écrase, l'hiver.

– Je vais faire du bois demain ou après-demain. Tu en es ? Six francs par jour, nourri, et une corde pour toi en fin de parcours. Le matériel est fourni. Cela te va ?

– Ben, nom de Dieu, faudrait être difficile

– Alors, rendez-vous chez Janteau demain matin. Salut, faut que j'aille aider m'man pour un truc.

– Ouais, ouais, à demain. »

En poussant sur le pignon « vitesse », Jean-Jean fila à « toute bise ».

« Quelle journée, pensa-t-il, premier bateau, premier commis engagé, même si c'est mon copain. Bah ! La Rosette va avoir seize ans le mois prochain. J'espère qu'elle sera ma dernière "première". »

Ils demeurèrent dix jours dans les bois en forêt de Val Rey en compagnie du fils Verrien, un copain de l'école dont la mère, fort près de ses sous, était gérante de la mercerie du pays. Métier de petit commerce, mais qui, bon an mal an, permettait de s'en tirer proprement en raison du nombre des clientes.

Le père Verrien, ancien marin de la « Marchande », conducteur de four à la cimenterie, devait boire beaucoup pour supporter la chaleur. Il aurait pu boire de l'eau, ou bien du lait comme certains, mais préférait le rouge féroce que l'on vendait dans tous les débits de boissons, à emporter de la rive.

Il rentrait souvent tard et les idées incertaines, pour s'écrouler sur le lit conjugal. Il y avait longtemps que la mercière ne lui délaçait plus ses chaussures « de sécurité ». Il dormait tout habillé sur les couvertures, elle à côté et dessous.

Il y avait également des Espagnols que Julia avait engagés. Deux gars forts en bras, qui parlaient peu de leur voix rauque.

Les bûcherons travaillaient selon des méthodes qui n'avaient plus d'âge, laissant ça et là un chêne droit et déjà fort pour ensemencer le terrain d'un tapis de jeunes chênes qui ne dépassaient pas deux ans sous la dent des grands animaux. Il en restait encore plus qu'assez pour former des taillis où l'on taillait des chemins le moment venu. Pour les gros chênes à tomber, ils savaient repérer les branches naturellement tordues pour faire des étraves, des étambots ou des poutres. Cela se vendait bien aux artisans qui viendraient les dégrossir et les mettre à sécher comme ils l'entendraient.

Le reste, bouleaux, merisiers (sauf les très gros), charmes, hêtres et pins que l'on vendait parfois pour faire des parquets ou des mâts, étaient débités en bûches refendues d'un mètre et rangées en « cordes » de quatre mètres de long.

En fin de coupe, les bons propriétaires faisaient replanter ou replantaient eux-mêmes de longues rangées de glands ou de faînes (pour les charmes). Ce qui n'était pas plus compliqué que de semer des haricots. Les bûcherons le faisaient pour rien, pour « garder du travail », un travail qui ne serait pas mûr avant deux siècles. Ils montraient par là une inaltérable confiance dans la vie et ce qu'ils pensaient être leurs institutions.

Tous les jours Rosette apportait le mangement dans la charrette à âne qui passait partout. Elle servait Jean-Jean le premier, histoire de mettre tout le monde d'accord. C'est qu'avec ces derniers mois, elle devenait aussi attirante que sa mère et rayonnait davantage.

Parfois, elle restait un moment à les regarder travailler, l'air un peu absent mais, en fait, elle ne quittait pas Jean-Jean. Lorsqu'il fendait une bûche en plaçant d'abord un coin avec une massette et qu'ensuite il se déchaînait avec la masse, elle jouissait de toutes ses fibres, surtout lorsque la bûche éclatait au deuxième ou troisième coup, ouvrant son cœur clair bourré de secrets aux indiscrétions des sous-bois. C'était le moment qu'elle préférait. Elle avait l'impression d'être dans les muscles du jeune gaillard, dans ceux de son dos, de ses bras, une onde chaude la parcourait de la tête aux pieds.

Ensuite, sans un mot, elle repartait vers la ferme, laissant les hommes à leur travail.

XIV

Jean-Jean expose ses projets

Le Mirolo avait appris à Jean-Jean à tailler long en gardant huit yeux de plus, les bourgeons du prochain printemps. Il lui montra ensuite à « déchausser la vigne » pour mettre à l'air libre les premières racines et y bourrer du fumier avant de recouvrir (on disait « rechausser ») par un nouveau labour. Cela se faisait avec un petit araire à longs mancherons, tiré par Lucie, la vieille mule fidèle qui semblait être pleine de sens et de réflexion. Cette façon de renforcer le cep était indispensable pour qu'il tienne ses promesses en fournissant davantage de raisin.

Les Espagnols étaient partis, il ne restait que trois hommes, tous jeunes, pour mener la tâche. Riri devenait plus osseux et soufflait moins dans les pentes. Jean-Jean s'était inventé un joli coup de poignet pour manier le petit araire. Verrier qui mangeait presque autant qu'il travaillait, insensible au vent comme au froid ou la pluie, se transformait en fort paysan au poids lourd et aux gestes puissants. À trois, ils garnissaient un hectare en trois jours après avoir taillé les pampres.

Chaillou le bouvier, avait été délivré de ses obligations militaires pour un « souffle au cœur », ce qui était la manière d'alors de définir une insuffisance cardiaque.

Désormais, c'était lui qui assurait le charroi du fumier vers les vignes, ce qui permit d'aller plus vite, à peine deux jours pour un hectare.

Julia avait engagé quatre pêcheuses d'huîtres d'Oléron, gaillardes solides et gaies qui tiraient le bois, c'est-à-dire récupéraient les longues tiges de l'an passé pour en faire des fagots que l'on appelait javelles. Les trois garçons allaient devant, chacun dans une courrège, et taillaient long comme Jean-Jean le leur avait montré. Malgré leur nudité, les vignes semblaient denses comme au temps des vendanges. Dès le point du jour, Jean-Jean partait devant, taillant comme un enragé jusqu'à la crampe paralysante. Il se frottait alors les avant bras et les mains avec une huile antidouleur que lui avait vendue le pharmacien (deux francs la bouteille) et repartait de plus belle. Chacun de ses acolytes avait aussi sa bouteille d'huile miracle et la taille « marchait d'enfer ».

En fin de semaine, Julia autorisa Jean-Jean à filer dans « ses » vignes, soit un bon hectare que l'équipe au complet mit en ordre de produire en deux jours pleins. Il entassa plus de trois cents javelles dans son hangar. Il en profita pour mettre en état le potager de sa mère. Chaillou le fuma comme il le fallait avant de lui redonner un coup de labour.

Entre-temps, on avait appris la mort de deux gars de la cimenterie qui avaient été enrôlés dans le régiment de fusiliers marins de Rochefort, et de deux paysans des hameaux de l'arrière-pays, mais si on avait noté ces morts qui faisaient tant de mal aux familles comme au pays, personne ne s'y était attardé. Seul, le travail comptait.

Fin février, par un froid de loup, tout était en place, propre et net comme jamais dans les deux fermes, la grande et la petite. Mais le personnel était épuisé. Julia avait payé tout le monde. Elle ajouta une paire de poulets vivants en prime pour chacun. Elle conserva seulement Riri qu'elle jugea indispensable à Jean-Jean pour l'aider dans un travail qui grandissait de jour en jour. Le jeune homme s'était, en dépit de sa pratique, « regarni » en viande. Il avait à présent l'aspect d'un gaillard haut de taille, fort d'épaules et vif en jambes avec un visage avenant et un sourire qui lui ouvrait toutes les portes, lui conciliant la majorité des grognons de toute volée.

En secret ou presque, il descendait une fois par semaine à la rive pour repasser une couche de vernis sur la coque, le mât, le gouvernail, les avirons, la dérive de « son bateau ».

Deux fois, il s'endormit dans l'atelier du père Morin où il faisait toujours chaud grâce au gros poêle de tôle. Le vieux charpentier s'en doutait et bourrait le feu en conséquence.

Rosette s'arrangeait toujours pour passer par le chantier où il se trouvait. En dépit de la presse qui durait depuis le point du jour, elle arrivait le soir venant, son ouvrage terminé, en vélo ou en charrette. Ils rentraient ensemble. Ils vivaient là, au sein des copeaux ou dans la boue, des instants délicats et subtils que nul n'aurait soupçonné chez ces deux enfants vigoureux, rustiques mêmes, apparemment plus proches de leurs animaux que des fins discours des salons littéraires.

Un soir, il l'amena jusqu'au bout de la rive, dans les fouillis du père Morin. Le vieux était encore au travail, ayant dormi tout le jour à la suite d'une compétition de « bians » avec des clients aux gosiers blindés.

Deux lampes-tempête éclairaient un coffre de filadière dont les pièces neuves montraient les dégâts qu'il avait subis. Le vieux bougonnait :

« Fan d'putain, il y en a toujours qui se croient plus malins que les autres. Ils vont charger une pièce de vin dans le Médoc mais une filadière, ça a beau être costaud, c'est pas une gabarre. Voilà ce qui arrive. Bien sûr, ils ne paient pas les taxes, mais quand la pièce dérape parce que la chèvre est mal calée, crac ! Le vin est perdu et le bateau a bien de la peine à regagner son estacade... et Morin a bien de la maille à rafistoler la culée. »

Jean-Jean prit une des deux lampes et entraîna sa compagne vers le fond en lui évitant les obstacles. Vernie comme elle était, la barque luisait dans la demi-lumière comme un bijou secret.

« Ce bateau, c'est à nous deux, notre premier outil. Nous le mettrons à l'eau aux beaux jours.

– Pour se promener ?

– Oui, mais surtout pour la pêche. C'est d'un bon rapport, tu sais, quand on ne gaspille pas tout au bistrot.

– Et tu as un marin ?

– Non, mais je pense à Riri. Il est de confiance et cela lui donnera de quoi s'établir un jour. »

Rosette suivait avec le doigt les reflets de la coque qui paraissait laquée.

« Il est rien beau, ce bateau, si tu veux bien, j'en dirai un mot à maman.

– Heu... je voulais lui faire la surprise.

– N'attends pas. Elle est toujours plongée dans ses comptes jusque tard le soir. Elle reçoit des gens, achète des champs, des bois, en plus de son travail de tous les jours. Je crois qu'elle veut faire une nouvelle distillerie dans l'aile vide de la maison, tu sais, celle qui regarde vers les Monards. Une bonne nouvelle, même petite, lui ferait du bien.

– Bon, tu dois avoir raison, fais comme tu l'entends. »

Il remit la lampe à sa place à côté du père Morin toujours maugréant, Rosette sur ses talons. Dehors, le cheval s'était bourré de petites herbes tendres qui poussaient à l'abri de la digue. Son ventre distendu appuyait de chaque côté contre les brancards. Jean-Jean ronchonna.

« Gonflé comme il est, ce gros cochon n'a pas fini de nous empoisonner au long du chemin.

– Oui, sourit Rosette, si on lui branchait une trompette cela ferait s'écarter le monde du chemin. Tu te souviens du jour où il t'avait "tué" à bout portant quand tu étais à l'abri sous le tombereau ?

– Bougre oui, j'en sens encore le vent quand j'en parle. On sait que tous les chevaux pètent, mais ton gris-là, il est gentil et pas fainéant tout ça, mais comme canonnier y se pose un peu là ! Jamais entendu un cheval péter si fort.

– Et souvent. »

Jean-Jean prit les rênes, les lui fit claquer sur le dos.

« Allez, en route l'Artilleur !

– Frout, frout, patafrout, frout ! » répondit le cheval.

Ils longèrent au pas le quai où les portes des cafés éclairaient comme autant de lampadaires.

« En arrivant au restaurant Bleu, nous prendrons de l'eau propre pour les lanternes », dit Jean-Jean en passant son grand bras par-dessus l'épaule de sa compagne. Elle se tourna et sa bouche sembla prendre feu.

Un moment plus tard, elle lui demanda à l'oreille :

« Tu te décides à présent ?

– Encore quelques jours, je veux que ça soit très très bien. »

Il arrêta le cheval devant le restaurant Bleu pour chercher une carafe d'eau. Sous la banquette, Rosette cherchait à tâtons la boîte où l'on rangeait les pierres de carbure.

Jean-Jean revint au bout d'un long moment.

« Elle en avait des trucs à te raconter, la mère Magné.

– Pour sûr, j'avais commencé un peu en l'air pour lui demander combien elle pourrait prendre de pots d'aloses et de lamproies à m'man, et puis j'allais me reprendre en me disant que la guerre n'était pas favorable au commerce, eh ben tiens ! elle ne s'est même pas posé de question. Deux cents pots ne lui font pas peur. Alors elle s'est mise à me raconter le commerce au temps de son grand-père en 1870. Elle n'en finissait pas… enfin, tu as mis les pierres ?

– Oui, et voilà les allumettes. »

Surpris par l'éclair de la première lanterne, le cheval fit un écart avec une lourde flatulence en prime.

« Tu as vu ? s'écria Jean-Jean, il a essayé d'éteindre la lanterne !

– Peuh, un jour on nous l'achètera pour le montrer dans un cirque ! »

Jean-Jean alluma la seconde lanterne avec, encore sur les lèvres le goût de celles de Rosette, et puis courut rapporter la carafe au restaurant.

En regrimpant dans la charrette il dit d'un ton gentil :

« Le temps m'a presque duré. »

Tout au bonheur de retrouver « son » Jean-Jean, Rosette ne lui répondit même pas.

XV

Conseils maternels

Les bûches de l'an passé, bien séchées par le courant d'air passant sous le hangar, donnaient une belle chaleur qui se sentait jusqu'au fond de la salle. Dans la cuisine récemment aménagée en laboratoire, la tante Estelle achevait de passer le café. Jean-Jean était vautré moitié sur le banc, moitié sur la table. Léonie remarqua que les flammes lui découpaient les parties en relief de son visage allongé. Le nez long et fort, son front large où courait déjà une ride de réflexion, son menton anguleux, les méplats de ses pommettes. Elle se dit, sans lâcher son tricot, qu'elle avait vraiment fait un beau garçon.

Il se tourna paresseusement vers elle.

« Dis voir, m'man, qu'est-ce que veut dire une fille amoureuse, ça c'est sûr, quand elle remet toujours à plus tard de dormir avec un garçon ?

– Qu'elle veut se marier vierge, peut-être ?

– Non, ce n'est pas cela. C'est plus secret, je le sens.

– Tu sais, femmes et filles savent des tas de choses sur la façon de donner la vie ou pas. Il y en a qui se trompent aussi. À ta place, je laisserais passer l'hiver et j'en parlerais à Julia.

– Hein ?

– J'ai dit Julia ? Pardonne-moi, cela m'a échappé.

– Au fait, tu es allée signer chez Bézard ?

– Oui, avant-hier. Cela fait beaucoup, non ?

– Pas énorme, mais pour ici, cela commence à compter un peu. Nous dépassons vingt mille à présent, même un peu plus, je crois. Tu n'aurais pas envie d'un beau manteau de pluie ?

– Mais non, j'ai celui que tu m'as offert l'an passé. Il est encore comme neuf.

– Achète-toi des bottes, alors, je sais que tu n'en es pas bien fournie.

– C'est entendu. Demain, c'est la foire de Saintes. Je compte y aller voir le prix des poulettes, des canards, et puis celui des plantes, des graines. Les fruitiers que tu as plantés autour du potager semblent être bien pris. Et ton bateau, quand le mets-tu à l'eau ?

– Attends que le beau temps s'asseye un peu. Le matériel n'est pas encore arrivé à la coopérative. Et puis, il faut que je le prenne en main et que j'apprenne plus sérieusement à me servir de la fusette pour réparer les filets. Le femme de Ballarin m'a expliqué déjà et il veut bien me servir de maître. Tiens, j'y pense, madame Magné m'a dit tout à l'heure que deux cents pots d'aloses et de lamproies ne lui faisaient pas peur. Bientôt, tu gagneras plus que moi.

– Que le ciel t'entende mon chéri.

– Oui, continua Jean-Jean sur sa lancée, avec Riri nous irons te chercher des brassées de poireaux sauvages comme il en pousse dans les courrèges, mais ce n'est pas encore le moment.

– C'est une belle idée mon grand, mais j'en planterai aussi dans le jardin car le blanc de gros poireaux est meilleur en sauce. »

Jean-Jean poussa un faux soupir de soulagement.

« Ah ! Me voilà rassuré, le poireau de culture meilleur que le sauvage, note bien, voilà un moment que l'on s'en doutait.

– Voilà bien de la jappe pour peu de chose, deviendrais-tu malicieux en courant les années. »

La tante Estelle arriva avec une cafetière fumante.

« Eh bien ! On dirait que l'humour est à la dispute, par ici dedans.

– N'y prends garde, sourit Léonie avec un geste gentil sur le bras de sa sœur, c'est seulement un jeu entre nous et qui ne date pas d'hier, tu peux me croire. Pendant longtemps, il n'y avait que deux personnes à pouvoir parler dans la petite maison de l'étier. »

L'ancienne cafetière de la rue Carnot ne dit plus un mot, pensant très fort à Georges mort si malencontreusement. Il ne parlait jamais que chiffre d'affaires, lui ! Et faisait des histoires à n'en plus finir pour cinquante centimes. Il n'avait pu engendrer qu'Odette, laquelle était on ne sait où à présent. Mariée ? Peut-être, souhaitait-elle tout bas. Tout compte fait, ce fou de Francis était un père plus efficace que Georges, conclut-elle en versant le café avec un soupir inattendu.

Après son « coup de feu » Jean-Jean bâilla sans aucune modération selon son habitude.

« Bon, bon, je vais me coucher. J'ai des choses à faire demain.

– Tu n'es pas tout seul, dit Léonie en l'embrassant. Bonne nuit mon grand. »

XVI

Jean-Jean régale

Jean-Jean arrêta pile sa bécane devant la porte de la gendarmerie. Il descendit de ses sabots et les posa à l'intérieur du couloir. En chaussons, il ne faisait pas plus de bruit qu'une souris. Au fond, derrière un comptoir en bois ciré, était assis un jeune gendarme qu'il n'avait jamais vu.

Il s'approcha, dansant tant il se sentait léger et salua, la voix claire.

« Bonjour, je voudrais voir le chef, s'il vous plaît.

– C'est à quel propos ? », rétorqua l'autre sans lever la tête de son journal.

Une brutale bouffée de colère monta aux oreilles du visiteur.

« Si c'était moi que l'on venait voir, je n'aimerais pas qu'on me demande pourquoi, sans même lever les yeux. »

Le jeune gendarme leva des sourcils froncés.

« Pour qui te prends-tu, méchant drôle ? »

Jean-Jean se sentit bouillir.

« Hé, l'artiste ! Quitte ton sabre et viens avec moi dehors me montrer que tu n'es pas qu'un suceur de crayon ! »

La grosse voix du chef de brigade résonna entre les vieux murs.

« Qu'est-ce que c'est que ce bordel ? »

La porte s'ouvrit avec violence et la bonne bouille de Moutiers parut dans l'encadrement.

« C'est toi, Jean-Jean, qui fait un potin pareil ?

– Bonjour, monsieur Moutiers, mais c'est lui, répondit le garçon, un doigt brandi vers le fonctionnaire, qui est le plus grand malappris du canton ! Je lui ai demandé après vous et il m'a répondu : c'est à quel propos ? Sans lever les yeux de son foutu journal.

– Mais…

– Ça suffit Carbonier, j'ai entendu la suite. Viens dans mon bureau, toi. »

Passé la porte, il contourna une grande table très encombrée et se laissa tomber dans un fauteuil. Jean-Jean remarqua qu'il avait à présent les cheveux presque blancs.

« C'est-y à cause de la guerre que vous avez des gendarmes comme ça ?

– Je ne devrais pas te répondre, mais enfin, c'est oui. Tous les solides et les éduqués sont aux armées et si je n'étais pas à trois ans de la retraite, j'étais bon moi aussi. Ils nous envoient à présent des sous-officiers assez mal notés qui n'ont pas dix mois de classe ! Enfin bon ! Qu'est-ce que tu veux ?

– Voilà, j'ai acheté un bateau neuf au père Morin, surtout pour la pêche et avant de le mettre à l'eau, je suis venu vous demander les formalités à remplir.

– Tout est un peu changé avec les événements. Une simple déclaration à la capitainerie du port te suffira à condition de truquer sur ton âge. Ou plutôt non, un certificat de ta mère fera l'affaire. Quand ils t'auront donné un numéro, je te le ferai enregistrer. »

Il tendit la main à Jean-Jean qui la serra en sentant revenir des masses de souvenirs.

« Au revoir, monsieur Moutiers. »

Dans le couloir, il remit ses sabots et sortit sans refermer la porte, histoire de pousser l'autre à se déranger.

Mis en joie par cette petite victoire, il monta la courte côte sans toucher au dérailleur, et arrivé chez lui, il houspilla la pauvre Léonie jusqu'à ce qu'elle lui écrive une autorisation. Ce qu'elle faisait très bien, ayant eu une maîtresse qui avait le sens du devoir.

Elle se décida enfin, mi-fâchée mi-riant.

« Je soussignée Léonie Favart née Morin, autorise mon fils Jean, âgé de 17 ans révolus, à naviguer et pêcher sur la barque que je lui ai achetée à Monsieur Morin, charpentier de marine. Ce 10 mars 1916. »

Jean-Jean plia soigneusement la feuille de papier et s'envola jusqu'à la capitainerie qui était proche du poste de douane.

Il y avait là un vieux pépé à casquette qu'il ne connaissait pas. Il lui déclara qu'il allait mettre une barque à l'eau. Le pépé ne sourcilla pas, lut, le nez sur le certificat de Léonie, et l'inscrivit sur un grand registre.

« Cela vous coûtera deux francs cinquante. »

Il fit une fiche, la timbra, la tamponna et lui inscrivit son numéro d'immatriculation. Jean-Jean prit le tout, salua à la volée et repartit à la gendarmerie. Moutiers l'accueillit avec surprise.

« Eh bien toi, quand tu veux quelque chose, ce n'est pas pour tout de suite, c'est pour maintenant ! »

Il tamponna le timbre à son tour, recopia le numéro sur une carte plus épaisse.

« Tiens, tu mettras ton nom. Tu es en règle, à présent. Il faudra que tu te fasses tirer le portrait pour coller ta photo dans le carré, là. En partant, sois gentil de refermer la porte de rue. Promis ? »

Jean-Jean lui fit un sourire séraphique et sortit en un clin d'œil. Moutiers entendit sa voix claire résonner :

« Ne vous dérangez pas, le chef m'a demandé de fermer la porte. Personne ne veut que vous preniez froid. »

Jean-Jean était presque le seul à savoir qu'il suffisait d'une petite poussée à la porte pour qu'elle bascule inexorablement vers le chambranle en faisant un bruit de canon en retrouvant sa feuillure épaisse de quatre doigts.

La porte fit son effet cataclysmique et Jean-Jean repartit en riant comme un bienheureux. Il pédala jusque chez Riri qui habitait Bel-Air.

Malgré le vent frais et humide, sa mère était devant la porte et plumait une belle poule qu'il reconnut pour être de celles offertes par Julia. « Elle ne sait rien garder, celle-là », pensa-t-il en ôtant poliment sa casquette.

« Le bonjour, madame Favier, il est là Riri ?

– Voui ! Il dort, c't-y. Dame, il s'est crevé la paillasse toute la saison à travailler avec toi. Faut qu'il se refasse une santé pour l'hiver prochain.

– Alors là, il a le temps. Il faut que je le voie, c'est sérieux.

– Ouais, ce que je dis ou rien, c'est pareil. Il serait mort que tu viendrais regarder si c'est bien vrai. »

Jean-Jean avait du mal à tenir son calme. Il avait de la peine pour Riri qui n'entendait chez lui que jérémiades et aigreurs. Quelle différence avec Léonie !

La femme au mauvais regard tourna la tête vers l'intérieur, forçant sa voix aigre :

« Lucette, réveille ton frère, il y a Jean-Jean qui le demande. Lucette ! Tu m'as entendue, nom d'un chien ! »

Riri descendit sur les talons de sa sœur aînée, boutonné de travers, les cheveux en bataille et la mine chiffonnée.

« Tu devrais prendre un café.

– Le café, c'est plus l'heure, coupa la mère Favier. À présent c'est un verre d'eau ou rien du tout.

– Prends ton vélo et suis-moi dit Jean-Jean à mi-voix. Il haussa le ton pour brailler :

– Au revoir, madame Favier ! »

Elle ne lui répondit rien, arrachant des touffes de plumes pour les plonger dans une bassine pour éviter qu'elles ne s'envolent en suivant le vent. Elle avait suffisamment d'ennuis avec les voisins.

Les deux compères dévalèrent la côte raide et entrèrent à toute vitesse sur le quai pour stopper devant le restaurant Bleu.

Du haut de sa caisse, la mère Magné surveillait la mise en place de la salle pour le déjeuner.

« Tiens, Jean-Jean, que veux-tu mon garçon ?

– Un café pour mon camarade, avec une tartine beurrée et un café simple pour moi. »

Ballarin entra avec une grande cagette remplie de friture.

« Salut tout le monde ! Alors, Jean-Jean, tu t'entraînes pour la retraite ?

– Bah ! J'en suis seulement au café, j'ai encore du chemin à faire pour arriver à la verte ! Alors, ça a marché, la pêche ?

– Mmm ! Rien de bien fameux, des plies, une demi-douzaine de mulets et puis des petits éperlans, au moins un seau. Des broutilles, quoi ! La saison n'y est pas encore.

– Je suis content de vous voir, je voulais justement passer chez vous.

– Eh bien, tu me vois, c'est joli, non ? rétorqua le gros en prenant une pose.

– Pas tant que cela, mais on s'habitue, non ? Je voulais vous voir à cause de votre ancienne estacade.

– Oh ! Elle est encore solide mais il lui manque trois ou quatre planches et des échelons. Que veux-tu en faire ?

– M'en servir pour ma barque après l'avoir retapée. »

Ballarin engouffra son verre de pastis et fit claquer sa langue. Les deux coudes sur le comptoir, il prit un air pensif et dit à voix tranquille :

« Sur ce côté-là du chenal, il y a de la place pour au moins vingt estacades de plus. Tu peux en construire une neuve. Mais en attendant, tu peux prendre la mienne. Les réparations que tu y feras, ce sera pour couvrir la location. Cela te va t-y ?

– Oui, bien !

– Quand tu en voudras une neuve, préviens-moi. Je viendrai avec trois ou quatre collègues pour planter les grands piquets et leurs entraves. Souviens-toi qu'il te faudra deux perches de chêne d'au moins huit mètres. Pour le reste, Jauras, le scieur au coin du bois, sur la route de Gémozac, sait ce qu'il te faut. Tu auras pour plus de deux cent cinquante francs, tout en chêne. Mais tu as le temps.

– C'est tout noté, m'sieur Ballarin, et merci. Tu as fini ta tartine, Riri ? Non, non, laissez, votre verre est pour moi. Combien je vous dois, madame Magné ? Deux francs ? Voilà. »

Ils sortirent tous les deux en se bousculant et riant fort.

« Deux drôles, soupira la mère Magné, à les entendre, on les croirait encore à l'école.

– Oui, et gentils avec ça, et pas feignants, je te prie de le croire.

– Je sais, dit pensivement la ronde patronne du restaurant Bleu.

– Bon, conclut Ballarin, je te laisse tout le panier pour dix francs, avoue que c'est donné. »

Elle avait déjà calculé qu'une plie avec une pomme de terre coupée en deux et une noisette de beurre, cela faisait une entrée à vingt-cinq sous, et la friture en premier pouvait faire des portions à un franc cinquante. En plus, il lui restait les mulets et la blanchaille. Ce gros père serait sans doute moins facile à manier quand viendrait le temps des bars et des maigres.

Elle posa deux pièces de cinq francs à côté du verre vide. Ballarin repartit, saluant de deux doigts à sa casquette et dans le passage de la porte, lâcha un gros pet de charretier, de ceux qui résonnent même dans le velours côtelé.

Célestine Magné pensa qu'il y avait bien longtemps qu'un homme ne s'était tenu comme un goret auprès d'elle et il lui vint un soupir de nostalgie. De son côté, le gros

Ballarin se disait qu'il aurait fait des folies pour elle voilà vingt-cinq ans, du temps du père Magné. Il en lâcha un second sans excessive conviction, presque à regret. Il surprit ainsi une ménagère qui s'écarta vivement en le traitant de gros dégueulasse. Il s'éloigna en haussant ses épaules énormes.

« On n'a même plus le droit de rêver d'amour ! C'est pas beau de vieillir, merde alors ! »

LIVRE IV

I

Première sortie en mer

DEVANT LE « CHANTIER » du père Morin, les deux jeunes gens avaient disposé des rouleaux de bois depuis la double porte béante jusqu'au large bord du chenal bientôt rempli par le flot. Aidés du vieil homme, ils poussaient la quille suifée sur les rondins. Riri et Morin de chaque côté et Jean-Jean derrière, accrochant ses talons et dos à la barque, qui poussait de toutes ses forces.

De rouleau en rouleau, ils menaient la coque brillante jusqu'à l'eau. Le vieux Morin, encore plus vif qu'on l'imaginait, saisit un des bouts pendant à l'estacade et les bloqua sur un tolet neuf. La coque marqua un temps et se balança au courant.

« Visez un peu comme elle flotte bien, "bavocha"-t-il. Elle est déjà chez elle ! »

Les deux jeunes gens allèrent chercher les accessoires dans l'atelier, emportant à chaque fois un rouleau qu'ils entassaient derrière un battant de la grande porte. Le mât fut vite monté, les tolets de haubans étaient déjà en place avec leurs extrémités arrondies pour que les demi-clefs passent plus facilement. Jean-Jean referma la planche soutenant la dérive qui bloquait aussi le pied du mât. Il fixa la bôme. Riri enfila les deux aiguilles du gouvernail dans les œillets de l'étambot. Son copain fixa la barre et puis bloqua la garniture de barreau qui soudait le mât à la coque. Il dénoua le « boutte » qui retenait la barque neuve à la vieille estacade.

« Pousse ! »

Le trapu se crispa sur le manche de la gaffe. La barque fila d'un coup et vira très vite dans le chenal en direction du large.

« Montons la voile pendant que nous sommes à l'abri, dit le nouveau capitaine en saisissant son écoute, la barre bloquée sous le bras comme il l'avait vu tant de fois faire à Ballarin. Tout son être tendu vers les réactions de la barque, il cria soudain :

– Hisse ! »

La voile, plus légère que celle d'une filadière, monta d'un coup jusqu'au sommet du mât sous l'effort des deux garçons.

Chacun se hâta de lier son lien de voile sur le tolet prévu sur le plat-bord.

Il n'y avait pas de vent à proprement parler, un mouvement d'air plutôt, qui faisait comme une sorte de respiration à la surface immense de l'eau immobilisée par l'étale.

Passée la balise qui marquait la fin (ou le commencement) du chenal, la barque prit le vent doux. Jean-Jean relâcha l'écoute jusqu'à sa boucle terminale, autrement dit il donna toute la toile, avec un pincement au ventre. Comment la barque, fine comme une lame, allait-elle se comporter ?

Il eut l'impression que le bateau se couchait sur l'eau, la dérive aux deux tiers sortie, puis, démarrant comme un chien courant, il parut s'allonger sur l'eau et partit sans autre bruit qu'une espèce de sifflement d'eau fendue.

La main ferme sur la barre, Jean-Jean pensa qu'il allait lui falloir apprendre le bateau comme on apprend une mule nerveuse, être aux aguets des innombrables caprices du vent.

Fendant les lames d'un petit clapot comme un couteau, il comprit d'un seul coup qu'avant toute finesse de poignet il devait faire confiance à son bateau, objet de la science de générations de charpentiers amoureux de leur art et appliqués comme des horlogers.

Peu à peu, il se remplit d'assurance et se redressa, prit en main son écoute de voile et parvint par une sorte d'instinct à établir un équilibre entre l'écoute et la barre. Il exécuta un demi tour impeccable.

« T'es-t-y content ? cria Riri.

– Bon, tiens ! Dis voir, l'artiste !

– Et de qui donc ?

– Çà te dirait de pêcher au tiers sur ce bateau ? Pêcher au tiers, cela veut dire une part pour le bateau et une part égale pour toi et pour moi. Quand nous nous serons fait la main, il y aura des coups où ça paye drôlement bien… quand ça veut rire.

– Oh ! Je te fais confiance, tu sais, j'ai fait comme tu m'as expliqué en entrant chez Janteau et aujourd'hui, j'ai neuf cents francs sur mon compte réservé au Crédit Lyonnais de Saintes. D'ailleurs, le bonhomme du guichet avec une lampe verte me demande toujours pourquoi tu le recommandes et tu n'y viens pas.

– Parce que j'ai un notaire sur le dos, mais bientôt j'irai avec m'man.

– Dis donc, il n'y a que toi qui le sais, alors motus.

– Ben, c't'idée ! J'aurai ma première tirolle la semaine prochaine. Ballarin n'en est pas fou fou, il dit que ça ne vaut pas un filet fait main. Mais il faut bien commencer, non ?

– Je suis bien content d'aller à la pêche avec toi, mais je n'ai jamais manié de tirolle, moi, ni d'aucun filet non plus.

– Bon, tu apprendras, je l'ai bien fait, moi, et je sais ce que tu as dans les manches. Ce n'est qu'un tour de main à prendre. Dis-toi bien que vu le nombre de sots qui vont tous les jours en mer, ça ne doit pas être très calé à apprendre pour un gars réfléchi comme toi. »

Les tourbillons frais du jusant obligèrent Jean-Jean à se concentrer plus attentivement sur la barre. Il dut manœuvrer plus vite qu'il n'envisageait et s'en sortit mieux qu'il le craignait d'abord. Il prit même un fort plaisir à faire virevolter son bateau, l'écoute dans une main, la barre dans l'autre. L'air fraîchissait. Jean-Jean, lancé à toute bise, passa en flèche la balise du chenal et fila d'un trait jusqu'à la vieille estacade.

« Tombe la voile », rugit-il en pensant qu'il singeait Ballarin.

D'un brusque coup de barre, il échoua un tiers de son bateau sur la vase, près des piquets moussus. Sautant à terre, ils lièrent la barque aux bouttes de drisse qui pendaient à la vieille estacade et la faisaient coulisser le long de chaque perche lisse, pour la maintenir attachée tout au long de la marée qui faisait plus de six mètres de flot à flux complet.

Il rangea la barre et le gouvernail dans le coffre de proue.

Une fois sur le quai, ils mesurèrent soigneusement le bois nécessaire au rafistolage de l'estacade. Jean-Jean nota tout sur le dos de carton d'un calendrier des postes de l'an passé et, muni de ce précieux document, regagna la ferme Janteau. Riri, débordant de rêves dorés, rentra chez lui.

À la ferme, Julia et Rosette étaient « à la ville » pour faire des courses, dit la tante Célie sans préciser si elles étaient à Gémozac ou bien à Saintes. Sur la proposition de Jean-Jean de l'aider à quelque chose, elle lui répondit qu'elle avait depuis longtemps pris l'habitude de se passer d'homme.

Il en conclut qu'il n'y avait pas d'inconvénient à ce qu'il rentre chez lui. Il alla d'abord flatter la mule et lui glisser une lichette de pain ainsi qu'aux bœufs restés au pacage. D'instinct, il sentait que c'était là le chemin de l'amitié et, chez les bêtes, qui dit amitié dit dévouement.

En arrivant chez lui, il ne put s'empêcher d'aller voir sa nouvelle vigne et s'aperçut qu'elle pleurait à chaque cicatrice de sécateur. Le printemps était donc plus avancé qu'il ne paraissait. Cela lui fit une grosse vague de joie profonde au- dessus de la ceinture, qui se répandit dans toute sa poitrine. Il en goûta jusqu'au dernier frémissement avec la certitude qu'il était de ceux qui savaient faire partie d'un grand ensemble.

Tout se déroulait devant lui avec un ordre immuable, pur, qui savait « gommer les échardes », chutes d'échelle, gelées tardives ou gros mauvais temps, tout ce qui faisait râler les bonnes gens mais qui pourtant se remettait en place chaque année. Les vignes le savaient bien, et les arbres, les blés, les oiseaux, les poissons qui, à huit ou dix jours près étaient toujours au rendez-vous.

Les gens amélioraient un peu les rendements, les vitesses, mais toujours dans le raisonnable, comme s'il y avait des limites partout. La preuve, dès que l'on quittait le possible, arrivaient les catastrophes. On se tue-t-y en vélo ? Jamais, sauf quand on est soûl perdu, mais en course, si ! Et si les jeunes forcent un peu la note, c'est pour se foutre la pétoche, savoir jusqu'où on peut aller… Et puis le grand équilibre remettait tout « à place » dans la machine jusqu'à la prochaine donnée, comme aux cartes.

Jean-Jean secoua sa tignasse, sourit, et poussa la porte de la souillarde qui ouvrait sur la cour derrière la maison.

Dans la salle, Léonie et sa sœur Estelle bavardaient doucement sur des événements et des gens qu'il ne connaîtrait jamais. Il vint s'asseoir tranquillement sur le grand banc sans mot dire. Léonie s'aperçut la première de sa présence.

« Te voilà déjà rentré mon grand ? »

Jean-Jean se mordit la joue pour ne pas lui répondre « bon, il me semble, puisque tu me vois ». Mais à quoi bon lui faire de la peine ? Il connaissait depuis toujours la propension de sa mère à annoncer comme une nouvelle de première importance les choses les plus évidentes. On pouvait compter sur elle pour clamer « il pleut » lorsque les ruisseaux en débordaient. Mais son cœur d'or et un dévouement inlassable effaçaient ce petit travers.

« Tu as passé une bonne journée ?

– Oui, j'ai mis mon bateau à l'eau. Il file comme un oiseau. Riri était avec moi, il a été emballé avec. Tu sais, cela tient plus que jamais notre histoire de conserves. Je voulais te demander quelque chose.

– Vas-y, je t'écoute.

– Est-ce que cela te ferait plaisir que je l'appelle la *"Léonie"* ?

– Qui ça ?

– Mon bateau, pardi ! »

Léonie rougit violemment.

« Que tu y aies pensé me remplit déjà de bonheur, mais tu vois, si les projets vont toujours dans le même sens pour la Rosette, moi, c'est le nom que je lui donnerais. Elle en sera terriblement flattée, et chaque fois que tu partiras en mer, elle sera un peu avec toi. Moi, tu vois, je commence à être ton passé, elle, c'est ton avenir, enfin, je crois. »

Jean-Jean resta un peu abasourdi. Jamais sa mère ne lui avait tenu un aussi long discours sérieux. Du regard, il interrogea sa tante. Celle-ci toussa dans sa main avant de répondre :

« Tu sais, tout a tellement changé pour moi depuis un moment que je ne connais plus tellement de réponses de confiance… Enfin, il me semble que ce que tu as proposé à ta mère est d'une délicatesse qu'on n'attend pas de gaillard dans ton genre et que ce qu'elle t'a répondu est bourré d'amour, de gentillesse et de bon sens. Oui, il me semble que tu devrais baptiser ton bateau la *"Rosette"*.

– Oui, murmura Léonie, encore qu'à Lyon, ce soit le nom d'un saucisson. »

Jean-Jean sursauta.

« Mais comment sais-tu cela, toi ?

– C'est le charcutier ambulant, tu sais, celui du marché… Il me propose toujours de goûter à sa rosette de Lyon. Bof ! C'est un saucisson comme les autres, ceux que l'on sèche dans la cendre, mais plus gros, c'est tout. »

Bien que, depuis quelque temps, Jean-Jean soit moins porté sur les plaisanteries salaces, il ressentit une certaine émotion devant l'inaltérable candeur de sa mère. Il lut le même sentiment dans le regard expressif de sa tante. Il ne dit rien mais se promit de dire un mot au charcutier lors du prochain marché.

II

Considérations financières

LE PRINTEMPS S'AFFIRMAIT dans tout le pays, qu'il soit de mer, de marais ou de campagne. Tous les « terroirs » vivaient un même mouvement ascendant et excitant. Pour un long moment, il n'y avait plus rien à craindre des revirements de la nature. Dans les fermes, on roulait l'herbe neuve des foins, les blés verts et drus, qui marcottaient sur les mottes humides et par là, doublaient les récoltes à venir.

Durant ce temps où, dans les campagnes, on rafistolait tout, des outils aux portes, volets et toits fendus, Jean-Jean avait sorti son bateau qui portait en lettres peintes par Guérin, le peintre en boiseries, « La Rosette » suivi des numéros de matricule confirmé par la capitainerie de Marennes.

Deux tracés étroits et fins de chaque côté de la proue, un plus large, plus noble aussi au vu de tous, sur le panneau d'étambot. Jean-Jean était heureux. Son matelot s'était rapidement fait à la manœuvre du bateau et du filet. Ils formaient maintenant un petit équipage efficace en toutes circonstances.

Ils avaient pris du poisson à chaque fois. Plus rapides, de beaucoup, que les autres, ils allaient plus loin dans l'estuaire et leur maigre tonnage leur permettait pourtant de rapporter de jolies pêches. C'est ainsi qu'ils rapportèrent plus de quarante lamproies en une fois ; une autre, ils capturèrent une pleine tirolle d'aloses en face de la jetée de Saint-Georges. Pêche inattendue qui se jeta dans les « poches » du grand tramail et faillit tout ravager.

La quatrième fois, la tirolle mal amarrée dérapa sur un banc sableux avec la force énorme du courant descendant à la mer.

Les plombs raclèrent le fond sur plus de quatre cents mètres, puis brusquement retrouvèrent l'eau libre, au grand soulagement de Jean-Jean qui avait suivi la dévalade, couteau en main pour se débarrasser de la tirolle au cas où elle se serait prise dans un rocher ou une épave, et aurait alors certainement entraîné au fond la barque et son équipage.

Au relevé, ils avaient trouvé une cinquantaine de très belles soles et plus du double de soles portions. Poussachie leur avait payé leur pêche cent cinquante francs.

De son côté, Léonie avait vendu pour neuf cents francs de conserves de lamproies et d'aloses, et il lui en restait presque autant. Sur le conseil de Julia, Jean-Jean passa une petite annonce dans *La Charente Inférieure*, feuille locale s'il en fut, à l'intention des restaurateurs des environs. Léonie vendit tout sans difficulté et alla ouvrir un compte à la grande banque de Saintes qui offrait un intérêt de quatre pour cent sur les comptes courants. Il s'agissait d'une nouveauté, garantie par l'État, pour permettre d'économiser aux innombrables ouvrières qui, ayant remplacé les hommes mobilisés, commençaient à disposer d'un peu d'argent régulier. C'était la première fois que les payes ne passaient plus par le crible des bistrots. Il fallait donc les conseiller, leur apprendre à gérer leur argent au mieux de leurs intérêts, expliquaient les employés aux guichets du cours National.

Jean-Jean se doutait bien que cette vague fraternelle n'était pas aussi innocente. Il le dit à sa mère.

« Et avec tes sous et ceux des autres, ce qui doit faire un paquet, ils gagnent vingt pour cent dans des affaires qu'ils ne disent pas. Ils peuvent bien te faire une ristourne de quatre pour cent.

– Oui, mais ça, c'est garanti par l'État. »

Le jeune homme se le tint pour dit. D'autant que Julia lui avait assuré que ce serait les finances de demain.

C'est ainsi que chaque jour de marché, une voiture de la banque, puis bientôt deux car il y avait de la concurrence, une banque se disant « populaire » et l'autre « de la famille », prenaient place près de la poste ou de la gendarmerie. Les voitures de banque étaient des machines solides, grillagées, tirées par deux chevaux et avec deux employés à bord. L'accès du public, une personne à la fois, tenait du confessionnal par son exiguïté et la confidentialité qui y était de mise. Pour les foires et les grands marchés, un gendarme ou deux y étaient de faction.

Comme à la « Grande Banque », clients ordinaires et clients encore un peu intimidés, y déposaient ou retiraient de l'argent et prenaient les conseils les plus rassurants.

Riri était aux anges. De sa courte campagne de pêche, il avait mis trois cents francs sur son compte, ayant vendu sa part, pièce à pièce, autour de Gémozac où le frère de sa mère, son tonton Paul, tenait commerce d'épicerie, fruits et légumes. C'est lui qui avait signé pour qu'il puisse user modérément de son compte, sachant très bien que son père aurait acheté deux ou trois nippes avant de boire le reste.

En rentrant les agneaux pour les protéger du serein qui ne manquait pas de tomber après la première chaude journée de l'année, Jean-Jean et son complice ordinaire refermèrent la bergerie, amusés par leurs sautillements. Les mères rentraient seules par la cour, dès qu'elles entendaient bêler leurs petits.

Les deux garçons prirent le chemin du garage où ils serraient leur vélo. Au passage, Riri claqua l'épaule de son copain.

« Ah ! dis donc, si on pouvait travailler à la ferme la nuit et le jour à la pêche, c'est pour le coup que l'on deviendrait riches. Tu sais que maintenant, j'ai près de douze cents francs sur mon compte ? Mais motus, hein ?

– Bon, voyons, qu'est-ce que tu comptes en faire ?

– À présent, rien, mais je vise une maison pour dans un couple d'années.

– Avec une femme dedans ?

– Peut-être, mais je ne suis pas encore fixé. Je préférerais un grand bout de jardin et des ruches. Moi, j'aime bien les abeilles et c'est d'un rapport tranquille.

– Tiens, je ne te voyais pas avec des ruches, mais pourquoi pas ? Tu sais, à notre âge, c'est là qu'on choisit.

– Tu choisis quoi, toi ?

– Moi, rien, je laisse filer, c'est fou ce que le hasard vous apporte. Mais si je dois choisir, je préférerais des vignes, les bêtes… et puis la pêche, bien sûr.

– Ah ! coupa Riri, moi je veux des abeilles mais je ne veux pas lâcher la pêche pour autant, moi non plus.

– Nous voilà partis pour finir "millionnaires".

– Ouais, que l'on ait toujours un morceau de pain frais et de quoi emplir les assiettes à calotte, ce sera déjà bien.

– C'est sûr. »

Jean-Jean parlait pour parler. Il n'aurait jamais osé lui dire que Bézard le notaire lui avait remis seize mille francs pour la vente à un Libanais, du comptoir africain de son père. Mais bon, il comprenait la chance inouïe qui l'accompagnait depuis quelque temps, et tentait avec sa rusticité finaude naturelle, de prendre un copain en remorque, et cela ne marchait pas si mal après tout.

Ils arrivèrent devant le portail de la ferme Janteau. Jean-Jean tourna la tête en disant :

« Va m'attendre au café de la place. Je te paye un coup. Juste un mot à dire, et j'arrive. »

Il ne savait plus passer devant la grande bâtisse sans aller câliner Rosette. Leur aventure progressait sans heurt, un peu plus tous les jours. Il savait à présent que Rosette était convaincue de tomber enceinte le jour où il la prendrait et cela ne le contrariait pas du tout, mais elle préférait attendre quelque temps en vivant sa vie de fiancée. Jean-Jean savait que seule la mort pouvait lui faire changer d'avis. Ainsi donc, ils « sortaient » une fois au bal, une autre au cinéma, et puis au restaurant, à Royan, à Saintes ou même Rochefort. Ils filaient le bonheur d'être ensemble, par tous les pores de leur peau ferme.

Dans le même temps, Julia devenait davantage patronne sans cesser de manifester une égale douceur avec le garçon qui lui racontait tout par le menu, lui demandant conseil et opinion sur ce qu'il ignorait. Elle passait parfois de longues heures à se documenter en cachette pour lui répondre et conserver son aura de directrice. L'un et l'autre vivaient au cœur d'une espèce d'alchimie dont ils n'auraient pu apprendre les mots à personne, pas même à eux. Avec Rosette, Jean-Jean regardait vers l'avenir, avec Julia, il avait quitté l'enfance en fanfare. C'était un passé qui ne reviendrait pas. Il sentait qu'il n'arriverait jamais à oublier le plus petit détail de leur trop étincelante et trop brève aventure, jamais.

La tante Célie lui fit signe d'approcher.

« Elles sont encore en ville pour faire des courses. Julia avait un rendez-vous au bureau du cadastre. Si cela se trouve, elles dormiront là-bas. Ne t'inquiète pas, ici, tout est "à" place comme "que" faut, tu peux rentrer tranquillement chez toi.

– Bon, alors je vais à la pêche, vous aurez du poisson pour souper.

– C'est bien, sacré Jean-Jean, va ! »

Le jeune homme ressortit après un bref salut et sauta sur son vélo. Peu après, un peu essoufflé, il bloquait sa machine contre le trottoir du café de la Marine d'où l'on pouvait voir un vaste morceau de Gironde.

À l'intérieur, il y avait du bruit. Tout le monde discutait de la guerre et spécialement des sous-marins dont un venait de couler un gros transport allemand, en route pour l'Afrique selon les uns, de retour disaient les autres. Cela faisait un joli potin et les stratèges de comptoir s'en donnaient à ruse que veux-tu.

Jean-Jean reposa son diabolo grenadine, Riri sa bière.

« On ne s'entend plus parler, ici dedans, filons dehors. »

Au passage, il posa cinquante centimes sur la plaque vernie devant la caissière. Elle lui remit dix centimes.

« Tu vois Riri, quarante centimes pour un diabolo et une bière, on a vite fait de manger sa journée là-dedans.

– Et encore, on ne boit pas de verte ou de pastis, il y en aurait pour deux francs cinquante. »

Sur le trottoir, la journée s'avançait vite.

« Demain, repos à la ferme. Tu viens à la pêche avec moi ?

– Et comment !

– Bon, je passe te prendre à six heures. En vitesse, hein ?

– Peuh ! C'est moi qui t'attendrai. »

Il ne faudrait pas manquer l'étale vers l'estuaire.

Le trapu fit deux pas et disparut dans l'ombre de la façade qui délimitait la place Bel Air.

Jean-Jean repartit chez lui en se demandant quel genre de chien il allait prendre : un épagneul pour aller à la chasse un jour, ou un costaud gentil qui garderait la maison ?

III

Sacrée journée

Le léger vent du sud-ouest, déjà tiède, les cueillit sitôt passé la balise marquant le futur passage du chenal, juste après les fines épées des roseaux neufs qui jaillissaient partout entre ceux déjà secs et brisés par les derniers gros temps de l'hiver.

« Tu as vu, cria Riri adossé au mât, on dirait que le marais est rempli de baïonnettes vertes.

– Ouais, répondit Jean-Jean en fouillant dans le coffre d'étambot sous ses fesses. Il en tira un cadre peint en bleu sur lequel était lovée une longue ligne de traîne terminée par un gros plomb profilé et un avançon d'acier, et enfin, de la lame brillante d'une cuiller ondulante.

– Vise un peu ça, citoyen Favier ! Je l'ai commandée et payée dix francs au gérant de la coop. C'est une ligne à traîne comme les anglais mettent au cul de leurs yachts. François m'a affirmé qu'avec ce truc, ils prennent souvent de gros bestiaux.

– Nous aurons bonne mine si on chope un requin.

– Oh ! ils ne viennent pas souvent, et seulement au pic de l'été. Je crois bien qu'il ne s'en est pris que deux ou trois depuis dix ans.

– Oui, mais ceux-là se sont pris tout seuls dans des filets. Personne n'était allé les asticoter avec des bouts d'argenterie.

– Tu es gai ce matin, une vraie petite mariée de printemps ! Moi, je crois que ça ne nous empêche pas de pêcher avec la tirolle, mais si en chemin, on pouvait accrocher quelques belles pièces, ce serait toujours ça de pris, et puis, notre réputation, dis donc ! »

Riri poussa un soupir à gonfler une voile et s'assit au pied du mât.

« En ce moment, m'en fous de notre réputation. Je pense tout le temps à la Cathie.

– Qui c'est, celle-là ?

– Mais si, rappelle-toi, la fille de La Tremblade qui avait tiré les bois chez la patronne, et chez toi aussi.

– Ah, tu l'as revue, petit sournois !

– Oui, quèque fois, et même un peu mè (plus). Ah, mon vieux, ça n'est pas une drôlesse à déguster à la petite cuiller. À la louche, mon gars ! La grosse, celle de la cuisine, juste ce qu'il me faut, la taille, tout !

– Tu parles ! Elle est presque aussi grande que moi.

– Justement, c'est ça que j'aime. T'en finis pas de la "lucher" de partout.

– Tu connais son âge ?

– Oui, vingt-quatre ans.

– Sept ans de plus que toi, tu n'as pas peur, toi ? Elle ira sur ses trente ans quand tu seras majeur. Mange-la, "luche zou" (lèche-la) tant que tu peux mais ne va pas t'engager plus avant. Tu te vois traîner une vieille tout le reste de ta vie ?

– Mais toi et la patronne ?

– D'abord elle est beaucoup plus âgée, mais c'est elle qui avait le savoir pour m'apprendre à vivre. Bien sûr, j'y ai pensé comme un rêve de gosse qui ne sait même pas le fond des choses. »

Riri soupira fort.

« Quand même, une vieille, tu vas fort.

– Pardonne-moi, mais tu comprends, je veux que tu sois heureux, que tu t'installes, tout ça. La Cathie, c'est une bonne fille mais elle a un peu trop roulé sur les galets. 'Capable de te planter là sur un coup de tête et quand je dis de tête, je me comprends. Profite, mais ne lui fais pas de mal, un point c'est tout.

– Oh ! je sais à quoi tu penses, c'est pour cela que ça me tortille. Déjà elle veut filer à Nantes où il y a beaucoup de sous à gagner.

– Tu ne vas pas foutre ton avoir en l'air pour la retenir, non.

– Non, mais cela me peine d'y penser. »

Laissant son ami à ses sombres dépits amoureux, Jean-Jean déploya la ligne en s'éloignant de la côte pour courir sur les hauts fonds couverts de bancs d'huîtres sauvages qui se découvraient parfois aux très grandes marées quand le vent était en accord avec le jusant.

La barque filait sans secousse. Elle semblait avoir un caractère comme un cheval, ou une mule, qui se faisait à la main de son patron.

Le soleil montait doucement dans un cortège de petits nuages blancs, un peu rosés par en dessous.

Sans élever la voix, car il avait remarqué qu'elle portait fort bien au niveau de la coque et de l'eau, sauf par grand vent, Jean-Jean dit :

« Je me demande bien ce qui peut éclairer les nuages par en dessous à cette heure. Le soir, c'est facile à comprendre, mais là… »

Riri se tourna un peu sur le coussin qu'il avait calé au pied du mât.

« C'est encore un coup du Grand Architecte, comme dit toujours le père Simon, l'ancien prof, tu sais, celui qui se dit franc maçon quand il est soûl, encore que je ne l'aie jamais vu manier une truelle.

– Oui, même un balai, mais tu ne réponds pas à ma question.

– Savoir pourquoi les nuages sont roses par en dessous ? Ah ! ça, je n'en sais rien du tout, et à te dire vrai, je m'en fous absolument, j'étais encore en train de penser aux fesses de la Cathie. »

À cet instant, deux coups de sirène très violents firent sursauter les garçons tandis qu'un grondement de locomotive se rapprochait.

Jean-Jean leva la tête pour voir lui foncer dessus deux torpilleurs levant des gerbes d'eau et d'écume.

Le jeune homme appuya vite à bâbord en gagnant le vent portant. La barque fit presque demi-tour et fila dans le courant d'air. Elle était déjà à plus de cinquante mètres au large quand les deux monstres coupèrent son sillage léger, laissant leur propre sillage les secouer comme un énorme coup de clapot. À bord, des marins riaient et leur faisaient des signes d'amitié.

Ils répondirent en agitant leur bonnet et en faisant tomber la voile. Jean-Jean grogna :

« Salut, salut, n'empêche que si nous étions restés sur leur chemin, ils nous démolissaient, ces sots ! »

Puis il ajouta calmement :

« C'est ici que nous mettons la tirolle.

– Tu as une idée pour cela ?

– Oui môssieur, avec leurs hélices, ils ont fait bouger le fond qui n'est pas très loin et il y a certainement des foules de choses à manger dans ces débris de limon, vu ? »

Riri ôta son bonnet pour un grand salut.

« Ce n'est pas sot pour une idée de pêcheur, pas sot du tout, même. C'est cela… Reviens un peu vers leurs remous, là, je mouille le premier grappin et la balise. »

Pendant que Jean-Jean remontait sa cuiller ondulante, son « matelot » avait tout préparé. Il remit le cadre dans le coffre et se mit au filet avec un grand sourire.

« Vrai, j'ai eu l'air d'un manche avec ma cuiller anglaise à attraper les courants d'air. »

Riri, tendu sur les avirons, ne répondit rien. La barque avançait doucement. Jean-Jean, bien campé, dévidait et tendait le tramail, laissant les plombs tomber droit au fond, avant de reprendre un autre « lan ». Vingt bonnes minutes après environ, il mouillait l'autre grappin et sa balise. Il se laissa alors tomber sur le banc de barre avec un gros soupir.

« Bouh ! ça finit par peser. Heureusement qu'on sera deux tout à l'heure, pour remonter. »

Il se détendit un instant et saisit une drisse sur le hauban.

« Allez Riri, on remonte la voile, et pendant que la tirolle pêche toute seule, nous allons tourner autour des cailloux à Port Bloc. »

Il remit la cuiller à l'eau et passa la ligne à son copain.

« Tiens-la bien à l'extérieur, moi, je vais passer au plus près. »

Un moment plus tard, alors qu'ils laissaient un îlot derrière eux, mais que la cuiller arrivait dessus, Riri poussa un cri.

« Arrgh ! Ça mord, et pas qu'un peu ! »

En quelques brasses, ils remontèrent une belle brigne qui dépassait ses quatre livres.

« Hardi ! On remet ça ! »

Le plomb profilé regagna les remous. Avant que le soleil soit arrivé à moitié de sa hauteur, une dizaine de belles brignes et une truite de mer étaient capturées.

« La grosse, là, dit Jean-Jean, ce sera pour Bézard le notaire, d'autant qu'on la vendrait mal, elle est trop grosse. 'Fait au moins huit livres !

– Bon, coupa Riri, nous allons à la tirolle ?

– Il me semble que je vois la seconde balise, là, elle se détache de l'embarcadère de Royan qui paraît tout noir. C'est bien elle, non ?

– On dirait, en tout cas je n'en vois pas d'autre. »

Cette fois, Jean-Jean changea d'amure sans y penser et se retrouva face à la plage de Royan. Au loin, les torpilleurs continuaient leurs manœuvres de force.

« Replie la ligne, dit Jean-Jean, et fais attention à l'hameçon triple, il n'y a pas plus traître.

– A pas peur. Tiens, voilà le cadre complet. »

Jean-Jean le prit et, en se relevant du coffre, il vit son « matelot » disparaître comme s'il se jetait à l'eau. Il entendit sa voix étouffée.

« Appuie un peu à droite ! »

Il obéit, et aussitôt Riri reparut, la balise dégoulinante à la main, triomphant.

Jean-Jean tomba la voile, ôta le gouvernail, le posa au fond et lia tout seul la toile sur la bôme. Il fit deux grands pas pour rejoindre son copain.

« Vise un peu si nous avons dérivé ! L'autre balise est là-bas, en plein dans le passage du bac. »

Il parlait d'un gros vapeur, large et puissant, qui assurait la liaison entre le Médoc et Royan.

Jean-Jean frémit. Il savait par ouï-dire que le capitaine du bac n'était pas homme à s'embarrasser d'un filet de pêcheur. Il le coupait froidement en passant dessus. Mais, si par malheur celui-ci faisait corde et se prenait dans l'hélice, c'était un coup à faire échouer le gros « barlu ». C'était arrivé une fois, il y a des années, et le procès durait toujours.

Ils étaient à moins d'un kilomètre du quai où le bac achevait son chargement.

« Allez, décida Jean-Jean, sors le grappin, le courant a l'air de forcir, et on défile. »

En rien de temps, la voile fut hissée, le gouvernail et la barre remis en place, et quoique ralentie par le poids du grand filet, la petite barque s'accrocha au bras du courant contournant la jetée, et qui venait ensuite raser la plage du casino par une sorte de contre-courant qui, aux grandes marées, y poussait les épaves ou les bois flottés.

Un moment plus tard, ils doublaient la jetée où le bac fumait davantage, ce qui indiquait qu'il n'allait pas tarder à partir. Il donna deux forts coups de sirène.

« Il croit qu'on va aller plus vite ! ragea Jean-Jean.

– Je ne crois pas qu'il en a après nous, regarde les passagers qui se dépêchent sur la jetée. »

Ils dérivèrent ainsi jusqu'à la plage où était le casino, énorme château de rêve qui semblait directement posé sur le sable.

Jean-Jean tomba à nouveau la voile et ôta le gouvernail tandis que la barque, sur son erre, s'échouait de près d'un mètre.

« Là, nous serons tranquilles pour relever. »

Ils hissèrent une longueur et commencèrent à relever. Dans l'eau calme, c'était plus aisé qu'au large. Riri commença à enrouler la tirolle dans la grande bassine à linge qu'il avait empruntée à Léonie, laquelle s'était contentée d'en acheter une autre.

Jean-Jean cala le « lan » et prit sa respiration.

« On y est-y ?

– Pour sûr, rugit le trapu.

– Alors… à bras… ferme ! »

Quatre mètres de filet tombèrent au fond de la barque. Les poissons se débattaient entre leurs jambes. Jean-Jean grogna :

« Fi d'putain, des mulets ! C'est pas avec ça que l'on va faire fortune. »

Il repassa à l'arrière et commença à rouler le filet en forme de corde. Riri vint chercher sa longueur et tira vers l'avant.

« À bras… ferme ! »

Quatre nouveaux mètres parvinrent à bord. Jean-Jean n'avait plus son pareil pour dépatouiller les poissons qu'il jetait dans une demi-barrique posée sur la quille. De l'autre côté du mât, Riri faisait la même chose à l'avant, dans l'autre moitié de la barrique près du coffre de proue.

Soudain, l'aîné des Favier poussa un cri :

« Holà ! Il n'y a pas que des muges (mulets), viens voir ce qu'il y a là ! »

Jean-Jean se glissa jusqu'à son copain.

« Fais attention de ne pas te faire enlever un doigt. »

Il n'avait jamais vu une bête pareille, quelque chose comme une plie géante, mais avec une sale gueule. Elle devait peser neuf ou dix kilos. Epaisse de huit à dix centimètres, les taches rouges de son dos gris-vert étaient grosses comme des pièces de vingt francs et son ventre gras était blanchâtre. Il hocha la tête.

« Quelque chose a dû se passer au fond de la mer, parce que ça, c'est une bête de fond et je n'en ai jamais vu d'aussi grosse dans cette espèce. Ballarin en a pris quelquefois mais beaucoup plus petite. Il disait "turbotin". »

Il leur fallut un bon moment pour détacher toutes leurs proies. La mer s'était retirée, laissant la barque au sec avec encore dix bons mètres de tirolle à remonter. Dedans, il y avait des maquereaux, dont certains n'avaient pas encore avalé leur « royan ».

Ils les jetèrent dans les demi-barriques et remontèrent à bord. C'est alors qu'ils comprirent qu'ils étaient les vedettes d'un spectacle de choix pour les promeneurs du casino. Parmi tous les gens plantés à les regarder comme des bêtes curieuses, il y avait un grand gars avec un tablier blanc. Quand il vit Jean-Jean le regarder, il cria :

« Avez-vous une belle pièce pour la cuisine du casino ?
– Vous avez des sous ? » répondit Jean-Jean en montrant le gros turbot.

L'homme se pencha vers un gamin et, après quelques mots, il fila vers la grande et grosse bâtisse où il disparut. Il revint bientôt suivi d'un gros homme vêtu de blanc, lui aussi, qui se hâtait vers le rivage. Jean-Jean lui montra son gros poisson de fond.

« Combien veux-tu de ce turbot, mon garçon ?

– Dites voir votre prix.

– Dix francs, cela te convient-il ? »

Jean-Jean éclata d'un rire qui sonnait faux.

« Vous vous moquez de moi ? Ce soir je le vends à Poussachie de Saint-Fort et demain, moins frais, il vous le vend pour quatre fois ce prix-là ! »

L'autre comprit que ce jeune costaud n'était pas tombé de la dernière averse. Il avait le soir même un banquet très très important, celui des conseillers généraux du département. Il ferait un triomphe avec ce turbot. Il tendit la main.

« Allez, assez plaisanté, quarante.

– Soixante.

– Bah ! tu sais bien que tu ne le vendras jamais ce prix-là à Poussachie.

– C'est vrai, mais là, il est encore vivant. »

Le gros homme sortit un grand billet de cinquante et le lui tendit un peu théâtralement. Jean-Jean empocha et se tourna vers Riri qui était remonté à bord.

« Allez, passe-moi le “zoziau”. »

La bête était pleine de force. Jean-Jean eut du mal à la tenir par sa large queue. Il la passa au grand gars qui l'enveloppa dans son tablier.

« Vous voulez un brigne en prime ?

– Ma foi, avec une sauce à la crème et au pineau, je ne crache pas dessus. »

Jean-Jean se tourna vers son copain qui avait entendu et qui lui passa une belle « garce de mer » d'au moins deux livres.

« Merci, dit le gros homme, si un jour tu as une pièce de luxe, je ne sais pas, moi, un esturgeon, un saumon, tu peux me l'apporter ? Je m'appelle Bertholier, tu te souviendras ?

– Mais oui, au revoir, m'sieur Bertholier.

– Au revoir, et merci pour la peine.

– Dites-moi, parmi tous les curieux, je vois beaucoup de soldats dans tous les uniformes, qu'est-ce qu'ils font ici ?

– Ce sont des blessés qui passent leur convalescence à l'air de la mer. Ils sont installés à l'ancien hôpital Saint-Joseph, tu vois là ? Si un jour tu as du poisson frais, ce serait gentil de leur en porter un seau ou deux.

– Je vais y penser, au revoir. »

Jean-Jean remonta dans la barque.

« Dis voir, si on leur en donnait un peu, des maquereaux et des mulets ?

– Appelles-en un gradé, je vais les trier. »

Jean-Jean descendit sur la plage et s'approcha d'un sergent encore pâlot, qui avait une énorme moustache.

« S'il vous plaît ? Cela vous ferait plaisir d'emporter de quoi faire à souper pour vous et vos amis ?

– Mais certainement, mon garçon. »

Jean-Jean lui donna deux morceaux de drisse en collier passés dans les ouïes de deux douzaines de plies et de mulets.

« Tenez...

– Oh ! C'est lourd ! Venez m'aider, vous autres. D'où êtes-vous ?

– De Mortagne.

– Tiens, ça c'est rigolo, nous avons un lieutenant qui était le dernier instituteur d'un patelin de ce nom-là.

– Ce ne serait pas Trompeau, votre lieutenant ?

– Tout juste, mon gars ! Ah, cela lui fera plaisir ! Et votre nom c'est ?

– Favart, et puis l'autre dans le bateau, c'est Riri Favier. Moi, c'est Jean-Jean. On peut venir vous visiter ?

– Mais bien sûr, ce n'est pas une prison, vous savez. »

Jean-Jean remonta à bord de La *Rosette.*

« Dès que je pourrai, je viendrai le visiter, » cria-t-il au sergent.

Dès qu'ils furent seuls, Jean-Jean souffla comme après un gros effort.

« Trompeau ! Ben, ça alors !

– Le gars qui m'a fait passer mon certif ! On le raconterait, personne n'y croirait… Allez, il y a assez d'eau à présent pour rentrer le reste de la tirolle. “Dedans” un quart d'heure on peut être repartis. »

Jean-Jean ne répondit rien, anéanti par cette nouvelle qui réveillait tant de souvenirs, de ceux qui avaient changé sa manière de penser. En quelques brassées, tout fut à bord. Il remonta le gouvernail et saisit la barre.

« Hé ! l'artiste, cramponne-toi, il y a du clapot, le vent tourne noroît. »

Riri se cala comme il faut contre le mât.

« Eh ben on y va, nom d'un chien ! »

D'un coup de barre qui s'affinait tous les jours, Jean-Jean coupa droit dans le maître courant, appuya à bâbord et remonta le fleuve, aidé par des bouffées fraîches et brumeuses. La barque filait comme une mouette sans avoir l'air de faire un effort.

« Enfin, soupira Jean-Jean, il me semble que c'est une sacrée journée qui commence : une belle pêche, des sous et Trompeau. Il y a déjà là de quoi remplir une semaine. »

Ils rentrèrent sans la moindre anicroche. La *Rosette* paraissait connaître sa place comme un bon cheval.

« Poussachie est déjà là, regarde sa jument attelée, attachée au tilleul devant le café de l'Espérance. Je te laisse finir d'amarrer, je vais le chercher. »

Le « Vivi » était là à sa table habituelle, attendant les pêcheurs qui devaient tous être sur le retour à présent. Jean-Jean entra le premier.

« C'est pas ici que le poisson s'achète ?

– C'est vrai, dit le frisé en riant, mais c'est ici qu'il se vend. Tu as beaucoup de choses ?

– Ce n'est pas loin, mais ça vaut le déplacement.

– Allons-y, fils. »

Sur le quai, Riri rangeait la pêche sur un grand morceau de bâche. Le mareyeur fit la moue.

« Heureusement qu'il y a les brignes, sinon… c'est du poisson à soupe, tout cela.

– Et les turbotins ? Il y en a au moins une bonne quinzaine, et là, des maquereaux.

– Oui, de quoi faire un bouquet. »

Jean-Jean s'énerva un peu.

« Tout à l'heure, j'avais un turbot de plus de dix kilos mais j'ai dû le vendre à Bertholier, on l'a pris devant lui. Je ne pouvais pas refuser.

– Ah ! Tu connais Bertholier ?

– Il faut croire.

– Bon, allez, je te donne cinquante francs pour tout le lot, et je crois que j'y perds. »

Jean-Jean arbora un sourire angélique.

« Je savais que je pouvais compter sur vous ! Topez là, m'sieur Poussachie, c'est comme qui dirait vendu. Allez Riri, on l'aide à charger. »

Un moment après, la barque lavée, frottée, retrouvait sa place de long de la vieille estacade.

Poussachie était à bord d'une filadière et s'expliquait dur avec les pêcheurs. Les deux jeunes gens étalèrent la grande tirolle sur les piquets pour voir que cinq grandes mailles avaient cédé.

Jean-Jean entra chez Ballarin qui prenait le frais devant sa fenêtre ouverte.

« J'ai cinq mailles de cassées, faudrait que vous me fassiez voir pour les rafistoler comme il faut.

– Passe demain quand tu voudras, en ce moment la pêche ne donne rien, j'attends la bonne heure.

– Je sais, j'ai vendu à Poussachie, il n'a jamais été aussi rat.

– Dame, beaucoup de patrons ont été mobilisés et ce n'est pas pour cela que ceux qui restent prennent plus de poisson. »

Les deux garçons sortirent discrètement les poissons réservés, en remplirent leur sacoche et remontèrent en ville.

Ils firent de la monnaie chez madame Magné. Jean-Jean posa quarante francs devant son ami.

« Tiens, c'est plus que convenu, mais je dis que ce n'est pas parce que la pêche a été petite qu'il faut se priver. »

Riri, ému, essuya une larme.

« Ben merde, faudrait en voir souvent, des petites pêches comme celle-là ! »

Un coup d'œil à la pendule leur montra qu'il était midi moins dix.

« À tantôt chez Janteau.

– D'accord, chef !

– Je file chez le notaire et je rentre chez moi.

– Moi je garde mes sous mais je leur apporte deux brignes. Salut ! »

Jean-Jean fila chez Bézard et, cette fois, sonna à la grande porte. Le vieux notaire vint lui ouvrir lui-même. Le jeune homme lui tendit la grosse brigne.

« Fi d'garce, la belle bête ! »

La jeune bonne arriva avec un grand plateau. Le poisson dépassait de toute la tête.

« Monsieur Favart, vous êtes un homme de parole, je vous revaudrai ça ! »

Là-dessus, le notaire referma la porte, tout dentier dehors.

Jean-Jean, satisfait, repartit porter une brigne à sa mère, puis il en donna deux autres pour la table de Julia. Il donna la truite de mer à Rosette.

« Tiens, tu partageras avec qui tu voudras.

– Si ce n'est pas toi, ce sera avec maman et la tante Célie.

– Non, il faut que je retourne voir m'man. Ce soir si tu veux, nous irons nous promener.

– Entendu, à tout à l'heure. »

IV

Échange de cadeaux

CETTE ANNÉE 1916 était bizarre à plus d'un titre, et les rebondissements n'en finissaient pas. D'abord, ce fut la bataille de Verdun qui commença en février et faisait tous les grands articles des journaux tant elle dépassait en horreur tous les précédents massacres. « Ils en ont, du souffle », pensait Jean-Jean en lisant *L'Illustration*, un abonnement souscrit par Janteau et renouvelé depuis par Julia. Il suivait ainsi le déroulement des événements, enfin, ce qu'en pouvait savoir un journaliste, ou bien son directeur. Pas de quoi faire un député, mais certainement plus que les pêcheurs, les dockers, ceux de la cimenterie ou bien les paysans ordinaires.

C'est en 1916, justement, que les Allemands firent les premiers essais de gaz asphyxiants avant une redoutable offensive plus tard, sur la Somme. À quoi les Anglais avec des tanks répliquèrent en aplatissant le museau de quelques fantassins, toujours en vue d'une grande offensive. Et puis on parlait des Roumains, des Italiens, et d'autres qui rejoignaient les rangs des alliés. Bientôt, c'est sûr, ils auraient le monde entier contre eux.

Il passa le reste de l'après-midi à planter des piquets pour faire un enclos à canards. Léonie envisageait de faire des foies en conserve. Il soupa sur le pouce et se prépara à monter à la ferme Janteau après avoir longtemps serré Léonie dans ses grands bras. Elle regarda disparaître son feu rouge en se disant qu'un jour, il partirait comme cela, pour toujours croyait-elle.

C'était oublier que son fils était beaucoup plus attaché à la maison de son père qu'il n'y paraissait. Un jour, sans doute, il y ramènerait Rosette comme cela devait être, et voilà tout.

Elle se remit à son tricot, les doigts agiles.

La grande ferme paraissait endormie, mais la porte s'ouvrit sans peine. Au fond de la salle, près de la souillarde, une petite lampe à pétrole éclairait Rosette qui semblait dormir, la tête dans ses mains. Jean-Jean referma doucement la porte et sentit la truffe froide de Jenny, la grosse chienne beauceronne qui venait le saluer.

Elle aimait beaucoup le garçon qui avait souvent un cadeau pour elle dans sa poche, bout de pain, os puisé dans le reliquat d'un ragoût ou autre, sans compter les caresses. Cette fois, ce fut un petit trognon de pain.

Sans bouger la tête, Rosette dit de sa voix nette :

« Je sais que tu es là. Il n'y a que toi qu'elle laisse entrer sans déclencher le tonnerre.

– Jenny est une bonne bête qui sait accueillir son monde. Tu es toute seule ?

– Oui, maman est sortie pour s'occuper d'une sœur de papa qui est malade. Elles rentreront tard.

– Tu vois, moi, je suis venu te chercher.

– Et moi, j'ai un cadeau pour toi.

– Moi aussi, mais pas du même genre, j'en suis sûr.

– Quoi donc ?

– Une promenade au bout du port. Mais il n'y a plus de voiture.

– Si, la grosse charrette, et pour la tirer, celui que tu appelles Canonnier.

– Ta lampe est chargée ?

– Oui, je l'ai remplie il y a un quart d'heure. Tiens, prends cette boîte, tu regarderas ton cadeau là-bas. »

Elle ramassa la grande couverture moelleuse et la plia.

« Tu comprends, le banc de la grosse charrette n'est pas rembouré. Jenny, tu restes là, tu gardes la maison. »

Jean-Jean attela le gros cheval et sortit l'équipage dans la cour. Rosette était contre lui. Il lui prêta la main pour l'aider à grimper. Il lui tendit une bouteille d'eau pour allumer la lanterne au carbure et se hissa à son tour.

Sur la route, le temps était doux et il n'y avait pas un souffle de vent, une rareté qui permettait de goûter les odeurs de prés en fleurs, celles des fruitiers tardifs et les buissons de roses qui décoraient les jardins de beaucoup de maisons à l'entrée du bourg.

Le cheval avait de grandes jambes qui le faisaient aller vite sans beaucoup se presser. Rosette avait glissé sa main sous la chemise de Jean-Jean et à chaque cahot, goûtait davantage la chaleur musclée de son amoureux.

De temps en temps, elle levait la tête et quêtait à petits coups délicats sa grande bouche qui, alors, ne se faisait pas prier.

Les quais de la rive, autour du bassin à flot, commençaient à fermer. C'était le signe que les affaires étaient encore au ralenti. Jean-Jean arrêta le cheval à côté de la vieille estacade. Au-delà, c'était la nuit, immense et pleine des bruits de la nature sauvage où les prédateurs avaient commencé leur guerre de tous les soirs.

Jean-Jean attacha le cheval avec une grande guide et reçut Rosette dans les bras. Il ralluma la lampe à pétrole et marcha doucement vers son bateau. Il s'arrêta devant le panneau d'étambot où les lettres éclataient dans la lumière crue. Rosette eut simplement un « oh ! » un peu étouffé, puis dit d'un ton décidé :

« Je veux monter à bord.

– C'est facile, il n'y a qu'à tirer sur cette corde, là.

– Va chercher la couverture. Il a l'air aussi rembourré que la roue du chariot. »

Jean-Jean s'exécuta et rapporta vite la couverture après avoir fermé les robinets des phares à carbure. À la faible lueur de la petite lampe-tempête, il fit approcher la barque qui flottait au bout de l'estacade.

« Le flot est déjà de retour, fais attention de ne pas te mouiller les pieds. »

Lorsque la barque fut à portée, il coinça la drisse en marchant dessus et, prenant Rosette sous les jambes, il la fit basculer doucement à l'intérieur, lui passa la lampe et la couverture avant de la rejoindre d'un bond.

« Il y a écrit “La Rosette”, des deux côtés de la proue, et c'est bien peint, tu peux me croire. Tout le monde connaît la *Rosette* ici à présent.

– À propos, elle était très bonne, ta truite de mer. »

Très naturellement, Rosette replia la moitié de la couverture qu'elle étala sur la quille, et replia l'autre moitié sur eux deux. Elle souffla la lampe et se nicha contre Jean-Jean avec un sourire qui se devinait à peine.

« Je crois que l'on ne peut guère être plus près. »

Calmement, elle se mit à lui déboutonner sa chemise. Jean-Jean ne bougea pas, frissonnant comme un cheval au temps des mouches. Puis il tomba sur elle à gestes plus hâtifs, nerveux. Il sentit qu'elle l'aidait à mouvements lents, possessifs. Un peu plus tard, la tête en feu, il la sentit sortir de sa robe comme une chrysalide de papillon. Il sentit ses mains chercher le rabat de la couverture. Il l'aida d'un seul revers bref qui lui sembla rude, dans la félicité dans laquelle ils frissonnaient tous les deux. Un moment plus tard, il comprit que dans ce monde secret de chairs lisses, onctueuses, elle se lança à sa rencontre, marquant à peine le franchissement d'une limite posée là par un génie taquin.

Le monde, la terre, la mer, tout bascula dans un tourbillon insensé où un homme voyait se fabriquer une femme.

Rosette reprit haleine et dit, contre son cou :

« Je voulais que ce soit inoubliable, eh ben, je suis servie ! Dans une barque à mon nom ! Ah, c'est presque trop ! Oh ! Et ton cadeau que j'ai oublié !

– Pas le principal. Le tiens, il est… il est… royal, tiens ! Parole de républicain !

– Essaie de rallumer la lampe.

– C'est facile, attends… »

Il trouva vite son pantalon où la boîte d'allumettes était coulée dans une petite poche serrée.

Un instant plus tard, la lampe étala sa douce lueur dans tout le fond de la barque. Rosette se mit à chercher dans les plis de la couverture et mit tout de suite la main sur une boîte carrée luxueusement enveloppée.

« Je suis allée la prendre chez celui qui nous avait si drôlement donné l'heure le jour où tu m'avais acheté ma pierre. Tu te rappelles que j'avais repris sa carte ?

– Non, mais c'est tout comme. »

Avec son beau couteau, il coupa le papier, découvrit une boîte, et dans celle-ci, une belle montre en acier à couvercle et cadran en émail à très beaux chiffres romains.

Emu, Jean-Jean se pencha :

« Comment te dire merci ?

– C'est la première fois que je t'entends dire une ânerie. Tu veux que je te fasse un dessin ? Non, non, n'éteins pas la lampe, je veux voir tes yeux. »

Quelques secondes plus tard, la barque s'agita d'un mol balancement sur l'eau immobile, chassant des ondes qui se perdaient dans le chenal lisse. Cette fois, Rosette ne gardant rien sur elle, poussa un long gémissement de bonheur. Une chouette lui fit écho de l'autre côté de l'eau.

Ils reprirent haleine en riant pour des riens, et comme le serein tombait malgré tout au sein de cette immensité liquide, ils décidèrent de se rhabiller.

« Ici, dit Rosette, c'était plus que bien pour une première fois, mais nous serions mieux dans un lit.

– Moi, dit Jean-Jean, j'aime beaucoup cette barque.

– Hé, tu sais combien tu pèses ?

– C'est vrai, je n'y avais pas pensé. »

Cinq minutes après, ils étaient rhabillés, à la va-comme-je-te-pousse.

Jean-Jean poussa la barque à terre et fit descendre Rosette qui enjamba le bord avec la souplesse d'un garçon. Il lui passa la lampe et la couverture, cala sa montre dans sa poche sous son mouchoir et puis sauta à son tour. Au bout de sa laisse, le cheval ne s'était guère écarté, mais bourré de petites herbes tendres qui poussaient au pied du tilleul.

Rosette eut une espèce de court hoquet et dit :

« Oh ! J'ai l'impression d'entrer dans un monde nouveau.

– Tu veux que je te dise ? Moi aussi. C'est comme avant, mais avec un son nouveau et comme un tremblement léger qui n'était pas là quand nous sommes entrés dans la barque. On dirait que le monde a la fièvre, oui, le monde, pas seulement les gens, mais aussi les arbres, l'herbe et même la mer malgré qu'elle soit lisse comme un miroir. Ça, c'est quelque chose. »

Derrière eux les cafés de la rive s'étaient éteints sauf le café de l'Espérance où des gens s'engueulaient à propos de la guerre.

Jean-Jean alluma la lanterne, remplit la bouteille d'eau « au cas où » il faudrait rallumer et sauta dans la charrette.

La lune se levait, donnant un relief nouveau aux maisons rangées autour du bassin. Il se dit que des génies ou des forces inconnues avaient approuvé cette union qui ressemblait tant à un rêve et lui faisaient cortège à leur manière.

Tout était dans l'ordre de l'immense mécanique. Ils remontèrent la vieille côte et prirent le chemin qui menait à Chenac.

Alors le grand cheval flatula d'importance, faisant presque des vocalises.

« Ah ! s'écria Rosette d'un air satisfait, cela m'aurait bien surprise qu'il ne donne pas aussi son avis, celui-là ! »

Et Jean-Jean fut secoué d'un grand frisson heureux. Il venait juste de comprendre qu'avec la Rosette, il ne s'ennuierait jamais.

Julia n'était pas encore couchée. Rosette la rejoignit pendant que Jean-Jean dételait l'Artilleur, le faisait boire et rentrer dans l'écurie où la crèche débordait de foin.

À son tour, il monta le perron et dans la lumière douce du large abat-jour, regarda Julia dans les yeux. Il n'y lut qu'une grande tendresse un peu amusée.

« Rosette m'a tout raconté. Il y en a beaucoup qui auraient voulu avoir un pareil souvenir, va ! Mais tu vas avoir du mal à choisir ton lit, à présent. Mais à part la nécessité, je ne vous vois pas mariés à seize et dix-sept ans. À votre place, j'essaierais de prendre patience.

– Nous y prendrons garde, assura Rosette, la main sur celle de sa mère. Et puis, s'il nous arrive quelque chose, ce ne sera qu'un détail dans tout le grand foutoir des armées qui arrivent, comme dit Jean-Jean.

– Il est pessimiste, lui ? C'est nouveau, ça !

– Mais non ! Je lui ai expliqué qu'il fallait te suivre les yeux fermés car, par ici, tu étais bien la seule à savoir où tu allais. Mais il faut que je te parle d'autre chose. »

Alors Jean-Jean se mit à conter à Julia par le menu l'histoire de la présence de Trompeau l'instituteur. Il conclut en lui demandant sa journée du lendemain ainsi que celle d'Henri Favier, le Riri. Elle accepta avec un gentil sourire.

« Va voir cet honnête homme et invite-le chez toi quand il sera libre. La conversation d'un homme cultivé ne peut que nous faire du bien à tous. »

Jean-Jean sortit sa montre.

« Ah ! Déjà onze heures ! Il est temps d'aller dormir. Dis, tu as vu ma montre ?

– C'est maman qui l'a achetée, coupa Rosette.

– Quand même, elle est drôlement belle, et garantie incassable et puis, qu'est-ce que ça veut dire, cinq atmosphères ?

– Si elle tombe à l'eau à cinq mètres de fond, elle est encore imperméable et fonctionne comme si elle était dans ta poche.

– Bon, je vais acheter un gilet avec une chaîne en acier poli.

– Tu feras bien.

– Dis, Jean-Jean, tu viens me border dans mon lit ? C'est à toi à présent, de faire cela. Maman passe la main. »

La tante Célie qui revenait de la souillarde marqua un temps d'arrêt.

« Quand même, on en entend de raides, dans cette maison.

– Toi, tatie, tu as toujours le mot juste », coupa encore Rosette.

Cette fois, ce fut à la pauvre femme de rougir tandis que Rosette riait de bon cœur. Julia sourit aussi et, redevenant sérieuse, dit à Jean-Jean :

« Si tu pouvais revenir par le tram de midi, cela m'arrangerait. Je voudrais que tu m'accompagnes, visiter une propriété vers Saint-André-de-Lidon.

– Eh bien, nous y serons, patronne. C'est promis. »

Là-dessus Rosette lui prit la main d'autorité et l'entraîna dans l'escalier.

« C'est quelqu'un, tout de même, ma fille, murmura Julia.

– Elle a de qui tenir, soupira la tante Célie. Tiens, et si nous nous faisions un tilleul ?

– Bonne idée », s'écria gaiement Julia sans aucune arrière pensée.

V

Retrouvailles

Le tram s'arrêta un instant devant la maison de convalescence, juste le temps de sauter à terre pour les trois garçons, Jean-Jean, Riri et le fils Moutiers qu'ils avaient débauché juste avant qu'il n'aille faire l'aide-comptable à la minoterie. Un coup de téléphone de son père avait arrangé la chose auprès du sous-directeur dont l 'aîné avait, lui aussi, connu « m'sieur Trompeau » mais qu'il n'envoya pas au chevet du « maît' ».

Jean-Jean était habillé en « tous les jours » sauf les brodequins. Oui, il avait tant forci qu'il ne pouvait plus entrer dans son beau costume offert par Julia.

Les autres s'étaient faits beaux de leur mieux. Jean-Jean n'avait qu'une chemise d'Écosse et, avant d'entrer dans l'annexe de l'hôpital général, il alla quérir un gilet brodé à sa taille et une chaîne de montre avec des mousquetons à glissière. Ils se présentèrent enfin comme la demie de huit heures sonnait.

« C'est pour visiter le lieutenant Trompeau », déclara clairement le jeune Moutiers qui avait l'habitude des mœurs militaires.

Le guichetier ne ressemblait en rien aux dogues baveux occupant ordinairement cette place, alors le fils du gendarme lui expliqua :

« Nous sommes de ses anciens élèves à qui il a fait passer le certificat. »

L'autre comprit l'importance de la visite et leur montra le jardin.

« Sa fenêtre donne juste là, derrière la haie de rosiers-tins. Il y a une petite porte qui n'est jamais fermée. »

Nanti de ces courtois renseignements, le trio prit le chemin indiqué, mais Jean-Jean frappa quand même à la porte ouverte.

« Entrez », cria une voix, familière dans leur mémoire.

Redevenus des galopins, les trois garçons se précipitèrent. Trompeau lisait, assis à un petit bureau. Il tourna la tête vers la cavalcade qui, une fois dans la chambre, s'arrêta, tétanisée. Leur instituteur qui jouait si bien au football n'avait plus de bras gauche, sa manche repliée et épinglée sur l'épaule juste au ras de ses galons, racontait d'un coup une terrible histoire.

L'officier manchot regarda attentivement les trois figures figées.

« Il me semble que voilà des visages connus. »

Riri parut le moins choqué.

« C'est vrai qu'on vous connaît, c't-y, m'sieur Trompeau. Vous nous avez fait passer le certif, alors quand on a su, hier, on est venu aujourd'hui.

– Eh bien, cela me fait rudement plaisir. Et puis voilà le petit Favart ! Bigre, l'animal a forci, et toi, tu es le fils du chef de la gendarmerie.

– Excusez-nous d'être plantés là comme des piquets, dit Jean-Jean, la voix brouillée, mais de voir votre bras, là, ça nous a foutu un coup. »

Trompeau sourit.

« Comment est-ce que mon bras a pu vous donner un choc, puisque je n'en ai plus ?

– Enfin, non, je veux dire…

– Ne bafouille pas, c'est la première fois que je te vois à court d'arguments. Je comprends, va ! Moi aussi, j'ai encore un peu de difficulté pour m'habituer à ma silhouette, surtout lorsque je suis en caleçon. »

Profitant du court silence qui suivit, Riri le Vendéen s'écria d'un ton farouche comme devaient en avoir les chouans :

« En tout cas, on va vous venger, et comme il faut encore !

– Ça oui », gronda Moutiers.

Trompeau se retourna comme si un taon l'avait piqué.

« Ah non par exemple ! Ce serait la plus sotte et inutile idée qui ait jamais germé sous vos bonnets.

– Pourquoi ?

– Est-ce que vous vous imaginez que cela ferait repousser mon bras ? Et pensez-vous que ceux d'en face se laisseraient massacrer sans répondre ? Écoutez mes enfants, la vengeance est la plus scandaleuse des attitudes, et je vais vous dire une chose qui n'est pas à la mode aujourd'hui : croyez-vous que les Allemands soient des assoiffés de sang ? Non, je les ai vus de près. Ils sont seulement plus disciplinés que nous, question d'habitude sans doute. Je les ai vus de tout près, vous savez. J'ai gardé des prisonniers durant quelques semaines. Qu'est-ce que vous croyez ? Ce sont des paysans, des savetiers, des tonneliers, des bûcherons comme chez nous, et nos canons leur font autant de mal que les leurs nous font. Croyez-moi, le garçon de café de Berlin ou le charpentier de Nuremberg qui ont perdu une jambe, un bras, en souffriront tout le reste de leur vie. Probablement sans savoir qui leur a fait cela. Car on ne sait jamais. Ennemi ou ami, l'éclat d'obus est le même. La différence est dans les états-majors où là, une journée sans tué est une journée gâchée. Aucun des soldats mobilisés des deux côtés du front n'a été volontaire pour la “grande”. La guerre, c'est un massacre affreux où on pousse des gens qui n'ont que fort peu d'idées belliqueuses en commun, à s'assassiner les uns les autres. Pour votre école, il y a déjà un mutilé : moi. Cela devrait suffire pour les statistiques. Oubliez tout cela et rentrez chez vous, baisez vos femmes, elles vous feront des enfants que vous aurez déjà assez de mal à élever. Alors, je vous en prie, pas de devancement d'appel, pas de vengeance idiote. Il y a déjà suffisamment de “vengeurs” comme cela de par le monde. Assassiner un cordonnier de Cologne ne fera qu'un malheur de plus. Compris ? C'est promis ?

– Oui, m'sieur Trompeau. »

L'instituteur à qui son énervement avait causé des douleurs dans ce bras pourtant perdu en Champagne, se força à sourire.

« Alors, à part cette ignominie, comment va le village ?

– Oh ! dit Jean-Jean, il pourrait aller pire. Y a des vieux qui décèdent, des drôles qui naissent, des filles qui deviennent femmes, enfin, tout ça, quoi. Et puis, petit à petit, le manque d'hommes se fait sentir. Les femmes s'y mettent, mais surtout en fabrique ou en usine. À la terre, c'est plus difficile. Euh ! je voulais vous dire, si vous revenez à Mortagne pour vous refaire une santé, il y a une belle chambre chez moi, et gratuite cela va sans dire. Nous vous emmènerons à la pêche et tout ça.

– Eh bien, je ne dis pas non. Il me faudra bien reprendre le travail un jour ou l'autre. »

Ayant fait sa commission, autrement dit délivré son message, Jean-Jean ne trouvait plus rien à dire.

Ses deux copains n'étant pas des champions de la parole, la conversation tomba toute seule. Trompeau sonna un infirmier pour se faire servir du café. Ils burent en soufflant dessus car s'il n'avait guère de goût, il était en revanche brûlant.

Jean-Jean se leva le premier.

« Alors, c'est entendu, monsieur Trompeau ? Si vous choisissez Mortagne, vous y serez logé. On compte sur vous.

– C'est une affaire entendue, mon garçon. Ah ! venez que je vous embrasse tous, c'est comme si une époque révolue m'avait rendu visite. À présent, sauvez-vous. Je pense que des choses utiles vous attendent ailleurs. »

Ils lui serrèrent son unique main avec des précautions qu'ils jugèrent plus tard stupides, et prirent congé de leur « maît' d'école », la tête bouillante d'idées nouvelles et imprévues sur la guerre et l'ennemi dont on parlait tant dans les journaux et les revues.

Ils reprirent le tram de onze heures, l'oreille un peu basse.

« Tout compte fait, dit Jean-Jean qui pensait un peu plus vite que ses copains, le Trompeau, il a raison, et pour avoir voulu bien faire, nous avions l'air de trois sots. Et s'il n'y avait que nous, encore... »

Julia et Jean-Jean, accompagnés du premier clerc de maître Bézard, étaient à quatorze heures trente chez le métayer du domaine de Saint-André-de-Lidon, une soixantaine d'hectares de terre et plus de cinquante de bois très fournis. Les bâtiments étaient en assez mauvais état, mais vastes et bien agencés.

Le propriétaire en voulait quatre-vingt mille francs nets. Julia qui en savait toujours plus qu'elle ne le laissait voir, dit au clerc :

« À mon avis, les terres en valent cinquante mille. Mais il vaut mieux faire tomber les bâtiments qu'essayer de les réparer. Cela coûte pour rien. Il faut déduire la construction d'une grande étable, d'un hangar à foin et à outils et une maison pour un couple d'employés. »

Le trio repartit dans la carriole du notaire, une voiture anglaise tirée par une jument aux jambes fines et nerveuses qui allait comme le vent.

« Bel attelage, apprécia Julia.

– Profitez-en, dit le clerc, maître Bézard s'est fourré dans la tête d'acheter une voiture automobile. Il a déjà engagé le chauffeur pour l'an prochain. »

Julia ne répondit pas mais pensa que ce serait un joli cadeau à faire à Rosette. Avant qu'il y ait des voitures partout, cela la placerait sur les foires et les grands marchés. Elle remarqua que Jean-Jean paraissait avoir eu la même idée. Une douce chaleur l'envahit en découvrant que l'un et l'autre avaient trouvé le moyen, indestructible celui-là, de continuer leur communion sans risque de lassitude.

Jean-Jean passa le reste de l'après-midi à faucher à côté de son copain qui peinait tant l'herbe était épaisse et drue.

À table, l'un et l'autre somnolaient dans leur assiette. Julia comprit sans peine qu'elle ne pourrait pas faire les foins cette année si elle ne trouvait pas de bras. En dépit de leur ouvrage, « ses » quatre bras n'y arriveraient pas et il n'y avait plus personne pour répondre à l'embauche. Elle connaissait un village de Portugais à l'extrémité sud de l'île Verte, la plus grande île de la Gironde.

À la fondation, sous Napoléon III, il s'agissait de deux familles de vendangeurs engagés pour deux ans. Il en était venu une troisième attirée par la paye qui était double en France. Le Portugais, c'est bien connu, c'est têtu et pas paresseux pour un sou. Ils avaient construit leurs maisons, bourrées d'enfants. Des oncles, cousins ou neveux s'étaient installés, tous ou à peu près, dans les métiers du vin. Tailleurs, greffeurs, planteurs, deux ou trois étaient devenus tonneliers et deux seulement « pêchaient la Gironde » pour leur compte.

À présent, il était question d'ouvrir une école primaire dans le village avec l'appui du propriétaire de l'île qui était aussi celui du Château Margaux, le plus proche voisin.

Julia n'était pas encore mariée quand elle était venue dans l'île Verte avec son père, un dimanche, pour devenir marraine d'une petite Portugaise, née dans l'île. Une idée du curé d'alors. Depuis, elle avait des nouvelles chaque année. Il semblait qu'à présent, le village comptait une centaine d'habitants. Julia se dit que là était peut-être la solution.

Elle secoua Jean-Jean.

« Tu peux m'emmener jusqu'à l'île Verte demain ?

– Oui, il n'y a rien contre.

– Il faudra combien de temps ?

– Je ne sais pas, mais avec la marée et un vent portant, c'est après Blaye, c'est un coup de deux ou trois heures, j'imagine.

– C'est moins de tracas que le tram, le train, et trouver un bateau sur place à Blaye. Il faudrait la journée, dormir là-bas, tout ça. Bon, tu as l'horaire des marées ?

– Non, il faut que j'aille à la maison. Je dois expliquer à m'man.

– Invite-la à souper.

– Hum ! À l'heure qu'il est, elle a déjà mangé. Bon, j'y vais et je suis de retour "dedans" un petit quart d'heure. »

Lorsqu'il arriva en tempête, les deux sœurs en étaient à l'infusion de tilleul.

« Je viens chercher l'horaire des marées. Je devais vous inviter à souper mais je crois que c'est expédié.

– Tu dors là-bas ?

– Il y a des chances. Oui, il faut partir tôt demain. »

Il embrassa les deux femmes avec une tendresse plus appuyée pour Léonie et repartit en claquant la porte.

Chez Janteau, en dépit de son entrée en tempête qui réveilla même la chienne, son arrivée passa presque inaperçue. Entre-temps, les autres étaient arrivés et Julia détaillait son plan de bataille pour l'automne à venir. À présent, il y avait Chaillou et sa femme, lui, bouvier à tout faire ou réparer dans une ferme en mouvement, elle, la meilleure préparatrice de volailles de tout le pays. Il y avait Joseph, celui qui fabriquait le vin à distiller et l'eau-de-vie, et en vendait même parfois avant que Julia ne passe par un grossiste.

Depuis qu'elle avait fait aménager la nouvelle distillerie avec une chaudière anglaise conçue en « pieds-cubes » qui contenait plus de cinq cents litres, Joseph avait pris du galon. Il avait désormais deux aides, des lauréats du « certif », attentifs et diligents.

Des essais avaient été faits et Julia expliquait minutieusement son travail à chacun. Il semblait que l'on pouvait dépasser les quinze barriques de « blanche » par vingt-quatre heures (de l'alcool à quatre-vingt-dix degrés, coupé de moitié pour obtenir un futur cognac à quarante). Les aides de Joseph devraient assurer à tour de rôle la régularité de la chaleur en entretenant régulièrement le feu (il y avait un gros thermomètre contre le col-de-cygne à la sortie de la chaudière).

Ils veilleraient aussi au renouvellement de l'eau froide dans la cuve du grand serpentin et surveilleraient le remplissage des barriques. Les veilles de nuit se feraient tour à tour. Il y avait une table où l'on écrivait les quantités, il y aurait aussi à manger et se rafraîchir, une lampe et un gros réveil à forte sonnerie qui devait sonner toutes les heures et demie. Joseph surveillerait toute la manœuvre au début et quand il jugerait ses « aides » au point, leur salaire passerait de cinq à dix francs ! Pendant la journée, les trois « savants » rentreraient du bois le long du mur intérieur de la distillerie, où il sècherait à la perfection. Ils devraient aussi fermer les barriques remplies avec des bouchons de bonde renforcés d'un carré de toile de jute. Grâce à leur forme d'œuf dite « bouge », c'était un jeu d'enfant de les rouler dans un coin jusqu'à l'arrivée d'une aide pour les ranger debout.

Julia établit des contrats rédigés par le clerc de notaire pour les deux aides.

« Comme cela, on verra que chez la veuve Janteau, on fait les choses sérieusement, pas à la "tape-moi dans le creux de la main".

– Oh ! quand même, dit Riri.

– Tu verras qu'avant longtemps ce sera nécessaire, dit-elle avec un accent prophétique. Tiens, tu es revenu Jean-Jean ? Je ne t'avais pas entendu.

– Ce n'est pourtant pas faute qu'il ait fait son possible pour défoncer la porter, glissa Célie d'un air suave.

– Toi, rétorqua Rosette, tu es toujours à récriminer quand il s'agit de Jean-Jean ! »

Julia termina en disant qu'elle partait le lendemain pour louer des Portugais pour faire les foins, la moisson et les vendanges. Le peu de main-d'œuvre restant au pays préférant, paraît-il, travailler pour un patron plutôt que pour une « fumelle ». En son absence, c'est la tante Célie qui serait la patronne. Ayant dit, elle s'écria gaiement :

« Et maintenant, mangeons ! »

Après la soupe, ce fut le tour du confit de canard, du gros fromage de vache et de la confiture de figues. Pas de légumes, ce n'était pas encore la saison.

Une fois la table débarrassée, Jean-Jean ouvrit l'horaire des marées.

« Le bas d'eau est à six heures et la pleine mer à midi seize. S'il ne pleut pas, ce sera une promenade de santé. Nous pouvons partir vers six heures et quart, six heures et demie.

– Cela ne te fera pas trop de monde, si la Rosette vient avec nous ?

– Pas du tout, tu sais, déjà le Riri et moi cela fait du lest, si tu ajoutes une tirolle mouillée qui dépasse largement cent kilos, plus le poids du poisson… Je n'ai jamais vu la barque s'enfoncer de plus d'un centimètre. Par gros temps, dame, je n'essaierais même pas, mais là, à part un peu de pluie…

– 'Pleuvra pas, souffla le Mirolo. T'as vu le soleil hier soir ? Rien que du bon à venir.

– Bon, Riri, ça ne te gêne pas de dormir ici ce soir ?

– Non, madame Janteau.

– Alors, c'est dit, Célie, tu nous prépares un panier pour quatre et une couverture.

– Et des coussins, coupa Jean-Jean du haut de l'escalier. Les planches du bateau n'ont pas de ressorts. »

Il tira la porte après lui.

VI

Recrutement européen

LE JOUR N'ÉTAIT PAS ENCORE bien affirmé. Ça et là, de grosses et inquiétantes zones d'ombre stagnaient sans raison. Il en sourdait parfois des bouffées de bêtes au réveil et des odeurs de fleurs secrètes des marais.

Poussée par les avirons, la barque franchissait les hauts de vase molle sans beaucoup de peine. Elle trouva l'eau libre à cent cinquante mètres après l'écluse. Dès qu'elle flotta vraiment, elle eut une sorte de frétillement, de frisson très perceptible qui ressemblait à ce que fait un canard retrouvant un courant familier.

« On monte la voile, Riri.

– C'est parti ! »

À peine la voile commença-t-elle à gonfler, que la barque se coucha et fit une embardée. Rosette, assise entre les jambes de Jean-Jean, lui enfonça les doigts dans la cuisse.

« Arrête, tu me fais mal. »

Il redressa doucement, d'un lent mouvement de barre et soudain, avec un petit claquement contre l'eau immobile, le bateau prit de la vitesse et, peu après, sauta d'un coup deux vagues du clapot d'entrée en eau libre. Un canard mal réveillé passa au ras de l'étrave d'un vol maladroit.

« Le bas d'eau est passé de dix minutes, cria Jean-Jean en remettant sa montre dans le gousset de son gilet.

– Nous avons déjà commencé à dériver », répondit le matelot qui visait le clocher de Saint-Christoly-du-Médoc avec une baguette.

Un air plus frais soufflait doucement du nord, passant au- dessus de la barque. Il s'accrocha dans la voile qui se gonfla complètement et transmit en quelques grincements sa puissance au bateau. La barque enfonça son étrave, faisant jaillir de chaque côté de larges moustaches d'eau qui retombaient gracieusement dans la mer avec un friselis de fontaine.

Jean-Jean fouilla dans son coffre et en extirpa le cadre de la ligne de traîne. Il mit à l'eau la cuiller ondulante et le gros plomb et donna le cadre à Rosette.

« Tiens, dévide-le en faisant attention de ne pas le lâcher. »

Il planta un tolet dans le plat-bord et lorsqu'il jugea que les trois quarts du câble étaient partis, il le bloqua en deux promptes demi-clefs auxquelles il ajouta une boucle qui se déferait à la moindre touche sérieuse. Ainsi « paré » il embrassa Rosette qui le lui rendit avec voracité.

« Ça te plaît, la navigation ?

– C'est peu dire. »

Julia installa plus confortablement son coussin et se tourna vers Jean-Jean.

« J'ai l'impression que nous allons à une belle vitesse.

– Ce n'est pas seulement une impression, c'est vrai, et encore, le courant n'a pas encore atteint sa pleine force. Regarde, nous avons déjà dépassé Port Maubert.

– Mais, pourquoi bouge-t-il si peu ?

– Tu veux dire le bateau ? C'est à cause d'une invention du père Morin, la grande dérive de côté qui nous assoit sur l'eau. À grande vitesse, il affirme que l'on ne peut jamais chavirer.

– Eh bien, tant mieux.

– Tiens, voilà Vitrezay, à présent.

– Jean-Jean, cria le matelot qui, devant les femmes, prenait son rôle très au sérieux, il y a des chasses devant nous, ça saute de tous les côtés.

– Alors, viens ici. »

Rosette passa devant sa mère pour garder l'équilibre. Tout se passa à merveille, personne ne discutant les ordres du capitaine.

Quelques secondes après, Riri sursauta et s'empara de la ligne.

« Ça y est !... C'est un gros, je sens ses coups de queue. »

Bien calé sur le fond, il se mit à ramener, brasse à brasse.

« Fi d'putain ! C'est un furieux, c't-y, ô m'coupions les mains.

– Julia, dit Jean-Jean d'une voix posée, presque respectueuse, voudrais-tu bien fouiller dans le coffre devant toi et me passer les gants de palissier (gants renforcés de cuir qu'utilisent les tailleurs de haies d'épines noires). »

Sans quitter le banc, il prit le fil à pleine main gauche, fit un tour autour de son poing.

« Nom d'un chien, s'il ne bougeait pas tant je croirais que nous remorquons un tronc d'arbre. Dépêche-toi, il commence à me scier la main. »

Riri enfila ses gants et reprit le fil tendu avec un soupir de soulagement.

« Ah ! ça va mieux, c't-y. »

Il ramena avec plus de facilité.

« Viens mon gars, montre-nous ta goule, que l'on sache qui qu't'es. »

À ce moment, le poisson jaillit et replongea aussi vite.

« J'ai pas vu ce que c'était.

– Un maigre, je pense, dit Jean-Jean.

– Si gros ?

– Bon, il y en a de plus costauds ! À Royan, il y en a deux qui ont attaqué un scaphandrier. Il a réussi à en tuer un, il mesurait un mètre soixante et pesait cinquante kilos et des… Allez, amène-le doucement contre le bord et sors-lui la gueule hors de l'eau. »

Tout en parlant, Jean-Jean avait ouvert son couteau qu'il posa entre ses pieds et enfila un gant gauche comme celui de son copain. Il lia la barre avec une boucle attachée aux deux bords et s'allongea un peu, la main plongée dans l'eau. Il trouva vite le long corps et remonta doucement. Sous ses doigts, il sentit palpiter une ouïe. Avec la force d'un piège, il serra brusquement. Ses doigts se refermèrent à l'intérieur du cou du grand coureur des mers. Sûr de sa prise, Jean-Jean tira en criant :

« Attention à l'hameçon triple ! »

Le grand poisson surgit dans un grand éclaboussement. Jean-Jean lui posa le pied sur la tête et, de son couteau, lui perça la nuque en sciant un peu pour lui trancher la moelle épinière. La grande bête d'argent se raidit et retomba, inerte.

« Belle prise, dit Julia. À part les esturgeons, ou les créas, comme on voudra, je n'ai jamais rien vu de si gros sortir de l'eau, à part la baleine échouée sur le port d'Oléron lorsque j'étais petite. Je te l'achète. »

Avant de reprendre la bête, Jean-Jean mesura la capture et dit joyeusement :

« Un mètre et six centimètres ! À mon idée, facilement vingt kilos. Je crois bien que Riri a gagné, là, la moitié de sa montre. »

Il reprit sa place et corrigea un peu le cap pour se rapprocher de l'autre rive.

Un peu avant Bourg, ils reprirent un autre maigre, mais plus petit, qui faisait nain à côté de son gros compère, malgré ses six livres comptées au peson du bord.

Ensuite il n'y eut plus une touche nette, les voyageurs retrouvèrent le désœuvrement des croisières par beau temps. Riri rangea la ligne dans le coffre et retourna à sa place à l'avant. Rosette fit le chemin inverse.

« Comment s'appelle cette île toute ronde et boisée que l'on vient de passer ? » demanda-t-elle.

Jean-Jean se gratta la tête.

« C'est l'île Pathé, je crois, mais je ne les connais pas toutes. Julia sait où nous allons, c'est ce qui compte. »

Le courant était à présent au pic de sa force et la barque filait comme une baleinière à vapeur mais sans bruit sauvage, rien qu'un fin grincement, bois contre corde et toile contre vent, singulière et antique chanson qui berçait les navigateurs depuis qu'il y avait des bateaux, et vous prenait lentement au cœur et aux tripes jusqu'à en comprendre les paroles, ou le croire, ce qui est bien proche de l'ultime communion.

Jean-Jean sentait ce genre de choses de tous ses membres, de tous ses nerfs. Un peu frissonnant, il serra l'épaule de Rosette qui tourna son joli museau et l'embrassa avec un petit grognement. Un peu déçu, le garçon lui rendit son baiser en pensant qu'il était bougrement difficile de se comprendre à fond, même entre gens manifestement faits pour s'aimer et prendre place dans l'immense jeu de la nature. Il se dit :

« Je veux lui faire comprendre le monde et elle croit que je veux seulement l'embrasser… D'un sens, tout cela se tient, mais quand même !… »

Sa longue figure exprima une seconde de détresse démesurée, et puis le vent de la course le nettoya de ces pensées bien trop compliquées pour lui.

Les îles se suivaient à présent et bientôt la citadelle de Blaye surgit, plus massive que n'importe quelle falaise de la rive droite.

Julia se tourna vers Jean-Jean.

« L'île Verte, c'est celle-là, mais faut aller au bout.

– On y va ! »

Il appuya sur tribord jusqu'à voir les troncs et les perches des fondations du rivage de l'île. Il regarda sa montre avec un contentement d'enfant devant un jouet de Noël.

« Il y a exactement une heure et quart que nous sommes partis, c'est mieux que par la terre, hein ? »

Le vent constant et le courant paraissaient faire équipe pour renforcer la vitesse de la barque qui était née dans les rêves d'un vieux charpentier et n'était pas un de ces bateaux pataudss et robustes de la Gironde. Elle allait par grands à-coups comme une hirondelle. Tiens ! C'est cela, la *Rosette* était une hirondelle.

Un quart d'heure plus tard, le village construit de bric et de broc apparut, tapi derrière le rempart d'une courte digue. Au pied de ce rempart pour rire, deux ou trois barques tiraient sur leur élingue comme des bestiaux attachés depuis trop longtemps.

« C'est ici, dit Julia.

– Tombe la voile ! » rugit Jean-Jean.

La barque parut stopper net, puis retrouva une erre lente qui la mena à toucher la grève sale. Riri sauta le premier à terre et courut enfoncer le grappin. Il aida Julia à sauter au sec. Jean-Jean fit de même avec Rosette. Au passage, il enfonça le grappin en mettant le pied dessus. Ayant déposé Rosette, il revint sur ses pas cueillir les brins de menthe sauvage qui poussaient à foison et alla envelopper le poisson avant de le glisser sous la voile pour le garantir du soleil. Il rejoignit les autres avec la fugitive impression qu'il refaisait, ou peu s'en fallait, les mêmes gestes que Christophe Colomb débarquant à Hispaniola.

Julia montra encore une fois qu'elle était femme de tête. Elle trouva tout de suite le « maire » du hameau (ou celui qui se disait tel). Comme il fallait s'y attendre, il parlait proprement le français, ce qui devait lui donner un grand ascendant parmi ses compatriotes. Des enfants couraient partout à grands cris, des têtes se montraient aux embrasures des portes et des fenêtres de guingois. Cet homme blanc de poil et hâlé de peau paraissait subjugué par la beauté de sa visiteuse.

En peu de mots, elle s'enquit d'abord de sa filleule, et apprit ainsi qu'elle était présentement serveuse dans un restaurant de Plassac, juste en face. Alors, elle lui expliqua en phrases succinctes la situation de son village, le manque de bras consécutif à la mobilisation, le travail qui s'accumulait, pour les foins, bien sûr, mais aussi pour les moissons et les vendanges. En tout, six mois.

Le vieil homme, très digne, ne l'interrompit pas. Dès qu'elle eut fini de parler, il lui demanda :

« Combien payez-vous un homme ?

– Six francs par jour, logé, nourri et voyage payé.

– Combien vous faut-il d'hommes ?

– Au moins six.

– Je peux vous en donner huit, qui sont arrivés récemment parce qu'ils n'avaient pas envie d'être mobilisés. Avant qu'on les retrouve, la guerre sera finie. Le Portugal va entrer en guerre aux côtés de la France.

– Vous êtes sûr ?

– Autant que l'on peut l'être dans une île perdue, mais enfin, nous recevons des nouvelles. Ils voudront sept francs.

– Six francs cinquante et travail achevé, rangé, avant leur retour chez vous.

– Naturellement, mais vous me prenez les huit, cela vous fera gagner au moins quinze jours.

– À qui est-ce que je paye ?

– Mais à eux. Ils viendront chez vous avec le vapeur de Royan.

– C'est bien, ils prendront le tram jusqu'à Mortagne. Là, nous les attendrons. Quand partiront-ils ? »

Le vieil homme consulta un horaire des trains qu'il lisait sans lunettes.

« Le vapeur partira de Bordeaux vers sept heures. À huit, il sera à Blaye. Avant dix heures, ils seront à Royan. Vous pourrez les attendre à Mortagne au tram de onze heures. »

Julia sortit de son sac des petits contrats en blanc d'une demi-feuille de papier, déjà tamponnés par la gendarmerie, au nom du domaine Janteau. Elle en signa huit qu'elle data du jour. Sur chaque contrat, elle posa une pièce de cinq francs et donna le tout au vieux.

« Tenez, qu'ils écrivent et signent leur nom, ici et là. C'est bien vu ? Demain, une voiture les attendra à l'arrêt de Mortagne. »

Le vieux chef lui fit un respectueux salut. Il n'osa pas trinquer avec elle pour sceller cette affaire. Une dame très belle qui avait un bateau verni, une suivante et des marins, engageait des hommes, de confiance, sans même les avoir rencontrés, et leur donnait à l'avance des papiers en règle et de l'argent, merci bien ! Ça, c'était certainement une plus grande dame qu'on pensait. Il fallait lui faire honneur. Il allait faire la leçon à ses jeunes gaillards.

Julia regarda sa montre.

« Midi et quart, il est temps de repartir.

– C'est toi le chef », rétorqua Jean-Jean avec un salut militaire et un grand sérieux qui renforça encore la considération du “maire”.

Au bord de l'eau, Jean-Jean prit Julia contre sa poitrine, une main sous les genoux, comme une enfant, et la déposa dans la barque. Il revint et fit de même avec Rosette. Il se hissa à son tour pendant que Riri ramenait le grappin. Ils quittèrent la plage sous les saluts d'une petite foule, et le vent contraire les éloigna rapidement. Lorsqu'ils furent au large, Jean-Jean demanda :

« Tu étais obligée de faire tout cela ?

– Mais oui ! Avec la guerre, si Moutiers n'était pas là, ou Bringuet, le chef de douane, les autres seraient capables de me les coller en prison. Les sots prennent le pouvoir dans les temps tumultueux, tu sais ? En plus, on leur donne des fusils dans ces moments-là ! Cela contrarie beaucoup les arrangements quotidiens, crois-moi. »

Jean-Jean hocha la tête.

« Tu en sais des choses, toi, et tu as toujours raison. »

Ils retrouvèrent le milieu du grand fleuve en plein étale. Rosette se faufila pour assurer la distribution des casse-croûte et des canettes.

Un moment plus tard, Jean-Jean, la bouche pleine de pâté et de cornichon, dit en postillonnant :

« Le courant se fait sentir, nous voilà bien calés, tu peux sortir la ligne de traîne, Riri, mais cette fois, reste à ta place. Tiens, voilà un tolet pour accrocher le cordeau. Si tu accroches un poisson, laisse-le venir contre la coque à ma hauteur, comme cela nous n'aurons pas besoin de jouer les sapajous d'un bout à l'autre de la *Rosette.*

– Mais, que raconte-t-il ? demanda Julia.

– C'est le nom de son bateau », répondit sa fille en fermant les yeux avec un peu plus de rose aux joues.

Arrivant du sud, un petit vent tiède gonfla la voile rousse, et la barque devenue minuscule sur la lame du grand courant, augmenta son sillage.

VII

Une visite fructueuse

Les Portugais avaient fait merveille. En dix jours pleins, ils avaient coupé tous les foins. Un soleil lourd (celui qui fait les grands crus), avait tout séché en quatre jours. Ils avaient tout rangé en grosses meules rondes, recouverte chacune d'une bâche carrée attachée au sol à des piquets obliques enfoncés à la masse sur plus de cinquante centimètres. Il ne leur fallut que deux jours pour récolter le foin de Jean-Jean. Ensuite, tout le monde s'y mit pour rentrer le foin dans les fenils où le surplus serait vendu comme l'an passé.

Repartis quelques semaines, ils revinrent en juillet pour les moissons, et ce fut un chef-d'œuvre de précision et d'efficacité. Tous les greniers furent remplis en douze jours. La batteuse avait commencé cette année par la ferme Janteau qui avait de la main-d'œuvre. Chez Jean-Jean, ce fut une formalité de trois jours en raison d'une petite terre déjà semée que le notaire lui fit acheter pour deux mille francs. Deux hectares et demi sur le bord de la route.

Mais les Portugais ne vinrent pas pour les vendanges. Leur gouvernement les ayant enfin trouvés, leur intima l'ordre de rejoindre leur caserne au Portugal. En guerre depuis 1916, le gouvernement commençait à manquer de troupes fraîches. Julia réclama les pêcheuses d'huîtres d'Oléron. Il en vint une douzaine qui eut quatre semaines de travail à sept francs par jour et une semaine chez Jean-Jean au même tarif.

Tout s'accélérait, même la guerre qui n'avait jamais dévoré autant d'hommes. C'est au milieu des grappes mûres que Riri se fit une réputation de comique. Alors qu'il aidait la Tavie, une robuste commère, à vider sa hotte dans le tombereau, la femme dérapa et tomba assise sur sa tête. Elle aurait pu le tuer mais il se releva, l'air un peu égaré en déclarant, d'un ton qu'il voulait rassurant :

« Oah ! En'a large comme mon bounnet c't-y, et encore h'en avions bin vu que la moitié, le reste étions dans l'herbe ed'la berne ! »

C'était encore un temps où on n'avait pas besoin d'en dire beaucoup pour en rire longtemps.

Pendant cette année 1917, un général nommé Nivelle « échouait » au Chemin des Dames et un autre qui devint maréchal (Pétain) profita de l'occasion pour devenir généralissime et attaqua Verdun, encore un coup, disait Riri. Mais c'était si loin et les nouvelles étaient si surveillées que l'on apprit tout cela longtemps après, de la bouche des survivants.

Enfin, une bataille poussant l'autre sur le long chemin de la paix, les mois firent de même et l'on arriva à l'automne sans qu'il se passe quelque chose d'autre que les aléas de la vie quotidienne dans un pays privé d'hommes, dans lequel il fallait pourtant abattre l'ouvrage si l'on ne voulait pas mourir de faim. C'est alors que le système mis au point par Julia se mit à fonctionner dans la nouvelle distillerie, sous le commandement de Joseph, maître de chai depuis douze ans.

La vendange pressée permit de remplir trois cuves à fermentation de cent cinquante hectolitres chacune. Il y en avait deux semblables dans le chai poussiéreux de

Jean-Jean, tout en ciment armé et carrelé de faïence à l'intérieur. Ce fut Joseph qui déclara ouverte la saison de la chauffe quand les arbres de la rive perdirent leurs dernières feuilles au vent turbulent et froid du nord-ouest.

Les labours d'automne étaient terminés, les blés d'hiver semés, hersés. Chaillou, Jean-Jean et Riri s'embauchèrent alors pour rentrer tout le bois possible afin de nourrir la chaudière. Lorsque le froid commença à pincer, ils firent trois journées d'abattage dans les nouveaux bois achetés par Julia. Rien n'y avait été entretenu depuis une trentaine d'années. Ils firent tomber assez de chablis pour subvenir aux besoins de l'année suivante.

La saison terminée, Julia ne ferma pas sa distillerie. Elle fit passer une annonce dans *L'Indépendant* et reçut une trentaine de commandes à « cinq du cent » de la part de petits cultivateurs qui y trouvaient largement leur compte plutôt que de vendre directement leur vin chez le grossiste. Elle fit « tourner » sa machine jusqu'au début d'avril et récupéra entièrement son investissement.

De son côté, Jean-Jean vendit pour quatre mille francs de foin à l'intendance militaire de Saintes. Il vendit aussi pour sept mille francs de blé dur et huit mille cinq cents francs d'eau-de- vie à un grossiste qui avait ses entrées au ministère. Sur le conseil de Julia qui, elle, avait largement dépassé les quarante mille francs de chiffre, Jean-Jean porta le tout au Crédit Lyonnais qui, depuis 1898, possédait le plus bel immeuble du cours National à Saintes, et offrait sept pour cent sur les dépôts de plus de dix mille francs.

Il prit le tram le long du cours National, lesté de son premier carnet de chèques et en jugeant qu'il ne faisait pas chaud. Il fila d'un trait chez le notaire qu'il trouva bien changé. Le vieil homme était malade, mais pas d'un rhume ou d'une bronchite. Il avait cette pâleur creuse d'un homme qui va s'arrêter.

Le vieux gourmand qui aimait tant le salmis de bécassine l'accueillit avec un sourire où ne brillaient plus que des dents disproportionnées. Sa voix avait un côté « fin de souffle » qui donnait une dimension dramatique au plus anodin de ses propos.

« Ah ! Monsieur Favart ! Vous voilà alors que la convocation qui vous demandait de passer me voir est encore ici, dit-il en tendant un doigt maigre et un peu tremblant vers une enveloppe. C'est le destin qui vous a prévenu. »

Jean-Jean n'osa pas lui dire que c'était à cause des sept pour cent de la grande banque.

« Oui, je sais, poursuivit le vieil homme comme s'il était déjà dans une autre pièce, mon premier clerc n'a pas été honnête envers vous. Je vous ai remboursé moi-même les cinq mille francs du Libanais acquéreur de l'affaire de votre père, et vous n'avez rien dit. J'en connais beaucoup qui n'auraient pas résisté au plaisir de "faire tomber un notaire". Bon, voilà, je voudrais vous léguer mes chiens. Ils sont intelligents, vous savez, et comprendront vite que vous êtes leur nouveau patron, et puis ils m'oublieront. C'est le destin. Vous acceptez ?

– Bien sûr, avec les premiers beaux jours…

– Je sais ce que je dis. Je n'ai plus envie de vivre, voyez-vous. Croyez-moi, je n'ai pas oublié votre brigne. Alors, nous sommes d'accord ? Signez ici.

– Qu'est-ce que c'est ?

– Ah ! toujours méfiant, le gaillard. C'est l'acte de propriété d'une jolie petite terre bien exposée… pour y faire courir mes chiens. Prenez le double, là, et adieu jeune Favart. C'est le docteur Samain mon exécuteur testamentaire. Au fait, avez-vous un fusil ?

– Non, pas encore.

– Bien, vous allez être fourni, mon garçon. Adieu, passez chez mon clerc pour vous faire remettre votre avoir, on ne sait jamais ce qui peut arriver. Allez, cette fois c'est un adieu définitif. Ne m'oubliez pas trop vite. »

La tête retournée, lesté de près de vingt mille francs et d'un titre de propriété qu'il ne connaissait pas, Jean-Jean remonta pensivement vers le bourg. Il croisa Riri rentrant chez lui. Tous les deux pas, le trapu sortait sa montre neuve du gousset neuf d'un gilet neuf que lui avait donné Léonie. Il l'écoutait, regardait les aiguilles, tripotait le remontoir. Jean-Jean « le » rigola en posant le pied à terre.

« Arrête un peu, tu vas l'avoir usée avant qu'elle te donne l'heure.

– Personne n'en a jamais eu chez moi, ni chez les grands-pères ! Tu te rends compte ? Je suis le premier.

– D'accord, je comprends ta joie, mais ne perds pas de vue qu'après tout, ce n'est qu'une mécanique, coûteuse certes, mais rien d'autre.

– Entendu, répondit Riri radieux, allez, à demain.

– À demain », répondit son ami en repartant d'un coup de pédale nerveux.

En arrivant chez lui, il pensa que lui aussi devrait bien faire mettre l'électricité. Il n'avait qu'un poteau à payer, la ligne générale passant à la pointe de sa vigne derrière chez lui.

Il posa son vélo contre le mur et entra dans la salle où brûlait un vrai feu. Il gardait toujours en mémoire le temps de la petite maison où, en rentrant de l'école, il devait s'approcher à toucher les braises pour se dégourdir les doigts. Sans plus de façons, il embrassa Léonie et puis la tante Estelle pour déclarer :

« Tu sais, m'man, il faudrait que tu écrives à la société d'électricité pour demander un devis de branchement. Quand Rosette viendra habiter ici, je voudrais que nous ayons le confort “moderne”.

– Mais où va-t-il chercher ces mots-là, grommela la tante Estelle ? Jean-Jean releva la tête, l'œil mauvais.

– Je pourrais te répondre que c'est en voyant la belle maison d'Odette que le pauvre Jean-Jean qui n'a jamais volé personne et travaillé comme trois hommes depuis le jour où il a posé la main sur un outil… Je ne t'en dirai pas plus, mais si un jour il te prend envie d'aller la rejoindre là-bas, fais-le-moi savoir, je te paierai le billet. Pour le reste, tu peux demeurer ici jusqu'à ton dernier soupir, mais ne t'avise plus de juger de mes affaires ! »

Il embrassa Léonie, sortit d'un pas ferme, sauta sur son vélo et s'éloigna dans le soir qui gagnait la campagne. En poussant doucement sur les pédales, il descendit calmement la pente douce qui menait à la grande ferme.

Il pensa d'abord à Odette qui devait bien se moquer d'eux, là-bas, dans son espèce de château avec tous ses serviteurs au teint noir et aux vêtements blancs, avec des grandes fleurs partout. Il avait vu les photos que sa tante laissait traîner « esprès ». Il en ressentit de la pitié et s'en voulut un peu de sa brusquerie puis, à mi-chemin, il se dit que Julia et lui possédaient les deux côtés d'un joli bout de la route.

Ce serait bien d'y planter des fruitiers. Ce serait facile de cueillir les fruits et de les transporter aux marchés. Il arriva avant d'avoir poussé plus loin son projet, et entra dans la salle en même temps qu'un retour de bouffée froide. Il referma vite la porte sous les murmures et vint s'asseoir à sa place habituelle, entre Rosette et sa mère.

« Tu viens presque tard pour souper, lui dit Julia avec un petit sourire.

– Ne m'en parle pas ! Je viens de passer une de ces ramonnées à la tante Estelle ! Tu sais, la sœur de m'man.

– On peut savoir pourquoi ?

– Je me suis permis de demander à m'man d'écrire à la société d'électricité pour demander un branchement parce que je voulais que Rosette ait le confort moderne en venant habiter à la maison.

– Et alors ?

– Elle a haussé les épaules et s'est demandé où j'allais quérir des mots pareils !

– Elle est un peu jalouse, et veut laisser entendre que sa fille a réussi également.

– Mais ce n'est pas pour cela que j'ai traîné. Tiens, regarde, dit-il en lui tendant le certificat de vente de la terre de Bézard. Tu as toujours la copie du cadastre du canton ?

– Bien sûr. »

Elle resta attentive un moment, prenant des notes sur un petit calepin, et puis griffonna quelques chiffres avant un petit sifflement. Sous la table, elle lui pinça le genou en lui soufflant :

« Eh ben, mon salaud, il te fait légataire de sept hectares de bonne terre de coteaux, tu sais, tous les hauts après Ville-Mortagne, qui regardent le Médoc en sud-ouest.

– Ah oui ! je vois, mais c'est un coin à chasseurs de gros gibier, ça.

– Eh bien, il faudra qu'ils en changent.

– De quoi ? Changer de quoi ?

– De coin, hé, baluzeau ! Demain, j'enverrai un mot à l'ingénieur agronome du bureau de Saintes.

– N'empêche, coupa Rosette, nous aurions le téléphone, paf ! On l'aurait demain matin.

– Je vais y penser, dit Julia, si Jean-Jean veut bien mettre le téléphone chez lui aussi. Car c'est surtout pour bavarder toutes les deux que nous voulons cet appareil.

– Ce sera comme vous voudrez, mâme Janteau », singea Jean-Jean.

Il fut interrompu par la jeune Maryse Pointeau, du bourg, qui annonça d'une voix pointue :

« Attention, je vais apporter la soupe ! »

Chacun s'intéressa soudain à son assiette à calotte et, cuiller au poing, attendit la suite des événements.

La petite Pointeau était la dernière recrue de la tante Célie qui avait besoin d'aide pour tenir une maison d'au moins dix couverts par repas, souvent davantage.

Ceux qui mangeaient le plus, c'étaient le Mirolo et la Mirolette. Ils n'en redemandaient jamais mais finissaient jusqu'à l'ultime miette le dernier bout d'os sucé et resucé. Jean-Jean et son copain ne s'embarrassaient pas de finasseries. Depuis le premier repas à la ferme Janteau, ils mangeaient jusqu'à être « guedets » (pleins), après quoi ils allaient travailler jusqu'à la nuit, ou si c'était après le coucher du soleil, tout le monde filait au lit car, pour leurs membres rompus, le soleil se levait toujours trop tôt.

Jean-Jean avala sa soupe, un grand morceau de boudin frit et une écuelle de purée.

« Mais au fait, s'écria-t-il, la bouche pleine, nous n'avons pas encore tué le cochon nulle part, d'où vient ce très bon boudin ?

– Du grand marché de Gémozac.

– Il faut croire que, dans les terres, ils commencent avant nous », déclara Riri d'un air entendu qui marquait souvent un goût prononcé pour les formules pléonasmiques.

Julia se pencha vers lui.

« Demain, nous prendrons la charrette légère et nous irons voir tes nouvelles terres.

– Moi, dit Rosette, j'irais bien me coucher et faire semblant de dormir. »

Julia embrassa sa fille sur le front en lui murmurant :

« Tu deviens enragée, ma chérie.

– Oui maman », répondit sagement la gamine avec des yeux de ciel.

Jean-Jean lui prit doucement le bras en disant :

« Tu n'as pas remarqué que les maisons semblent rétrécir dès que le temps devient mauvais ?

– Non, mais la grand-mère de maman, celle qui est née dans la Marche, dans les montagnes, racontait souvent des histoires comme cela quand elle n'avait plus toute sa tête.

– Où est-elle à présent ?

– Chez les bonnes sœurs à Pons. Elles se bouchent les oreilles quand elle raconte des histoires de revenants ou d'herbes maudites, mais elle s'en fout et continue de plus belle jusqu'à l'heure où la sœur qui veille sur elle lui apporte son infusion de tilleul.

– Elle doit être bien âgée, non ?

– Dame ! Tu comptes moi, maman, sa mère, sa grand-mère. Bouh ! Maman dit qu'elle a cent deux ans. Sa mère a vécu la Révolution, l'Empire, tout ça, et elle, la Restauration, le second empire, la Commune, la République. La vie des femmes de la famille, c'est un livre d'histoire de France. »

Jean-Jean qui avait enfin réussi à déboutonner sa chemise, sauta dans le lit à pieds joints. Vive comme un poisson, Rosette coupa l'électricité et l'accueillit avec un rire de gorge.

Jean-Jean enfonça son visage dans la chair douce et chaude de son cou en murmurant :

« Tu vas voir ce que je vais y faire, à ton livre d'histoire, moi. »

Elle le serra de toutes ses forces avec un gloussement prometteur. Passé le temps de la tempête, lorsqu'ils reprirent une respiration plus calme, ils se remirent à parler de tout et de rien à la façon de deux amis.

« Tu sais, ton instituteur, celui qui n'a plus qu'un bras.

– Trompeau ? Et alors ?

– Il vient d'être affecté à l'école de Mortagne.

– Tiens, c'est drôle qu'il ne m'en ait rien fait savoir.

– Pas si drôle que ça, maman lui a parlé beaucoup, et depuis, il préférerait loger dans la grande pièce de l'aile qui ferme la gauche de la cour, mais il ne sait pas comment te le dire puisque tu l'as invité chez toi le premier. »

Le jeune homme sentit sa cervelle s'emballer comme aux plus beaux jours de ses temps de projets. Il savait qu'il pensait à toute vitesse. Il lui semblait qu'un autre posait des opérations sur une caisse enregistreuse et qu'il n'avait plus qu'à attendre le ticket avec le résultat, comme la grosse machine du Lion d'or à Gémozac. Enfin, il poussa un gros soupir et dit :

« Que t'en penses, toi, ma Rosette ?

– Pourquoi tu me demandes puisque tu as déjà compris toute l'affaire ? Je te connais, tu sais, quand tu soupires comme cela, c'est que tout est déjà réglé. Explique-moi plutôt.

– Eh bien, Trompeau a des pudeurs de jeune fille qui voit pousser "ses poitrines". Il devrait mieux me connaître. Je sais quand j'ai tort et raison et puis voir la vérité en face. Je lui ai proposé une chambre propre, c'est tout, avec deux vieilles dames qui papotent comme compagnie. Chez toi, c'est une chambre immense où on mettra un lit, bien sûr, mais aussi un bureau, une bibliothèque, et autour une maison qui bouge tout le temps au gré des saisons, et puis il y a ta mère. Crois-moi, pour un homme, elle bouche un sacré coin d'horizon. Tu vas bientôt partir chez moi, je lui enlève une pièce essentielle. La nature lui apporte une compensation. Tout est en ordre, tout va bien, et vive nous !

– Moi, je sais que tu m'épateras toujours avec ta façon de décortiquer les choses et les gens. Tu veux que je te dise, Jean-Jean, eh bien, je fais plus que t'aimer, je te fais confiance. »

Le jeune homme étendit à nouveau le bras et coupa la lumière. Peu après, le vieux lit de loupe d'ormeau où la jeune fille renfermée avait si longtemps caché ses espoirs, ses rêves, se remit à grincer à la cadence d'un galop allongé.

VIII

Un enfant, des chiens…

En dépit de la pente et des cahots, la jument pommelée Aram tirait sans aucune peine la carriole anglaise de Janteau, dans laquelle il n'était jamais monté pour cause de décès. Son plan cadastral en main, Julia ne tarda pas à repérer la première borne dans laquelle était scellé un cachet de bronze, comme dans l'Ancien Régime pour les terres seigneuriales. Il fallait au moins être notaire pour s'offrir ce luxe et cette sécurité, car il était pratiquement impossible de les déplacer.

Ces bornes étaient en forme de T, la barre au fond, le pied du T monté en queue-d'aronde dans la barre en pierre de taille. C'est son extrémité qui sortait du sol. Sur la barre, les anciens avaient mis des grosses pierres avant d'y tasser de la terre en présence de témoins, d'un prévôt et d'un huissier de justice.

Avec une lucidité phénoménale, Julia s'orienta et, cent mètres plus bas, fit arrêter la jument à moins de trois mètres de la seconde borne. Comme pour la première, Jean-Jean la dégagea soigneusement avec une « bedoche » qu'il avait affûtée d'un coup de meule avant de partir. Sur un mètre tout autour, il n'y avait plus une ronce, ni un buisson, rien que la terre.

Ils n'eurent pas à chercher longtemps pour en trouver neuf sur les seize que devait compter le pourtour de la parcelle, plus de sept hectares. La largeur et la longueur du bas, c'était l'essentiel.

« Rentrons à présent, dit Julia, tout cela de bonne terre pour garder deux chiens, il doit les aimer, le père Bézard.

– Dans son métier, veuf et sans enfants, il n'y avait guère de monde à inspirer l'amitié, rien que des grippe-sous en tous modèles, héritages vaseux et vilenies de toute sorte. Si ça se trouve, la brigne que je lui ai portée, comme ça, parce que je lui avais promis dans un moment de gaieté, lui a peut-être fait l'effet d'un chaud rayon de soleil trop rare dans sa vie. En tout cas, il va falloir trouver des bras pour débroussailler cette grande pièce. »

Il s'interrompit et descendit pour guider au mors la jument au milieu d'un buisson touffu qui bouchait le chemin. Il la remit d'aplomb sur le sentier plus large, piquant vers les plats du bas, et remonta dans la charrette en disant :

« Des prisonniers.

– Quoi, les prisonniers ?

– Des Allemands, pardi ! Il y en a un paquet à Oléron qui se barbent à cent sous de l'heure. Il n'y a qu'à demander. Je suis sûr qu'il y aura des volontaires à la pelle.

– Peut-être, mais il faut les garder… tout ça.

– Penses-tu ! Tu t'imagines qu'il y en a un seul assez fou pour risquer de se faire tuer pour le plaisir de retrouver la boue des tranchées et prendre nos obus su' la gueule. Et puis, si c'est Trompeau qui en fait la demande à la préfecture, je suis sûr qu'on ne lui refusera pas. »

Julia reçut un choc et se redressa brusquement, reprenant sa respiration.

« Toi alors ! Il n'y a que toi pour avoir cette astuce, trouver des solutions raisonnables en mettant les autres en porte-à-faux et en réglant ses comptes en même temps sans avoir l'air d'y toucher. »

Jean-Jean tourna vers elle son long visage innocent, n'était cette petite brillance au fond de ses prunelles.

« Montre-moi un mot à retoucher et je l'enlève tout de suite.

– Oh ! je sais bien que c'est inutile. Quel âge as-tu cette année ?

– Bon… Dix-huit ans à partir de mercredi prochain, je crois bien, pourquoi ?

– Oh, comme ça, je me disais seulement que, plus ça va et plus tu promets.

– Aïe, à force de promettre, il va falloir payer, non ?

– Pas forcément, peut-être même que c'est nous qui te devrons quelque chose, en définitive.

– Là, tu marques un point. Trop compliqué pour moi, ce truc-là. »

Ils continuèrent en silence jusqu'à la ferme. Là, Julia apprit parallèlement que Rosette était enceinte et maître Bézard décédé dans la matinée.

« Il ne faut pas que nous sortions ensemble, il y a toujours des choses lorsque nous rentrons.

– Oh, dis ! Rosette, ce n'est pas un drame. Et puis, d'ici qu'elle accouche, on a le temps de voir venir. Il va falloir que j'aille chercher mes chiens. Tu verras, Julia, comme ils sont beaux et gentils. Ils s'entendront avec Jenny. Tu me laisses la charrette ? Eh, Rosette !

– Hmm ?

– Tu viens avec moi ?

– Mais, interrompit la tante Célie, dans son état, est-ce bien prudent ?

– Eh ! Ça n'est pas une maladie, tantine ! » s'écria la toute récente jeune femme en bondissant dans la charrette. Elle chantonna comme une enfant joyeuse :

« On va chercher des chiens, heu ! on va chercher des chiens, heu ! »

Dès qu'ils se furent un peu éloignés, elle tourna une tête de rêve vers son compagnon.

« Tu sais, ce n'est pas une blague, j'y suis vraiment. Tu es content ?

– Un peu surpris dans ma caboche, cela m'est arrivé dessus comme un grain de grande marée. Mais, à la réflexion, oui, je suis content, et même beaucoup. Dans le fond, tant qu'à faire une famille qui peut vous épauler, autant le faire tout de suite. Laisse-moi seulement digérer la nouvelle.

– Oui, mais pendant ce temps, la nouvelle grandit tous les jours.

– Hé, oh ! Il y a un quart d'heure que je le sais.

– C'est toi le chef.

– Alors, c'est bien. Tu ne dis rien de tout cela sauf à ta mère et à la mienne. Ce sont elles qui vont trouver la combine pour officialiser tout cela en douceur. »

Il s'arrêta devant la maison du notaire, serra le frein et attacha la jument à un anneau scellé dans le mur. Il y avait beaucoup d'allées et venues, des pleureuses bien mises, l'œil aux aguets, aussi bien pour lorgner les « affûtiaux » de leurs amies et connaissances que pour surprendre un secret égaré, et puis des messieurs…

Rosette tira Jean-Jean par la manche.

« Je n'ai pas envie de rentrer là-dedans avec toutes ces toupies.

– Bon, attends-moi dans la charrette. »

À l'intérieur, cela bruissait à mi-voix feutrée. Il regarda en pensant :

« Je suis sûr que, dans la bande, il y en a qui barbotent des bibelots. »

Il repéra enfin le clerc qui l'avait si mal accueilli la première fois.

« Hep !

– Oh, bonjour, monsieur Favart !

– Salut, je viens chercher les chiens, vous êtes au courant ?

– Oui, oui, suivez-moi, le docteur Samain est dans le grand bureau. »

Il traversa la vaste maison sur les talons de l'ancien grincheux qui semblait ne plus l'être du tout et qui s'effaça dans la porte en lui disant :

« Je m'appelle Gilbert, vous pourrez me faire appeler quand vous aurez terminé. »

Jean-Jean s'approcha du trop grand bureau où le père Samain, lorgnon en bataille, surveillait le tri d'une montagne de papiers.

« Ah ! dit-il en voyant arriver le jeune homme, voici mon plus beau cas de fièvre de croissance.

– Ouais, traîna Jean-Jean, vous nous avez quand même pris cher à ce moment-là.

– C'est exprès, pour vous apprendre à ne pas tomber malade pour un oui ou pour un non.

– Je viens pour chercher les chiens.

– Ah oui ! j'ai vu une note là-dessus. Viens, c'est par ici. Tiens, il y a deux étuis à fusil, une valise à cartouches et une lettre. Vous êtes d'accord, maître Grosbois ?

– Absolument, mon cher docteur.

– Vous allez vite en besogne, jeune homme, vous êtes le premier des héritiers si l'on peut appeler cela un héritage. »

Jean-Jean sentit la rage lui monter.

« Hé ! ce n'est pas pour l'héritage, comme vous dites, mais c'est pour les chiens que je lui ai promis de garder. On les laisserait bien crever de soif et de faim ici dedans ! C'est vivant, les chiens, même dans la maison d'un mort. »

Le grand clerc sourit et les deux notables rirent franchement.

« Excusez-moi, monsieur Favart, mais j'avais effectivement oublié ces deux pauvres bêtes, dit Grosjean, le notaire de Pons arrivé plus tôt à bride abattue. Ne pensez-vous pas que ce serait une bonne chose de les laisser flairer le corps de leur maître ?

– Non, elles le savent déjà, enfin, à leur manière.

– Bon, dit le docteur Samain, emporte déjà tes paquets, Gilbert va t'aider, tu iras chercher les chiens avec lui. Je passerai te voir un de ces jours pour savoir si tout va bien. Ah ! Avant de nous quitter, viens que je te présente monsieur Cahours, c'est le pasteur du pays, un homme que tu n'as pas vu souvent. Eh oui ! notre brave notaire était protestant, qui l'eût cru ? »

Pendant que le docteur Samain papotait, Jean-Jean regardait le pasteur avec curiosité. Celui-là donc, c'était comme un curé, mais on le disait marié légalement et il était vêtu comme tout le monde. Jean-Jean y pensait souvent en passant devant le temple juché en haut de ses marches. Instinctivement il tendit la main vers l'homme aux yeux gris-bleu derrière ses petites lunettes ovales.

« Il faudra que je vienne vous voir », lui dit-il en serrant une main plus ferme que l'on pouvait prévoir.

En sortant, Jean-Jean conserva l'impression que beaucoup de choses étaient échangées entre l'un et l'autre durant cette poignée de main. Avec son optimisme ordinaire, il se dit :

« Cela devait arriver, comme le reste. »

Il rejoignit Gilbert, chargé comme un mulet, dans le grand couloir central « à la charentaise » qui traversait la maison de bout en bout. Il l'aida en prenant les deux étuis à fusil et le conduisit jusqu'à la charrette.

« Et les chiens ? demanda Rosette en déception comme une petite fille.

– Tout ça, c'est pour aller avec. Les chiens arrivent, ma reine, les chiens arrivent ! »

Rosette sourit en se disant innocemment qu'elle avait trouvé le plus beau, le plus gentil, et qu'il pourrait bien arriver qu'elle ait à le partager quelquefois au cours de leur vie, mais ça, c'est naturel, rien à craindre.

Le chenil était dans la cour, derrière le vieux chai à bois. Jean-Jean prit deux laisses et franchit la grille, aussitôt assailli par les deux bêtes qui l'accablèrent de léchouilles, de mordillements et de gémissements d'amitié.

Sur chacun de leur collier, il y avait une plaque métallique à leur nom : Eric et Erka.

Il eut un peu de difficulté à les lire, tant ils chahutaient. Il finit par se mettre à genoux et tout devint plus aisé. Chacun eut vite sa laisse et sortit docilement avec le nouveau maître.

Gilbert marqua de la surprise.

« Eh bien, on dirait qu'ils vous connaissent depuis toujours. D'habitude, ils ne sont pas aussi commodes. C'est même pour cela que je ne suis pas entré avec vous. »

Jean-Jean ne répondit rien et emmena les deux setters près de la charrette. Il enfila la poignée de la laisse d'Eric à la poignée du frein et, passant ses bras sous les pattes de la chienne, il la hissa dans la voiture.

« Tiens, voilà madame Erka. »

Pendant que Rosette la caressait, il fit de même avec le mâle un peu plus lourd.

« Houpf ! Et celui-là, c'est Eric. »

Il suivit le chien après avoir détaché la jument. Dans la charrette, ce n'était qu'un joyeux chahut qui s'arrêta immédiatement dès qu'ils se mirent en route.

En arrivant à la ferme, Jean-Jean claqua la langue et dit :

« Tout le monde en bas ! »

Les deux setters bondirent et vinrent folâtrer entre les jambes de la jument qui ne frémit pas d'un poil. À terre, il ramassa les deux laisses et Rosette alla ouvrir la porte du vieux chenil où elle apporta une grosse botte de paille. Les chiens entrèrent tout seuls et firent à nouveau la fête à

Jean-Jean lorsqu'il apporta une grande gamelle d'eau. La tante Célie vint voir à son tour les « animaux ».

« Mais, dis-moi Jean-Jean, s'ils sont aussi gentils que tu les dis, pourquoi les enfermer dans une cage ?

– Pour qu'ils se trouvent bien où ils sont et n'aillent pas courir la campagne. Et puis ce sont des chiens de chasse et c'est mal vu de les laisser filer. Et s'ils se mettent à courser les moutons, bonjour le porte-monnaie. Et puis, si tu en as peur quand même, tu n'as qu'à prendre leur place dans le chenil, tu ne risqueras rien du tout.

– Et c'est toi qui m'apporteras à manger ?

– Absolument, et literie changée tous les deux jours, le luxe, quoi ! »

Bon public, Rosette riait à grands éclats à la façon des enfants. Jean-Jean retourna caresser ses chiens en leur portant une gamelle de restes, puis il bondit sur sa bicyclette pour aller chez sa mère.

Il trouva Léonie seule, en train de se préparer mélancoliquement son souper.

« Estelle n'est pas là ?

– Non, elle est partie dormir. Elle fait la tête depuis que tu lui as dit ses quatre vérités.

– Ouais, et encore, je me suis retenu. Tu as reçu une réponse du bureau de l'électricité, et du téléphone ?

– Oui, c'est assez cher, mais pas autant que je m'en faisais l'idée. En tout, il y en a pour trois cent huit francs poteau compris, tout installé.

– Donne ton accord et insiste pour dire que c'est pressé. Bon, à présent va t'habiller à ton idée, ce soir, tu dînes en famille. En bas », ajouta-t-il avec un mouvement de menton vers la ferme Janteau.

Léonie sentait son fils plus dense, ferme comme une cuisse de bœuf dans l'effort. Il l'impressionnait. Elle ne discuta pas et redescendit cinq minutes plus tard pour voir

Jean-Jean dans son nouveau costume en velours vert (il n'entrait plus dans le premier que lui avait offert Julia).

Le jeune homme resplendissait dans sa chemise en fil d'Écosse bariolée. Il semblait plus grand, imposant, mais avait toujours ce regard malicieux, un peu plissé au coin de l'œil. Léonie pensa que c'est là qu'apparaîtraient les premières rides.

D'un air sans réplique, il lui tendit le vélo d'Estelle.

« Mais si elle veut aller au bourg ?

– Elle n'aura qu'à marcher sur les mains, ça la changera. De toutes les manières, je sens qu'il va y avoir un grand chambardement. Il faut que tu sois là. Rosette est enceinte. C'est quand même normal que je te le dise et, à mon idée, il n'y a pas que cela. Allez, en route ! »

Léonie le suivit, le cœur et l'âme en déroute mais le visage calme.

IX

L'inéluctable marche du progrès

AUTOUR DE LA GRANDE TABLE, il y avait du monde. La tante Célie fit une place à Léonie à côté d'elle. Ce soir, il y avait deux invités inhabituels : Trompeau, auquel il fallait s'habituer tout de suite et l'autre qui n'était là que pour ce soir, Émile Chauvereau, l'ingénieur en mécanique agricole, pour qui les deux domaines de Julia et Jean-Jean – en tout deux cent quarante-cinq hectares – faisaient une vitrine inespérée pour juger de l'efficacité de son nouveau matériel « révolutionnaire » *(sic)*.

Comme souvent, très souvent, Julia savait ce qu'elle voulait. Elle avait parfaitement compris qu'elle ne pourrait pas mettre ses nouvelles terres (et les anciennes, donc !) en valeur dans un pays privé de main-d'œuvre pour longtemps. Elle avait tout noté, tout répertorié, constitué un véritable dossier qu'elle ouvrait devant l'ingénieur.

« Voilà, j'ai soixante hectares de terre à céréales, autant de vignes, une quarantaine pour les foins et le reste en bois divers. Pour monsieur Favart, après ses dernières tractations, c'est dix hectares de foin, quinze de terre à céréales, huit hectares de vignes et sept à venir. En tout, pour les deux exploitations, deux cent cinquante-deux hectares à exploiter. »

L'ingénieur plissa le front, se mordit le pouce et, après un silence d'oracle, déclara d'une voix ferme.

« Pour le foin et les céréales, il n'y a pas de problème. Nous avons un modèle en deux versions : une faucheuse à guides pour le foin et la même chaîne avec un tapis roulant et un grand moulin à quatre bras, rabattant les céréales sur le tapis roulant qui les tasse dans deux arcs d'acier percés d'une ficelle qui se noue d'elle-même avant de tomber sur le sol. L'équipe de faucheurs et de lieurs se réduit à un cheval et deux personnes. Une qui conduit la machine, le cheval qui la déplace avec moins de peine qu'un tombereau vide, et la seconde personne qui dresse les gerbes par quatre, l'une contre l'autre, les épis en l'air pour que les grains "ressuient" plus facilement après un abat d'eau occasionnel.

– Combien peut-on couper de blé par jour ?

– C'est une question de cheval. Un costaud avec un bon pas peut facilement dépasser les cinq hectares par jour, surtout si le terrain est plat. C'est le releveur de gerbes qui a le plus de travail. À deux, ils font du meilleur ouvrage.

– Et pour les foins ?

– Là, c'est encore plus simple mais il faut deux outils : une faucheuse et un râteau automatique. Le même homme peut conduire les deux machines puisqu'on s'en sert successivement. Il faut seulement le conducteur et le cheval. »

Trompeau toussa dans sa main, puis il dit dans un soupir :

« Deux générations vont faire fortune et la troisième verra la mort de la campagne. »

Jean-Jean parut sortir d'un rêve :

« Heu... Il n'y a pas une diseuse de bonne aventure qui oserait faire une pareille prédication.

– Certes, renchérit Chaillou, elle perdrait tous ses clients.

– Mais personne ne le sait, éclata Trompeau, même pas monsieur Chauvreau qui croit en toute bonne foi soulager de leur peine les gens de la terre, bientôt les pêcheurs, peut-être. Et puis on installera des grues à la place des dockers, déjà les équipages des vapeurs sont divisés par deux ou trois. »

N'écoutant que son sentiment d'indignation, Jean-Jean sentit sa tête s'enflammer.

« Ce n'est pas pour dire, m'sieur Trompeau, vous savez des choses que nous ferions bien d'apprendre, c'est certain, mais moi, je suis né avec le progrès et j'y crois dur comme fer. Dans les journaux, on écrivait : on va faire un train pour rejoindre ici et là, et je suis monté dans ce train pour quelques sous ! On se rend compte à présent que le train ne peut pas aller partout, alors toc ! Voilà les automobiles qui arrivent, c'est le premier produit de progrès qui diminue ! "Moins cher tous les jours" comme ils disent sur les affiches. Et en même temps, naissent des quantités de métiers nouveaux que vous ne connaissez pas mieux que nous malgré votre savoir. Et puis voilà les avions, les dirigeables. D'accord, aujourd'hui on s'en sert pour se battre mais ça va s'arrêter un jour, c'est certain, c'est comme la pluie.

Et puis peut-être, un jour, ce qui nous coûte tant de sueur disparaîtra. Et puis les drôles de demain inventeront des trucs, pas toujours au mieux c'est sûr, mais c'est sûr aussi que le mieux finira par l'emporter.

Je pense, moi, que des vies comme celle du Mirolo et de la Mirolette pourraient ne devenir qu'un mauvais souvenir. Ce serait bien. On ne trouve pas des Julia Janteau à tous les coins de bois ! Qu'est-ce que vous croyez ? Je serais commis, moi, et rien d'autre, sans ce qu'elle m'a appris et vous avec.

Alors, pour moi, je le dis fort : la seule loi qui sorte le misérable de sa condition, et je sais de quoi je parle, c'est le progrès, na ! »

Jamais il n'avait tant parlé. Assez maladroitement, il en avait conscience, mais il avait dit d'un seul coup ce qu'il avait sur le cœur depuis longtemps. Et tant pis pour les savants, nom de d'là !

Trompeau eut un petit sourire chaleureux.

« Eh bien, toi, Jean Favart, je ne sais pas où tu finiras, mais je suis sûr qu'un de ces jours, on te verra parler dans les assemblées et faire de la politique. Quelle fougue, bon sang ! »

Le café vint à point pour refroidir les têtes, car Jean-Jean avait fait des émules et tous les gens présents partageaient son point de vue, à présent qu'il l'avait mis « au clair ».

Chaillou demanda la parole :

« Dites voir, m'sieur Chauvereau, et pour les vignes, avez-vous aussi quèqu'invention qu'éviterait de se casser les reins ?

– Ma foi non. Il y a des projets un peu partout, mais les essais ne sont pas très brillants. Il y a seulement du progrès dans les pressoirs mais il faut la force électrique et cela ne fonctionne pas mieux que les pressoirs à vis, alors… Non, il y a seulement les petits araires à tirer par une mule ou un gros âne pour déchausser et rechausser les pieds de vigne. Et puis, bien sûr, pour le labour ordinaire, les doubles brabants réversibles qui font gagner deux fois le temps habituel. Mais un double brabant et une paire de bœufs c'est encore ce qu'il y a de mieux quand la terre est lourde. Mais je le répète, avec un double brabant réversible, dans tous les cas on gagne beaucoup de temps. »

Les hommes regardaient les gravures en détail. Trompeau les imitait comme s'il voulait acquérir des connaissances en mécanique agricole.

Julia surveillait son convive, ses décisions déjà prises depuis un moment.

« Alors mon cher Émile, dit-elle au fils Chauvereau, les conditions dont nous avons parlé tiennent toujours ? Si je m'en rapporte à vous, c'est que je n'ai que les gens que vous voyez là.

– Je n'ai qu'une parole et je m'y tiens. Dès demain, j'attends messieurs Chaillou, Favart et Favier à l'usine de Jonzac pour les familiariser avec le matériel, apprendre toutes les pièces renouvelables. Je pense qu'en une grande semaine, ils en sauront autant que les ouvriers qui les ont construits. Vous me réglerez au prix convenu lorsque vous aurez vendu le foin et le blé, à savoir neuf cents francs la faucheuse et mille quatre cent cinquante la moissonneuse, avec les pièces d'usure en remplacement et la ficelle pour deux hectares en cadeau.

– Parfait. Alors vous me faites préparer une faucheuse, un râteau et deux moissonneuses, et je me tiens en réserve pour une seconde faucheuse. »

Jean-Jean chuchota à l'oreille de Rosette :

« Tu veux parier qu'elle va nous mettre en parade des foins aux moissons, et louer ses machines à tous ceux qui manquent de bras.

– C'est certain, et elle les aura remboursés en fin de saison. Tu restes avec moi ce soir ?

– Ça ne va pas être facile s'il faut être demain à Jonzac. Tu devrais profiter de cette semaine pour commander les travaux que tu veux faire faire dans ton prochain appartement à la maison.

– Je ne ferai rien de propre toute seule.

– Fais-toi aider par ta mère. La mienne, dès que c'est propre, elle trouve cela superbe.

– Bon, alors, à la semaine prochaine, tu vas voir ce que tu vas prendre en revenant. »

Tout le monde se leva pour prendre congé. Julia interrompit le mouvement.

« Tout le monde s'en va sauf madame Favart, Jean-Jean, Rosette et la tante Célie. »

Peu après, les cinq conspirateurs se retrouvaient autour du grand halo de la lampe.

« Je vous ai gardés à cause de nos deux tourtereaux. À présent que la Rosette est enceinte, les choses vont aller vite. Je sais que les Favart sont à couteaux tirés avec le curé. De mon côté, nous n'avons pas de religion et mon mari mangeait du curé tous les matins. Pourtant, il me semble qu'il faut une attitude vis-à-vis de la religion à cause des gens du pays, mais je vois mal quoi faire.

– Oh ! moi, je crois que je sais », dit Jean-Jean d'un petit air dégagé.

Content de son effet, il poursuivit :

« J'ai vu le pasteur. Si cela ne vous gêne pas trop de changer d'église, c'est le même bon Dieu, Jésus-Christ tout pareil et la Vierge, les saints, même chose. Le pasteur sera content de trouver de nouveaux clients, et l'autre, là-bas, pourra rester le cul sur son missel, il ne pourra guère nous suivre. D'accord, faudra aller au temple de temps en temps mais c'est moins loin que l'église. Cela convient-il ?

– Moi, coupa Rosette, que mon petit soit protestant ou catholique, du moment qu'il est béni et qu'un ange veille sur lui, cela me va.

– Est-ce que c'est indiscret de vous demander pourquoi cela va si mal avec le curé, Léonie ? »

La mère de Jean-Jean, plus ferme qu'à l'habitude, dit à mots détachés :

« Je ne vous souhaite, ni à vous ni à personne, d'être à la fois pauvre et fille mère. J'espère que c'est clair ?

– Tout à fait, dit Julia, vous permettez que je vous embrasse ? »

X

L'enlisement américain

Jean-Jean revint de sa semaine d'apprentissage complètement emballé. Il ne rêvait plus que de pignons, d'engrenages, de trous de graissage.

Les moissons vendues, les vendanges s'étaient faites grâce aux pêcheuses d'huîtres de La Tremblade. Ces rudes travailleuses à fort caquet avaient toutes des peaux de bébé, d'une incroyable douceur à cause de leur contact permanent avec les vases nourricières des parcs. Cette qualité connue de longue date, attirait des amateurs, mais cette année, il n'y eut pas beaucoup de curieux à l'affût des haies. À présent, on mobilisait même les « soutiens de famille », c'est tout dire.

Égaré dans son rêve mécanique, Jean-Jean s'était enfin occupé des fusils légués par le vieux notaire. C'était des fusils anglais, de marque Purdey and Moore. Il les montra à Casteix qui, depuis un bon moment, avait ouvert un rayon chasse et possédait tous les catalogues imaginables.

Homme compétent, il marqua le coup devant ces fusils superbes, sans chien s'il vous plaît ! (en anglais, *hammerless*) qui se refermaient avec un bruit feutré comme une porte de coffre-fort, et avec ça, moins lourds qu'un Lefaucheux à clef !

Il lui vendit une burette à huile d'arme extra-fine et lui conseilla d'aller chez Geoffroy, l'armurier « chic » de Saintes.

« On peut chasser à dix-huit ans ?

– Mais bien sûr, et même avant, tout le monde s'en fout. Mais pour cela, va voir Gérald Tauzin, c'est lui le président de la société de chasse aujourd'hui. Celui d'avant est mobilisé. C'est aut'chose qu'on te fait tuer à présent… Enfin…

– Et où est-il, Tauzin ?

– À cette heure, il doit être revenu de sa première "verte". Il est à la mairie. »

Jean-Jean trouva en effet le père Tauzin avachi derrière une table couverte d'un tapis vert. Il leva une paupière ridée, boursouflée par le vent, sur un œil pas très clair, un œil de crapaud.

« C'que tu veux ?

– C'est rapport à l'autorisation de chasse.

– T'es propriétaire ?

– Mais oui, je suis même le voisin de votre terre d'en haut.

– Ah ! Eh bien, tu n'as pas besoin d'autre chose qu'un permis de destruction pour protéger ta récolte.

– C'est tout ?

– Qu'est-ce qu'il te faut de plus ? Qu'on te paye les cartouches ? Tiens, prends une feuille imprimée, là, dans le casier. »

D'un geste imparable le père Tauzin prit la feuille des mains du jeune homme et lui donna un formidable coup de tampon qu'il recouvrit d'une signature rigoureusement illisible, puis demanda :

« C'est pour qui ?

– Pour moi, m'sieur Tauzin.

– C'est ton nom que je te demande, ahuri !

– Jean Favart.

– Ah ! c'est toi ce chéti Favart qui change de curé comme de liquette.

– Ben oui, c'est moi, et alors ?

– Oh, rien ! je m'en fous. Moi, j'irai à l'église quand il y aura du pastis dans les bénitiers, mais c'est pour dire. »

Jean-Jean, sa feuille à la main, commençait à avoir la tête chaude.

« Eh bien, pour tout vous dire, si vous vous en foutez, moi je m'en contrefous.

– C'est pas moi, mais c'est du côté du maire que ça a mal passé.

– De lui aussi je me contrefous. Moi, je ne bâtirai jamais une fortune en brisant les moulins des pauvres paysans un peu niais, pour les obliger à devenir clients de “ma” minoterie. Ah, non ! »

Le vieil ivrogne se redressa soudain, l'œil plus vif.

« Ah ! ça, mon garçon, ce ne sont pas forcément des choses à dire, mais en tout cas, c'est la vérité. Tiens, payemoi une verte chez Girod et on sera quittes. »

Jean-Jean sortit une pièce de cinq francs et la posa sur la table.

« Tenez, la monnaie, c'est pour le papier et le tampon. »

Le vieux Tauzin eut un petit rire canaille et empocha la pièce, la bouche fendue sur ses chicots.

« Adieu, p'tit branleur. »

Jean-Jean referma la porte et dévala l'escalier de pierre jusqu'au trottoir. Il sauta en voltige sur son vélo et reprit la route de Chenac.

Il retrouva Rosette accompagnée des deux setters qui se promenaient le long de la petite route. Il s'arrêta à côté d'elle.

« Mais, tu marches avec une canne, à présent ?

– Oui, lui répondit la jeune femme. C'est le docteur Samain qui me l'a conseillé pour éviter de trébucher. Tu viens de Mortagne ? »

Jean-Jean se retint de lui dire que, par cette petite route, il ne pouvait guère venir d'ailleurs. Il se pencha et l'embrassa avec gourmandise.

« Viens, je te ramène sur mon clou. »

Il l'installa du mieux possible, siffla les chiens qui arrivèrent en avalanche, et monta tranquillement le petit chemin.

« Tu sais, le fils Gertou qui a devancé l'appel l'an passé ?

– Oui, et alors ?

– Ben, il est mort à Verdun.

– Mince alors, il avait passé son certif avec nous parce qu'il avait dû redoubler à cause d'une grippe qui l'avait tenu trois mois couché. »

L'image sévère et chaleureuse de Trompeau passa entre lui et Rosette comme une sorte de drapeau de la Raison. Il ne dit rien et poussa davantage sur les pédales.

Les chiens le doublèrent sous le porche, traversèrent la cour comme des boulets et firent le grand tour pour aboyer à la porte de leur chenil. Le Mirolo qui passait par là leur ouvrit et les entendit laper furieusement dans la large gamelle d'eau fraîche.

Julia était dans son bureau. Ils montèrent pour l'embrasser et Rosette lui apprit la mort du fils Gertou.

« Oui, dit Julia l'air absent, il n'a pas eu de chance. À son premier jour de front, paf ! Ah là là ! »

Jean-Jean s'approcha d'un grand pas.

« Tu as passé ta commande chez Chauvereau ?

– Pas encore.

– Alors, ajoute un semoir toute graine et une herse articulée. Il faut bien que j'apporte ma quote-part, moi aussi. »

Et la vie reprit son cours anormal dans un pays qui se vidait de tous ses hommes valides.

Ce qui marqua davantage le début du printemps, ce fut l'arrivée des Américains qui apportaient avec eux un projet

« à l'américaine » : ôter la falaise de Talmont jusqu'au sphinx pour faire un port en pleine eau.

Les premiers arrivèrent à La Rochelle et débarquèrent deux grosses automobiles couleur kaki qui filèrent tout de suite à Talmont en suivant la côte, prenant les bacs, bref, découvrant un pays dont ils n'avaient que des connaissances livresques approximatives, leurs cartes datant toutes du Premier Empire.

À Talmont, ils remplirent aussitôt l'hôtel de la Mer qui possédait quatre chambres. En fin d'après-midi, ils étaient à Mortagne et occupèrent l'hôtel des Voyageurs, huit chambres, s'il vous plaît.

Le colonel chef de mission trouva naturellement à se loger chez le maire qui disposait chez lui d'un appartement réservé à des visiteurs de marque.

Deux jours plus tard, durant lesquels les « Américains » purent apprécier vivement le charme des cafés de la rive en revenant de la falaise du Sphinx, où ils prenaient, semble-t-il, des mesures, ils disparurent tous pour un camp de tentes établi au bout de l'esplanade des Canons à Talmont.

Une compagnie entière y logea et, dès la semaine suivante, tandis que les deux cafés pour touristes ouvraient leurs portes avec six mois d'avance, les militaires creusaient des trous de mines sur les ordres d'officiers qui en marqueraient les points sur des plans collés sur des plaques d'épais carton.

Quelques personnes de la bourgeoisie locale montèrent par le tram voir les travaux et se mêler, un peu, à la « soldatesque ». Ce qui, convenons-en, était une façon peu risquée de se rapprocher de la guerre, en même temps qu'une distraction inédite.

Dans les cafés de la rive, notamment au café de l'Espérance, rendez-vous des marins pêcheurs qui comptaient vraiment dans le port, l'ambiance n'était pas aux mondanités.

« Mais où vont-y foutre les déblais ? C'est un coup à changer les courants, ça ! » gémit Dédé Frosart dit l'Amiral.

Jarnicot qui était maçon durant les mois creux de la pêche, s'inquiétait d'une autre façon.

« Un port en eau profonde avec des grues, des trams, un monde fou qui va braconner, c'est cela qui va arranger la pêche. Tous les bons poissons vont s'en aller et le flot nous apportera que leurs détritus.

– Ça dépend, risqua Pépé Jordano qui se prétendait d'Espagne malgré sa tignasse raide couleur de chaume.

– Ça dépend de quoi ? eh ! futé de mes deux ! tu as déjà vu prendre du poisson, et je dis poisson, pas des lichettes pour amuser les baigneurs au port de La Pallice ? Rien du tout, oui ! Et pourtant, avant, les gars du coin, les vieux à présent, ils prenaient quelque chose comme maigres, maquereaux, et même des thons. »

Jean-Jean qui était au guéridon de Ballarin, leva un regard interrogateur vers son gros voisin.

« Qu'est-ce que vous en pensez, vous, m'sieur Ballarin ?

– Peuh ! Ils ont bien du temps à perdre pour se disputer pour rien. Les Américains vont se planter dans la vase et c'est tout. Talmont, tu vois, c'est fait comme un arrêt en plein courant avec un tourbillon de chaque sens. Un pour remonter après l'église, c'est envasé que c'est pas possible, quand j'étais gosse, ils y avaient planté des bouchots qui sont recouverts à présent, et en faisant un autre tourbillon en bas de l'église, mais là, c'est le banc du Sphinx qui le repousse. Ça nettoie tout. S'ils ôtent la falaise, la vase va s'y mettre au galop, crois-moi.

– Faudrait peut-être les prévenir.

– T'as beau être costaud, tu raisonnes comme un drôle. Mais qui veux-tu avertir, baluzeau ? Un colonel qui se prend pour Dieu le Père parce qu'il commande à une poignée de bidasses ? Et leur dire quoi ? Ballarin assure que la vase va prendre la place du fond si vous cassez la falaise.

Et qui c'est Ballarin ? Un pêcheur ? Ah ! ils n'ont pas fini de rigoler, les Américains et leur copain de la mairie. »

Le soir, Jean-Jean en toucha deux mots à l'instituteur manchot qui lui donna une opinion approchante.

« Le colonel n'écoute rien de ce que je lui dis pour la raison qu'avec un bras en moins, je ne fais plus partie de l'armée d'active. »

Quinze jours plus tard, les explosions commencèrent et la falaise diminua aux trois quarts. Ils arrivèrent alors de La Rochelle avec une immense barge portant trois grues à vapeur qui commencèrent à charger les déblais dans des « marie-salopes » emmenées vers le large en convois par de forts remorqueurs.

« Ils les vident au large de Cordouan par soixante-dix mètres de fond », révéla l'officier des douanes.

En quinze jours, la falaise avait disparu de la surface tandis qu'arrivaient les grandes marées de printemps. Les Américains partirent en disant que la seconde mission était en route. Deux fois par jour le flot grandissant poussait devant lui d'énormes pans de vase remués par le courant du jusant.

Le 2 avril, les Américains s'engageaient à nos côtés et la marée basse montrait de longues bandes de vase qui séchaient vite avec le vent d'ouest avant de recevoir leur nouvelle charge remplaçant un grand rectangle d'eau libre depuis le premier jour de la Gironde préhistorique.

Des pêcheurs assurèrent qu'une grosse vedette à vapeur était venue se rendre compte de l'état de la côte. Plus personne n'en entendit parler jusqu'à ce jour de mai où commença un va-et-vient infernal sur la Gironde. On apprit alors que les Américains déconfits avaient édifié sans rien dire à personne le port de Bassens, en face du port de la Lune à Bordeaux.

Le commerce s'amplifia et Bassens devint le premier port commercial de l'estuaire, et Mortagne passa à un modeste second rang. C'est par les quais tout neufs de Bassens et ses grues ultramodernes que passa toute l'armée américaine. Et la ligne de chemin de fer devint la première de France.

XI

Un coup de pied attendu

Le 15 décembre 1917, le traité de Brest-Litovsk mit fin aux hostilités entre les Russes et les Allemands. On apprit la nouvelle le lendemain au soir par quelques journaux apportés par le train. C'est Trompeau qui les avait emportés en quittant Mortagne. Jean-Jean et son copain en étaient à leur seconde assiette de haricot de mouton.

« Et qu'est-ce que cela veut dire au juste ? demanda Jean-Jean qui, à présent, appelait parfois son ancien maît'd'école par son prénom. Dame ! On est beaux-frères ou pas. »

Trompeau releva son nez fin.

« C'est bien simple. Les Allemands vont disposer du double de leurs troupes et nous arriver dessus comme un orage. Il faut s'attendre au pire.

– Mais que faire ? demanda Jean-Jean, un peu angoissé pour une fois.

– Mais rien du tout, malheureux ! Ce sont des affaires d'État, de politique. L'arrivée des Américains et de leur matériel va peut-être rétablir un horrible équilibre. »

Trompeau attaqua son haricot de mouton d'une cuiller gaillarde et Jean-Jean revint à la charge :

« Mais comment se fait-il que nous le sachions par le train ? Le télégraphe et même le téléphone auraient pu nous avertir.

– Certains ont dû le savoir, mais on a dû leur dire de se taire pour ne pas affoler la population. »

L'instituteur manchot venait d'être affecté de nouveau à l'école de Mortagne où la jeune maîtresse commençait à avoir des difficultés avec les grands qui lui lorgnaient plus souvent la taille ou le corsage que les leçons du tableau. Ce fut un petit événement au pays. Un mutilé de guerre, bonnes gens ! On se fit vite à cette idée, aussi bien qu'à celle de le voir habiter chez la veuve Janteau. Il y avait bien par-ci par-là des sourires en coin à cette évocation, mais la récente appartenance des Janteau et des Favart à la sévère Église réformée incitait à une retenue générale. Oh, et puis quoi, hein ? Ils avaient d'autres chats à fouetter. Peu à peu les champs et les haies se remplissaient de vieilles gens qui avaient encore la carrure mais travaillaient lentement, trop lentement.

Trompeau avait fait inscrire Jean-Jean aux cours du soir de mécanique agricole qui se donnaient pour dix francs le trimestre dans une salle de « l'institut » Combes, autrement dit chez lui, au rez-de-chaussée de sa petite maison de Pons.

C'était la période de la rentrée d'argent prévue par les coopératives, les grossistes et les fourriers de l'armée.

Jean-Jean reçut dix mille francs pour les blés et les fourrages et vingt mille francs d'alcool chez le grossiste de Julia qui lui en avait vendu quatre fois plus, sans compter les clients qui venaient à cinq du cent faire distiller chez elle.

La vigne de merlot rouge qu'il avait plantée voici deux ans, commençait à donner et elle vendit mille cinq cents bouteilles aux cafés et débits de la rive.

Jean-Jean avait en outre reçu un virement de cinq mille francs de maître Grosjean, le notaire de Pons, « en règlement des affaires courantes ». Il se promit de demander des détails à l'occasion.

Léonie avait continué son petit commerce de conserves de poissons et de foies de canard qui, tous frais payés, lui laissa quatre mille cinq cents francs.

Pour suivre les cours qui avaient pour lui une grande importance, Jean-Jean s'acheta une motorette Terrot nº 2, ce qui se faisait de mieux. Cet engin, ancêtre direct de la moto, démarrait avec un pédalier lançant une magnéto mettant en route un moteur de deux chevaux à transmission par courroie. Le réservoir d'essence longeait le cadre et contenait dix litres. L'ensemble « s'envolait » à quarante kilomètres à l'heure, cinquante dans les descentes, ce qui mettait à peu près toutes les villes de Saintonge à trois quarts d'heure de chez lui. Deux fois plus vite que le tram.

La motorette avait également un gros phare électrique qui éclairait à plus de cinquante mètres, « comme en plein jour » disait le catalogue. Cette merveille consommait trois litres d'essence aux cent kilomètres. Nulle part il n'y avait encore de pompes publiques. L'essence s'achetait en bidon de cinq litres pour un franc cinquante.

Derrière ses grosses « lunettes d'aviateur » livrées avec la motorette, Jean-Jean faisait grosse impression sur les routes de Saintes, Pons, Royan.

Rosette s'arrondissait avec vaillance. Jean-Jean la trouvait de plus en plus belle de visage.

« On dirait qu'elle a une lampe à l'intérieur, confia-t-il à Riri qui lui répondit avec gentillesse :

– C'est pas une lampe, c'est un drôle ou une drôlesse, mais des fois ma mère dit que ça fait pareil à une chandelle allumée dans un lampion derrière les "œils". »

Grâce à la motorette, Jean-Jean pouvait suivre les cours de mécanique avec un grand sérieux. Un soir, pour arriver à l'heure, il avait dû laisser les bœufs et le brabant à Chaillou et s'était présenté, les galoches et les jambières salies de terre boueuse au cours de son moniteur. Émile Combes était là et le complimenta de son assiduité en ajoutant de son air grognon :

« Vous portez, monsieur, les plus belles chaussures qu'un apprenti ait jamais eues et les rieurs ne sont pas près d'en obtenir d'aussi glorieuses. »

Jean-Jean crut d'abord qu'il se moquait de lui. Jamais on ne s'était adressé à lui selon les formules pompeuses en usage parmi les initiés radicaux. Puis il comprit que c'était un véritable compliment et s'en trouva tout fier.

Cette sympathie naissante tourna court lorsque, quelques jours plus tard, Jean-Jean déclara ingénument qu'il avait rompu avec le curé, et sa famille aussi. Avant que le père Combes ait pu s'attribuer le mérite de cette conversion selon son cœur, il ajouta que c'était pour rejoindre le pasteur Cahours. Dès lors, le vieux lutteur répondit à son salut occasionnel par un simple signe de tête, mais il ne dit rien lorsque Jean-Jean reçut son diplôme de fin de cours qui lui permettait de s'installer dans un magasin-atelier avec la qualité d'artisan qualifié : c'était une garantie chez ce genre de commerçants-fabricants, monteurs plutôt, qui leur permettait d'engager des apprentis ou des élèves diplômés.

Jean-Jean rentra chez lui pour voir les aménagements de l'installation de Rosette terminés. Elle lui fit visiter les deux chambres et la salle d'eau (une exigence de Julia). Tout était beau, propre et net, les plâtres refaits, des meubles nouveaux qui venaient du grenier de la ferme Janteau. Il y avait aussi deux beaux tapis, un bureau, une commode et une armoire charentaise à étoiles, un lustre, des lampes. La seconde chambre, plus petite, était réservée pour le nourrisson à venir.

En redescendant dans la salle, Jean-Jean trouva Léonie très affairée avec Bormeau le maçon. Des plans étaient étalés sur la grande table.

« Alors, demanda le jeune homme, tu peux lui faire quelque chose de bien ?

– C'est sûr, mais elle trouve tout trop cher, alors dis-lui que c'est toi qui paye !

– Tu as entendu, m'man ? C'est ton cadeau pour la naissance de ton premier petit-enfant, na ! Allez, viens Rosette, montre-lui la revue où nous avons trouvé la décoration qui devrait lui plaire.

– Mais tu es fou, mon petit, juste au moment où tu devrais mettre de l'argent de côté pour élever cet enfant, tu en dépenses sans compter. »

Cependant, Léonie restait fascinée par le catalogue « décoration » des Nouvelles Galeries.

« Nous avons vraiment besoin de ton avis. Imagine que l'on dépense tous ces sous pour un cadre qui ne te plairait pas. C'est pour le coup que ce serait gâcher ! »

Léonie, les yeux mouillés, finit par poser le doigt sur la gravure suivante en disant :

« À tout prendre, c'est dans un cadre comme celui-là que je me sentirais le mieux. Puisque nous vivons chez les fous, autant vivre comme eux. »

Jean-Jean plia la page d'un revers d'ongle.

« Tu peux voir ça avec le décorateur du magasin ?

– Il n'attend que mon coup de téléphone pour arriver.

– Alors hâtez-vous, c't-y, 'pas envie que mon enfant passe la journée dans les coups de scie et les coups de marteau. »

Le maçon partit avec un signe rassurant.

Léonie reprit la parole un peu timidement :

« Euh, tu te souviens d'avoir promis à la tante Estelle de lui payer le voyage pour Rio si elle le voulait ?

– Oui, alors, elle n'a toujours pas digéré que je la remette à sa place ?

– Eh bien non, pas très bien, et puis elle veut voir Odette. C'est bien naturel, non ?

– Si on veut, bon, et cela coûte combien ?

– Quatre cent cinquante francs en seconde classe.

– Eh bien, prends-les sur ton compte, je te rembourserai. Aujourd'hui et la semaine qui vient, je n'ai vraiment pas le temps d'aller à Saintes, pas même au marché de la semaine prochaine.

– Ce sera comme tu voudras mon chéri. »

Repensant à la belle image du catalogue, elle sentit sa poitrine se gonfler et exhala un gros, très gros soupir en murmurant :

« Quand même ! »

Rosette paressait dans sa belle chambre de tous les tons « tabac » qui pouvaient exister. Elle s'en voulait un peu de cette inaction, mais sa mère, appuyée par la tante Célie et le docteur Samain, l'avait persuadée de se tenir tranquille car, malgré elle, son corps travaillait pour deux, et pas d'un ouvrage menu !

« Tu es entrée pour une part inoubliable dans les projets de Dieu. Tu portes la vie, comme Ève », lui avait dit Sylvaine, la femme du pasteur.

Rosette songeait à la façon dont Cahours les avaient mariés dans le temple de Saintes, entre deux trams, pour éviter les cancans prévisibles. Il comprenait tout, cet homme-là.

En fait, avec sa tête d'agrégé de mathématiques, Cahours mettait un soin très poussé à tout ce qu'il entreprenait, laissant le moins possible d'initiative au hasard. C'était sa manière de célébrer le Très-Haut. Il n'avait pourtant pas de malice pour un sou, mais impressionnait tout le monde. C'était lui qui avait décidé Estelle à rejoindre sa fille au Brésil où il n'y avait qu'elle qui puisse redresser une barque mal partie sur une voie sans issue très favorable.

Rosette se retourna sur ses coussins. Où pouvait être Jean-Jean ? Tout à l'heure, il était parti en coup de vent après avoir accepté de payer le bateau à la tante Estelle pour aller au diable vauvert… le Brésil, semblait-il. Elle avait encore en mémoire la rogne noire de « feu son père » (lorsqu'elle pensait à lui, elle pensait toujours « feu mon père », sa façon à elle de le laisser là où il se trouvait) qui avait placé de l'argent dans la cimenterie. Elle n'était pas partie sans munitions, l'Odette !

Elle se secoua, s'ébroua plutôt, et alla vers le téléphone. Décrocher, un petit coup de manivelle et hop ! la voix du préposé :

« Ouiii ?

– Le quatre à Chenac, s'il vous plaît. »

Un instant plus tard, la voix de Julia :

« Oui ?

– C'est Rosette.

– Cela va comme tu veux, ma poule ?

– Oh oui ! Sais-tu où est Jean-Jean ?

– Tu veux rire, j'espère. Tu as épousé le roi des courants d'air. Un jour tu crois qu'il crible le blé, pas du tout, il est à la pêche vers Cordouan ! Enfin, là, je crois que j'ai une idée. Il est venu chercher le grand cheval gris, oui, celui qu'il appelle "l'Artilleur" pour aller chercher les nouvelles expéditions de Chauvereau.

– Dis, tu ne veux pas venir me voir ?

– Écoute Rosette, tu sais que j'ai des journées chargées. Je suis déjà venue deux fois depuis le début de la semaine.

– Écoute maman, dit la petite en singeant sa mère, je ne vais pas être enceinte toutes les cinq minutes !

– Ouais, viens souper.

– D'autant que la tante Estelle s'en va au Brésil.

– Voilà autre chose !

– C'est Jean-Jean qui paye.

– Cela lui coûte combien, la liberté ?

– Quatre cent cinquante francs, si j'ai bien écouté.

– Ce n'est pas cher pour avoir la paix. Invite Léonie, moi je l'aime beaucoup cette femme-là !

– À moins qu'elle veuille passer une dernière soirée avec sa sœur.

– Cela peut arriver. Fais au mieux et ne froisse personne. La bise… »

Rosette raccrocha en se renversant sur ses coussins. Elle sentit brusquement un coup très net à l'intérieur de son ventre. Le cœur dans la gorge, elle rit, pleura, et tapa dans ses mains comme un enfant à Noël.

« Un coup de pied ! Le premier ! Ah, merde alors ! »

Elle avait dû faire plus de bruit qu'elle ne pensait. Léonie gratta à la porte.

« Entrez, m'man, entrez, vous savez quoi ?

– Mais comment veux-tu ?

– Eh bien, il m'a donné son premier coup de pied ! »

Léonie tomba à genoux contre le lit encombré et serra sa bru (quel mot !) contre son visage noyé. Submergée par un raz- de-marée de bonheur, muette d'émotion, elle pleura d'amour sur la poitrine de Rosette qui pleura avec elle. Puis elles se calmèrent peu à peu, guettant un second coup de pied qui ne vint pas. Rosette tourna son joli visage vers celui de sa belle- mère.

« C'est vrai que ça fait quelque chose, hein ? Il me semble que je suis plus intelligente. »

Elle rit soudain :

« Encore heureux qu'il n'ait pas mis de sabots ! »

Elles rirent toutes les deux comme s'il s'agissait de la plus fine plaisanterie du monde.

XII

Le progrès, tout de même

SUR L'ESPLANADE qui s'étirait le long du vieux cimetière, la Société des Lignes Secondaires Régionales, autrement dit « le tram », avait établi une halte où les grosses expéditions, machines, engrais, etc., étaient débarquées en attendant que les clients viennent les chercher sous l'auvent d'un grand hangar métallique. C'était vite devenu une sorte d'entrepôt désordonné où seule fonctionnait « la couronne », une longue plaque de fonte sur laquelle on faisait rouler les « locos » pour leur faire exécuter un demi-tour.

Pour le reste, il y avait un peu partout des pièces trop lourdes pour être déplacées, qui rouillaient obstinément depuis le début des années quatre-vingt. Pour délabrée qu'elle soit, l'esplanade rendait de grands services. Un commis de chez Chauvereau avait accompagné le semoir et un cultivateur à dix dents aiguës et élastiques comme des armes. Il aida Jean-Jean et les deux employés à descendre sa mécanique sur deux bastaings jusqu'au sol et fit poser le cultivateur à l'envers, dents en l'air, derrière le siège du semoir. La lourde roue-guide touchait presque le sol.

Jean-Jean laissa repartir le commis qui rentrait à Jonzac et offrit l'apéritif aux deux employés. Le gros cheval gris attelé, il prit sans hâte le chemin de sa maison. Dans la grande salle, Léonie et Rosette papotaient en travaillant. Rosette taillait des couches et les cousait sur des bandes de vieux draps. Léonie tricotait tout un attirail de vêtements minuscules pour garder au chaud un nourrisson qui craindrait certainement les frimas, bonnes gens !

Jean-Jean prit plaisir, et même un peu plus, à les regarder, bien au chaud, protégées, dans la douce lumière de la grosse lampe. Il prit soudain conscience de ce que pouvait être la peinture. Il poussa la porte.

« 'Soir tout le monde ! Le semoir est dans le hangar avec un gros cultivateur. Tu veux bien téléphoner à Riri pour qu'il descende m'aider à les délier ? »

Rosette fut vite sur pied. Il pensa qu'elle devait en avoir par-dessus la tête de se reposer.

« Allô ? Tante Célie ? Riri est là ? Non, c'est pour Jean-Jean. »

Bientôt, la voix malhabile se fit entendre. Le jeune Favier n'arrivait pas à parler correctement dans un appareil de téléphone.

« Ouais ?

– Je te passe Jean-Jean.

– Dis donc, l'aristocrate, tu veux bien venir me donner un coup de main à mettre le semoir d'aplomb ?

– Ouais, j'arrive. »

Et il raccrocha.

« Ce doit être difficile de se fâcher avec lui, sourit Rosette.

– Détrompe-toi, j'en sais au moins trois qui ont voulu se moquer de sa timidité ou de sa gaucherie. Ils ont pris une sacrée tape, tu peux me croire. C'est qu'il est costaud, le bougre ! »

Léonie intervint.

« Yvon, son père, avant qu'il se mette à boire, c'était le plus fort docker du port. Il portait cent kilos en faisant le singe sur la planche de mise à quai.

– Tu ne me l'avais jamais dit.

– Euh… C'était un copain de ton père. »

Jean-Jean comprit soudain que sa mère avait été une gamine et, comme telle, vouée pendant un temps aux chahuts, aux baisers furtifs, aux fous rires, jusqu'au jour… eh bien, jusqu'au jour où tout son corps, sa moindre pensée, lui dirent que c'était celui-là et pas un autre. Difficile d'imaginer.

Sous le hangar, il y avait trois grosses lampes à abat-jour, vert sur le dessus et blanc dessous. Cela permettait d'y travailler tard le soir. Riri y arriva, précédé d'un sifflement joyeux. Il sauta « en fantaisie » de sa bicyclette et s'approcha du semoir, un peu comme ses ancêtres le faisaient vers une relique au cours des pèlerinages.

« Merde, il est rien beau !

– Ce qui compte surtout, c'est qu'il fonctionne bien. La couleur de sa peinture m'importe guère. »

Depuis qu'il regardait les catalogues, l'aîné des Favier en savait un peu plus qu'il ne le laissait voir en mécanique de tout genre. Il se pencha sous le coffre rouge vif pour compter les tétons rangés sur le fond de l'appareil.

« Ah, dis donc ! Quinze rangs d'un coup ! Ça doit en abattre, du travail.

– Aide-moi donc à descendre le cultivateur.

– Allez, comme à la pêche… à bras… ferme ! » rigola Riri.

Muscles raidis, ils enlevèrent la machine que quatre hommes avaient eu du mal à caler sur le long couvercle du semoir et la posèrent doucement sur le sol, la retournant en souplesse.

« Bouh, souffla Jean-Jean, il n'y a plus qu'à visser le siège et son montant.

– Laisse-moi les visser, dit le Riri d'un ton presque suppliant.

– Vas-y, ils sont dans le coffre avec les boulons. »

Pendant que son copain montait siège et support avec des gestes déjà habiles, Jean-Jean alla chercher une première brouettée de blé soigneusement criblé depuis une huitaine. Un blé échangé avec un collègue qui avait des terres au-delà de Saint-Fort, poids pour poids, le seul moyen connu depuis les temps les plus anciens pour que la semence ne s'affadisse pas.

En revenant, il interpella Riton, rouge d'effort sur le serrage d'un boulon.

« Dis donc, tu te souviens, un jour tu m'as dit que si l'on pouvait travailler de nuit à la ferme et le jour à la pêche, nous deviendrions riches. Pour le travail de nuit, ça y est. Il n'y a plus qu'à aller à la pêche. Savoir si on deviendra riches pour autant… »

Riri interrompit son effort, les yeux brillants.

« C'est pourtant vrai que je travaille en pleine nuit, m'en étais pas aperçu. Le progrès, tout de même… »

XIII

La vie prend le dessus

LE LENDEMAIN, par temps clair, Jean-Jean attela « l'Artilleur » après un bon picotin et une tournée à l'abreuvoir, et gagna allègrement les grandes terres brunes qui regardaient la mer au- dessus de Saint-Seurin. Il cala l'attelage au bas de la grande longueur, passé la haie à mi-côte, et descendit régler le semoir comme il l'avait appris. Il tira le levier de fonctionnement et sauta sur le siège du grand semoir.

« Allez "l'Artilleur", fais-nous-en péter une longueur, ho ! »

Le cheval partit sans peine d'un pas calme qui avançait vite à cause de ses grandes jambes. Il arriva à l'autre extrémité, aussi frais que s'il avait tiré la petite charrette anglaise. Au retour, Jean-Jean vit les minuscules ruisseaux clairs des graines bien parallèles qui, de loin, semblaient peints sur la motte.

Il fit huit allers et retours avant que le coffre sonne le vide. Près de la route, il vit arriver Riri avec un tombereau de blé tiré par un cheval roux à crinière blonde qu'il ne connaissait pas. En approchant, il constata que le cheval était trapu et musclé comme un lutteur et que sa queue était aussi fournie que sa crinière.

« D'où vient ce cheval ?

– C'est un breton d'un lot de quatre refusés par l'armée, jugés trop courts de pattes pour la hauteur des canons et des plates-formes. La patronne a accepté de les en débarrasser pour la boucherie.

– C'est idiot.

– Va leur dire ! En attendant, ce sont de bonnes bêtes et Chaillou dit qu'ils ont un coup de reins fantastique pour passer les mauvais endroits. Je pense que tu dois être à vide.

– Tout juste, Auguste ! Allez, on fait le plein. Dis, j'ai envie d'essayer le breton.

– Pourquoi pas ? Je remonterai avec "l'Artilleur" tout à l'heure. »

Jean-Jean flatta la bête qui avait les yeux maquillés et un bon regard de chien. Il suivit docilement son nouveau maître et recula dans les brancards. Jean-Jean dut modifier un peu la place des crochets pour le caler en tête. Placide, « l'Artilleur » changea de charge et prit la route de la ferme.

Jean-Jean s'amusait comme un enfant d'un jouet neuf. Les énormes fesses du breton se tissaient de muscles noueux au moindre effort, de même que ceux de son cou ou de ses épaules.

« Tu es un faux rondouillard, toi ! Pas de gras, rien que de la viande. »

Il continua sans peine les mêmes va-et-vient que précédemment avant de se trouver vide. Il calcula qu'à « vue de nez », il avait semé plus de trois hectares et demi en deux heures de temps.

Riri l'attendait au bord de la route.

« Allez, le dernier chargement avant la soupe. Il faudra herser tout de suite après. Il n'y a pas encore beaucoup d'oiseaux, mais si on leur laisse le temps de se prévenir les uns les autres, ils vont se faire des "bézots" (ventres) de sénateurs, fi d'garce !

– Chaillou attellera aussi : il y a deux herses courtes en acier à la ferme à présent.

– Ah ? Elles sont arrivées ? Il faut dire que je n'ai plus beaucoup la tête à moi, entre la Rosette qui va “déjanter” le prochain mois et toutes les terres que nous devons préparer.

– Y a pas compte ! Allez, le dernier sac… à bras… ferme ! »

Jean-Jean vérifia chaque téton et sauta sur le siège.

« Va, le breton ! C'est le moment de nous montrer ce que tu as dans le ventre. Ah… iii ! »

Le cheval secoua sa grande crinière et fit décoller le semoir.

« Du nerf ! cria Jean-Jean, à chaque tour ce sera moins lourd ! »

À onze heures, il n'y avait plus qu'un aller et retour. Au dernier passage vers la route, ils n'étaient plus très loin des premières frondaisons du bois qui « sommait » la partie plate de la colline où les militaires de Rochefort voulaient installer un observatoire et même une redoute, disaient ceux qui se prétendaient bien informés.

Le breton et Jean-Jean prirent pied sur la route avec un commun sentiment joyeux. Le jeune homme contrôla ce qui restait de semence : à peine de quoi faire vingt mètres. D'un coup d'œil, il se remplit de l'image des sept hectares semés et prit le chemin de la ferme. À cette occasion, il put aussi mesurer la taille des sabots de ce nouveau cheval.

« Pourrait travailler dans le marais, il ne se “gaugerait” (s'enfoncerait) pas d'un doigt. »

Sur la route, il avait tendance à trotter de droite à gauche comme un épagneul.

« Ce doit être l'air de Bretagne qui veut ça ! Mais s'il va à la laiterie, c'est du beurre qu'on y livrera. »

Jean-Jean s'arrêta sous le hangar à outils, mena sa bête à l'abreuvoir en vérifiant qu'il n'était pas particulièrement chaud, et le conduisit à l'écurie devant une crèche bien garnie.

La grande salle était pleine. Tout le monde était là. Jean-Jean salua à la cantonade et s'approcha de Julia.

« Toute la pièce du haut est ensemencée et il faut voir comment : un rêve ! Moi, je n'ai fait que guider un peu les chevaux.

– Je sais, Riri m'a tout raconté en revenant. Sept hectares en cinq heures, c'est quelque chose, cela !

– Rosette n'est pas encore arrivée ?

– Si, elle est dans son ancienne chambre, elle choisit des poupées, paraît-il. »

Jean-Jean leva des yeux interrogateurs et Julia sourit :

« Des poupées dans un moment pareil, c'est sûr que c'est pour bientôt, très bientôt. »

Sur un geste de la patronne, chacun prit sa place.

« Chaillou, dit Julia, ce soir en rentrant, vous direz à votre femme que nous avons besoin de ses talents pour préparer de la volaille pour la foire de Saintes.

– "Ho Kai", comme z'y disent les Américains. »

Jean-Jean, la bouche pleine, se pencha vers Julia.

« Combien as-tu acheté de chevaux ?

– Quatre, et moins de deux cents francs pièce. Ils ont l'air bons, que t'en penses ?

– Je ne connais que celui que j'ai utilisé pour terminer. Très bon je pense, un peu de fantaisie mais du cœur au travail.

– C'est aussi l'avis de Chaillou. »

Rosette descendit l'escalier avec une grosse poche de papier d'où dépassaient un pied et une tête de poupée. Sans parole inutile, elle prit sa place entre Jean-Jean et sa mère.

« Tu veux bien m'emmener à la maison après dîner ? »

Jean-Jean eut l'air embarrassé, Julia trancha.

« C'est le Mirolo qui te conduira. Si tu sens que c'est nécessaire, tu appelleras le quinze. C'est le docteur Samain. Il saura bien nous prévenir et amènera Magali Moreau, sa sage-femme. Tu donneras la consigne à Léonie. Au fait, ses travaux sont terminés ?

– Oui, mais elle dit que cela sent encore le plâtre frais et la colle, mais c'est beau. Bonneau et le décorateur sont arrivés à faire une chambre toute pareille à celle du catalogue. »

Jean-Jean sourit, mi-figue mi-raisin.

« Entre ton installation et la sienne, cela devient un château à la maison. Mais tu fais une drôle de Belle au bois dormant. »

Pour copieux qu'il fût, le repas fut vite expédié.

Les « hommes » repartirent avec un tombereau de grain et les deux herses mobiles en acier. Ils avaient les quatre chevaux bretons avec eux. Jean-Jean conduisait le semoir.

À droite de la terre semée s'ouvrait un second labour déjà hersé qui s'étalait sur le terrain plat avant les vignes courtes. Jean-Jean y installa le tombereau après que les deux herses furent posées. Elles étaient pesantes car, une fois par terre, elles s'ouvraient en trois panneaux carrés d'un mètre carré chacun, liés entre eux par des anneaux d'acier. Il y avait un siège sur le panneau central. Deux tiges d'acier prenaient les trois panneaux ensemble en leur gardant leur souplesse.

Au sifflet de Chaillou, les deux herses partirent ensemble, raclant six mètres de large de leurs dents fines. Les nouveaux chevaux répondaient bien à la voix de leur cocher.

Dans le contrebas, Jean-Jean faisait aller le semoir avec un enthousiasme qu'il n'avait jamais connu. Le court cheval roux et blanc dégageait un entrain de gamin à la récréation. Il ne trottait pas, mais peu s'en fallait. Jean-Jean connaissait ce grand labour pour l'avoir fait pied à pied avec les bœufs et en savait les rares embûches.

Il remplit une fois son semoir et repartit au pas nerveux de sa bête et termina la pièce en une demi-heure. Il savait qu'il avait ensemencé quatre hectares.

Chaillou et Riri arrivèrent un quart d'heure plus tard dans le tintamarre des roues de fer qui se retournaient pour passer les chemins et servaient de poids stabilisant au travail.

Ils rentrèrent le soir, lassés mais triomphants, ayant semé et hersé plus de dix hectares de froment premier choix. Julia, si froide dans ses raisonnements, en demeura stupéfaite.

Alors tout doucement, sans point précis, comme monte la marée dans un chenal – un coup je vois un boulon au pied de l'estacade, au regard suivant je ne le vois plus, sans que rien ne paraisse avoir bougé –, bref, de cette manière inexorable commença une longue semaine enragée.

Jean-Jean partait à l'aurore, constatait que Rosette était calme, et rentrait le soir, les yeux gonflés de sommeil. Il buvait un café pendant que Léonie lui faisait un résumé des choses notables de la journée. On ne peut pas dire qu'il remontait se coucher car il dormait déjà en montant « chez sa femme ». Rosette se poussait un peu pour lui faire de la place.

Le dimanche, il la laissa pour « se faire beau » avant aller au temple où il brama plus qu'il ne chanta. L'après-midi, il alla frotter les jambes des chevaux avec du vin, ancienne, très ancienne méthode qui avait fait ses preuves et il retourna se coucher. Il mangea pour deux ce qui, dans son cas, était considérable, et repartit dormir.

Le lundi, au point du jour, il descendit doucement pour ne pas réveiller Rosette qui ne dormait pas. Jean-Jean était frais comme un gardon et d'une humeur à manger « un feu d'artifice allumé » déclara-t-il à sa mère. Gavé de rôties enduites de beurre et de miel, il prit sa motorette pour rentrer plus aisément le soir. Et il ne fut plus question que de chevaux, de semences et de herses. C'est à peine s'il remarqua les six prisonniers allemands que l'administration avait enfin confiés à Trompeau pour le défrichage des parcelles léguées à Jean-Jean par maître Bézard le notaire.

Ils travaillaient avec une sage modération mais un soin extrême, d'une part parce qu'ils étaient prisonniers, de l'autre parce qu'ils ne pouvaient pas s'empêcher de parfaire un ouvrage. Ils furent payés un peu plus que prévu et reçurent chacun deux poulets vivants. Ils repartirent dans l'île d'Oléron comme ils étaient venus. Trompeau en fut quitte pour un rapport circonstancié dans lequel il appuya sur les détails les plus minimes, sachant bien que personne ne le lirait.

Les semeurs terminèrent par les deux grands labours de Jean-Jean, qu'il passa au cultivateur avant le semoir. Le temps étant sec depuis une semaine, il y fit « de la cendre », c'est-à-dire une terre fine et friable, douce au toucher. Y semer son froment fut un plaisir qui favorisa une idée : mettre deux petits versoirs devant le téton semeur et une petite barre biaise derrière, qui refermerait le sillon. Le soir, il en fit le dessin maladroit sur la page d'un vieux cahier. Il réserva son chef-d'œuvre pour Trompeau et Julia qui devaient en connaître un bout, question brevets d'invention.

Il se coucha et dormit dix-huit heures de rang, pour se réveiller dispos dans une autre chambre, tandis que la maison résonnait de mille bruits insolites. Il bâilla, s'étira à la façon des chiens et, peu à peu, prit conscience des bruits et des cavalcades dans le couloir et l'escalier. Soudain, la vérité lui fit l'effet d'une gifle. Il sursauta en grognant.

« La Rosette, nom de d'là ! »

Sitôt dit, il sauta du lit en chemise et fonça vers la belle chambre. Autour du lit s'affairaient le vieux docteur Samain et Magali Moreau, la grande et forte sage-femme qui avait une voix de gamine.

Jean-Jean entra, salua et fit un grand pas vers sa femme qui respirait mal et avait les traits tirés.

« Ça y est-y ? »

Rosette, joyeuse de sa tenue qui dénotait un profond désarroi, s'interrompit dans son travail pour dire d'une voix enrouée :

« Tu veux bien aller mettre un pantalon ? Ce n'est pas une tenue pour accueillir son premier enfant !

– Ni même le second, dit la grosse Magali d'un ton pincé.

– Va mettre un froc, merde ! gronda le père Samain.

– Ouais, bon ! Ah là là ! Vous n'en perdrez pas la vue », dit Jean-Jean en fourrageant sa tignasse de paille.

Il retrouva son pantalon bouchonné entre les couvertures et le détortilla pour l'enfiler. Il venait de passer sa première jambe lorsqu'un grand cri traversa la maison. Jean-Jean tressaillit, rata la seconde jambe et s'abattit contre l'armoire qui grinça sous le choc. Il se retourna pour découvrir qu'il avait les mains tachées de sang. Un coup d'œil au miroir au-dessus de la table de toilette le renseigna tout de suite. Il avait une belle déchirure au-dessus du front. Il s'épongea avec son mouchoir et reprit le chemin de la belle chambre, le pas légèrement incertain.

Léonie faillit se trouver mal devant la tête ensanglantée de son « petit garçon ». Julia, arrivée au dernier moment, prit une plaque de coton hydrophile et lui essuya le front jusqu'à dessiner la déchirure qui saignait moins.

« Celui qui t'a fait cela doit être drôlement costaud.

– Tu parles ! J'étais tout seul et j'ai raté ma seconde jambe de pantalon. C'est l'armoire qui m'a empêché de tomber plus bas que par terre, ronchonna-t-il.

– En tout cas, que cela ne t'empêche pas d'admirer ce que Rosette t'a fait-là, un gros garçon de quatre kilos et qui hurle déjà comme un perdu. »

Le visage maculé de Jean-Jean s'éclaira d'un sourire enchanteur. Il se pencha vers Rosette encore essoufflée.

« Alors, tu nous as fait un gars ?

– Faut bien, puisque son père n'est pas capable d'avoir le dessus sur son pantalon !

– Mais, c'est quand tu as crié, ça m'a saisi tout par un coup et je suis tombé contre l'armoire. »

Il regarda longuement le gros boudin rouge qui se tortillait en hurlant plus fort.

« La bête a l'air solide, marmonna le père Samain. Encore que toi, tu étais plutôt petit et mince quand tu étais gosse. »

Jean-Jean ne répondit rien. Ce n'était pas le moment de se fâcher avec le docteur Samain, seul médecin du pays.

Inconsciente de la féroce guerre des hommes, la nature avait repris son invariable mouvement à quatre temps : printemps, été, automne, hiver. Des soldats en permission racontaient que les alouettes nichaient entre les lignes, parfois même dans le casque d'un mort, se souciant peu de sa nationalité, bien sûr, qui n'avait pas de sens pour elles.

Passé la furie des semences, il y eut un blanc d'une dizaine de jours, ordinairement consacrés à la fin des semences et aux avoines. Jean-Jean, le front réparé avec quelques agrafes, une nouveauté apportée par les Américains et qu'ils vendaient souvent avec d'autres choses pour se faire un peu de « french money », Jean-Jean, donc, en profita pour aller à la pêche.

À présent, il se servait de sa barque à la perfection. Il prit quelques maigres dépassant les dix kilos et les fit pondre dans un seau comme Ballarin lui avait montré. Les œufs d'abord, dans le fond, et la laitance ensuite par-dessus, quand un beau mâle capturé commençait à gicler dans son agonie. Le mélange effectué, il y rajoutait de l'eau, un demi-seau au moins, avant de le vider dans un creux de rocher où poussaient des algues. Jean-Jean et Riri firent quatre ensemencements dans la matinée, tandis que pêchait la tirolle.

En trois journées, ils prirent une vingtaine de lamproies, quelques caisses de belles sardines, des brignes, quelques bars précoces et, au large du phare de Cordouan, une pleine tirolle de maquereaux acharnés à poursuivre les sardines.

Le Vivi Poussachie et Léonie se partagèrent les poissons pour plus de quatre cents francs.

Le fils de Jean-Jean et Rosette avait, d'un commun accord, été baptisé Francis, du nom de son fantasque grand- père. La cérémonie, sobre au possible, s'était déroulée derrière le boqueteau qui fermait la grand-cour derrière la ferme Janteau. Le pasteur Cahours tenait particulièrement au « rite du désert », ce qui lui donna l'occasion de faire un cours d'histoire très réussi sur les dragonnades des Cévennes.

Rosette repartit heureuse de savoir son fils baptisé par un homme si intelligent.

Les vignes avaient été taillées « long » comme l'an passé. Il avait fallu remettre quelques piquets et tout allait bien. L'année était plus chaude que les précédentes. Depuis avril, il n'y avait plus de gelées tardives. Depuis le baptême de Francis, le pasteur Cahours passait souvent à la ferme Janteau, mais pas côté femmes. Il allait plutôt marcher à côté de Jean-Jean, Riri et même de Chaillou. De la sorte, il acquit la réputation d'un savant doublé d'un rude marcheur. Un gars à amener à la chasse, tiens ! À chacun, il tenait le même discours avec des mots un peu différents car, si pour Jean-Jean, il pouvait se laisser glisser dans la rhétorique, il en allait différemment avec l'aîné des Favier ou bien Chaillou, pour qui tout ce qui sortait de l'ordinaire « devait arriver », un point, c'est tout. Ils n'allaient pas jusqu'au « c'était écrit » des musulmans, mais c'était tout juste.

Pour eux, il se contentait de raconter saint Paul à longueur de sillon. Pour Jean-Jean, il s'aperçut que c'était un diable de garçon qui menait la conversation. Un jour qu'il était assis sur une caisse, dans le hangar où Jean-Jean montait une moissonneuse-lieuse, le brave pasteur qui avait été bringuebalé entre le Grand Architecte, l'instinct, et une vision animiste du monde, se posa les coudes sur les genoux et déclara d'une voix ferme :

« Jean Favart, je constate que tout au long de votre courte vie, une présence s'est toujours manifestée, faisant du mal un bien, désarmant vos adversaires, passant des furies de la chair à une amitié lucide. Rien ne vous menace vraiment, que quelqu'un vous souffle la réponse. Je n'ai jamais rencontré quelqu'un si proche de Dieu, et pourtant vous éprouvez une certaine répugnance à l'appeler par son nom.

– 'Faut que j'apprenne, dit Jean-Jean, c'est tellement vaste, énorme, que cela me fait peur. Il me semble parfois entrevoir la présence d'un ange, mais il me laisse entendre que c'est plus tard qu'il faudra régler nos comptes, et peut-être rencontrer mon père, changé, comme on trouve un guide, et puis quoi ? C'est quand même moi qui suis venu vous chercher, non ? »

Cahours resta silencieux un moment, puis releva son regard métallique.

« Par moments, vous semblez en connaître plus que moi. Je n'oublie pas que David a commencé petit berger, puis a écrit les psaumes, plus tard. Lorsque vous ressentirez un impérieux besoin d'être baptisé, faites-le-moi savoir. »

Jean-Jean se tourna vers lui, une grosse marque de cambouis sur le haut du nez.

« Si cela se trouve, c'est vous qui le saurez avant moi. »

Cahours se leva et le salua amicalement.

« Je vous laisse, Jean Favart, à très bientôt.

– Venez donc souper quand le cœur vous en dit, avec madame, bien sûr, nos maisons vous sont ouvertes.

– Je n'oublierai pas, soyez-en sûr », répondit le pasteur, déjà éloigné.

XIV

Jean-Jean joue les ambulanciers

JEAN TRAVAILLA JUSQU'À LA NUIT noire et rentra chez lui. Julia était encore là, Riri somnolait contre la cheminée.

« Avec ce beau temps et la chaleur qui monte, les aloses sont arrivées dans l'estuaire, soupira Riri. On pourrait peut-être y aller demain, la marée est à sept heures.

– Qui te l'a dit ?

– Ballarin, il a téléphoné.

– Où en es-tu, de ta moissonneuse ? demanda Julia.

– Terminé.

– Bon, je dirai à Chaillou d'aller la chercher. Si c'est mon accord que vous attendez, allez-y et tâchez de rapporter quelques brignes.

– Tu as vu ton frère ? demanda Jean-Jean.

– Oui, c'est d'accord pour les moissons. Il viendra avec deux copains de la division du certif.

– Alors, c'est bon. Nous partirons demain à six heures. À présent, je vais aller dire bonjour à ce gros saucisson de Francis.

– Quand même, tu exagères, le reprit Léonie en descendant l'escalier d'où elle avait entendu. Oui, tu exagères. Ton fils aîné, un bébé magnifique, le comparer à un saucisson !

– Peuh ! À quatre mois bientôt, il a un ventre de sénateur, et quand il ne hurle pas, il mange ou bien il dort, et je ne parle pas du reste, un vrai goret ! »

En entrant dans la chambre réservée au nourrisson, Jean-Jean heurta le montant de la porte. Le bébé se réveilla et tourna vers son père un regard furibond. Rosette lui prit la tête, le caressa et le rendormit aussitôt. Jean-Jean resta un moment à regarder la mère et son petit. Des images d'histoire et même de préhistoire lui passaient devant les yeux. C'est qu'il avait lu *la Guerre du feu* de Rosny aîné, livre conseillé par tous les « maît' d'école » de France et de Navarre depuis 1911.

Rosette s'était transformée, plus sereine, elle assurait plus pleinement qu'il ne l'avait craint, son rôle de donneuse de vie avec tout ce que cela comportait de responsabilités à venir.

Et puis, de jolie, elle était devenue belle, juste le contraire de la majorité des drôlesses qui devenaient de fortes dondons, passé leur première grossesse. Ou leur seconde, pour la raison qu'elles ignoraient totalement la rigueur de l'hygiène féminine en dépit des conseils de la sage-femme ou du docteur Samain, qui n'avait pas que des recettes empiriques ou légendaires dans son catalogue.

Jean-Jean trouvait le tableau d'une éternité touchante pour la tribu des hommes.

« C'est après que cela se gâte, et jamais de leur faute à elles. Oui, avant c'est toujours à cause d'elles, et dès qu'elles ont enfanté, elles changent du tout au tout. »

Rosette le poussa hors de la chambre.

« Allez, va te nettoyer, tu sens l'huile mécanique. Et reviens vite te coucher. »

Douché, savonné, rincé et essuyé, Jean-Jean entra dans la belle chambre d'un air vainqueur et releva les draps.

« Mais qu'est-ce que tu fais ?

– Tu as vu l'heure ? Je crois qu'après une journée pareille, il est temps d'être ton mari, non ? »

Rosette remit rapidement les draps sur leurs deux corps et se pelotonna comme un chat contre la poitrine de son compagnon.

* *
*

Au milieu du large courant de la Gironde, le vent était tiède comme l'haleine d'un chien familier. Jean-Jean ouvrit sa veste.

« C'est un vent de sud, avant ce soir on aura de la pluie.

– C'est ça, oui, qui va être bon, bon, bon pour les foins, les jardins, et puis les blés, blés, blés, chantonna son compagnon en scandant sur le cadre de la cuiller ondulante qu'il avait au poing.

– Tu m'as l'air bien guilleret ce matin.

– Tu le savais, toi, que la Cathie avait une cousine de quinze ans qui lui ressemblait comme deux gouttes d'eau ?

– Bon, comment veux-tu ?

– Oui, c'est vrai. Eh bien, mon vieux, elle cherchait du travail et vient s'occuper des gerbes avec mon petit frère et les copains de l'école.

– Mais, je croyais que la Cathie et toi…

– Bouh ! Elle s'est tirée à Nantes et travaille à présent dans un bistrot du port, enfin, c'est ce qu'elle m'a fait dire par une copine à elle qui a travaillé à la ferme Benoît, à côté du château d'eau. »

Jean-Jean hocha la tête avec un bon sourire. Pour rien au monde, il n'aurait osé lui dire qu'à son avis on voyait rarement les chiens faire de chats.

Réconforté par cette accolade, Riri chantonna de plus belle et sortit coup sur coup deux jolis bars d'un petit kilo chacun.

Jean-Jean rejoignit la filadière de Ballarin, un peu avant Port Bloc. Le gros pêcheur avait tendu sa tirolle entre deux rochers assez serrés et continuait de développer le reste en eau libre, perpendiculairement au Médoc. Lorsque Jean-Jean fit tomber sa voile, il n'était pas à cinquante mètres de la filadière.

« Tiens ! Ici même ! »

Jean-Jean remonta un peu sa voile et laissa les bateaux se rejoindre.

« Pas vu une alose, mais ça ne veut rien dire. Elles sont peut-être cachées en attendant le flot », dit le gros pêcheur en piquant son long épieu le long du grappin et lâchant la balise qui se mit à ondoyer comme si elle était ivre.

Peu à peu l'étale s'installa pendant que Jean-Jean « mouillait » son filet, Riri aux avirons. Muscles tendus, le grand « Tête de paille » se dépêchait. Il savait que, même en grande marée, l'étale ne durait pas très longtemps. Il lança son grappin et sa seconde balise, trois minutes avant la fin de l'état de grâce. À peine de quoi reprendre souffle.

Riri rentra les avirons tandis que son ami remontait la voile. La barque s'éloigna et alla chercher le contre-courant qui se manifestait par une légère ligne de mousse blanche se roulant comme un petit mascaret. Sitôt passé cette ligne pour rire, les grosses lames de l'océan commençaient à se faire sentir.

Riri recommença à chanter :

« Un coup en l'air, un coup en bas, comme la meunière à son p'tit gars. Ouhahou ! Tu as vu cette touche ? Rentrons vite dans l'estuaire, sinon c'est lui qui nous sortira du bateau. »

Bloquant la ligne sur un tolet, il enfila vite ses gants et recommença la lutte.

« Bon Dieu, Jean-Jean, je ne gagne pas une ligne sur lui !

– Tu oublies que le bateau remonte avec le vent de flot. Ne t'en fais pas, il va bientôt se fatiguer. »

Il bloqua la barre avec une boucle prise sur les deux « bouttes » et vint aider son copain.

« Allez ! À bras… ferme ! »

Ils rentrèrent un mètre, puis deux, et soudain la ligne se fit molle. Ils en entrèrent trois brassées d'un coup.

« Attention, dit Jean-Jean, c'est une ruse. Il va nous baiser. »

Aussitôt, à cinq mètres de la barque, un grand poisson d'argent bondit au-dessus de l'eau. Jean-Jean raidit la ligne et, haletant :

« Un saumon, bon Dieu ! Et pas un menu !

– J'en n'avais jamais vu, mais c'est drôlement costaud ! »

Tout en halant, Jean-Jean expliqua :

« Tu parles ! Ce gars-là, ou bien cette… femelle va aller jusqu'en Haute-Garonne si nous ne gagnons pas davantage. Allez ! »

Cette fois, le saumon donna des signes de fatigue.

« Relève le bras et mets-lui la tête hors de l'eau ! »

Il se glissa à l'arrière et enfonça son bras dans la mer. Quelques secondes plus tard, sans lâcher ses doigts accrochés dans les ouïes, il jeta sur le caillebotis un poisson superbe d'une inconcevable pureté de lignes. D'un coup de couteau, il abrégea son angoisse et se redressa, rouge d'émotion.

« Fi d'garce, la belle bête !

– Merde, soupira Riri, j'en avais jamais vu de ma vie ! C'est qu'un muscle, c'te bête, et beau avec ça !

– Allez, on remonte la voile et on file au casino. Tu te souviens de Bertholier, le chef de cuisine ? Mais si, celui à qui on avait vendu le turbot !

– Ah ouais ! je l'avais oublié, moi. Tu crois qu'on a le temps ?

– Mais oui, ne traînons pas. »

La barque se coucha en virant et se redressa, voile arrondie.

« Ce poisson, c'est un vrai couteau à fendre la mer ! s'écria Jean-Jean.

– Dis Jean-Jean, pourquoi tu ne le rapportes pas à la ferme Janteau ?

– Parce que, malgré le troupeau d'affamés qu'il y a là-bas, ils n'en mangeraient pas la moitié et gâcheraient le reste. Et puis, moi, je ne vais pas jeter un poisson d'au moins cinquante francs. Nous n'avons pas encore de quoi faire les généreux pour de l'épate. »

La barque arriva à pleine vitesse et s'échoua avec un grand bruit de glissement sur la moitié de sa largeur. Riri sauta sur le sable.

« C'est bien Bertholier que tu as dit ?

– C'est sûr. »

Riri prit sa course et, après la terrasse, trouva à l'odeur et à la chaleur, l'entrée des cuisines. Il tomba sur un grand gars assez maigre qui fumait en cachette.

« Salut ! Il est là, monsieur Bertholier ?

– Salut ! Oui, c'est le gros qui gueule là-bas, après les apprentis. »

Riri s'enfonça et s'amusa de la tête penaude des grands gosses qui avaient dû faire une belle connerie pour se faire tellement crier dessus. Il arriva sur le groupe.

« M'sieur Bertholier ?

– Oui, c'est pourquoi ? On ne peut même plus engueuler qui on veut, à présent ?

– Mon patron vous a vendu un turbot, vous vous en souvenez ?

– Ah oui ! une belle pièce, et alors ?

– Ce coup-ci, c'est un saumon qui fait plus d'un mètre dix.

– J'arrive ! »

Il se tourna vers la jeune brigade et, dans une tornade qui sentait l'ail, il rugit :

« Disparaissez ! »

Puis il suivit Riri. Au passage, il jeta au grand gars maigre :

« Prends une longue caisse à poisson et suis-nous ! »

Le trio arriva contre l'étrave encore au sec.

« Alors, tueur des mers, on peut voir ton exploit ?

– Bonjour, m'sieur Bertholier, c'est un beau saumon, je crois. »

Il prit le poisson par les ouïes et le leva à bout de bras.

« Au moins quinze kilos, et frais d'il y a une demi-heure.

– Je vois, si je te dis cinquante, qu'est-ce que tu réponds ?

– Rien, parce qu'il faut partager en trois, une part pour le bateau et une part pour chacun de l'équipage.

– Je me suis laissé dire par Vivi Poussachie que tu t'étais marié ?

– C'est pas défendu, et je ne vous ai pas compté la part de mon fils parce qu'il n'a que quatre mois. »

Le gros homme sourit et lui tendit six pièces de dix francs.

« Va, ça les vaut bien. Pense à un esturgeon.

– Je n'en ai jamais pris.

– Avec la chaleur, ils vont traîner sur les fonds vaseux des petits estuaires. Si tu m'en apportes un joli, je te le paye cent cinquante francs, surtout une femelle.

– Bon, au revoir m'sieur Bertholier. »

D'un coup de gaffe, Riri repoussa la barque à l'eau.

« Tu n'as pas les “pouches” trouées ? Alors, tiens, voilà pour le déplacement. »

Jean-Jean donna trois pièces à son matelot.

« Allez, nous filons à la tirolle. »

À bord de la filadière, il n'y avait plus que Sicot et Ballarin.

« Hé ! où qu'il est, le roi des langues de pute ? » hurla Jean-Jean dès qu'il fut à portée.

Ballarin tourna sa grosse bouille ronde, l'air affligé.

« Môssieur est malade, il dégueule tout ce qu'il sait !

– Bon, ricana Jean-Jean, s'il ne dégueule que ce qu'il sait, le mal n'est pas grand ! »

Puis il ajouta, sachant que Ballarin avait de la difficulté à suivre une plaisanterie jusqu'au bout :

« C'est s'il connaissait ce qu'il ignore, que votre filadière pourrait chavirer. »

Ballarin le cloua d'une logique qu'il prêtait ordinairement aux bœufs :

« Bah ! Comment pourrait-y dégueuler ce qu'il n'a pas dans la tête ou dans le ventre ? »

Jean-Jean coupa court :

« Allez, vous serez toujours le plus fort, m'sieur Ballarin, remontons à présent. »

Sicot avait de grands muscles secs qui ne suaient pas beaucoup mais gonflaient à l'effort. Cet homme-là avait la force et la souplesse d'un grand félin. C'était un rude compagnon pour la pêche. Jean-Jean ramassa une trentaine d'aloses, deux maigres d'une dizaine de kilos chacun et une quinzaine de bars qui étaient tous de l'avant-dernière « couvée » puisqu'ils pesaient tous entre un kilo et trois livres.

Ayant rangé son filet, il se tournait pour hisser la voile quand Ballarin cria :

« Allons bon, le voilà qui rend du sang, à présent ! Dis, Jean-Jean, toi qui vas si vite, tu ne pourrais pas le prendre avec toi pour prévenir tout de suite le père Samain ?

– C'est bon, Sicot, passe-le-moi, mais garde-lui la tête sur son sac. »

Ballarin serra dans ses deux énormes mains le bord des deux bateaux et Sicot passa La Jarre comme un enfant sur la barque. Jean-Jean, quoique moins puissant que Sicot, le prit à la façon d'un colis et l'allongea contre la quille.

« Je lui mets la tête dans la bassine », dit Riri en joignant le geste à la parole.

Une bave rose et mousseuse coulait au coin de la bouche du matelot.

« À plus tard ! » cria Jean-Jean en débordant adroitement.

Le vent du flot accrocha la voile et fit semblant de la coucher sur la proue. La barque bondit et prit le courant montant qui se faisait plus fort. Jean-Jean trouva vite l'équilibre entre les forces, et sa barque sembla s'envoler, sautant parfois une vague de clapot pour claquer sur la suivante.

« Bon sang ! Nous allons au moins à vingt nœuds ! »

Il se pencha sur La Jarre qui paraissait respirer plus facilement dans l'air vif.

« Tu vois, méchante tête de sot, si j'étais moitié mauvais comme toi, je te foutrais par-dessus bord. Mais non, le Jean-Jean n'est pas comme ça. Tu guériras à l'hôpital, mon salaud, et des Favart, y en avait qu'un, maintenant nous sommes deux.

– Peuh ! murmura l'autre de sa voix de contrebasse. Un loupiot qui n'a pas six mois.

– Mais avec un père qui en vaut largement six comme toi. Enfin, j'espère que ce coup-ci tu seras assez malade pour ne plus boire ta pêche et la rapporter chez toi. »

En une heure dix, montre en main, Jean-Jean se glissa dans l'estacade neuve de Ballarin contre l'écluse. Plus vif qu'un chat, il se rua au café de l'Espérance.

« Le téléphone, s'il vous plaît, la patronne, vite, c'est urgent. »

Jean-Jean saisit le combiné accroché au mur.

« Dites, c'est bien le quinze, le docteur Samain ?

– T'as pas besoin de l'appeler, dit Vivi le mareyeur, il est dans la maison d'à côté. »

Sans répondre, Jean-Jean sortit en tempête et frappa à la porte voisine. La fille Tauzin, Nicole, parut.

« Mais…

– Samain est chez vous ?

– Oui, c'est ma mère qui a encore ses douleurs aux jambes.

– Franchement, c'est excessivement urgent, là, dans mon bateau. »

Jean-Jean haussa la voix :

« Le docteur Samain reviendra tout à l'heure, mais là, faut faire vite. J'ai La Jarre qui semble après mourir dans ma barque ! »

La Nicole n'était pas un joyau de finesse, mais, fille de mer, elle avait un sens aigu des urgences. Elle savait que Jean-Jean n'était pas un farceur. Elle fonça sur le père Samain.

« Allez vite avec Jean-Jean, il a peut-être un mourant à bord. »

Entre-temps, quelques rois de la « verte » et le mareyeur étaient sortis et avaient vite trouvé la barque où Riri épongeait la figure de La Jarre. En trois coups, les beaux, ils avaient remonté le gisant. Riri les avait mis au courant.

« On l'a pris sur la filadière de Ballarin, il était déjà comme cela. »

Le père Samain boitilla jusqu'au malade. Il l'ausculta attentivement.

« Faites retarder le tram de midi pour Saintes. Dedans une heure, il sera à l'hôpital général. »

On emporta La Jarre au départ, dans la voiture du préposé aux douanes. Quand Ballarin arriva, La Jarre était déjà parti depuis une demi-heure en compagnie de Riri qui avait dit à l'oreille de son copain :

« Je vais à l'hosto avec la lettre de Samain. Si tu lui tournais le dos, le Vivi s'arrangerait pour nous voler.

– Tu crois ? demanda Jean-Jean avec un air surpris un peu exagéré.

– J'en suis sûr.

– Alors, dans ce cas-là… bon voyage et veille bien sur cette tête de goret. »

XV

Jean-Jean règle ses comptes

LE MAREYEUR ne fit pas l'affaire qu'il escomptait. Mais avec la pêche de Ballarin, celle de Bertin et d'Angibeau qui étaient tous sortis pour prendre l'étale à hauteur de Saint-Georges, il fit tout de même un bel envoi à Angoulême par son nouveau wagon frigorifique qu'il accrochait au tram. Jean-Jean conserva les aloses pour « m'man » et lui tira quand même soixante francs. Il changea facilement sa barque de place dans le chenal en pleine eau. En revenant chercher sa motorette au café de l'Espérance, il croisa Montigaud, l'adjoint au maire, avec lequel il s'entendait assez bien.

« Dites donc, m'sieur le presque maire, il faudra rembourser Favier, je veux dire, Riri, qui amené à l'hôpital La Jarre que l'on a ramené du large.

– Oui je sais, on ne parle que de cela aujourd'hui. Pendant que nous y sommes, tu ne veux pas la médaille de sauvetage, par hasard ? Le maire se ferait un plaisir de te décorer.

– Si tu veux le voir ramasser sa médaille en travers de la goule, tu n'as qu'à monter c't'affaire-là.

– Mais enfin, qu'est-ce qu'il t'a fait ? Je sais bien qu'il y en a qui ont des reproches, mais toi, je ne vois pas.

– Oh ! je peux bien te le dire à présent. Eh bien, quand ma mère a été grosse de moi, et sans père connu, il l'a flanquée à la porte. Par “charité” on lui a laissé la grosse lessive, les draps, les nappes, tout ça. Ma mère, pas rancunière, m'avait fait beau comme un astre le jour où Pams, le ministre de l'Agriculture, est venu en grande visite. Le maire a fait entrer tous les enfants endimanchés pour la fête. Et à moi et à quelques autres, il a claqué la porte au nez de peur que nous ayons des poux. Alors, je vais te dire, il ne me cause pas, c'est bon, j'ai rien à lui répondre. Que ça en reste là sinon, s'il y a un type au monde à qui j'ai une belle envie de casser la margoulette, c'est lui, et même tu peux le lui dire si tu veux, tu vois, ce n'est pas un secret. »

Ayant dit, Jean-Jean sauta sur sa motorette aux sacoches pleines d'aloses et fila vers sa belle maison.

« Au fait, cria Montigaud, pour Riri c'est d'accord. Qu'il me fasse une facture.

– On y dira, gars ! »

Le moteur démarra comme un petit tonnerre, Jean-Jean appuya sur le tendeur de la courroie de transmission et la machine se mit en route, gravissant la vieille côte plus vite qu'un coureur de fond.

XVI

Les microbes, ça endurcit

Comme l'avait prévu Trompeau, un soir, au détour de son morceau de fromage, les Allemands de retour de Russie se livrèrent à une offensive générale en Picardie, sur la Marne, jusqu'en août. Jean-Jean lisait attentivement *L'Illustration,* et restait longtemps à rêvasser sur les photos, mais une rage grandissante le poignait à la lecture des petites annonces publicitaires concernant les mutilés où, sous un dessin, un manchot ou un cul-de-jatte au visage enchanteur séduisait une infirmière ou une bourgeoise au corsage proéminent et à la croupe « de même » avec des petits slogans du genre : « Avec le bras Machin – ou les jambes Truc –, je danse mieux qu'avant » – « La prothèse invisible, etc. Je me sens sûr de moi ».

Il était si écœuré qu'il en avait honte, sans se douter le moins du monde qu'en fournissant des quantités d'alcool aux armées, il favorisait justement les conditions de multiplication des mutilés. Il croyait de bonne foi qu'au contraire cela donnait aux soldats du cœur au ventre, les aidait à tenir le coup. L'enfer est pavé de bonnes intentions, on ne le répétera jamais assez.

Et puis, d'un coup au milieu des moissons, la contre-offensive des Alliés. On parlait d'une ligne qui irait de la

Meuse à la mer. Ce coup-ci, les Allemands pliaient, se repliaient même. Jean-Jean sourit tout seul sur le chemin ombragé. Il sentait quelque chose de heu… « optimiste », aurait dit Trompeau, flotter dans l'air.

« Ce coup-ci, c'est la fin. Les victimes vont pouvoir souffler un peu. Et comme on a tout cassé sur le Nord et l'Est, il va y avoir du travail pour tout le monde. »

Il accéléra son « pétarou » avec tant d'enthousiasme qu'il dut freiner en catastrophe pour ne pas défoncer la porte. Riant encore, il cala sa machine et commença de sortir les aloses qu'il posa dans une cagette prise au tas de petit bois. Il se calma doucement et dit dans un soupir :

« À présent, il va falloir s'habituer aux faux héros, tous ceux qui ont gardé les voies de chemin de fer à Angoulême ou à Nice, qui vont raconter “leur” guerre à qui mieux mieux. Parce que les “ceusses” qui en ont vraiment bavé, ils ne diront rien, c'est sûr. »

Il heurta à la porte avec le coin de la cagette. Rosette ouvrit la porte en portant son fils.

« Ne t'approche pas de ton père, il pue le poisson à faire dégueuler un rat !

– Peut-être bien, dit le grand costaud à tête de paille – il prit un air grave, mais ses yeux pétillaient de malice – peut-être bien, mais ce n'est pas une façon de le dire. Il y a des mots plus élégants. »

Il posa la cagette sur la table et, se retournant d'un coup, saisit le fort bébé.

« Viens sentir le poisson, mon garçon, ça fait vivre du monde, ça ! »

Le bébé chahuteur lécha la joue de son auteur en riant.

« Fils de goret ! » cria Rosette en riant à son tour.

Jean-Jean lui fit faire « l'avion » en balançant le bébé à bout de bras et en faisant un bruit de moteur. L'enfant riait de tout cœur en faisant « vroum vroum ».

« Un jour, tu vas le lâcher, dit Léonie soudain angoissée.

– Tu as encore deux cagettes à remplir. »

Léonie, heureuse à un point inimaginable, sortit en compagnie d'une gamine que Jean-Jean ne connaissait pas.

« Qui c'est ? demanda-t-il en reposant sagement Francis au milieu des aloses.

– La cousine – ou la nièce, je ne sais pas – de Cathie, tu sais la pêcheuse d'huîtres qui tournait la tête à Riri.

– Ah ! Mais je croyais qu'elle venait seulement pour les moissons.

– Eh bien, il faut croire que non. En tout cas, ta mère l'a prise pour l'aider. En attendant, elle est très gentille et s'occupe très bien de Francis quand je suis occupée.

– Et elle s'appelle ?

– Blanche, Blanche Sennec.

– Eh bien, va pour Blanche Sennec. Il reste quelque chose à manger ?

– Bien sûr, il ne manquerait plus que ça ! »

Elle le servit avec empressement pendant qu'il lui racontait en détail l'accident de La Jarre.

« Et tu as tripoté Francis sans te laver les mains !

– Ben oui, j'ai oublié.

– Il doit être plein de microbes et de maladies, cet homme, tout de même !

– Bah ! cela vaccine le drôle. Du temps de ma grand-mère, on ne parlait pas de savon mais on allumait un cierge bénit. Tu comprends pourquoi il y a des protestants ? Ils n'empêchent pas la science d'avancer, eux. »

Rosette lui donna une bonne assiettée de poulet frit avec un gros pot de haricots verts frais cueillis.

« Le jardin de ta mère est en plein rendement. Elle a des pommes de terre nouvelles hautes comme ça ! On peut dire qu'elle a des doigts en or.

– Surtout depuis que tu as eu l'idée de trouver des gants de cuir à sa taille. Avant, elle souffrait le martyre, mais tu la connais, elle ne s'est jamais plainte une fois. C'est quand elle n'a plus mal qu'elle devient joyeuse. Dis, il ne resterait pas un bout de fromage ?

– Non, mais j'ai beaucoup mieux », dit rosette l'œil brillant.

Avec des mines comme devaient en avoir les pages des anciennes cours, elle apporta un grand plat d'œufs au lait.

Léonie venait de rentrer. De sa voix placide, elle dit :

« Blanche, apporte-nous quatre assiettes à calotte.

– Et des cuillers », rugit Jean-Jean dont c'était le dessert favori.

Tout le monde se mit à table. Entre deux goulées à étouffer un ours, Jean-Jean demanda :

« Julia ne t'a rien dit aujourd'hui ?

– Non, elle m'a seulement demandé des nouvelles du petit.

– Avant, c'était moi le petit. Crois-tu que je devrais être jaloux ?

– Non, mais de quoi aurait-elle dû me parler ?

– Je pense que nous devrions commencer les foins. L'herbe est belle et sèche au pied. Demain, j'irai atteler le "Sauteur". »

C'est ainsi qu'il avait baptisé le cheval breton à qui il faisait faire n'importe quoi, bondir, se rouler dans l'herbe, et surtout sauter en l'air au bout de sa longe en se détendant comme un chat avant de retomber en souplesse. Un cheval qui, de surcroît, adorait les friandises à deux sous que l'on vend dans toutes les épiceries et qui semblait travailler pour le plaisir.

Julia n'avait pas mis longtemps à comprendre l'étrange complicité qui s'était établie entre le cheval et l'homme et s'était empressée de lui en faire cadeau « en à-valoir » sur la dot de Rosette.

Depuis quelques jours, le chenil était terminé chez Jean-Jean. Il ramena les chiens chez lui et tint absolument à leur faire flairer Francis que cela avait l'air d'amuser énormément. Rosette ne dit rien, se disant que son mari était « habité » et qu'il ne faisait jamais rien sans savoir. Elle s'endormit serrée contre lui plus fort qu'au premier jour.

XVII

Jean-Jean soigne le breton

Le soleil avait depuis peu dépassé les collines de l'arrière-pays. Une brume de chaleur traînait encore çà et là au creux des prés ou à l'orée des bois où commençaient les fougères.

Jean-Jean tâta l'herbe et n'y trouva aucune humidité. Il termina d'atteler « le Sauteur », releva la lame et prit les rênes en se hissant sur le siège. Il éleva la voix :

« Dis, m'man, tu veux bien ouvrir aux chiens ? »

Léonie écarta le battant de fer et se gara devant l'avalanche.

« Je commence par la grande pièce du bas », cria-t-il.

Les chiens firent deux tours au grand galop puis, à la voix ferme du maître, vinrent se ranger derrière la machine.

L'étrange équipage traversa la route, longea la vigne et descendit le long des blés avant d'entrer dans la grande arène du pré le long du ruisseau qui se jetait dans la Gironde à Saint-Seurin. Cette frontière liquide était le seul endroit du canton où Jean-Jean savait pouvoir trouver des truites au début de l'été en pêchant à la volante avec des hannetons de fougères, ceux qui étaient tout petits, pas plus gros ni longs que l'ongle du petit doigt.

Il respira un large coup avec l'impression d'avaler tout le paysage et, abaissant la lame, il embraya la biellette de cormier.

« Allez les chiens, et gare aux pattes. À toi "Sauteur", en route mon gars ! »

Les roues crantées accrochaient bien à la terre. Les dents s'enfoncèrent dans la prairie tandis que la biellette souple et dure imprimait aux dents un mouvement de va-et-vient qui couchait le foin neuf en une longue guirlande d'herbe et de fleurs des champs. La faucheuse ne semblait rien peser aux reins du breton dont les ondoyances de la queue et de la crinière faisaient ressortir les muscles à chaque effort, à chaque pas plutôt. Il allait tout droit comme s'il avait longé un mur et Jean-Jean le surveillait plus par principe que par nécessité.

Il sut alors que ce qu'il voyait devant lui était ce qu'il pouvait imaginer de plus beau et de plus harmonieux, et il remercia le ciel de l'avoir fait naître dans ce pays. Cette espèce de prière le surprit beaucoup car c'était la première fois que cela lui arrivait, un peu comme les dents d'un nourrisson. Il sourit et murmura :

« Cela devait arriver comme le reste. »

En parvenant au bout du grand champ, il fit faire un demi-tour impeccable à son attelage. Il vit alors les deux chiens à l'arrêt dans les fougères à l'orée du bois. Il retint son cheval et cria « Pousse ! ». Un couple de faisans s'envola au nez des chiens qui, n'entendant pas de coup de fusil, regardèrent du coin de l'œil où les oiseaux allaient se poser et reprirent leurs gambades.

Jean-Jean reprit une seconde longueur. Un coup d'œil à sa montre lui apprit qu'il avait mis à peu près dix minutes pour faire une longueur de trois cents mètres. À midi, il avait fauché la moitié du grand pré. Il détela sur place et ramena le cheval boire et se baigner dans le ruisseau. En arrivant chez lui, il lui frotta les jambes avec du vinaigre comme les dragons de son aïeul au temps de Bonaparte. Deux heures après, lesté d'un robuste picotin, le « Sauteur » reprit le chemin des herbes où chassaient les chiens à grands abois joyeux.

À sept heures, Jean-Jean avait terminé, mais le « Sauteur » avait chaud, il fumait presque. Jean-Jean siffla les chiens qui tiraient la langue et rentra au pas. Il détela comme le jour baissait, fit boire son « tracteur » et l'emmena dormir dans l'écurie repeinte à neuf à la chaux. Il lui ajouta une botte de paille fraîche et alla nourrir les chiens, les fit boire et rentra enfin avec un léger mal de dos – les secousses du siège – mais en pleine forme. Sitôt à table, il clama :

« Trois hectares dans la journée. L'an passé et les autres avec, il fallait trois jours à trois hommes et pas des paresseux ! Sois gentille, Rosette, appelle ta mère, il faut que je la voie.

– Elle n'a pas encore mangé, veux-tu qu'elle vienne ?

– Oui, comme ça je lui ferai voir le breton. »

Quelques minutes plus tard, Julia arriva dans la charrette anglaise.

« Que se passe-t-il ? »

Jean-Jean l'aida à descendre.

« J'ai rodé la faucheuse et coupé trois hectares aujourd'hui, mais je pense que le breton a besoin d'une grande nuit et d'au moins une demi-journée de repos. Elle se donne trop, cette bête. Tu l'avais payé cher ?

– Peuh ! Le prix d'un âne. Demain j'irai voir le chef fourrier de la sous-préfecture en compagnie de Trompeau. C'est un homme qui compte en ce moment : officier, mutilé et instituteur en service.

– Mais s'il est en service, comment pourra-t-il t'accompagner ?

– Il a un jeune stagiaire très aimé des gosses, et la fille qui "fait" les gamines est, paraît-il très compétente aussi, alors… »

La jeune femme alla s'agenouiller près du cheval breton qui soufflait de toute la force de ses poumons.

« Hum ! Ses pattes sont souples, il a l'air de parfaitement se reposer.

– Parce que je l'ai lavé, nourri d'importance, et lui ai massé les jambes avec du vinaigre. C'est drôle, d'ailleurs, il se laissait faire comme s'il savait que je le soignais. Allons souper. »

Rosette, entendant sa mère, descendit rapidement et, en l'embrassant, lui chuchota à l'oreille :

« Eh bien, s'exclama Julia, vous ne perdez pas de temps, tous les deux !

– Que se passe-t-il ? demanda Léonie, encore sur les marches.

– Oh ! rien de bien grave. Rosette m'apprend qu'elle est de nouveau enceinte.

– Pourquoi ne m'as-tu rien dit ? demanda Jean-Jean en ajoutant une saucisse sur sa moitié de choux fuseaux.

– Hé, j'ai bien essayé, mais depuis quelque temps, tu ne penses que mécanique.

– À propos, interrompit Julia, tu vas me devoir deux mille francs.

– Oh, oh ! On peut savoir pourquoi ?

– La maison qui est de l'autre côté de ta vigne, sur le bord de route, tu sais, celle qui n'a pas d'autre terrain que la dalle en ciment qui la sépare du chemin ? J'ai déjà versé un acompte.

– Et alors ?

– Cela va faire une excellente boutique de matériel agricole. L'esplanade doit mesurer plus de quatre-vingt-dix mètres carrés, tu peux la monter à cent en mangeant la haie de bordure. En faisant tomber la façade entre les murs porteurs, tu peux facilement établir deux grandes vitrines pour exposer les modèles. Ça va être une furie d'ici un an ou deux, quand la guerre sera finie.

– Tu me vois en marchand de faucheuses ?

– Non, mais en démonstrateur, oui, et je vois bien Rosette dans un joli magasin. Elle pourrait aussi faire les graines potagères, les fleurs, tout ça. Ce n'est pas une bonne idée ?

– Certainement, mais je me demande si, bientôt, j'aurai le dos assez large pour soutenir tous tes projets. Je veux te parler d'un cheval, te dire que la faucheuse a bien fonctionné, un point, c'est tout. Et tu m'embarques dans une histoire de commerce de machines agricoles et puis de graines, et puis de fleurs. Pourquoi pas fournir les cimetières, pendant que nous y sommes ?

– Taratata ! je connais au moins quatre paysans qui t'ont observé en cachette aujourd'hui. Ils ont trouvé ton travail intéressant et c'est peu dire. Oh ! ils ne sont pas mûrs pour autant, mais après les moissons que j'espère glorieuses, j'en connais beaucoup qui s'endetteront pour acheter ces mécaniques, d'autant plus qu'ils auront un spécialiste sous la main. Ce n'est pas comme d'aller à Jonzac. »

On heurta à la porte et Riri fit son entrée.

« Salut la compagnie !

– Dieu Riri, alors, La Jarre est-y mort ?

– Penses-tu ! Sitôt qu'il a vu les médecins et les infirmières, il a voulu repartir chez lui ! Guéri qu'il disait. Les médecins l'ont ausculté par tous les bouts, lui ont donné des médicaments, une "pienne" boîte et puis, plus le droit de boire. Je l'ai lâché chez lui. Mais le médecin de garde me l'a dit entre les yeux : s'il se remet à la "verte", il va claquer comme s'il recevait un coup de fusil.

– Eh ben ! Il est averti ?

– Bien sûr ! Ils lui ont dit la même chose mais, à moi, c'était pour renforcer, comprends-tu ?

– Ben voyons ! Tiens, Julia, il faudra que tu lui fasses une facture pour son voyage à Saintes, le restaurant, oui, au Central, en face de l'hôpital.

– Ben, comment as-tu deviné ? s'étonna son ami.

– Faudrait pas te connaître. Je sais que tu avais des sous, mais tu n'en aurais pas eu que tu aurais acheté un pain de deux que tu aurais mangé à l'eau de la fontaine.

– Un menu à neuf cinquante, une chopine de rouge cacheté ? demanda Julia, deux allers et retour set quatre francs de médicaments. Cela ira comme cela ?

– Mais ils ne vont jamais accepter cela, à la mairie.

– Il ferait beau voir ! s'écria Julia. Laisse-moi faire. Demain, ta facture sera payée, je te le garantis. »

Avant de repartir chez elle, elle alla embrasser son petit-fils, demeura dix minutes avec Rosette et partit enfin. Sur le pas de la porte, elle dit tranquillement à Jean-Jean :

« Tu viendras prendre un second breton dans la matinée. Je pense qu'en les faisant travailler une demi-journée chacun par roulement, cela doit donner de bons résultats. Bonne nuit, dormez bien aussi. »

XVIII

Un ange passe

LES FOINS POUR LA NOURRITURE et la vente au fourrier général de Saintes furent expédiés en deux semaines, les deux râteaux à foin bien menés firent merveille. Bonneau le maçon se mit à la destruction des pièces du devant, puis il fit les cloisons du fond. Fleurage, le vitrier qui avait deux fils au front, monta les vitrines comme on faisait en ce temps-là, par longues plaques de verre de soixante centimètres de large sur un mètre soixante-dix de long, fixées à la pointe et au marteau sur des barres de chêne. Eclairées de fortes lampes, on les voyait de loin. Bernard, le scieur de Gémozac, lui trouva des planches de pin bien lisses pour faire des rayonnages. Jean-Jean et son inséparable Riri passèrent un dimanche entier à les peindre en blanc brillant. Sur l'autre façade, Bonneau ouvrit une large porte prévue pour deux battants d'un mètre quarante, entièrement montée dans la vitrine, pour rentrer toutes les machines.

Chez un brocanteur, Julia trouva une caisse de comptoir avec la caisse automatique en parfait état. Cela devenait presque un jeu et Jean-Jean dut intervenir pour empêcher Léonie d'y accrocher des festons et des rideaux bonne femme en vichy à carreaux rouges et blancs.

La grande charrette à foin qui n'avait jamais servi à Janteau était neuve. Chaillou sortit les bœufs, les lia et se mit en route pour les premiers prés séchés en compagnie de Riri et de Jean-Jean. En une heure de temps, ils édifièrent une énorme charretée et lièrent les foins par le dessus avec les cordes des ridelles.

Cahotant lentement sur les rares pierres du chemin, ils retournèrent au pas des bœufs, qui retenaient l'immense charge par l'incommensurable force de leur cou appuyant sur la grande goupille de fer qui traversait le joug et le timon.

Chaillou qui connaissait la date de fabrication, notait tous les endroits grinçant plus fort pour resserrer tout à l'heure les longues chevilles d'ormeau à lourds coups de maillet. Il pensa « La plus ancienne technique du monde qui reprend vie à l'instant où les hommes s'évertuent à la faire disparaître. »

Mais Chaillou ne disait jamais ces choses-là.

Et puis Giselle, la femme de Chaillou, se trouva enceinte, ce fut une grande surprise pour tout le petit monde qui gravitait autour ou à l'intérieur de la ferme Janteau. Il n'y eut que Jean-Jean à goguenarder.

« Ce Chaillou, quand même, il veut nous faire croire qu'il est surpris. Il a pourtant fabriqué un "drôle" avec Giselle comme tous les gamins du monde.

– Mais je t'assure, Jean-Jean, Giselle a été aussi surprise que moi.

– Arrête donc de me "torper dans les oumerolles" (piétiner dans les oreilles). Avec cette histoire, tu ne vas tout de même pas me dire que le ciel y est pour plus que pour nous autres. D'ailleurs, il a essayé une fois, on lui a tué son fils en retour, pas sûr qu'il veuille remettre ça ! »

Chaillou bougonna un peu et finit par sourire.

« En tout cas, j'ai pas d'ange qui soit venu me rendre visite. Ni Giselle non plus, elle l'aurait dit, tout de même. »

Cette nouvelle très naturelle trouva vite sa place au sein des souvenirs en devenir, et la vie s'écoula de nouveau entre les travaux éreintants, car malgré l'aide des machines, les surfaces s'agrandissaient ça et là au cours des mois. À l'arrivée des moissons, Jean-Jean possédait une cinquantaine d'hectares et Julia dépassa largement les trois cent cinquante à la mort d'un cousin de son mari qui, par testament, lui « rendait » ce qu'il lui avait soustrait au décès d'un grand-père. Il ne voulait pas « partir avec cela sur la conscience ».

Elle fit entériner le testament par le notaire et le juge de paix, et acquit de la sorte, moyennant un excellent déjeuner au Coq d'or de Cognac, une belle terre d'une vingtaine d'hectares dont les bâtiments d'exploitation étaient pratiquement neufs. L'habitation était petite et ne valait que par ses murs porteurs en pierre de taille, les poutres d'un vieux moulin abattu voilà longtemps et une cave voûtée qui n'avait plus d'âge, couverte à hauteur d'homme de graffitis datant de la guerre de Vendée.

« Je me demande ce qu'on va faire de cette maison, dit Julia après l'avoir visitée avec Jean-Jean.

– 'Sais pas, j'ai peut-être bien une idée, mais pas pour tout de suite.

– Dis toujours.

– Je crois bien que le Riton serre de près la Blanche qui aide ma mère. Oui, on peut même dire qu'il lui gratte… hum…

– Et tu rougis encore ! Mais tu sais qu'il y a longtemps que les hommes se sont exprimés devant moi. Alors, tu veux dire qu'il a commencé à lui gratter le foin ?

– Ben oui, je crois même qu'il veut se la garder pour “de vrai” mais cela va prendre du temps car la petite ne sait pas encore tenir une maison, et puis je crains qu'elle s'ennuie là- bas, c'est isolé.

– Peuh ! Cinq ou six minutes à vélo, c'est tout. Écoute, je vais lui parler pour savoir au juste ce qu'elle veut. En attendant, je vais faire remanier le toit pour mettre tout ça au sec, et puis essaie de savoir de combien ton frère de cœur dispose. S'il la marie, ce serait bien qu'il dispose d'une maison avec un peu de terrain autour pour assurer un potager et une basse-cour bien fournie.

– On va y penser. Tu as vu comme le blé est sec ?

– Oui, je pense qu'il est temps de commencer la moisson. Henri Favier s'est joliment bien débrouillé avec les foins. Cette fois, je voudrais les deux moissonneuses par pièce, surtout pour les blés durs. Il me semble que la vitesse l'emporterait sur tout et nous permettrait d'échapper aux orages de fin d'été.

– C'est parlé, madame la chef ! Mais je te propose de commencer par chez moi pour roder le travail de l'équipe.

– C'est entendu, cela me paraît sage. Demain sera un jour qui compte "pour du beurre". Allez, bonne nuit et pense qu'à présent Rosette a un nouveau pensionnaire.

– Ben ! Pour qui me prends-tu ? »

Julia eut un petit sourire émaillé de sentiments profonds et pas très clairs.

« Pour un sacré défonceur de portes, qu'elles soient ouvertes ou fermées. »

Elle claqua le dos de la jument et disparut dans la nuit. Il la suivit à l'oreille, de moins en moins distinctement jusqu'au grincement des roues ferrées pivotant sous la voûte de la ferme. Jean-Jean respira fort, s'emplissant la poitrine de toutes les senteurs de la campagne endormie. Il se sentait plein de forces nouvelles et marmonna :

« C'est bizarre, nous ne sommes pourtant pas au printemps. »

Il passa dans la cour pour une dernière caresse à ses chiens et rentra chez lui en oubliant de refermer la porte, ce qui donna des sueurs froides rétrospectives à Léonie.

XIX

Moisson à grand battage

À HUIT HEURES TAPANTES les machines étaient en place. Jean-Jean descendit un peu le guide de patin au bout de la barre de coupe pour éviter les pierres. Il serra bien le boulon et, au huitième coup, il sauta sur le siège.

« Allez ! Sauteur ! » cria-t-il en secouant les rênes.

La machine frémit, se mit en branle et commença de ronfler tandis que les premières gerbes tombaient de la toile sur le chaume tout neuf. Les enfants se précipitaient dessus avec des cris de Noël.

Au bout de cinquante mètres, ils ne criaient plus mais commençaient à économiser leurs mouvements, soudain conscients qu'ils gagnaient leur vie pour la première fois. Au milieu du champ plat les « moissonneurs mécaniques » échangèrent un grand salut comique et continuèrent leur chemin vibrant. L'air très tiède avait un goût de paille coupée qui montait en très fine poussière vers le soleil. Les chiens gambadaient au milieu des enfants.

Du coin de l'œil, Jean-Jean remarqua que Blanche devenait peu à peu le chef de son petit groupe. Il en fut heureux comme si c'était sa fille.

Au retour, il put juger du travail des enfants. Les gerbes étaient correctement alignées par quatre, épis en l'air. Le

Sauteur sembla apprécier l'alignement et força tout seul sur ses fesses striées de muscles.

En une demi-heure le champ fut hérissé de gerbes. Les deux « pilotes » arrêtèrent leurs chevaux fumants.

« Ça biche ?

– Que oui, mais j'ai touché deux ou trois pierres.

– Attends, je vais arranger ça. »

Dans la boîte métallique au pied du siège, Jean-Jean prit le clé de dix-sept et alla débloquer le guide du patin comme il l'avait fait pour lui-même.

« Allez, lève le bout. »

Riton s'arc-bouta et le patin de fer descendit d'une main. Jean-Jean le bloqua de nouveau en force.

« Allez, on repart doucement. »

Tout rouge, Riton reposa l'angle de la faucheuse.

« Mais elle va couper de travers, à présent.

– Meuh non ! Au début, oui, mais tu verras, cela va plutôt couper en biais. Cela n'en ira que mieux.

– Si tu le dis.

– Alors, gars, on repart.

– Ça roule ! En route les drôles, chacun derrière son moissonneur ! »

Le second champ s'ouvrait au bout du premier, longeait la vigne et tournait en bas, à toucher le grand pré fauché et ramassé le mois précédent. Jean-Jean partit à droite et Riton, prenant le contraire de sa trace, pivota à gauche. Ils descendirent sans peine, comme tirés par les barres du grand moulin qui rabattaient les épis en ordre vers les lames rapides qui rageaient en va-et-vient au fond des dents de fer du peigne.

Chaque « abattée » valait une gerbe qui filait sur le tapis roulant et se ramassait, se tassait dans les trois demi-cercles d'acier brillant où la ficelle jaillissait d'une très grosse pelote nouée serré avant d'être coupée à un pouce du nœud.

La gerbe nouvelle était littéralement crachée sur le chaume trop récent qui n'avait pas encore le temps de changer d'odeur et sentait encore le champ de blé. Alors les enfants arrivaient, édifiaient en quatre gestes bien réglés une sorte de hutte de quatre gerbes opposées appuyées par la tête, et se hâtaient ensuite vers le tapis roulant.

Arrivé au creux du champ, Jean-Jean fit demi-tour et comprit aussitôt qu'en dépit de ses efforts, son cheval ne remonterait pas seul la côte. Il se tourna vers les gamins.

« Lequel de vous autres court le plus vite ? »

Soit par un louable souci de vérité, soit par une paresse collective, les trois autres désignèrent d'un même geste le cadet des Favier.

« C'est Nanard ! »

Jean-Jean lui fit signe d'approcher.

« Écoute-moi bien, Bernard, là-haut, près de la route, tu trouveras monsieur Chaillou. Tu lui diras que j'ai besoin de mon deuxième cheval pour remonter. Ton frère va se trouver dans la même position, tu lui descendras son autre cheval. Dis à monsieur Chaillou de bien vérifier les colliers et les chaînes d'attelage. »

Le gamin bondit et parut s'envoler le long de la ligne de chaume. Jean-Jean eut son premier sourire d'adulte en regardant vers le haut de la côte.

« S'il n'en oublie que la moitié, nous aurons de la chance. »

En fait, le bouvier s'était douté du coup et le « Nanard » hors d'haleine trouva les deux bretons déjà harnachés.

« Y… Y veut que je mène celui… de mon frère. »

Chaillou lui tendit la bride.

« Tu diras à ton frère “deux maillons d'attelage”. Tu te rappelleras ?

– Voui m'sieur Chaillou, comme font un et un. »

Le petit qui n'avait pas douze ans prit le cheval par la bride et s'en alla sagement, comme s'il promenait un énorme caniche. Dès qu'il vit Chaillou disparaître, il arrêta le cheval, lui flatta un peu l'encolure et, saisissant le crin à fortes poignées, il sauta à califourchon et d'un double coup de talon, le mit gaiement en route vers son frère qui l'attendait, là-bas, assis à côté de sa machine en forme de gros insecte rouge.

Chaillou fit de même de son côté et arriva, les jambes pendantes de chaque côté de l'encolure, près de Jean-Jean.

« Alors, tu as un pépin ?

– Oui et non. 'Pas que ma bête manque de ressort, mais il s'éclaterait le cœur au bout de trois montées. Ce serait plutôt comme une mise au point. Il va falloir renouveler les pelotes de ficelle.

– J'ai de quoi là-haut. »

Les deux chevaux, liés à la machine par deux boucles de fer en bout de timon, Jean-Jean rallongea les guides et fit claquer son fouet.

« Allez ! éhuiii ! »

En trois pas, les bretons trouvèrent leur cadence et leur équilibre.

La moissonneuse, devenue presque trop légère, attaqua la pente droit devant après avoir fait la boucle qui l'amenait au milieu du champ. En arrivant en haut de la côte, aux cris des enfants, Jean-Jean tourna la tête pour voir arriver Henri, droit en ligne derrière ses deux chevaux bretons, presque allègres. Ils traçaient une voie parfaitement contiguë à la sienne. En trois quarts d'heure, le champ fut en gerbes. En fait, il n'y avait que les enfants pour commencer à en avoir plein les bottes.

Jean-Jean les fit charger dans le tombereau par Chaillou, jusqu'à la vaste pièce qui occupait la grande combe derrière Chenac et couvrait seize hectares d'un seul tenant.

« Cette fois, dit-il à son copain, nous allons de front. S'il arrive quelque chose à une machine nous ne perdrons pas un temps fou à nous chercher, aller, venir. »

Et encore, ce coup-ci, il y avait Chaillou.

Ils longèrent la longue haie qui suivait la crête jusqu'à une vieille cabane de berger.

« C'est ici que l'on tourne ! cria Jean-Jean. Ooh ! Les chevaux ! »

Les deux machines firent un « à droite » parfait, barre de coupe levée et, sur une longueur de faucheuse, prirent leur place, Riton légèrement en arrière, marchant un tout petit peu sur la trace du chef de manœuvre pour ne pas laisser d'épis à la traîne, les enfants reposés derrière.

« Allez ! En avant ! » commanda Jean-Jean.

Sur près de trois mètres quarante de large, les blés dorés se couchaient ensemble dans le bruit des lames, celui du tapis roulant, le clic-clac des demi-cercles d'acier et les cris des enfants.

Chaillou regardait le groupe et son travail, ce tohu-bohu inhabituel avec l'excitation d'une aventure nouvelle et au fond de lui comme une grande plainte, une tache allant s'élargissant annonçant un vaste malheur, une déchéance en forme de marais très sale.

Chaillou était loin d'être sot, mais son esprit un peu lent l'obligeait à trouver des « traverses ». Il songeait souvent que faute de faire des raisonnements en paroles enchaînées, il voyait seulement des visages qui contenaient tout ce qu'il aurait pu dire. Il disait « je pense comme les chiens et cela va souvent loin ». Il s'en consolait facilement.

Le jour tombait lentement, annonçant un de ces crépuscules où la lumière adoucie semble venir de partout à la fois, une des particularités de l'estuaire.

Les moissonneurs arrivèrent sur le chemin plat. Ensemble, les deux garçons relevèrent la barre de coupe et prirent la voie de crête. Chaillou embarqua les enfants dans le tombereau et remarqua que les chevaux étaient frémissants d'ardeur.

« Nous avons fait six tours, dit Jean-Jean, quelque chose comme deux hectares et demi. Allons, tout le monde à la maison, la soupe et au lit ! »

Aidé de Joseph qui vérifiait l'état de sa « brûlerie », Chaillou fit boire les chevaux, leur massa les jambes et leur donna un solide picotin.

Jean-Jean fit un rapport complet à Julia qui jugea que presque cinq hectares pour une journée d'essai, c'était très bien. En sortant, il vit Chaillou sortir de l'écurie.

« J'aimerais bien que tu vérifies les lames et que tu les affûtes sur la meule que m'a donnée Chauvreau.

– Ce sera fini pour huit heures.

– Même un peu plus tard. Regarde, le vent de mer se lève. »

Il poussa la porte pour trouver Rosette bien arrondie qui riait aux sottises que débitait Blanche, laquelle avait sauté du tombereau devant la maison Favart. Jean-Jean embrassa fort Léonie et puis alla rire avec Rosette. Son fils dormait déjà. Il se laissa tomber sur le grand banc. La grosse soupière fumante dégageait une bonne odeur. Il ouvrit son couteau et se tailla un robuste chanteau de pain dont il émietta la mie dans son assiette. Léonie lui versa une grande louche de bouillon. Près du feu, de l'autre côté de la cheminée, Rosette et Blanche se chuchotaient des secrets qui les faisaient pouffer.

Sur la table, *L'Indépendant* annonçait une « certaine » hésitation des Allemands devant l'offensive générale des Alliés. Quelque chose lui dit que, cette fois, ce n'était pas une histoire à dormir debout pour rassurer les civils. Il saisit sa grosse cuiller, enfourna une « bouffée » à étouffer un bœuf et, pour une fois, ne hurla pas que c'était trop chaud.

XX

Un échappé ibérique

ET PUIS LE TEMPS parut s'accélérer. Tous les jours, les journaux publiaient des noms de victoires. Mais c'était de minuscules conquêtes comme si on prenait d'assaut la Charente-Inférieure en annonçant chaque jour le nom d'une petite commune ou d'un lieu-dit.

Jean-Jean qui avait minutieusement regardé l'atlas de Julia, comprit vite la manœuvre en soupirant.

« Eh ben ! Ça va n'en prend' du temps. »

Quoi qu'il en soit, dans les rues ou les cafés, on ne tarissait pas de « nouvelles nouvelles » et chacun y allait de son pronostic. Pour les uns, c'était la Victoire avec un grand V, pour le plus grand nombre, la fin des tueries toujours inutiles, et un immense espoir passait sur la campagne à la façon d'une brise de printemps, de celles qui font ressembler la queue des chats à de gros goupillons à pattes.

La moisson fut terminée et rentrée en deux semaines. À présent, tout le pays savait que l'on pouvait récolter du blé ou de l'avoine et des orges en deux fois moins de temps, avec quatre fois moins d'hommes… pour la moitié du prix ! Ce ne fut pas une petite révolution ! Dans les journaux les plus pondérés, on trouvait des articles expliquant que des savants mettaient au point des machines pour permettre aux handicapés, estropiés ou bien manchots, de faire leur récolte « comme avant », ou même « mieux qu'avant » ! Leurs retraites d'anciens combattants suffiraient à payer ces machines extraordinaires. Trompeau, exaspéré par ces fanfaronnades, envoya une lettre à *L'Indépendant* en leur demandant l'adresse d'un marchand de graines de bras. On ne lui répondit jamais. Ce qui choqua beaucoup son sens inné de la démocratie.

Avant les vendanges, durant la courte période creuse, Jean-Jean sortit deux fois en mer. Si les jours commençaient de raccourcir, la température demeurait douce. Il y avait toujours de bancs de sardines, et des brignes et des « maigras » (petits maigres de l'année qui dépassaient rarement le kilo) pour leur donner la chasse. Jean-Jean les soupçonnait même de faire alliance entre prédateurs pour améliorer la chasse.

En compagnie de l'inséparable « Riri » des bancs de l'école (mon Dieu que cela semblait loin !), Jean-Jean sortit en mer. La première fois, avec la tirolle, ils firent une pêche très ordinaire mais convenable cependant. Ils prirent un peu de tout, y compris des vieilles de mer, poissons de rocher qui grouillaient ordinairement sur les côtes bretonnes et une douzaine de lamproies encore un peu maigres qui retournaient à l'océan, ponte faite, et n'avaient pas encore eu le temps de se refaire une pleine santé. Jean-Jean garda les lamproies pour sa mère, Riton une douzaine de belles brignes. Vivi le mareyeur leur donna cinquante francs du reste de la pêche en jurant qu'il y perdait, comme d'habitude. Le beau temps persistant, Julia décida de repousser les vendanges d'une semaine. Ils repartirent sur les battures de Cordouan. Ils étaient équipés à la bretonne avec un long cordeau, un gros plomb et deux ou trois avançons amorcés chacun d'une petite sardine ou de la moitié d'une lorsqu'elle était plus grosse. Avec la grande épuisette que lui avait prêtée Ballarin, Jean-Jean

« pêcha » dans un banc en fuite tout l'appât nécessaire et de quoi remplir une caisse de jolies « royans », de quoi faire un beau casse-croûte pour les vendangeuses de La Tremblade que Julia avait engagées depuis l'an passé. Deux seulement, enceintes « jusqu'aux dents » lui avaient fait faux bond, mais lui avaient envoyé des remplaçantes.

« Bien salées, commenta Jean-Jean, et au frais, elles se conserveront une huitaine sans problème et auront le même goût que si elles étaient pêchées du matin. »

Il arrosa sa caisse et la glissa sous un morceau de bâche. Alors la pêche se déclencha avec furie : petits bars, « maigras » et même quelques vieilles. Il se souvint tout à coup que Sicot le matelot de Ballarin, les appelait des perches de mer. De fil en aiguille, il en vint à penser à La Jarre.

« Tu sais où il est, toi, La Jarre ?

– Il est retourné une semaine à l'hôpital pour apprendre qu'il était guéri. Il a voulu fêter cela et depuis, ne va pas très fort. Te dire, il ne cause à presque plus personne.

– Eh ben ! souffla le garçon à la tête de paille en tirant de l'eau un bar presque beau.

– À quoi tu penses ?

– Je réfléchis où peuvent être cachés les gros. De prendre des petits, j'en ai ma claque !

– Remarque, à force d'en prendre, cela finira par faire du chiffre.

– Pour moi, continua Jean-Jean sur sa lancée, ils sont allés se nicher dans les pierrasses de l'autre côté de Cordouan. Allez, on replie. »

Rapidement, les cordeaux furent remontés, pliés sur leur cadre et le grappin sonna dans la barque contre les caillebotis. Ils hissèrent la voile qui se gonfla aussitôt d'une brise du sud qui fit claquer les petites vagues du clapot contre la coque.

Sans lâcher la barre, Jean-Jean passa le cadre de la cuiller ondulante à son compagnon.

« Vas-y, ça nous donnera peut-être une indication. »

Et la barque, et son équipage fraternel, paraissait de plus en plus petite, minuscule même, au milieu de l'océan commençant.

Soudain, Riton poussa un cri :

« Vingt Dieux ! C'est pas un menu ! Heureusement que j'ai eu l'idée de mettre les gants ! »

Jean-Jean enfila les siens et saisit le cordeau quand il passa à sa portée.

« Oh bon sang, quelle force ! Les baleines ne mordent pas sinon…

– C'est pas un requin non plus. Le requin, ça fonce mais en souplesse, et puis il aurait coupé le cordeau depuis un bout de temps.

– Allez, dit Jean-Jean, je tire d'abord et tu récupères derrière. »

À grandes brassées sauvages, le prisonnier mystérieux se rapprochait vite, le cordeau tendu à se rompre.

« Hé, cria Jean-Jean, tu vois ce que je vois ?

– Nom de d'là ! Je ne connais pas cette bête-là mais c'est quelque chose ! Hargnn ! Heureusement, j'ai mis un crochet dans le coffre depuis le coup du maigre. Gniii ! »

Soudain le gros poisson se rangea contre la coque.

« Le cro-chet ! » hoqueta Henri.

Jean-Jean l'abattit de toute sa force, perça la bête derrière la nuque et la cloua dans la coque avec un « merde ! » retentissant. Le gros poisson, sonné, ne bougeait plus.

« Voilà que j'ai esquinté la *Rosette,* nom de Dieu !

– Oh ! c'est pas la première fois, à ce qu'on dit, ricana l'inséparable.

– C'est malin ! En attendant passe-lui ce nœud coulant autour de la queue. »

Riton se faufila et se redressa un peu plus tard.

« Ça y est.

– Bon, je vais lui passer l'autre dans l'ouïe. »

Jean-Jean peina un peu et se redressa à son tour.
« Il y est. Attache les bouts sur un tolet.
– Ça y est.
– Je vais dépendre le crochet. »

En trois coups de maillet, le crochet sauta, mais tomba à un mètre des bords de la barque.

« Ah ! Nom d'un chien ! Et puis il haussa les épaules.
– Bah ! Ce n'est qu'un bout de ferraille de quat'sous. Allez, on met la bête dedans. À bras… ferme ! »

Bloqués contre le plat-bord, les deux garçons tirèrent de toutes leurs forces et firent basculer le « bestiau » dur et trapu de plus de cinquante kilos.

« C'est un thon bon Dieu ! Mais qu'est-ce qu'il fiche ici ? Ça se pêche chez les Basques ou bien au Portugal. J'ai vu des images », précisa-t-il.

Henri saisit le maillet et lui en donna un grand coup sur le côté de la tête, « au cas où il se remettrait du coup de crochet ».

« Mais dis donc, s'écria Jean-Jean, tu sens le soir qui tombe ?
– C'est ma foi vrai. Ça fait plus d'une heure que nous nous bagarrons avec ce môssieur.
– Tu vas rire, je n'ai jamais navigué de nuit, moi, heureusement que les entrées de chenal sont éclairées, mais il n'y a guère de vent.
– Dedans une heure, il y aura de la lune, tu devrais le savoir, c'est toi qui me l'as appris. »

Portés par le courant, ils remontèrent avec juste assez de vent pour guider la barque. Petit à petit, ils se laissaient envahir pas la touffeur écrasante autant que rare qui les entourait.

« Pour moi, dit Jean-Jean d'un ton paresseux, je ne pourrais pas piloter une gabarre ou une péniche sur une rivière ou un chenal. Je m'endormirais tout de suite. »

Riton releva la tête pour dire :

« Moi, je dors déjà. Ce poisson m'a tué.

– Dis donc, comment cela se passe-t-il avec Blanche ?

– Du mieux possible. Je peux même te dire que nous avons des projets.

– Alors, c'est sérieux, tu te la gardes ?

– Pour sûr ! »

Profitant d'un courant d'air imprévu, Jean-Jean se rapprocha de la rive et reprit :

« Tu crois que tu pourrais mettre deux mille francs dans une jolie maison solide avec un hectare et demi autour et des bâtiments de service pratiquement neufs ?

– Ça fait des sous, mais oui, je pourrais. Il ne m'en restera plus guère après.

– Accroché à ton hectare, il y a un bois d'acacias de cinq mille mètres carrés. C'est ça qui serait bon pour faire ton miel.

– C'est sûr, mais j'aimerais que Blanche la voie avec moi. Après tout, elle y restera plus longtemps que moi. C'est loin cette maison ?

– De l'autre bord de Chenac. Cinq minutes à vélo de chez moi. »

Riton se mit à rire avec un peu d'aigreur.

« C'est pour le coup qu'on va m'accuser d'avoir profité de la guerre pour faire fortune. Tu sais, il y en a quelques-uns qui ne nous aiment pas trop dans les cafés de la rive… »

Jean-Jean, la tête ailleurs, ne répondit pas. Il guettait le lever de la lune.

Riton continua un ton plus bas :

« C'est de la faute à Trompeau. On serait partis le venger, personne plus ne nous en voudrait. »

Jean-Jean poussa un gros soupir.

« Là, tu as raison, tout serait dit et terminé. Pas de femme à épouser, d'enfant à brailler la nuit. Rien qu'un trou bien glaiseux et froid l'hiver… Vrai, mon pauvre Riri, tu as le chic pour dire des âneries. Tu sais combien il en reste, des quatre qui ont devancé l'appel ? Un seul ! En tout, il y en a déjà plus de quarante à servir d'engrais dans les champs de betteraves. Même Moutiers, le chef de la gendarmerie, pense comme Trompeau. La guerre, c'est con à pleurer. C'est fait pour tuer le pauvre monde. T'as eu envie de les tuer, les prisonniers allemands qui nous ressemblaient tant et travaillaient si bien ? Si tu as un gars qui te cherche, dis-le moi. Il y a de la place dans le port pour un imbécile équipé d'un coup de pied au cul. Tu verras qu'en plus, c'est un de ces joyeux piliers de bistrot qui s'est bien tenu à l'abri tant qu'il y avait risque de se faire embarquer et qui fait son juge à présent.

Alors, c't-y ? Cette maison, elle te fait envie ou non ? Si tu as peur de te retrouver sans le sou, laisse Blanche travailler à la mise en bouteille chez Julia. Avec ta paye en plus, tu te remettras vite la tête hors de l'eau. Et puis ensuite, tes ruches. Durant la prochaine période creuse, je t'enverrai chez un parent de Julia qui connaît toutes les façons de profiter du miel. On en fait même un élixir de jeunesse. Si, si, je t'assure.

Oh ! Écoute le ressac ! Nous devons être plus près de la côte que prévu. Prends la gaffe et repousse-nous si tu sens que l'on s'échoue.

– Aperçu, commandant ! Dis, comment l'as-tu trouvée, cette maison ?

– Ce n'est pas moi, c'est Julia qui a acheté toute la ferme. Il y avait vingt hectares autour. C'est moi qui lui ai dit de te faire un lot de terrain pour que tu sois à ton aise et puis, cela te classe parmi les propriétaires. Cela vaut mieux qu'ancien combattant. Il y en a trop pour que cela veuille dire quelque chose. Et puis, il suffit qu'un homme ait porté une heure de temps un chapeau en cuir de locomotive pour qu'on lui donne sa carte, la même que celle d'un héros de Verdun qui en a chié comme un Russe pendant six mois d'affilée. Alors, crois-moi, il vaut mieux être compté parmi les propriétaires, même petits. »

Et la lune se leva, énorme et claire comme une grosse lanterne.

« Regarde, cela fait comme une lumière au fond.

– C'est la minoterie de Saint-Seurin. Nous sommes juste au bas de chez nous. Cela nous fait encore du chemin. »

Derrière la lune qui éclairait à présent au point de tracer des ombres très noires au regard des parties très blanches qui lui faisaient face, une campagne de rêve bordait le rivage. Çà et là, une lumière clignotait derrière une fenêtre perdue. Le silence en devenait plus étouffant.

« Attends, je vais me mettre aux avirons pour retrouver un meilleur courant », dit Riton.

Jean-Jean le laissa faire. La barque s'éloigna assez facilement de la côte. L'eau, presque lisse, brillait au moindre mouvement. Tout de suite au-dessous de la lune, plus une étoile n'était visible. En y regardant attentivement, Jean-Jean réalisa qu'il s'agissait d'une grosse masse de nuages opaques d'où surgissaient au loin quelques lueurs palpitantes révélant des formes entassées, mais encore trop loin pour que le moindre bruit puisse lui parvenir.

« Ça “éloise” drôlement du côté de Bordeaux, mais le vent de flot empêche pour l'instant l'orage de monter jusqu'à nous. »

Occupé à trouver un courant plus vif, son compagnon ne répondit rien sur le moment, puis, voyant filer vers l'aval une lourde touffe de joncs, il jugea qu'il avait trouvé ce qu'il cherchait. Il laissa retomber les avirons à l'intérieur et dit dans un souffle :

« Pouh ! On ne doit plus être loin du chenal, regarde la lumière des fenêtres du château sur la falaise. »

Soudain, Jean-Jean tressaillit à la vue d'un gros bloc de maçonnerie qui paraissait planté au milieu de l'eau.

« Aux avirons ! À tribord ! »

Riton se remit au travail et en une vingtaine de coups, contourna le socle de balise qui n'était pas encore achevé. Un courant plus faible les fit entrer dans le futur chenal. Riton n'eut plus aucune difficulté à mener la barque à l'ancienne estacade éclairée comme en plein jour par la lune. Jean-Jean abattit la voile, retira la barre et le gouvernail et sauta à l'eau en même temps que son compagnon. En deux minutes, la barque fut liée aux coulisses et le grappin enfoncé dans la terre du talus, sous le quai.

L'ancienne estacade de Ballarin était proche de l'atelier du vieux Morin. Ils y coururent. La bicoque était vide. Près d'une carcasse, il y avait une grande brouette qui servait à déplacer les pièces trop pesantes. Elle fut vite dehors, où la lune montait, poursuivie par la lourde barrière opaque.

Quelques grondements lointains commençaient à parvenir. Les deux aventuriers remontèrent à bord, remplirent une demi-barrique de poissons et la firent flotter jusqu'au quai. Jean-Jean déjà remonté, poussa le grand thon à l'eau et sauta à son tour. Il le remorqua jusqu'au bord du quai où Riton vint le retrouver. À deux, ils eurent du mal à l'allonger sur le ciment.

« Et merde ! J'ai oublié la caisse de sardines ! »

Jean-Jean redescendit et, à présent, il avait de l'eau à mi-jambes.

Au retour, il revint en chassant l'eau de ses jambières et en faisant autant de bruit qu'un cheval. Riton l'aida à monter et, d'un coup de brouette, ils portèrent à l'abri la caisse et la demi-barrique. Puis ce fut le tour du grand poisson qu'ils eurent un mal fou à conduire à l'abri sans le faire verser.

À côté de la première porte de la minoterie, il y avait un tout petit café, le « Cap à l'ouest », avant le café de l'Espérance, tenu par un vieux couple qui ne dessoûlait pas de la semaine. À se demander comment ils parvenaient à maintenir leur commerce loin, très loin de la faillite. C'était le repaire du vieux Morin lorsqu'il était « en ville ». Jean-Jean lui tomba dessus comme il sortait. En peu de mots, il lui expliqua l'aventure. Quoique rempli de « vin bian », Morin conservait un esprit assez clair. Il toussa, bava, et après s'être torché de son innommable béret, déclara :

« Je te vas prendre deux ou trois petits bars et une vieille de mer. Il y a un moment que je n'y ai pas goûté. Ça fera pour la location de la brouette. J'irai voir le trou de ta barque demain. Après, on verra. »

Il tourna les talons et disparut dans la nuit. Les deux complices reprirent leur vélo et filèrent au restaurant Bleu.

« Bonsoir mâme Magné, il n'est pas trop tard ?

– Mais non, Jean-Jean, j'ai encore des clients à table, des marchands de vaisselle.

– Alors, je prendrai un café.

– Moi aussi, dit Riton.

– Vous voulez des bars portions ?

– Tu en as beaucoup ?

– Oh, vous ne m'achèterez pas tout. J'ai aussi des brignes, des vieilles de mer.

– Tu me mettras une vieille rouge pour moi, et une cinquantaine de bars. Tu sais, j'ai une glacière aujourd'hui. Je peux conserver du poisson pendant une semaine en été. Je te la ferai voir quand tu voudras. Elle fonctionne avec douze pains de glace que je fais venir de chez Loti à Royan par le wagon frigorifique du tram, celui qui fait commerce d'huîtres et de poisson avec le train de Paris.

– Est-ce que l'on pourrait y fourrer un gros poisson de plus de cinquante kilos ?

– Bah ! J'y rentre bien, moi, et je pèse davantage.

– Je peux vous le laisser jusqu'à ce que le Vivi vienne le chercher ?

– Oui ma foi, et ce sera pour tous les petits services que tu m'as rendus. »

Ils repartirent jusqu'à la cabane de Morin. Le vieil homme était là, regardant le thon à la lueur d'une lampe-tempête.

« Ben, des comme ça, je n'en ai jamais vu par ici. Ô v'nont du Sud ces bestiaux-là ! Allez, je vous aide jusqu'à chez la mère Magné et vous m'y payez un verre, d'accord ? »

À trois, ce fut presque un jeu. Ils lièrent le grand poisson sur la brouette, y calèrent la caisse de sardines et un panier pour les commandes de la patronne du restaurant Bleu.

Au bout de cent mètres, le vieux Morin commença à caler.

« Allez pas si vite, quoi, vous n'allez pas au bal ! »

Jean-Jean reposa les mancherons.

« Soufflez un coup, m'sieur Morin. Nous vous commanderons votre verre en arrivant. »

Henri passa les deux remorques à ses épaules, son copain reprit les mancherons, et ils longèrent tout le quai dans la nuit épaisse qui sentait de plus en plus l'orage montant du sud.

Au restaurant Bleu, seule la lumière du bar éclairait encore. Les deux garçons se guidèrent en observant le miroitement des « éloises » à la surface du port qui dessinaient un instant la limite du quai.

Il ne pleuvait pas encore. La mère Magné les vit approcher et alla ouvrir le grand portail de l'ancienne grange. Là, près du poteau central, il y avait une bascule à poids coulissants qui fonctionnait encore.

Ils posèrent le grand poisson sur le plateau et le gros poids indiqua soixante-trois kilos.

« Pas étonnant que j'aie eu tant de mal à le sortir.

– Et moi à le ramener à bord. »

Ils suivirent la patronne jusqu'à la glacière et posèrent leur pêche sur les clayettes et le thon sur le sol en ciment.

« Je peux téléphoner, s'il vous plaît ?

– Bien sûr, c'est vingt-cinq centimes la communication. »

Jean-Jean eut tôt fait d'appeler chez lui, le huit à Chenac. C'est Rosette qui décrocha, la voix ensommeillée :

« Oui ? Rosette Favart à l'appareil.

– C'est Jean-Jean, pour te dire que nous sommes bien arrivés à la rive. Ça va, toi ?

– Oui, oui.

– Fais la commission à m'man. Je ne sais pas quand je rentrerai. Bises. »

Il rappela aussitôt Julia. Elle ne dormait pas et décrocha aussitôt.

« C'est Jean-Jean. J'ai un thon. Oui, un poisson de plus de soixante kilos, des bars portions et une caisse de sardines. Tu les veux pour faire le mangement des vendangeurs ou tu préfères que je les vende à Poussachie ?

– Rapporte-les. Je leur proposerai des sardines grillées ou confites. Et donne le thon à Léonie. Nous irons l'aider pour en faire des conserves. Bonne nuit. »

En raccrochant, Jean-Jean se tourna vers la patronne :

« Je vous dois cinquante centimes. Je vous donnerai un bar de plus.

– Donne-moi seulement la "vieille rouge", cela me rappellera ma jeunesse à Quiberon. »

Riton mit le nez dehors et rentra vite.

« Voilà "l'ève qui chêt" (l'eau, qui tombe), et pas qu'un peu ! »

Les coups de tonnerre se succédaient violemment. Soudain, on frappa à la vitre de la porte. Tout le monde sursauta. Jean-Jean alla ouvrir pour voir le vieux Morin, impassible sous des seaux d'eau qui lui dégoulinaient de la tête aux pieds. La voix calme et claire, le vieux charpentier de marine déclara :

« Salut fils, alors, il paraît que j'ai un coup de muscadet qui patiente ? »

Riton se pencha vers la patronne et dit à mi-voix :

« La pluie l'a dessoûlé. T'à l'heure il ne pouvait plus marcher tant il était chargé.

– Je connais l'animal. Mais entre, bourrique, tu apportes toute la pluie avec toi ! »

Sans songer un instant à s'éponger, Morin se planta devant le bar et dit courtoisement :

« Un muscadet, tiré sur lie, la patronne ! »

Et, montrant Jean-Jean du pouce, il ajouta :

« C'est au compte de ce seigneur-ci. »

La pluie tomba, drue et tiède, une heure durant, puis s'arrêta d'un seul coup.

« Julia ne commencera pas les vendanges demain. Il va falloir laisser ressuyer.

– Allons chercher nos vélos et rentrons. Nous verrons cela demain, grogna Riton qui n'aimait pas être mouillé. Dix minutes plus tard, ils étaient chez eux. Comment auraient-ils pu savoir que des émissaires passaient et repassaient la ligne de feu qui changeait continuellement de place en raison de la retraite allemande, pour trouver un compromis qui ne ferait pas perdre la face à Hindenburg ni à ce vieux ventrachoux de Clemenceau ? »

XXI

Deux pour le prix d'un

LE LENDEMAIN, le soleil se leva sur un vent sec et frais qui, à midi, avait à peu près séché les courrèges et les raisins. Jean-Jean, de retour du restaurant Bleu, prit ses proies, laissa le thon chez sa mère sur la table à découper, et une paire de bars pour le dîner. Il repartit chez Julia avec le reste des bars, des brignes, des vieilles et les sardines.

« Portez tout cela au frais dans la souillarde », demanda la tante Célie.

« Julia veut te voir », ajouta-t-elle d'un ton passablement autoritaire.

Julia leva les yeux de son registre avec un regard caressant.

« Tu as combien de vignes, à présent ?

– Ben, cent soixante-dix ares (17 ha). Tu le sais mieux que moi puisque c'est toi qui gères tout.

– Je voulais savoir si tu ne t'endormais pas sur ton travail. »

Le garçon à la tête de paille se fendit d'un grand sourire.

« Toi, quand on te prendra en défaut, fera plus chaud qu'aujourd'hui.

– Bon, nous dînons et commençons par toi. Pas le temps de commencer une grande pièce aujourd'hui. En y mettant tout le monde, nous aurons fini ce soir ! En route ! »

Elle claqua son registre et descendit la première.

Le repas un peu avancé fut accueilli comme une surprise. Les sardines eurent beaucoup de succès car les pêcheuses d'huîtres ne connaissaient que les grattons de porc ou les coquillages. Tout le reste allait à la vente. Le vin blanc leur servait ordinairement de café. C'était toutes des filles ou des veuves, les femmes mariées ayant assez à faire avec leur maison, leur potager, leur marmaille et la vente du poisson de leurs hommes.

Jean-Jean et Riton attelèrent un breton à chacun des deux plateaux basculants sur lesquels étaient fixées des cuves ovales pour recueillir le contenu des hottes ou des seaux et les mener au pressoir. Les plateaux étaient assez étroits pour passer entre deux rangs de vigne où les vendangeurs coupaient les grappes et remplissaient les seaux que le conducteur du plateau aidait à vider dans la cuve ovale.

Tout le monde connaissait son travail et l'ouvrage marchait rondement.

Henri partit le premier et Jean-Jean le suivit un peu plus tard, chargé « ras bord ». Une cuve dûment remplie correspondait à une « bordelaise » et demie (trois cent trente litres). Au long du premier rang, c'était un concert de blagues en patois et, peu à peu, un silence peuplé de claquements de sécateurs prenait la place du joyeux tohu-bohu.

C'était cela, la véritable respiration des vendanges. La gaieté ne revenait que le soir autour de la grande table à rallonges.

Jean-Jean conduisit la dernière cuve à la nuit tombée. Il compta les traits de crayon sur le banc : trente-quatre.

Dans le pressoir, il fit entrer le breton à reculons. Le cheval avait déjà compris et le faisait presque tout seul. Il s'arrêta là où il fallait. Joseph glissa une grosse cale devant chaque roue, passa un maillet à Jean-Jean et, en quelques coups, fit sauter la barre de « retient ». Le dessus du plateau bascula en arrière et la cuve se vida d'un coup dans le pressoir.

« On n'attendait plus que toi ! Allez les gars ! »

Les deux aides installèrent les bastaings sur le raisin dégoulinant, puis deux lourds morceaux de poutre en travers, et, enfin, les deux « bras » de fonte. Jean-Jean avait redescendu le plateau et reprit la barre de « retient » qu'il cala comme il faut à coups de maillet bien d'aplomb. Il ôta les deux cales et alla faire boire son cheval qu'il conduisit dans l'écurie, accueilli par les hennissements de ses copains qui avaient déjà le nez dans les mangeoires.

Dans le pressoir, les « hommes » de Joseph faisaient aller le pressoir qui descendait d'une dent à chaque clic-clac de l'engrenage à main, suivi d'une longue pissée circulaire au pied du pressoir. Le jus dévalait la pente de pierre et allait glouglouter dans la goulotte en coin, contre le rebord teinté de tanin. Il suivait un canal archicentenaire, taillé dans des blocs de plus d'un mètre de long, qui chargeait un tuyau de fer facile à bouger pour « nourrir » les cuves de ciment carrelées de faïence. Les deux cuves furent remplies au ras du bord.

Jean-Jean clignait de yeux près de la lampe électrique autour de laquelle les papillons de nuit menaient la sarabande.

« Regarde un peu, dit-il à Joseph, il n'y a pas un an que c'est installé et c'est déjà crépi de toiles d'araignée.

– Normal, dit le vigneron, la lampe attire tous les insectes volants et les araignées les bouffent… alors… laisse un carré de blé au milieu de ton champ et tout le gibier viendra y casser la croûte. »

Le lendemain commença la noria des vendanges. Du lever au coucher du soleil, on coupait, remplissait les seaux, les cuves, courait gaver le pressoir, revenait. Durant dix journées de plus en plus harassantes, on changea les chevaux à midi, mais pas les vendangeuses ni les hommes du pressoir qui était plus important de moitié que celui de chez le grand-père de Jean-Jean. Celui-ci se demanda un moment si son père Francis l'avait jamais utilisé. Cette pensée directe et sans fioritures le troubla profondément. Il donna un sucre à chacun des bretons et referma la porte derrière lui. Lentement, il se dirigea vers la grande table étirée dans le hangar voisin et vint s'asseoir entre Rosette et sa mère, là où une assiette lui était toujours préparée.

En une semaine, le temps avait si bien changé qu'il fallait faire un effort pour se rappeler le soleil et la chaleur. Les deux derniers jours virent arriver la pluie avec la marée montante. D'un coup, le gris du ciel et les secousses des bourrasques rapprochèrent les gens de la guerre alors qu'elle se terminait.

Julia laissa dormir tout son monde au hasard des paillers, des étreintes et, au déjeuner, chacun passa à la caisse, reçut quatre-vingt-huit francs et une bourriche contenant un pot de grattons, cinq kilos de pommes de terre, un bocal de saindoux et une chopine de goutte.

« Celles qui préfèrent du grain aux patates n'ont qu'à le demander », dit Jean-Jean.

Cinq filles qui avaient de petites basses-cours préférèrent l'échange. Alors le gars à la tête de paille, encore bronzé sous les brumes précoces, sortit un paquet de tickets de tram.

« J'ai fait un arrangement avec le directeur, annonça-t-il non sans gloriole, et vos retours sont payés ! À plus tard pour tirer les bois. »

Toutes les filles reposées avaient encore du travail jusqu'en novembre. Elles rejoignirent par petits paquets les patrons ou les commis venus les chercher.

Jean-Jean rentra chez lui pour trouver le docteur Samain et la sage-femme qui l'attendaient.

« Autant te le dire tout de suite, il n'y a rien de grave mais nous tenons à t'avertir que tu vas avoir des jumeaux, filles ou garçons, on ne sait pas, bien sûr, mais il y a deux cœurs qui battent et joliment fort. Pour le reste, madame Moreau pense que Rosette accouchera en fin novembre à quèqu'jours près. Bon, nous règlerons nos comptes à ce moment-là. Allons, à plus tard.

– Rosette le sait ?

– Elle s'en doute. »

Jean-Jean monta jusqu'à la belle chambre de Rosette et la trouva souriante. Il la regarda intensément, puis sourit à son tour.

« Vrai, ce que tu es ronde ! On dirait une meule de foin.

– Pas étonnant. Je suis en train de te fabriquer deux héritiers de plus.

– Comment sais-tu cela ?

– Le père Samain écoutait mon ventre. Soudain, il a eu l'air surpris. Il a écouté encore, et encore. Et puis je l'ai entendu chuchoter à madame Moreau "il y a deux cœurs qui battent"... Deux cœurs ! Ce n'est pas difficile à comprendre, si ? Tu les verras vers la fin novembre ou début décembre. Ah, dis donc, les deux grands-mères !

– Quoi donc ?

– Elles vont avoir du travail pour deux !

– Elles sont deux, justement. C'est joliment bien fait, la vie. »

Elle leva vers lui les yeux débordant de larmes.

« Qu'est-ce qu'il t'arrive ?

– Je... Je veux te dire que je suis bien, mais alors très bien, heureuse. »

XXII

Les arrangements de Julia

PENDANT LES SEMAINES QUI SUIVIRENT, Julia s'inquiéta de cette paix qui devenait de plus en plus évidente.

« Et si tout mon vin, mon foin, mon grain et mon eau-de-vie allaient me rester sur les bras ? »

Elle fut vite rassurée par l'officier fourrier qui commandait les magasins militaires de Saintes.

« Nous ne démobilisons pas, madame Janteau, et puis nous allons occuper la Rhénanie. Nos troupes voudront du vin, de la gnôle de qualité. Pas de schnaps, je vous assure. Je sais de source certaine que nous allons aussi occuper la Syrie, le Liban. Il faudra nourrir tout ce monde-là. En tout cas je sais, vous m'entendez ? que j'ai déjà reçu les fonds pour acquérir de quoi nourrir quatre divisions d'infanterie et une de cavalerie comme l'an passé. Peut-être l'an prochain faudra-t-il tailler vos vignes plus courtes. Enfin, j'en serai averti à temps.

– Tenez, ajouta-t-il en frisant sa moustache, voici vos bons de commande. La même chose que l'an passé.

– J'ai également du très bon vin rouge en bouteilles cachetées qui serait très bien pour le mess des officiers.

– Combien de bouteilles ?

– Quinze mille à trente centimes, étiquetées à quarante-cinq. »

Elle regarda sans trembler l'officier ajouter une feuille de commande de vin de choix, cru du Bordelais. 15 000 bouteilles à 0,45 F.

Elle sortit de son sac une enveloppe cachetée.

« Tenez, commandant, pour les chers orphelins de votre unité. »

L'œil rond, immobile, comme un oiseau de proie qui va attaquer, le commandant, d'un imprévisible mouvement, fit glisser l'enveloppe dans un dossier, et le dossier dans une serviette fermant à clef.

Toujours courtois, il se leva avec une légère courbette et s'inclina sur la main tendue de la si belle « fournisseuse ».

« Allons, au revoir madame Janteau, et comptez sur ma vigilance. Vous serez la première à être avertie d'un changement. »

Julia regagna la place d'Armes, appela un fiacre et rentra à la gare du tram.

En chemin, elle consulta ses listes de commande, et se dit que les trois mille francs aux « orphelins » du commandant, ce n'était pas cher payé pour des contrats de cette importance. Qui aurait pu s'imaginer que cette femme solide et généreuse devenait insensiblement dure et âpre au gain pour sa tribu, parce qu'une envie de vengeance secrète la submergeait à chaque nouvelle ride, chaque pli imprévu. Et voilà qu'à présent, des vergetures consécutives à la naissance de Rosette marquaient les côtés de son ventre, faisant taire tout scrupule, toute raison à ce naturel avertissement du temps qui lui semblait une déclaration de guerre personnelle.

Certes, elle était loin d'être décatie et son capital de séduction aurait encore fait envie à nombre de femmes en vue. Elle eut un petit sourire acide et marmonna :

« Si Jean-Jean savait comment j'obtiens ces "arrangements", il me faudrait un moment pour le calmer. »

Puis, de Jean-Jean, sa pensée culbuta vers Trompeau. Sans son bras en moins, il ne l'aurait pas intéressée longtemps. Mon Dieu, qu'il lui semblait petit, étriqué ! Il possédait quelques grands principes indiscutables, une foi républicaine très solide. Ça, c'était quelque chose. Mais pour le reste… Elle savait qu'il se rapprochait chaque jour un peu plus de mademoiselle Boutier qui « faisait les filles ». Ils se ressemblaient fort, tous les deux. Et puis, deux salaires d'instituteur, c'était une aisance à leur mesure. Les « coups » de Julia lui laissaient un goût de crainte.

Elle monta dans le tram en se disant qu'avant quinze jours elle aurait trouvé un moyen pour l'envoyer dormir dans le logement de fonction de l'école. Ils ne seraient pas fâchés, non, la preuve, elle les inviterait deux ou trois fois l'an.

« Oui, un aller pour Gémozac, monsieur, s'il vous plaît. »

Elle laissa le regard luisant du préposé s'attarder sur sa silhouette.

XXIII

Et deux d'un coup !

Contrairement à ce que l'on pourrait croire, le temps est élastique. Il y a des jours qui n'en finissent pas de sombrer dans le crépuscule, d'autres qui tombent, à peine passé le mangement de cinq heures. Personne ne sait réellement pourquoi. Il faut se contenter de la surprise, bonne ou mauvaise.

Ce 11 novembre prit tout le monde comme un faux pas. Ce fut d'abord un coup d'assommoir, puis un fol enthousiasme parcourut tous les villages. Les gens coururent sur les chemins, secoués par les cloches, puis se calmèrent pour penser à leurs morts. Quarante-neuf, rien qu'à Mortagne, vingt-sept à Chenac, vingt-six à Saint-Seurin. On ne parla plus que cimetières, amputés, infirmes. Ceux qui rentraient entiers les jours suivants finissaient par se sentir coupables. « Embusqués », disait-on.

Le magasin d'outils agricoles se révéla une excellente affaire. Jean-Jean vendit coup sur coup six faucheuses et quatre moissonneuses. Un nouveau modèle de râteau faneur à fourche fit son apparition. Il en vendit un à Rigaubert, son voisin, et rentra le soir chez lui fort satisfait.

« Tu sais, m'man ? Avec toutes les machines que j'ai vendues, sans compter les pièces de rechange et les pots de graines, je me suis fait plus de trois mille francs. »

La nuit même, Rosette commença de marcher de long en large, les poings sur les reins. Il se dit :

« Ce coup-ci, c'est le bon ! » Et alla téléphoner à la sage-femme.

« Madame Moreau, répéta-t-il, ce coup-ci, c'est le bon.

– C'est bien, Jean-Jean, je vais monter dormir chez toi. »

À sept heures du matin, Rosette mit au monde deux filles superbes. Les deux grand-mères et le papa discutèrent longtemps avant de tomber d'accord pour réveiller les prénoms de deux aïeules, Marie-Joséphine et Marie-Camille. Rosette, en plein bonheur, acquiesça. Elle aurait dit oui à n'importe quoi.

Tout le monde prit un déjeuner copieux. Julia retourna à sa ferme pour donner de l'élan à la journée de travail qui commençait un peu tard.

Jean-Jean remit en route la motorette, ce qu'il n'avait pas fait depuis des semaines, et fila à la mairie pour déclarer ce dernier chef-d'œuvre.

La secrétaire de mairie trouva bien qu'il favorisait plus spécialement les prénoms d'une des femelles, mais s'abstint de tout commentaire. Elle n'aimait pas Jean-Jean dont l'insolente gaieté lui faisait un peu peur.

De là, il fila au café de l'Espérance pour y retrouver quelques copains pêcheurs avec qui il s'était tout de suite entendu. Il arriva triomphant et reçut comme une douche froide. On venait de retrouver La Jarre mort dans un fossé sec. Il ne s'était même pas noyé. Pour un marin de sa classe, cela la fichait mal.

« Enfin, cria l'aîné des frères Bénuzet qui habitait au vent, dans une cabane de rondins sur l'autre rive du chenal, enfin, s'il n'y avait pas d'eau dans le fossé, on peut être sûr que le liquide était à l'intérieur.

– Ce n'est pas pour cela que tu es venu ? questionna Ballarin.

– Hé non ! c'était pour payer à boire pour fêter la naissance de mes filles Marie-Camille et Marie-Joséphine. »

Le malheureux La Jarre fut aussitôt envoyé aux oubliettes.

« Moi, dit la patronne en s'essuyant les mains sur son tablier maculé, pour deux fillettes d'un coup, j'offre une bouteille de champagne. »

Jean-Jean évalua l'assemblée et conclut :

« Et moi j'offre les deux autres. »

L'assemblée s'électrisa. La serveuse, Marie, qui devait avoir des durillons aux fesses à force de se les faire pincer, servit à la ronde tandis que Ballarin faisait « péter » les bouchons.

Lorsque les verres furent remplis, tous ces hommes rudes et solides qui vivaient sans le savoir comme au temps de La Pérouse, levèrent leur godet et burent cul sec cette boisson si peu connue. Ils reposèrent leur verre dans un rot général qui fit trembler les vitres de la double porte. Il s'ensuivit des rires à n'en plus finir. Jean-Jean les quitta sous les acclamations et fila au chantier du vieux Morin qui faisait une sieste grasseyante devant la réparation de la *Rosette*.

Jean-Jean s'approcha et détailla le travail. Le vieux avait fait une découpe en étoile pour augmenter la surface collée, et enfoncé la pièce d'une façon parfaite. Il murmura :

« On dirait un travail de marqueterie. »

Le vieux Morin perçut sa voix mais n'ouvrit pas les yeux. Il grogna au milieu de quelques bulles :

« Chié, merde ! Je dors, ça ne se voit pas, non ? »

Jean-Jean ressortit sur la pointe des sabots. Il alla trouver Riton à la boutique de machines agricoles et passa un long moment avec lui à remonter une moissonneuse dont il avait changé la boîte d'engrenage.

« S'ils les cassent à chaque coup, ça va bientôt rapporter plus que de cultiver la terre, grogna Henri avec un sourire rusé.

– C'est le progrès, fils, mais il va falloir labourer dès que les grandes pluies seront passées. Julia ne nous le pardonnerait pas.

– Je disais cela pour blaguer.

– Je sais. Dis donc, il faudra remonter nos brabants pour les remettre à neuf.

– Je le ferai avec Chaillou et l'"Artilleur" dans les brancards du grand tombereau. Ah ! Dis donc ! J'ai reçu mes ruches de la manufacture de Saint-Étienne, elles sont formidables. J'ai tout le matériel avec. Au printemps, j'irai chercher des essaims. Je commencerai avec trois.

– À mon idée, c'est trop court. Prends-en au moins dix. Si ce sont les sous qui te manquent, demande-moi.

– Ce n'est pas ça. Tu oublies que dans deux ans, il faudra faire not'service, savoir pour combien de temps il y en aura à ce moment-là ? Deux ans, trois ?

– Oui, eh ben, ça, on verra.

– Bien sûr, mais…

– On verra, j'te dis. Allez, je rentre. Et si tu as un peu de jugeotte, arrange-toi pour faire un petit ou deux à la Blanche, ça te servira. »

Henri regarda partir son ami qui savait avant tout le monde les choses importantes dans la vie d'un pauvre gars. Il se dit qu'il avait bien de la chance de compter pour lui.

XXIV

Jean-Jean pense à tout

JEAN-JEAN RENTRA À LA NUIT tombée depuis longtemps. Rosette et Léonie avaient déjà mangé, mais l'attendaient près de la cuisinière. Il les embrassa et vint s'asseoir, l'air soucieux devant son assiette à calotte. Les femmes semblaient joyeuses, fourmillant d'anecdotes sur le comportement de l'un ou l'autre des enfants. Rosette s'aperçut de son humeur en lui portant sa soupe de pois cassés. Elle lui fit une caresse sur la tête et demanda gentiment :

« Eh ! toi, l'arbre de la maison, aurais-tu des soucis ? »

Jean-Jean releva son visage allongé et fit un demi-sourire contraint.

« Oui, "dedans" deux ans, je vais devoir faire mon service militaire. Alors là, tu peux être certaine qu'à mon retour tout ce que nous aurons créé sera dans les pattes des concurrents. Il y aura trois marchands de machines pour un. Ils vont casser les prix et finir par tous crever, et nous avec.

– C'est vrai ça, mais je vais en parler à maman. Elle a dû y penser, elle, et doit avoir une idée. »

Jean-Jean avala sa soupe, se coupa un gros morceau de fromage de vache, et sortit pour aller le partager avec ses chiens. Il revint pour voir Léonie seule.

« Rosette est montée parce qu'on pleurait là-haut. Tout va bien, mon grand ?

– Oui, oui, m'man, ne t'inquiète pas. »

Après un gros baiser, il monta l'escalier en se disant qu'il avait suffi d'évoquer Julia pour qu'il retrouve son optimisme. C'était vraiment la patronne. Mieux, la reine. Il poussa la porte de pin pour voir Rosette allongée, coiffée et les yeux brillants.

« Je viens d'avoir maman au téléphone. Elle m'a dit que tu l'emmerdais, c'est son mot, mais qu'elle ne t'avait pas attendu pour savoir ce que tu devrais faire et qu'elle t'en parlerait quand tu iras faire tes comptes avec elle. »

Jean-Jean acheva de se déshabiller et se glissa tout nu et refroidi contre le corps tiède de Rosette. Il resta immobile, se remplissant de sa chaleur. Puis il éteignit la lampe et resta silencieux un moment.

Sa voix s'éleva soudain, claire et ferme.

« J'ai bu du champagne à l'Espérance pour fêter les filles. Je suis aussi allé les déclarer à la mairie. Mais j'ai fait une petite modification à Marie-Camille : j'ai ajouté Thérèse.

– En voilà une idée ! Tu avais bu beaucoup de champagne ?

– Non, un verre, et encore. La mousse retombe pire que la bière. Mais tu vois, continua-t-il en se tournant vers elle, c'est sûr qu'elles vont se fabriquer des diminutifs. Oui, oui, et vous les y aiderez, alors, c'est obligé qu'un jour, Marie-Jo et son frère vont trouver très rigolo d'appeler leur frangine Marie-Caca. Alors, la bagarre, je ne te dis pas ! Tu ne pourras t'en tirer qu'avec Marie-Thérèse. Marité, ça ne porte pas à conséquence. Tu verras, tu me remercieras. »

Contre lui il sentit Rosette pouffer de rire.

« C'est vrai que c'est rigolo, Marie-Caca. Pas gentil mais rigolo.

– Tu vois, ça commence. »

En voulant remonter la couette, il trouva sa bouche et pensa à autre chose.

XXV

Le progrès s'emballe

Trois ans étaient passés. L'atroce fantôme de la guerre commençait à s'oublier vraiment, sauf à l'enterrement des anciens combattants ou aux cérémonies commémoratives. Jean-Jean avait été réformé pour « un souffle au cœur ». Certains chuchotaient qu'on pouvait obtenir ces trois ans de liberté en fumant un comprimé antidouleur, ou avec la complaisance d'un médecin bien placé. Quand on avait les deux, c'était gagné d'avance. Il faut dire que les candidats à l'insoumission étaient peu nombreux. Le danger passé, les volontaires étaient en quantité pour porter un temps l'uniforme de gloire et rapporter quelques trophées, innombrables dans les débuts.

Le temps des bonnes affaires s'affirmant pour un très grand nombre, ce fut une puissante machine à oublier l'affreux passé qui lamina toutes les mémoires. La « une » des journaux se consacra désormais aux grandes escroqueries, à la déification des vedettes de « musicol », aux spectacles en tout genre et à la politique où personne n'était d'accord sur rien ni personne, sauf trouver chaque jour un nouveau sujet de dispute.

Jean-Jean était devenu un bon mécanicien agricole et le « magasin exposition » comme l'appelait Julia, recevait autant de clients que de curieux en passe de le devenir.

Jusqu'en 1920 l'armée continua d'être une mine d'or pour les « fournisseurs », autrement dit les nombreux cultivateurs capables d'assurer les commandes. Julia conserva la clientèle des dépôts de Saintes où elle avait su se faire plus que des amis.

Henri s'était traîné de cliniques en hôpitaux pendant deux mois, apparemment malade au moindre effort. De plus, il se faisait sot à plaisir, mais serviable, empressé, et faisait tout de travers. Il eut même la ruse de prendre un air désespéré lorsqu'on le renvoya chez lui, s'occuper de ses ruches avant que les fleurs n'éclosent.

Il « maria » la Blanche pour ses seize ans et s'empressa de lui faire un petit, avec la bénédiction du pasteur Cahours. Jean-Jean finit par apprendre que celui-ci avait reçu une balle dans un poumon, dans les Ardennes, mais il n'en parlait jamais.

Francis allait sur ses quatre ans et parlait autant qu'un député. Il était seulement plus gai et marquait un goût prononcé pour les gros mots, ce qui faisait hurler de rire son père et ne fâchait que ses deux grands-mères. Rosette en riait en cachette.

Les affaires allaient rondement. L'implacable horreur de la misère semblait s'être éloignée pour de bon, à condition de travailler dur aux périodes nécessaires.

Depuis un an, Jean-Jean chassait, mais surtout au marais, et se fit de nouveaux amis, dont le remplaçant du docteur Samain. Sur les conseils de Trompeau, il s'était mis à lire et, tout doucement, se cultivait.

On peut donc dire que tout allait pour le mieux pour le pauvret un peu trop chapardeur dans la mistoufle qui régnait chez les vrais miséreux de son enfance.

Le progrès s'emballe

Un soir qu'il s'était couché tôt pour aller à la pointe du jour tirer les bécassines, Rosette lui chuchota qu'une fois encore elle était enceinte. Il en éprouva beaucoup de tendresse et sauta sur ses pieds pour aller voir pourquoi les petites pleuraient. Rien de grave. Une « supette » (sucette) perdue qu'il retrouva sans peine et enfourna dans le bec de la pleureuse qui se calma aussitôt. Sa sœur ne l'entendant plus pleurer, se rendormit aussitôt.

À ce moment, un gros bruit insolite résonna sur la route. Jean-Jean ouvrit les contrevents et, avant de les refermer, Rosette l'entendis grommeler et surtout jurer à en faire trembler les murs. Ce n'était pas dans ses habitudes. Elle s'inquiéta et alluma la lampe.

« Que se passe-t-il ? »

Jean-Jean ne pouvait pas lui dire que c'était un gros tracteur Lenz monocylindre qui remontait vers le bourg à la lumière de son gros phare. Trop long à expliquer.

« Tu as l'air fâché, dit-elle.

– Mais non, surpris seulement. »

Il souleva la couette et se glissa avec un délicieux frisson contre le corps tiède de sa femme, mais son visage était toujours barré d'un pli préoccupé. Il la sentait tendue, angoissée, et n'osant pas lui demander une explication. Prenant une inspiration, il lui chuchota enfin à l'oreille :

« C'est le progrès qui s'emballe.

– Et… c'est grave ?

– Tu as déjà vu un cheval qui s'emballe sans dégâts, toi ?

– Non.

– Eh bien, là, quelque chose me dit que ça finira par être pire. Allez, éteins, va. Je veux me lever tôt, le vent est bon pour le passage des oiseaux du Nord. »

Dans le noir, Rosette se serra contre le dos puissant de son mari. Elle était incapable d'imaginer qu'il puisse arriver quelque chose de vraiment grave à l'abri de ce rempart-là.

Table des matières

LIVRE I

LIVRE 2

LIVRE 3

LIVRE 4

Du même auteur

(suite de la liste)

La Princesse iroquoise, éditions Hachette-Jeunesse.
Les Ébénistes du vin, éditions La Presqu'île.
Le Grand Verger d'Atlantique, éditions La Presqu'île.
Torcol le vilain, tome 3, éditions La Presqu'île.
Les Hommes de soie, éditions La Presqu'île.
Le Crève-sot, éditions La Presqu'île.
Quand les Anglais vendangeaient l'Aquitaine, éditions Fayard.
Quand l'Amérique s'appelait Nouvelle France, éditions Fayard.
Gironde Gironde, éditions Fayard.

Dans la même collection

Les textes de la collection Terre de poche nourrissent la mémoire collective à travers des histoires fortes, des récits de voyage, des documents historiques ou des chroniques intimes.

AGUILLON Arlette
La Maîtresse du moulin

ALIA Josette
Le Pensionnat

ANGLADE Jean
Le Pain de Lamirand
Les Mains au dos
L'Ivraie et le Bon Grain
Le Pays oublié
Le Chien du seigneur

AUBARBIER Jean-Luc
Les Démons de sœur Philomène

AUDIDIER Robert
Les Sentiers de traverse

BATUT Maryse
Les Monvalan

BESSON André
La Grotte aux loups

BICHELBERGER Roger
Les Années buissonnières

BORDES Gilbert
Le Chat derrière la vitre

BOUCHET Maurice
Les Souliers ferrés

BOUDOU Josette
Le Printemps d'Antonia
Les Grillons du fournil

BOURGEADE Justin
Tintinou, paysan

BOUSSUGE Micheline
Adieu lou païs
La Maison d'Anaïs

BOUTET Gérard
La Belle Ouvrage
Les Forestiers
Nos grands-mères aux fourneaux
Mémoires de femmes
Métiers insolites
Saisons paysannes

BRIAND Charles
La Batteuse
Le Seigneur de Farguevieille

CABROL Laurent
L'Enfant de la Montagne noire

Les Disparues de la Saint-Jean
Le Crime de la Noël

CALLEROT Geneviève
Les Cinq Filles du Grand-Barrail

CAPPEAU Marie Nicole
Le blé germe en hiver
La Mule blanche
Chantemerle

CASTELAIN Anne-Marie
Le Loup des marais

CHALEIL Léonce
Léonce, la mémoire du village

CHAMOUX Simone
La Passe-Vogue

CHANTELAUZE Jean-Louis
Clémentine

CHAUSSIDIÈRE Patrick
Pauvre Bougre

CHAUVIGNÉ Jean
Le Secret de Marie

CLÉMENT-MAINARD Michelle
La Fourche à loup
La Foire aux mules

COATMEUR Jean-François
Des croix sur la mer

COMBE Rose
Le Mile des Garret

CORNAILLE Didier
Les Gens du pays
Le vent des libertés soulevait la terre
Le Forgeron d'Éden

COSMOS Jean
La Dictée

DECK Olivier
La Neige éternelle
L'Auberge des Charmilles
Les Rumeurs du Gave

DIMITRIADIS Dicta
Le Nid de la hulotte

DODANE Michel
Les Enfants de la Vouivre
*Les Herbes noires (Les Enfants de la Vouivre**)*
*La Malédiction des Mouthier (Les Enfants de la Vouivre***)*

DOURIAUX Hugues
La Saison des vendanges (Les Gens de la Paulée)*
*Le Bois des Auriottes (Les Gens de la Paulée**)*

DUFOUR Hortense
Le Bois des abeilles
La Fille du saulnier
Ce que l'océan ne dit pas

DUPUY Daniel
Les Quatre Jeudis

DUTRONC Robert
La Maison des Chailloux

ÉVRARD René
et VIELZEUF Aimé
Comme le scorpion sous la lauze

EXBRAYAT Charles
Rachel et ses amours

FABRE François
et RICHARD Jean
La Bête du Gévaudan

FABRE Jean-Luc
L'Été des Fontanilles

FEUILLERAT André
La Clef des champs

FOURNIER LA TOURAILLE
Jean-Pierre
Le Troisième Prétendant

FRONTENAC Yvette
L'Étoile rousse
La Soupe des autres

GAMARRA Pierre
Le Maître d'école

GARDI François
L'Atelier du vannier

GENEVOIX Maurice
Le Jardin dans l'île

GÉRAUD Roger
Le Pré derrière la grange

GIMBERT Yveline
L'Ombre des chênes

GLEIZE Georges-Patrick
La Vie en plus
Le Forgeron de la liberté
Un brin d'espérance
Le Sentier des pastelliers
Le Destin de Marthe Rivière

GOURGAUD Joseph
La Vallée des forges

GREMBERT Francis
Le Dernier Regain

GRIFFON Robert
Le Dernier Forgeron
Le Bedeau de la République

HEURTÉ Yves
Le Pas du loup

JAILLER Isabelle
La Ferme des hautes terres

JEURY Michel
La Classe du brevet
Le Crêt de Fonbelle

JUDENNE Roger
La Maison d'en face
Drôle de moisson

JULIEN Henri
La Bâtisse aux amandiers

LABORIE Christian
Le Chemin des larmes
L'Arbre à pain

LARDREAU Suzanne
Orgueilleuse

LAURENT Jean-Paul
La Ferme aux loups
L'Autre Montagne

LAVAL Henri
Le Chemin des souvenirs

LEMAIRE Philippe
Le Chemin de poussière

LE ROY Eugène
Jacquou le Croquant

LIMOUZIN René
Les Cèpes de la colère

LOUTY Pierre
Léonard, le dernier coupeur de ronces
Les Fiancés de la Briance

MALAVAL Jean-Paul
Les Encriers de porcelaine
La Rosée blanche

MALROUX Antonin
La Dernière Estive
Le Soleil de Monédière

MAMÈRE Noël
Les Forçats de la mer (Gens de Garonne)*
*Le Combat des humbles (Gens de Garonne**)*

MARCON Christian
Le Refus

MAURY Martial
Le Secret des Restiac

MAXIMY (DE) Hubert
Le Bâtard du Bois noir

MAXIMY (DE) René
Le Puits aux corbeaux

MAZEAU Jacques
Mensonges
La Ferme d'en bas
La Rumeur du soir
La Dénonciation
Le Retour de Jean
Le Pré aux corbeaux

MOUCHEL Jean
La Robe bleue d'Hélène
Le Fils d'Hélène

NÉDELLEC Gérard
L'École de monsieur Paul

NIGREMONT Georges
Jeantou le maçon creusois

NIQUET Gilberte-Louise
Le Destin des Vanbergh
Les Enfants du beffroi

PALET (DE) Marie
Le Sentier aride
La Tondue
L'Enfant oublié
Retour à la terre
Amandine

PERRÈVE Paul
Les Galoches rouges
La Burle

PEYRAMAURE Michel
Le Bonheur des Charmettes
Le Château de la chimère
Les Flammes du paradis

POURRAT Henri
et L'OLAGNE Jean
Sur la colline ronde

PÉLISSIER Patrice
L'Ange et le Loup

PINCE Jacques
Les Blouses grises

PLUCHARD Mireille
Le Petit Bâtard

PRORIOL René
Antoinette

PUIJALON Bernadette
Le Moulin des retrouvailles

QUEREILLAHC Jean-Louis
La Moiss-batt (Trois Sillons de terre rouge)*
*Rouge est ma terre (Trois Sillons de terre rouge**)*

RABUTEAU Pascal
Les Faveurs de Sophie

REY Georges
Le Bal des sabots
La Montagne aux sabots

RIBES Georges
Les Gens de la vallée

ROSSET Jean
Les Porteurs de terre

ROUANET Marie
Nous les filles
Quatre Temps du silence

ROUANET Marie
et JURQUET Henri
Apollonie

ROUIL Jacques
Les Rustres

ROUQUET Jean
L'Enfant de la Borie

SAND George
La Mare au Diable

SELO Joël
Les Vieux Démons

SORDELLI Jean-Claude
Le mal rôde

SOURY André
Le Pain blanc

SOYEZ Jean-Marc
La Tuile à loups
Au café de l'Église
Les Galoches de Julia

STEVENSON Robert Louis
Voyages avec un âne dans les Cévennes

TAMAIN Louis
L'Encre violette
Le Temps de l'école

THIROLLE Jérôme
Les Doigts d'or d'Élise

TISSERAND Pierre
L'Arbre au pendu

TOUPET Armand
La Bouzoute

VALETTE Paule
La Meule éclatée
Les Jours derrière la montagne

VAN DER MEERSCH Maxence
L'Empreinte du dieu

VENTRE Julien
Julien, berger des collines
Julien des collines

VERDIER Henri
Les Lentilles vertes

VERRIER Michel
Là où les chèvres sont pires que les loups
La Taille de la Saint-Vincent
Les Vignes du bout du monde
La Ferme des Pitaval
Le Mystère de Millepertuis
Le chien qui faisait peur au diable

VIGOULETTE Daniel
Les Ombres du Léman

VINCENT Claude
Les Roses de l'hiver

VITTÉ Louis-Olivier
La Servante
L'Enfant de la rivière
La Vallée des illusions